华文教学丛书

华语文教学实证研究

新加坡中小学经验

胡月宝　著

代序

胡月宝教授是我国教育部一九八四年保送到台湾求学的中文精英之一，她毕业于台湾大学中文系，毕业时以优异的成绩获得台湾大学颁发的书卷奖。

台湾大学毕业的本科生，当时全部都只获得普通学位的待遇，后来通过我向时任总理的李光耀先生转达了他们的申诉，那些学业成绩特出的，才调整为荣誉学位的待遇。胡月宝就是其中的少数者之一。

月宝的专长是文学。她除了从事中国文学的研究之外，也从事文学创作。她的学术兴趣非常广泛，在中学当老师时，就曾经参加了我讲授的“汉语语法”进修课。她也长于华语语音学。加入国立教育学院之后，除了教华语语音之外，也讲授华文教学法。

为了系上工作的需要，月宝承当了范围比较广泛的教学工作。因此，月宝的研究也就跨越了文学、语言、以及语言教育，而且还常常创作，是中文系毕业生里少见的。和那一些只担任一个自己专长科目的同事相比，月宝的授课负担是相当重的。她就是在沉重的工作负担中完成了自己的博士论文。

我看着月宝的努力，看着月宝的成长，心里无限欣喜：我为新加坡的华文教学后继有人感到欣喜。

有人将新加坡的华文教学比喻作“冲茶”，说“茶越冲越淡”。这个比喻，生动地说明了华文与华文教学的困境。但面对这样的现实，我们是不是应该保留茶种？保留好茶？我的一辈子都在爱护华文人才。我所做的工作就是在保留茶种，保留好茶。如果只把自己当好茶，别人都是坏茶，只有让“茶越冲越淡”了。

茶种不只一个，好茶不只一种，我就是像品茶一样，欣赏各有不同专长的华文人才。为了爱护华文人才，我为他们搭桥铺路，任劳任怨，希望的是他们都能顺利地走下去，为华文事业尽心尽力。我希望他们之间能相互合作，相互扶持。所以，当我看到有人利用我铺搭的桥以遂个人的私利、甚至欺压别人时，我是痛苦的。月宝是了解我痛苦的同事之一，也因此给她带来了一些不便。对此，我是深有歉意的。

月宝能在繁忙的工作中，在不是十分有利于学术研究的气氛下，不间断地从事研究，是非常可贵的。她的论文集就将出版，证明了她无比的毅力，我非常高兴。

论文集收录了月宝自二〇〇四年以来所做的华文教学实证研究。这些研究所采用的研究方法，我都是外行。但月宝勇敢地跨入自己不熟悉的领域，从事新的研究，在文学创作、文学研究、语音教学之外，另辟新径，她的精神是可贵的，值得欣赏和鼓励的。

月宝的研究，是建立在她对我国华文教学的全面认识之上，她认为“新加坡具备了开发能有效解决华文教学问题的能力”，并且强调“适合本土情景和语境的教学法需要经过长时间和大量的实证研究来提炼，所以不宜操之过急”，“本土的华语文第二教学法必须以课堂实证研究为基础”。这些都是脚踏实地的看法。

以大量的实证研究为基础而建立起来的华文教学法，需要从业的人士，有组织的集体行为来完成。这也就意味着和一般只提意见，而没有实证研究为基础的所谓专家的看法，完全不同。

月宝对我说：“我在论文集里所收集的论文主要是针对新加坡华语文教学的新方向，结合本土第二语言教学的需要，并到学校去做了实证研究后的初步成果。我也知道内容和方法论都比较粗糙，如果能有多一点时间可以再琢磨会较好。”这是何等的诚恳、谦虚。

我希望这个好茶种，能在国立教育学院中文系里生根成长。以月宝的智慧、人品以及肯努力、肯付出，我非常肯定地说，月宝一定会有成的。

周清海

2014 年 12 月

目次

新加坡华语文教学在
二十一世纪里的挑战

一　前言

时序进入二十一世纪以后，新加坡教育，包括华文教学所面对的是一个空前的艰巨任务：二十一世纪技能教育对独立自主学习、批判与创意思维与资讯科技技能等的高度要求；与此同时，华文教学却也面临了一个必须转向第二语教学的临界点。华文教学问题异常复杂，例如：国家决策首先决定华语文，相对于英文而言，是属于次要的定位问题，所以社会语言环境强化了它“无用”的功能价值、家长对华语文价值的质疑等因素严重地削弱了学习者在学习心理上的学习动机与兴趣等方面。多方面的重重纠葛让华文教学困难重重。

在本论文集中，笔者的讨论将立足于“双语政策乃新加坡的基本国家教育政策，华语文却因面对社会转型而产生学习效能上的焦虑”之假设上。在意见纷呈的讨论中，政治、社会、家庭影响对语言学习之影响举足轻重，但是，仅着眼于此类宏观视角上的讨论却也让华语文教学问题失去焦点，不但无法改善华语文教学效率，相反地，却让问题恶化：这让部分政治家、家长悲观地相信孩子不需要，也不可能学好华语文，并一再作出调整语言学习目标的动作，严重地打击教学士气，让华语文教学雪上加霜。华语文的学习当然需要国家、社会、家庭、学校由上而下地支持，为华语文教学注入信心、提供支援，让华文教师能专注于教学；课堂教学则务必认真、务实地面对语文学习转向第二语言学习的需要，有志于解决华语文教学问题的各方学者必须与学校、教师紧密配合，以把握时间钻研出有效的、适合本土的华语文第二语言教学法。相对于英语教学，华语文作为第二语言教学在世界语言教学发展史上，尚是一个相对崭新的课题。适合本土情境和语境的教学法需要经过长时间和大量的实证研究来提炼，所以不宜操之过急。

在本论文集中，笔者将从微观教学角度出发，就华语文学习的教学与学术角度切入，希望从教学本质上来思考华语文教学的过去与未来，这也是笔者与一些有共同理念的同道，包括对校况了如指掌的特级教师、深入课堂教学的中小学老师携手进行华语文教学法的研究之信念所在。

二　二十世纪的新加坡华文教学

自独立以来，秉着务实理念的新加坡政府清楚地阐明国家的教育体制与发展必须配合政治社会及经济的需要：在缺乏天然资源的情况下，人力资源成了国家生存的唯一条件，而通过教育提升年轻一代的整体素质则成了国家成功与否的最大关键。随着社会大环境的持续改变，为了确保年轻一代的学习能精密的配合改变的步伐，新加坡教育体系也必须作出相应的调整。整体而言，新加坡教育制度的演变革大致上可分成三个阶段：即生存导向、效率导向及能力导向（颜振发，2009）。其中以生存与效率导向主导了从独立以后至二十世纪末的教育方向：

（一）生存导向教育阶段（1959 年至 1978 年）

在建国初阶段，国家面临生存压力，教育重点也就很自然地落在与国家生存息息相关的课题上，所以提出了普及教育、提倡工艺教育和双语教育的政策。此阶段的教育决策致力于塑造社会凝聚力及加强国家认同，以双语教育为最佳体现：以英语为全民沟通语言，以母语为各种族之间共同语，并负起传承文化价值观的重大责任。在此一阶段，殖民地时期遗留下来的四种教育源流：英语教育、华文教育、马来语和淡米尔源流都暂时保留在国家教育体系之中，并列为教育四大源流，它们分别以英语、华语、马来语与淡米尔语为主要的教育媒介语。

（二）效率导向教育阶段（1979 年至 1996 年）

这个时期的教育旨在减少教育浪费，提高教育体系的效率。主要做法有三：一、小学开始实施分流制度，让学生根据能力分班，为群体量身制订适合他们的源流；二、扩展大专教育，强调提高基础教育的素质；三、设立自主学校和自治学校。在讲求效率的教育导向下，国家教育源流于一九九〇年统一为以英语作为主要的教学媒介语，保留母语为第二语，以单科形式进行教学，但母语仍然必须负责文化之价值观的传承重责。教育源流统一之后，华文教学的困境开始备受各界关注。在此，笔者以吴元华之观点为此一阶段华文教学问题的总结：华文困境的症结在于失衡的双语教育政策，华文以单科进行教学，以致华文的实际社会用途有限、经济价值不高（吴元华，2006）。

华文教学进入二十一世纪以后，学者们持续观察到华文程度普遍低落的现象。海外学者提出的质疑包括：单科教学难以培养华文文化精英、华文 B 课程让学生避重就轻，这将降低华语水平，进而造成社会语言的失衡现象：华语文不被主流社会所重视、华文文化精英能有何作为（周聿娥，2001，广州暨大）、母语在家庭中的使用日益衰微、在学校教学中的地位下降使得母语沦为外语，其社会的交际功用及影响的下降令人堪虑（郝红梅，2004）。此外，更有本地学者认为“基于单科教学令华语在学校的使用功能受限、以英语为主的政策使华语的社会价值无法得到体现、年轻华人口语表达的流利度下降、读写能力逐渐丧失、以英语为家庭常用语的学生比例超越以华语为家庭常用语的学生等现象，‘脱华入英’的趋势已无法扭转”（吴英成，2006）。

（三）能力导向教育阶段（1997 年至今）下的华文教学

一九九七年，新加坡政治领导提出重思考的学校，“好学习的国民”的教育愿景（吴作栋，1997）。自此，新加坡教育转向“以能力为主导”的教育模式。此教育模式，的发展方向包括：让教育更多元化；创造以学习者为中心的学校环境；培养高素质的教育团队；追求卓越行政；发展高素质的高等教育。二〇〇三年，教育部推行“创新与企业精神”，使学生对于学习、生活技巧更具热忱、并培养坚韧的个性、有勇气面对挑战、回馈社会。二〇〇四年，李显龙总理强调教育必须发生质变，并提出“少教多学”[1]的教育原则：“少教多学是呼吁教育工作者让学生投入学习之中，为将来做好准备，并非为了测验与考试，质量是少教多学的核心精神。这是老师与学生产生互动，目的在于开启学生的心灵，让学生的思维投入学习之中”。（Shanmugaratnam，2004 & 2005）“少教多学”的教学理念尝试将教学从传统上以教师为主体的“多教”，转换到以学生为主体的“多学”理念；目的是要激发学生对学习的兴趣，提供更具弹性的发挥空间，并强化学生的自学能力，从而培养学生积极主动的学习精神。

能力导向的教育理念对华文教学的影响主要是尊重不同学习者的背景与需要，让不同能力的学生选择适合的课程，例如：为能力弱的学生

1 “少教多学”教育概念于 2008 年 8 月 24 日的国庆大会上提出。

开设华文 B 课程，鼓励能力强的学生修读高级母语，华文课程因此变得更加灵活多元；此外，教育部以“少教多学”为宗旨，鼓励教师开展大量创意教学，于是华语文也以培养兴趣、柔化枯燥学习的过程为目标，推出不少新方法，改善课堂教学。能力导向阶段的华文教学也因世界局势改变而出现转机：中国经济势力崛起稍微改善了华文教学的困境。然而，接踵而来的便是家长对华文学习效率的焦虑问题。二○○四年，华文教学改革建议报告书提出了因材施教的建议，重视教师素质，强调从教学法上来提升华文教学效率的必要。（教育部，2004）

三　二十一世纪的新加坡华文教学

（一）二十一世纪新加坡华文教学的现实环境

要能充分理解新加坡华文教学未来的挑战，我们必须从社会现实和教学现实两方面来了解：

1 社会现实

资深华文教学专家周清海曾具体而扼要地概括了新加坡华文教学的现实背景：双语教学的国策虽然为华文教学提供了一个浮台，但华文教学时刻面对来自受英语教育的家长、社会各界领导基于“母语缺乏实用价值”所施加的压力：“英语作为顶层语言，在行政、司法、教育、金融等领域必然占优势。在英语的强力冲击下，双语制度为母语提供了一个浮台，使母语虽然受到冲击，却不至于没顶。但母语一旦成为必修科，又与升学挂钩，就意味着母语的程度必须维持在学生学习能力负担的范围内。如果程度太高而让学生无法负荷，母语教育便可能成为政治课题。在母语实用价值低的情况下，要说服家长，尤其是受英文教育的家长，接受强制性的母语教育是一件不容易的事。……另一方面，英语作为顶层语言，也就意味着政府行政机构的关键性决策人员，绝大多数是英语出身的。要说服这些关键性的人物拥护双语教育，也不是一件容易的事。英语作为顶层语言，……也就成为各个部门的当然领导者。他们对受华文教育所受到的语言压力，并不能充分体会，因此，也就必然造成不必要的鸿沟。”（周清海，1998）

此外，笔者更观察到中国经济势力崛起造成了世界性的学汉语热潮，这对新加坡华文教学也有一定的影响，其影响主要表现在华文经济价值的提高，从而为讲英语的顶层社会人士带来了一个学习华文的功利动机。然而，这股来自外来的功利动力却无法在短期内提升华文的教育价值，却可能造成家长另一种意识到华语文的重要却无法掌握华语文，以致于不愿意孩子因学不好华文而失去竞争力的焦虑感。此种焦虑具体表现在几方面：

- 从社会、家庭用语上质疑华语文的“母语”地位
- 从教育媒介语功能上质疑华语文教学的比重
- 从本土政治、经济媒介语功能上质疑华语文教学的意义
- 从孩子的学习表现上质疑华语文教学的效率

2 教学现实

如何定位“必须维持在学生学习能力负担的范围内”的“母语程度”？有关这个问题，我们可以借郭熙的观察来解释：“第二语的母语教学”：“‘新加坡以英语为行政语言，就使得华语在客观上成了第二语文；新加坡的华文教学在主体上还是母语教学。就全社会而论，新加坡的华文教学当然是第二语文教学；但就个体而论，有的是真的第二语

文教育，有的可能还属于第一语文教学。就还不包括新移民。’因此，华语被定为第二语文本身就决定了华语所面临的挑战是严峻的。”（郭熙，2004）简言之，在新加坡进入二十一世纪之际，华文作为第二语教学将成为不容否认的教学现实。

社会与教学现实双重压力在课堂教学上的具体反映是：

- 教师必须面对越来越多缺乏口语词、缺乏自然的听说环境、缺乏学习动机的第二语学习者；
- 华语文教学所承载的内容量大、任务重，但授课时间少；
- 华语文课程的真实性应用内容与文化传承内容失衡。

就上述的社会、教学现实来说，华文教学的形势不容乐观；而教师的位置由始至终是处于被动的；但就课堂教学而言，华文教师则拥有些许的主动权。从当前的形势来说，笔者以为，提炼一套适合于本土儿童的华文作为第二语的教学模式，包括课程、教材、教学法和评估才是可能的抗衡之道。

（二）二十一世纪新加坡模式的华文第二语教学

新加坡学习华文的主要对象是介于七岁至十六岁之间的儿童；这与中国大陆、台湾等对外汉语教学的对象不同；新加坡也可说全球最大的第二语言的教学实验场，学生人数多、背景各异。就经济支援来说，新加坡教育部对华文教学所投注的经济支援也毫不吝啬。换言之，新加坡具备了开发能有效解决华文教学问题的能力：

- 外在支援：西方儿童教育、第二语教学理论扎实，可供新加坡华语文教学参考并根据本土需要，转化成适合本土的方法论；中国大陆、台湾以成人为对象的第二语言教学研究也在发展中，具有可借鉴的理论；

- 内在优势：首先，新加坡具有四十余年英语第二语教学和在双语环境下教学华语文的实证经验；其次，强制双语教育让学习者拥有从七至十六岁之间的十年学习时间，此一阶段是学习语文最有效的关键时期；第三，新加坡教育直接引入西方最新的教学观，并积极鼓励学校和教师以二十一世纪技能教育为目标，自下而上地开展大量的教学改革与研究工作。

因此，笔者有理由相信，新加坡不仅应该，也能够针对本土需要，来开发以儿童为对象的二十一世纪华语文第二语言教学法：在世界二十一世纪技能教育理念与西方第二语言教学的理论支援下，在新加坡教育部的支持与各方教学研究学者的配合下，由新加坡教师主动参与教学实证研究，开发出实际、有效的教学法。笔者更相信，这才是让新加坡未来的数代人能在掌握华语文交际能力的良径。

然而，要能在短期内提炼出适合本土的华语文教学法，并非易事。新加坡必须注意的是：

- 华文课程改革是一种专业的系统工程，需有高瞻远瞩的眼光、专业规划与技术支援，不宜过于急躁
- 本土的华语文第二语言教学法必须以课堂实证研究为基础
- 教师必须逐渐摆脱长期以来，应急式的繁重家务型教学，有时间提升研究与实际能力，并开展相关研究

本论文集收录了笔者自二〇〇四年以来的教学实证研究成果。笔者从西方儿童学习心理、第二语言教学法入手探寻各种理论，在结合华语文的特质、以及本土第二语言学习的需要，与学校老师紧密配合，结合实际的课堂教学需要进行试验，从中观察学习者的反应，测试教学方法的效能。在本论文集中，笔者的初步研究成果有三方面：

(1) 初步提出了一套以培养阅读能力为基础，进而培养其他语言技能的第二语言教学框架
(2) 针对第二语言技能学习需要，提炼出基本的技能教学法
(3) 针对第二语言教学的首个输入阶段，进行了小学低年级与中学低年级的阅读输入教学实验

本论文集里的研究成果乃第一阶段尝试，方法难免粗糙，有待未来进一步的验证与修订。笔者的出版目的在于抛砖引玉，期待各方有志人士共襄盛举，紧抓时间，为新加坡华语文教学钻研出有助于提升人才素质，有利于提高国家竞争力的第二语言教学法。

建构主义与华语第二语言教学
——新加坡“投入型学习”模式示例

一　前言：二十一世纪的教育需要

随着二十一世纪的到来，世界将迈入经济全球化以及一个以知识经济为主体的时代；在资讯科技的统领下，国际化、环球化是必然的趋势。根据美国21 世纪技能伙伴[1]所提出的21 世纪技能教育框架，21 世纪所急需的技能教育包括：21 世纪语境、21 世纪内容、核心学科、21 世纪评估、学习技能、资讯科技技能与21 世纪学习工具：

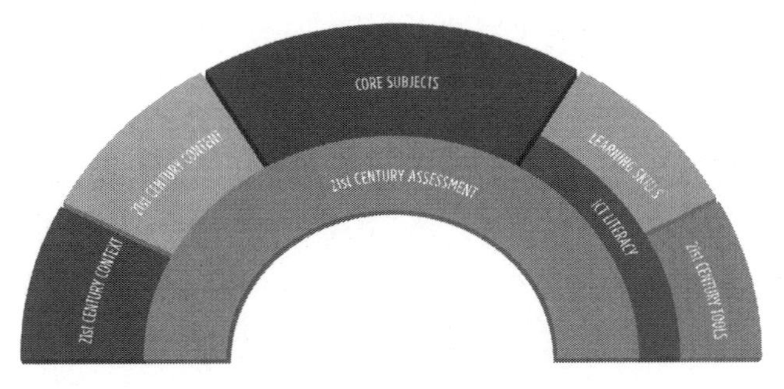

21 世纪学习框架 [2]

1　21 世纪技能伙伴乃 The Partnership for 21st Century Skills 的翻译，是美国的一个国家机构，主要在倡导21 世纪技能教育。详见 http://www.p21.org/。

2　资料来自：http://www.p21.org/。

根据二十一世纪技能教育的需要，青少年应具备七类生存技能：批判性思维和解决问题能力、合作和领导能力、应变与适应能力、主动进取和创业精神、有效的口语和书面能力、评估和分析资料的能力以及具有好奇心与想象力[3]（Tony Wagner）。综观二十一世纪教育的需要，不难发现，教育的定义已改变：不在于如何教，而在于如何学；教育的意义亦已从知识的被动吸收改变为主动用知识来建构技能。如何顺应建构主义型的二十一世纪技能教育发展，已成为世界各国的重大教育课题，新加坡也不例外。

二　理论基础：建构主义与教学

（一）建构主义与教学

经过杜威、皮亚杰、维果斯基等学者的倡导与发展[4]，现代建构主义已成为当今世界教育的主要理论基础。那是解释“知识是什么”和“学习是什么”的一种理论模式。简括而论，建构主义的三大原理如下（张静嚳，2007）[5]：

（1）知识是认知个体主动的建构，不是被动的接受或吸收

（2）认知功能在适应，是用来组织经验的世界，不是用来发现本体的现实

（3）知识是个人与别人磋商与和解的社会建构

3 Tony Wagner ，*The Global Achievement Gap: Why Even Our Best Schools Don't Teach the New Survival Skills Our Children Need--and What We Can Do About It (Paperback)* Basic Books, A Member of Perseus Book Group, 387, Park Ave South, NewYork, NY10016.

4 详见：高文〈建构主义与教学设计〉，《外国教育资料》，1998 年第 1 期。

5 张静嚳：《何谓建构主义？》，详见黄世杰主编：《中部地区科学教学简讯》第三期（彰化市：国立彰化师范大学科学教育研究所发行 http://www.dyjh.tc.edu.tw/~t02007/1.htm。

建构主义主要表现在两个主要方面；

(1) 个体认知的建构主义

(2) 个体与社会的建构主义

总括之，建构主义强调每个学习者应基于自己与世界相互作用的独特经验和赋予这些经验的意义，去建构自己的知识，而不是等待知识的传递。知识是人建构的，而不是客观地存在于人脑之外的，知识的建构更必须在人与社会的磋商与互动过程中形成，而非主观的由个体来控制。由此出发，建构主义的基本学习原理是（高文，1998）：

- 理解是通过与环境的互动而发生的。学什么是不可能与怎样学脱离的，因此，认知不仅仅在个人内部，而且是整个情境的一部分
- 认知冲突或疑惑是学习的刺激，并决定着学习内容的实质和组织。知识是通过社会磋商和对理解发生的评估而展开的。个人是测试我们理解一个基本的机制，协作小组测试我们对特定问题的理解。其他人则是刺激新的学习的最重要的源泉

高文根据此一原理提出了十项教学原则，包括支持学习者所有的学习活动，以解决重大任务或问题；学习者必须根据这项重大任务的复杂性清楚地感知和接受这一具体的学习活动；支持学习者发展对所有问题的物主身份；诱发学习者的问题并利用它们来刺激学习活动，或确认某一问题，使学习者迅速地将该问题作为自己的问题而接纳；设计一项真实的任务；一种真实的学习环境是认知的需求与学习者必须为之作好准备的环境；设计任务和学习环境，以反映环境的复杂性；在学习发生后，学习者必须在这一环境中活动；设计学习环境以支持并挑战学习者

的思考；鼓励对各种想法进行尝试，反对两者必居其一的观点和二者择一的环境和提供机会，并同时对学习的内容和过程进行反思。

（二）新加坡模式的建构主义教学模式："投入型学习"教学框架

为配合二十一世纪技能教育的建构型发展趋势，新加坡教育部亦于二〇〇五年推出了"投入型学习"教学框架（Engage Learning: PETALS™ [6]）。"投入型学习"教学框架是在新加坡"思考型学校、学习型国家"（Thinking School, Learning Nation, 1997）[7]的教育愿景和"少教多学"（Teach Less, Learn More，缩略为 TLLM）[8]为教育指导原则下的课堂教学框架。

1 "少教多学" 指导原则

新加坡教育部指定以"少教多学"新加坡模式的建构型教育指导方针，这也是能力导向阶段教育的主要变革；此次变革的特色在于教学理念由行为主义模式转为建构主义模式；以及教育目标、过程与成果由重视对"量"的要求转为重视"质"的调整。以下简表乃"少教多学"教育指导方针的具体内容：

6 PETALS™ 已正式注册为商标。
7 吴作栋总理 1997 年国庆献辞。
8 李显龙总理 2004 年国庆献辞。

表 1 “少教多学” 教育指导方针的具体要求（刘芳，2009）

多	少
为学习者着想	为了完成课程而赶课
激发学习热忱	制造失败的恐惧
促进理解	单一地灌输知识
培养具备迎接生活挑战的精神	为了应试
提供全面教育	单一地教导科目内容
以价值观为中心	以成绩等级为中心
教导学习过程	注重成品
提出探索的问题	单一地追求课本上的标准答案
教导投入性学习	机械式操练
提供差异性教学	“一刀切“的教学法
提供辅导、引导、示范	灌输式教学
给予形成性与质的评估	总结性与量的评估
培养创新与创业精神	设定公式与标准答案

在“少教多学”教育指导方针，新加坡教育将产生三个方面的变化。下简表将说明具体的教育变化：

表 2 “少教多学”影响下的教育变化

1．教育目标	
多	少
培养具备迎接生活挑战的精神	为了应试
培养创新精神	设定公式与标准答案

2．课程	
多	少
具特色的校本创新课程	统一的课程
由下而上的策划 由上而下的支持	由上而下的策划、推动
注重知识的内化，深层的理解	只是灌输知识，课程为考试服务
3．教学	
多	少
拓展、优化教材	依据固定教材教学
拓展学习空间、走出课堂	课堂学习
注重学习过程	注重成品
形成性与质的评估	总结性与量的评估

2 投入型学习（PETALS™）框架简介[9]

投入型学习以乃 PETALS™ 的华文翻译，PETAL 是“投入型学习”五大维度的英语缩略语，分别是：

（1）教学法（**P**edagogy）

（2）学习体验（**E**xperiences of Learning）

（3）学习环境的氛围（**T**one of Environment）

（4）评价（**A**ssessment）

（5）学习内容（**L**earning Content）

---

9 *The PETALSTM Framework (2008)* 由教育部课程规划与发展司 The Curriculum Policy and Pedagogy Unit 编辑。*华文简译版*由教育部课程规划与发展司中学华文课程组阳光团队翻译。详见刘芳：〈Petals 框架简介〉,《华文老师》第 21 卷第二期（总第 51 期）(2009 年），页 1-6。

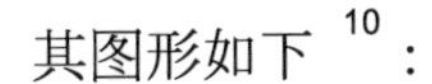

其图形如下[10]：

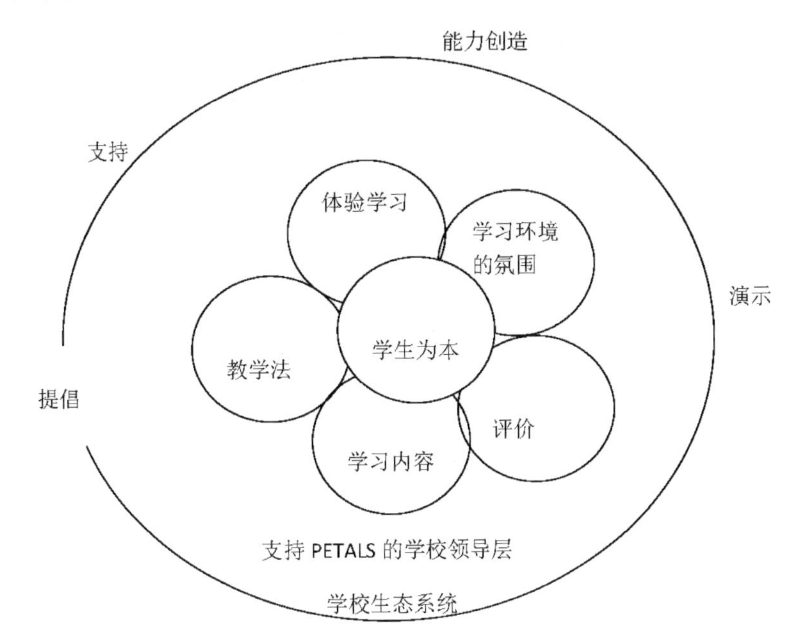

投入型学习 PETALS™ 的要求学习者在课堂学习中积极参与，包括认知、情感和行为三方面的高度参与。在课堂教学上，教师可以通过调配多元的教学法、准备能够联结学习者需要与经验的教学内容、设计体验学习式的教学活提供动鼓励学习和参与的环境布置，并通过能促进学习的过程性评量法来达致认知、情感和行为的参与投入。以下是新加坡教育部对投入型教学模式的解释[11]：

（1）教学法（Pedagogy）

教学法指的是教师在教导学生学习概念、理解内容、掌握技能时使用的一整套教学策略。教学策略若使用得当，可以帮助教师拓展学生的

---

10 此图根据教育部 *PETALSTM* 仿制，原图为彩色花瓣。

11 基本资料来源：新加坡教育部 PETALS TOOLKITs，2009.

思维，纠正错误，从而达到激励学生学习的目的。一些常用的教学方式如合作式学习、问题导向学习、任务型学习、探究性学习、体验式学习、差异性学习、资讯科技学习都适用于投入型教学模式。不管选择何种教学法，投入型教学强调教师应以学生的学习准备度（Students' readiness）、学生的学习风格（Students' learning styles）和学生现有的知识（Student's existing knowledge）为基本考虑。

（2）学习体验（Experience of Learning）

学生通过教师所布置的学习任务而获得的学习体验是影响他们投入学习的其中一个重要因素。教师为学生创设的学习体验必须达到以下目标：拓展学生的思维、提升相互联系的能力、促使学生掌控自己的学习进度。

（3）学习环境的氛围（Tone of Environment）

学习环境的氛围指的是有利于学习的学习环境。拥有良好氛围的学习环境将使学生在情感上感到安全、开放且互相尊重，有便于更投入学习。教师的教学态度、教学语言、师生之间的互动关系、课堂教学环境的布置等都是学习氛围中重要的因素。关爱学生、运用鼓励性的语言、建立良好的师生关系，我们需要特别注意与学生之间的交流方式，多运用积极的、鼓励性的语言、给予学生表现的机会、给予学生发表意见的机会、持续规范学生的行为、与学生一起制定课堂行为准则等具体行为则可以创设有利于学习的氛围。

（4）评价（Assessment）

评价指的是通过教师和学生从事的活动，让教师和学生评估教与学的效果。评估所得的信息与反馈，将改进教与学的活动。投入型教学模式强调评价是学习过程的一部分：通过布置作业和进行测验来测量学生的学习。我们应该充分地运用从评价中所获得的信息，以辅助并吸引学生投入学习。教师可根据评价的目的，选择正式或非正式的评价方式和评价模式。正式的评价常常是书面和定等级的形式，非正式的评价通常是口头形式的。策略包括：评价与教学内容配合、提供定时的、及时的、有建设性的反馈，促进学生的学习、制定明确的评价标准和给予学生参与评价的机会。

（5）学习内容（Learning Content）

投入型教学模式强调课程设计中的学习内容必须与预期的学习成果一致、学习内容应该与学生的生活相关；设计真实的学习内容能够向学生展示实际生活中问题的复杂性与丰富性。具体方法包括：运用现实生活中的例子、将教学内容与学生生活相联系（例如设计游戏、谜语或其他有吸引力的、能激发内在动机的学习活动）、提供机会让学生主导自己的学习，允许他们寻找方法解决自己的问题;根据学生的年龄和经验选择情境和例子，使它们能与学生的生活产生联系；以及让学生自己提出他们想多了解哪些事物的建议。

根据笔者分析，投入型学习基本立论于建构主义，可谓是新加坡模式的建构主义的教学设计。教育部以此为基础，希望学校能在此基础上进行课程与课堂教学的革新。

三　建构主义模式下的华文教学设计

以下是笔者在建构主义理论的基础上所提出具建构主义模式的华文

教学设计原则与课堂教学模式：

1 设计原则

投入型学习（PETALS™）框架是新加坡首个由教育部主导的建构主义教学模式，教师根据此框架进行课程与教学设计时，必须清楚意识到此一框架的设计原则：

（1）学习的基础建立在学习者个体认知的经验和知识（图式，schema）之上：

课堂的学习主体为学生，而非教师；教师是教学的设计人、协同人、监督人。因为不同的个体有不同的学习需要，教学法也必须多元化，以适应不同学习者的需要；教材必须能联结学习者的个体经验；学习必须由学习个体从实际的经验过程中获得

（2）知识、技能、思维的转化是学习者个体在与内在的认知能力、与同侪的互动过程逐渐转化的：教学必须把调动个体内在的元认知意识、发展认知策略摆在首位；课堂教学则必须转变为学习者中心，设计能激发思维活动的教学；更必须布置能有效促进同侪互动的学习环境

（3）学习是在体验中获得的：教学内容与教学过程必须能联结个体的真实社会生活经验

（4）评量方法也必须适应这种变化：

通过多元化的评量形式来适应不同学习个体的需要；鼓励由个体与同侪能在学习过程中通过促进学习的反馈与评量来检查学习效果，并即时作出调整；评量内容不仅是学习表现，更必须包括学习意识、学习策略与学习能力

2 教学内容

在建构主义模式下，第二语教学的内容包括以下三方面：

(1) 第二语学习的认知意识、培养相关的认知策略的认知、转化与内化

(2) 第二语语言知识和规律的认知、转化与内化

(3) 第二语技能的认知、转化与内化

教师必须注意此三种内容在课堂教学中，必须形成一个完整的循环过程，而非三个独立、分割的教学内容：

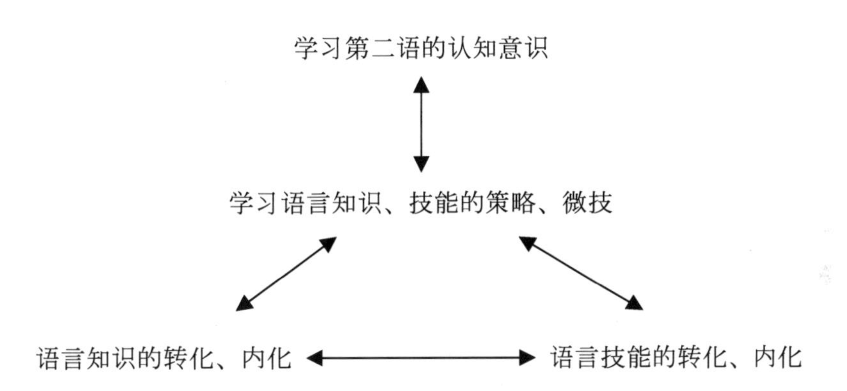

3 课堂教学模式

以上三种内容的认知、转化和内化过程中，个体的认知、情感、行动参与必须经过以下的循环：

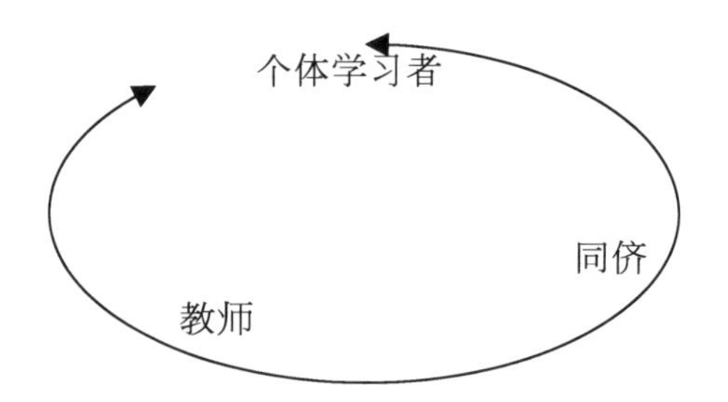

此一循环可以通过以下三阶段、六步骤的外显式教学模式（Explicit Teaching Model）来达成：

（1）认知阶段：
- 教师清楚讲解、说明
- 教师或学生示范

（2）转化阶段：
- 学习者通过教师所设计的教材、教学活动来学习相关知识、技能
- 学习者与同侪互助学习

（3）内化阶段
- 学习者通过自评、互评来了解学习效果，并采取强化、补救策略
- 学习者记忆相关知识、操练相关技能

四　建构主义模式下的第二语言教学设计

笔者带领一所小学于二〇一〇年起，开展一项为期两年的，以建构主义为理论基础的校本读写课程与课堂教学的试验研究。第一年研究以

二、三、四、五年级学生为对象，并已完成第一阶段的课程设计、教学系统与教学模式的试验。以下是此次研究的课程设计示例：

（一）设计理念

建构一个立论于建构主义的第二语言课程系统、课堂教学系统与课堂教学模式：

（1）课堂系统以理解型课程框架（Understanding by Design）为基础，通过单元主题同步融合言语知识和语言知识两大内容

（2）教学系统以新加坡教育部“投入型学习”（PETALS™）为基本框架，以学生为中心，从教学法、体验学习、教学内容、学习氛围和评价五大方面来进行语言教学

（3）课堂教学内容强调程序性知识（技能）教学，遵照程序性教学的认知、转化、自动化三大阶段的学习需要，通过责任循序渐进转移模式“扶、放、收”来培养语言能力

（4）单元教学强调学生自主学习的意识与策略，结合评量式学习法与外显式教学模式，让学生清楚了解学习目标、掌握学习策略

（二）单元设计框架

课程设计以理解性课程（Understanding by Design[12]）为基本框架，采取语言与言语双重单元设计，一个单元里包括主题、学习策略、语言知识点、言语技能点、学习评量法和评估方法。以下是小四的单元

---

12 Understanding By Design 理解性课程由美国学者 Wiggins and McTighe 提出的课程设计框架理论，采取逆向设计、以主题为单元，让学习者从“解释、释译、应用、洞察、移情、自我认识”六维度来达致深层理解的目标。详见 McTighe, Jay & Wiggins, Grant (2005). Understanding by Design. Second Edition. Alexandria, Virginia: Association for Supervision and Curriculum Development." Missouri State University.

设计示例：

1 单元主题

（1）言语[13] 主题：关系（例子：人与事）：能够解释 1. 为什么？2. 如何？

（2）语言[14] 主题：怎么把人/物/事说与写得更清楚、具体的段篇结构。

2 单元学习目标

（1）认知策略

- 学会通过叙述整个事件的经过来说明自己的观点
- 能运用思维图来掌握阅读与理解篇章的策略：找关键词、找出难题、谁能解决难题、解决难题的整个经过（五何法）
- 掌握细读和泛读的阅读策略来理解内容大意
- 能通过阅读策略来复述或写出故事中的人与事
- 能独立地写出一件事来说明一个人的特点
- 能听懂同学的复述并给予评价

---

13 在语言教学上，语言被细分为语言（code/language）和言语（speech/message）。语言是一套套代代相传的符号、规则；内容包括语音/语形、语法、词汇。特色如下：一、任意性：声音和意义结合的任意性；二、线条性：语言成链条状：一句话，秩序分明；三、稳定性：变化缓慢；四、社会性：社会（人）的沟通工具；五、抽象性：一套抽象的符号。言语指的是符号、规则结合后所代表的意义（meaning）；内容包括词、句、段、篇里的所有语义。其特色包括开放性、无限性、个人性、自由性、具象性和功能性（交际工具、思维工具）。总括之，语言是已定型并固定了的、相对封闭的系统，言语则是建构的、开放的。在语言教学上，学习者需要学习语言系统，并用这套语言系统来建构自己的认知世界。在本文中，笔者提出在学习阶段先通过言语的建构来输入第二语知识系统的教学模式。

14 见上注。

(2) 言语知识

能了解人与事之间的关系：通过“为什么”的提问引导来刺激思考，让学生思考、理解“人”和“事”之间的关系；通过“如何”的提问引导，让学生学会通过一件事（如何）去分析、说明（为什么）某个人的特点。例如：包拯是聪明的人（为什么说他是聪明），因为他懂得用水去找出谁吃了鸡蛋（如何证明）

(3) 语言技能（听、读、说、写）

学生能掌握以下的句型，通过一件事来说明一个人的特点：（谁）_____是（形容词）______的人。他／她可以（一件事的经过）______________。

(4) 自学能力

能掌握运用思维导图的阅读策略来获取知识、建构知识、并把有关的阅读知识运用在写作中。

(5) 生活经验

- 能观察、发现、理解人与事之间的关系
- 能完整地介绍一个人的特点

3 学习重点、材料、学习活动与教学步骤

学习重点	学习材料	学习活动	外显式程序性知识教学步骤
1. 让学生明白人与事的关系	1.课文： 4A1.2 哥伦布立鸡蛋（强化） 4A1.1 谁吃了鸡蛋（核心）	1.找关键词—形容词（聪明、幸运） 难题：谁能／可以______？（疑问句？） 解决的经过：人、物、时、地、事（做什么）。	**一、引起动机**：(1) + (2) （编号代表内容请参见图表下） 说一说身边的人／同学／朋友／家人的一个优点。为什么这么说？如何证明？

学习重点	学习材料	学习活动	外显式程序性知识教学步骤
2. 让学生把人或事件陈述得更清楚、具体	2.补充阅读：包拯如何找出谁偷吃鸡蛋的原文（2 篇不同版本的原文） 3.写作纸（一）：改写后的“谁吃了鸡蛋” 4.写作纸（二）：情景写作（我的同学） 5.互评：心形图（一）和（二） MindMap.doc	2.阅读理解提问（细读）： 题型 1 为什么说哥伦布的成功不是因为幸运？ 有什么例子来证明？ 引导提问： (1) 哥伦布提出的难题是什么？ (2) 谁能解决这个难题？ (3) 大家做什么？哥伦布做什么？ 为什么说包拯很聪明？ 有什么例子来证明？ 引导提问： (1) 难题是什么？ (2) 谁能解决这个难题？ (3) 包拯做了什么，来找出偷吃鸡蛋的人？ 写／说-复述（补充阅读,能力一般的，复述其中一个故事即可、能力强的可鼓励创造）： “______（人）是______（关键词）的。	**二、教师讲解概念、示范（扶）(3) + (4)** (认知阶段) 1.讲解：“关系”（big idea） 2.通过课文来带领学生理解人与事的关系（言语／语言：技能） P4ColumboExplicit.ppt 要学生明白什么是关系，例如，用一件事来说一个人（“人”与“事”）。 **三、学习过程：(3)** 教师布置活动，学生小组“做中学”（放）(转化阶段 1、2、3、4 自／互评) 转化阶段 1：(3) + (4) 1.阅读找关键词 学生阅读（泛读）课文和补充阅读教材（《了不起的哥伦文发》），找出关键词，以完成心形图第一个问题。 MindMap1.doc 2.理解提问（细读）：

学习重点	学习材料	学习活动	外显式程序性知识教学步骤
		难题：谁可以 _______？” 解决问题的经过： __________。 3.互评法／老师补充：同学互相检查彼此的答案。老师从旁协助。 3.1.1 他们有没有说关键词？关键词是什么： ________ 3.1.2 关键词用得好不好？ 3.2.1 他们有没有用例子来说明？ 例子：__________ 3.2.2 他们用提问来说出难题？难题是什么： ________ 3.2.3 他们有没有把解决问题的经过说出来？说得完整吗？ 人：___、物：___ 时：___、地：___ 事：___、	引导学生细读，从中找出例子来说明哥伦布的成功不是因为幸运。学生由此明白如何举例论证。 P4ColumboExplicit.ppt 2.完成心形图 阅读（寻读）故事来完成心形图（一）问题，协助学生掌握课文大意。 MindMap1.doc 转化阶段 2：(1) + (3) + (4) 3.提问与复述 老师检查心形图答案。学生理解理解课文内容大意后，通过老师的提问来复述／写出课文的重点。 转化阶段 3：(3) 4.阅读 学生根据《歌伦布立鸡蛋》的阅读方法来理解《谁吃了鸡蛋》的内容：利用心形图找关键词，找出难题以及提出如何解决难题的方法。 MindMap2.doc 完成心形图后，学生举例说

学习重点	学习材料	学习活动	外显式程序性知识教学步骤
			明包拯是聪明的。老师引导提问。 P4ColumboExplicit.ppt 转化阶段 4：(3) + (4) 5.补充阅读 学生阅读两篇不同版本的原文。 写／说-复述（差异教学：能力一般的，复述其中一个故事即可、能力强的可鼓励创造）：ppt “_____（人）是______（关键词）的。 难题：谁可以_______？” 解决问题的经过： __________。 BaoGongStory1.ammended.doc BaoGongStory2.doc **四、评估（收）（自动化阶段）：(5) + (6)** 1.同侪互评 同学互相检查彼此的答案。老师从旁协助。 AfL.ammended.doc 学生作业（读、写作业） 教师评估：

学习重点	学习材料	学习活动	外显式程序性知识教学步骤
			1.读写能力 学生改写《谁吃了鸡蛋》。 ReWrite.doc 2.情景写作《我的同学》(2) 学生运用阅读方法来写出同学的特点并举例说明。 Compo.doc

(1) 学习氛围：提问与讨论

(2) 学生体验

(3) 教学法：外显式程序性知识教学

(4) 教学内容：阅读方法

(5) 评价

(6) 学习环境的氛围：同侪活动、老师协助

此一单元教学是在投入型学习框架下设计而成：教师在课前设计教学，准备相关的教材、教学活动，在课堂上采取外显式程序型知识教学法（教学法），通过大量的提问、讨论让学生调动先备经验与知识（学习氛围），具体讲解相关的阅读、写作技能方法（内容），让学生通过体验学习法（体验）、促进学习的评量性学习（评价）来落实体现学生为本理念的建构型第二语课堂教学。

五　结语

建构主义教学模式以培养二十一世纪技能为目标，其教学重点在于学习者的学习自身的认知探索过程。整体课堂与教学设计必须建构在学习者的图式经验之上，通过调动学习者的学习意识、培养认知策略、并在真实社会语境中体验、与社会沟通。这与只须专注于语言知识与技能教学的传统语言教学相比较，不但目标更多元化、教材设计更精细、教学活动更复杂，评量主体多元、形式也多元化。要在新加坡语文教学课堂上落实建构主义理念，教师尚须清楚掌握第二语言教学法，这对新加坡语言教学而言，其难度之高、挑战之巨不在话下。就现况而来，华文教师必须首先调整教学理念：

- 信任、尊重学生的教学信念
- 学习主体不能代替；学比教更重要
- 学习过程需要时间转化
- 知识无涯，教学时间有限，课堂教学须转向通过策略与技能教学，培养自主学习意识与能力

调整教学理念后进而再按第二语言学习的需要，设计适当教材、采取多元化教学策略、设计学习者中心的教学活动、布置建构型课室、通过学习性评量法来监控学习过程，培养独立学习的意识与策略。

一套记音符号，两种语音系统
——新加坡小一儿童汉语拼音偏误调查

一　论文主题与研究背景

（一）儿童第二语言学习者激增

新加坡是世界上少数在小学阶段就同步推行双语教育政策的国家，双语教育政策推行至今已有四十年。根据新加坡教育部二〇〇九年的调查显示（教育部网站），新加坡儿童在家中主要使用英语的华族学生人数首次超过半数：

新加坡小一学生的家庭用语（1980 年至 2009 年）

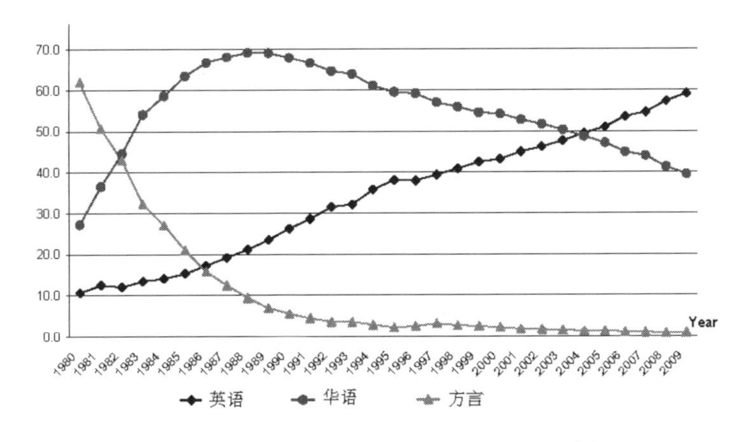

图 1　新加坡小学生的家庭语言*

* Source: MOE Survey at Primary-1 registratiom

此次调查对新加坡今后的语言教学深具意义。首先，新加坡儿童双语语言学习出现两种不同的起点：入学前家庭用语以母语（以华族而言，以华语为主、方言为辅）为第一语言的儿童占百分之四十；入学前家庭用语以英语为第一语言的儿童比例扩大，也占百分之六十。此一改变意味着：在新加坡学习华语的学生人口中，儿童第二语言学习者激增，新加坡华语文教学因此面临了史无前例的极大挑战。目前，有关第二语言学习的学术讨论都比较集中于成人第二语言学习者，尤其是华语言。另外，随着世界各国学习汉语的学生人口也迅速年轻化，甚至是儿童化，儿童第二语言学习势必成为汉语第二语言学习的重点课题。在此，笔者将抛砖引玉，以新加坡儿童第二语言学习为实例，展开一次有关汉语拼音与英语学习之间的关系之讨论。

（二）以英语为主的双语学习

在新加坡，百分之六十儿童在七岁以前，已经掌握了基本的英语口语能力，进入小学一年级时，才开始学习在单科教学的课堂环境中学习华语；另外百分之四十的儿童在入学前已掌握了基本的华语口语能力。但是，不管何种背景的儿童，进入小学后，都接受以英语为主要教学媒介语言的英语学习。因此，实质上，新加坡儿童学习华文都属于第二语言学习。因此，他们在华语学习上不可避免地受到英语的影响，并因此产生“中介语”[1] 问题。

1 “在开始学习一种外语时，学生的语言知识与经验，只有其母语。但他已经有了一些目的语知识的时候，这有限的、不充分的目的语知识对学习和使用新的目的语形式的干扰便开始出现。在语音上，主要表现为用母语的语音规律来替代目的语的语音规律，并因此形成一种非母语、亦不是目的语的中介语语音”。（王建勤，1997：53）

（三）汉语拼音是儿童学习华语的起点

基于拼音符号的学习是儿童从口语迈向书面语的关键基础，是儿童在语言学习初期阶段联系音义和形符的“拐棍”，新加坡教育部自一九九九年开始，在小一儿童入学后的第一学期推行集中学习汉语拼音，希望以汉语拼音作为正音和阅读的辅助工具。

（四）同时以罗马拼音系统为华语和英语的记音符号

在双语学习的教学框架下，新加坡儿童同时应用罗马拼音来学习英语发音和汉语拼音。但是以目前的情况来说，两种语音教学是分开进行的，它们各自独立，互不干涉。根据第二语言教学之中介语理论，学习者的元语言知识、技能对目标语的学习会产生迁移作用。因此，英语语音会对华语发音产生影响，英语发音对汉语拼音的掌握肯定会有一定的影响。但是，有关两种语言/语音系统之间的差异对儿童学习所产生的正负迁移之讨论却不多见。

二　理论基础、论文假设、研究目的与研究方法

本论文假定，英语不可避免地介入了新加坡儿童的华语学习，而且越来越强势，因此在语音的学习上，英语发音肯定会对华语语音的学习产生迁移作用，因而产生中介语偏误现象。在这一假设下，本论文所欲探讨有二：一、新加坡小学一年级儿童在听辨、拼写华语单音节时，华语和英语的正负迁移情况；二、儿童在学习第二语言时，所出现的偏误是否与成人一致，是否存在儿童特有的偏误现象。

（一）偏误理论与论文假设

本论文将沿用第二语言学习理论下的偏误分析（Error Analysis）方法来探讨：在汉语、英语两套记音系统的比较分析上假定偏误所在，分别针对小一儿童进行语音横段量化测试，确定偏误所在。

首先，偏误理论明确指出：母语对目标语的学习会产生迁移作用，并形成一种过渡性语言现象，非母语，也非目的语：中介语。中介语乃第一语言对第二语言的负迁移作用："迁移是心理学的一种概念，指的是已经获得的知识、技能、乃至学习方法和态度对学习新知识、新技能的影响。如果这种影响是积极的，就叫正迁移；反之，便叫负迁移，或称干扰。"（王建勤，1997：53）母语的负迁移（干扰）是形成中介语语音的主要因素："在开始学习一种外语时，学生的语言知识与经验，只有其母语。但他已经有了一些目的语知识的时候，这有限的、不充分的目的语知识对学习和使用新的目的语形式的干扰便开始出现。在语音上，主要表现为用母语的语音规律来替代目的语的语音规律，并因此形成一种非母语、亦不是目的语的中介语语音。"（王建勤，1997：53）

根据成人对外汉语教学学者的观察，英语背景的成人在学习汉语时，所产生的中介语音偏误现象如下：

(1) 以英语中的近似音直接替代汉语独有的音素

(2) 以英语的轻重音来替代汉语的声调：声调对于以非声调语为母语的学生而言是特别困难的

(3) 英语和汉语拼音共用同一套记音符号所引起的偏误：

- 通过汉语拼音方案学汉语拼音，是目前语音学习的主要途径，汉语拼音方案采用拉丁字母，有结构简单、易学、易记的优点，对于熟悉拉丁字母的学生，无疑是学习的一个方便条件，他们母语的拉丁字母对学习汉语语音有着正迁移的作用。但是，相近的事物往往也容易混淆，使用汉语拼音方案教语音，也会受到母语的拉丁字母的读音的干扰

- 与国际音标不同的是，英语和汉语拼音都属于宽式音标。两者的标音符号与音素不是一一对应，一个符号可以代表几个音位，容易产生偏误。其中包括英文字母所代表的音值与汉语拼音的差异所造成的负迁移，与英语发音对华语发音的正、负迁移

(4) 汉语拼音方案不反映实际读音，造成偏误。[2]（赵金铭，1997：323-329）

此外，对外汉语研究也指出（成人）第二语言者在语音掌握过程中所遇到的障碍有二：一、发音能力已经定向发挥，发音器官的活动已成相应的“定势”；二、语音感知能力形成定向发挥，缺乏目的语语音“范畴知觉”的敏感性。（王魁京，1998：50）

以上偏误主要以成人第二语学习者为对象，至于儿童第二语学习者的偏误情况如何，则有待探讨。以下，笔者将通过调查，讨论这些成人第二语学习的难点是否也同时出现在儿童第二语学习者身上。

既然儿童第二语学习者学习华语的基础主要建立在汉语拼音之上，笔者于是假定可以通过汉语拼音的掌握情况来检查儿童第二语语音的偏误；新加坡儿童在同步学习双语的过程中，华英双语之间必然存在相互迁移的影响；至于迁移之实际、具体情况，是否与成人学习汉语一致，或者存在儿童特有的偏误现象，乃本论文研究的重点所在。

2 例如：yan、tian、tie 等。

（二）研究目的

本论文的研究目的有二：一、探讨儿童第二语言学习者学习汉语拼音的偏误与形成原因所在；二、探讨英语对华语学习的迁移情况，以便为儿童第二语言学习在语音研究及教学方面，提供新加坡地区的初步资料。

（三）研究方法

1 测试内容

基于华语语言的单音节特性、语言学习初阶段的能力与需要，本论文根据华语发音的基本内容、语音特性、华语和英语之异同，以单音节为单位，设计了听音节与写音节的测试。

在测试中，笔者按华语语音的特点与重点，设计音节听辨测试（见附录 1），通过三十九个单音节来测试学生听辨二十三声母、二十四个韵母和四个声调的基本能力。在音节的选择上，以常用音节为第一选择，并考虑到小一学生的听辨能力较弱，因此尽量注意控制辅音、元音和声调搭配的难易度。

另外，配合新加坡小学华文教学的实际情况，本文以汉语拼音为辨听、拼写音节的工具。

2 测试方法

将五十四名儿童分成三组，集中在一个噪音最低的课室里，首先听预先录制的音节，测试者再通过常用双音节词来帮助儿童来辨听音节。

3 分析方法

在语音分析方法上，本论文首先着重分析整体音节的偏误情况，然后再检查音节构成：声调、声母和韵母的偏误情况。(至于各个音节成分的泛化、替代、增加、遗漏等具体情况则将另外撰文讨论)

4 研究对象

此次研究对象为五十四名小一儿童，分别来自北、中、南区三间学校，来自讲华语家庭和讲英语家庭的各占一半，男女各占一半。在研究展开时，正值小学一年级下半年，换言之，他们已经初步掌握英语和华语的拼音工具：英语拼音和汉语拼音。

（四）研究局限

汉语拼音包括听辨、认读和拼写。本次研究首先把焦点集中在通过拼写来辨听音节，以了解儿童辨听华语音节的能力。至于汉语拼音的认读情况，则不在本次调查范围中。其次，在此次研究中，个别儿童的汉语拼音应用能力、生理上的听辨与发音能力和英语程度都可能影响研究结果。为了反映真实情况，笔者在对象的选择上，只能做到控制测试对象的基本能力，以“具有基本的英语拼音读写能力和汉语拼音读写能力的一般儿童”为对象，至于个别的能力差异问题，则必须排除在外。

三　测试调查与归纳分析

（一）音节偏误的基本情况

表 1 列出了三十九个音节的偏误情况。总体而言：

1. 五十四名小一儿童听辨音节、拼写汉语拼音的偏误情况十分普遍，百分之五十的儿童在百分之九二點三以上的音节里都出现了偏误。偏误率高的音节分布在不同的范畴里，总括而言：

(1) 音节成分越复杂，偏误率越高

(2) 华语独有音素成分多的音节偏误率高

(3) 华语、英语音素相近成分多的音节，偏误率高

2. 华语、英语背景的儿童之偏误率很接近，意味着不同家庭语言背景对华语音节的辨听能力没有显著影响。

表 1　个别整体音节听辨能力偏误情况

单音节	音节结构 [3]	华语背景（人数）	%	英语背景（人数）	%	总和	%
bǎ	CV+3	12	44.4	10	37.4	22	40.7
dì	CV+4	14	51.9	8	29.6	22	40.7
lǎn	CVC+3	13	48.1	10	37.4	23	42.6
tīng	CVCC+1	13	48.1	16	59.3	29	53.7
rì	CV+4	12	44.4	17	63.0	29	53.7
wēng	VCC+1	16	59.3	15	55.6	31	57.4

3 符号缩写情况如下：辅音：C（辅音）、V（元音）、1（阴平）、2（阳平）、3（上声）、4（去声）。

单音节	音节结构	华语背景（人数）	%	英语背景（人数）	%	总和	%
nǚ	CV+3	16	59.3	17	63.0	33	61.1
mō	CV+1	16	59.3	18	66.7	34	63.0
fēi	CVV+1	17	63.0	17	63.0	34	63.0
jiā	CVV+1	15	55.6	19	70.4	34	63.0
sòng	CVCC+4	20	74.1	15	55.6	35	64.8
hé	CV+2	17	63.0	19	70.4	36	66.7
běn	CVC+3	21	77.8	15	55.6	36	66.7
shēng	CVCC+1	19	70.4	17	63.0	36	66.7
jīn	CVC+1	18	66.7	18	66.7	36	66.7
xiào	CVVV+4	18	66.7	19	70.4	37	68.5
ér	V+儿化+2	19	70.4	18	66.7	37	68.5
cuò	CVV+4	17	63.0	20	74.1	37	68.5
chí	CV+2	18	66.7	20	74.1	38	70.4
dǒu	CVV+3	21	77.8	18	66.7	39	72.2
biàn	CVVC+4	18	66.7	20	74.1	38	70.4
jié	CVV+2	20	74.1	20	74.1	40	74.1
xiǎng	CVVCC+3	22	81.2	18	66.7	40	74.1
kuài	CVVV+4	18	66.7	21	77.8	39	72.2
xióng	CVVCC+2	18	66.7	22	81.2	40	74.1
pái	CVV+2	19	70.4	21	77.8	40	74.1
zhuǎn	CVVC+3	20	74.1	21	77.8	41	76.0
guāng	CVVCC+1	20	74.1	21	77.8	41	76.0
yún	V(V)C+2	19	70.4	22	81.2	41	76.0
zhǎo	CVV+3	22	81.5	20	74.1	42	77.8
shuā	CVV+1	20	74.1	22	81.2	42	77.8

单音节	音节结构	华语背景（人数）	%	英语背景（人数）	%	总和	%
yuè	VV+4	22	81.2	20	74.1	42	77.8
gǔn	CV(V)C+3	19	70.4	24	88.9	43	79.6
zuì	CV(V)V+4	22	81.2	22	81.2	44	81.2
qiāo	CVVV+1	22	81.2	23	85.2	45	83.3
qiú	CV(V)V+2	21	77.8	25	92.6	46	85.2
yuán	VVC+2	22	81.2	24	88.9	46	85.2
chū	CV+1	20	74.1	26	96.3	46	85.2
cáng	CVCC+2	26	96.3	25	92.3	51	94.4
总数		722	49.3	743	50.7	1465	100

接着，笔者按难易度指标（数目越低，难度越高）（余民学，2007:07）将偏误情况划分为 8 度（第 1 度为偏误最多，第 8 度为偏误最少）：

表 2　音节与偏误级别

音节	音节结构	华语背景学生%	难易度指标	偏误度	英语背景学生%	难易度指标	偏误度	总人数%	难易度指标	偏误度
bǎ	CV+3	44.4	0.56	6	37.4	0.63	7	40.7	0.61	7
dì	CV+4	51.9	0.49	5	29.6	0.70	8	40.7	0.61	7
lǎn	CVC+3	48.1	0.52	6	37.4	0.63	7	42.6	0.62	7
tīng	CVCC+1	48.1	0.52	6	59.3	0.41	5	53.7	0.56	6
rì	CV+4	44.4	0.56	6	63.0	0.37	4	53.7	0.56	6
wēng	VCC+1	59.3	0.41	5	55.6	0.45	5	57.4	0.53	6
nǚ	CV+3	59.3	0.41	5	63.0	0.37	4	61.1	0.49	5
mō	CV+1	59.3	0.41	5	66.7	0.33	4	63.0	0.37	4

音节	音节结构	华语背景学生%	难易度指标	偏误度	英语背景学生%	难易度指标	偏误度	总人数%	难易度指标	偏误度
fēi	CVV+1	63.0	0.37	4	63.0	0.37	4	63.0	0.37	4
jiā	CVV+1	55.6	0.44	5	70.4	0.30	4	63.0	0.37	4
sòng	CVCC+4	74.1	0.26	3	55.6	0.45	5	64.8	0.36	4
hé	CV+2	63.0	0.37	4	70.4	0.30	4	66.7	0.33	4
běn	CVC+3	77.8	0.22	3	55.6	0.44	5	66.7	0.33	4
shēng	CVCC+1	70.4	0.30	4	63.0	0.37	4	66.7	0.33	4
jīn	CVC+1	66.7	0.33	4	66.7	0.33	4	66.7	0.33	4
xiào	CVVV+4	66.7	0.33	4	70.4	0.30	4	68.5	0.31	4
ér	V+儿化+2	70.4	0.30	4	66.7	0.33	4	68.5	0.31	4
cuò	CVV+4	63.0	0.37	4	74.1	0.26	3	68.5	0.31	4
chí	CV+2	66.7	0.33	4	74.1	0.26	3	70.4	0.30	4
biàn	CVVC+4	66.7	0.33	4	74.1	0.26	3	70.4	0.30	4
dǒu	CVV+3	77.8	0.22	3	66.7	0.33	4	72.2	0.28	3
jié	CVV+2	74.1	0.26	3	74.1	0.26	3	74.1	0.26	3
xiǎng	CVVCC+3	81.2	0.19	2	66.7	0.33	4	74.1	0.26	3
kuài	CVVV+4	66.7	0.33	4	77.8	0.22	3	72.2	0.28	3
xióng	CVVCC+2	66.7	0.33	4	81.2	0.19	2	74.1	0.26	3
pái	CVV+2	70.4	0.30	4	77.8	0.22	3	74.1	0.26	3
zhuǎn	CVVC+3	74.1	0.26	3	77.8	0.22	3	76.0	0.24	3
guāng	CVVCC+1	74.1	0.26	3	77.8	0.22	3	76.0	0.24	3
yún	V(V)C+2	70.4	0.30	4	81.2	0.19	2	76.0	0.24	3
zhǎo	CVV+3	81.5	0.18	2	74.1	0.26	3	77.8	0.22	3
shuā	CVV+1	74.1	0.26	3	81.2	0.19	2	77.8	0.22	3
yuè	VV+4	81.2	0.19	2	74.1	0.26	3	77.8	0.22	3

音节	音节结构	华语背景学生%	难易度指标	偏误度	英语背景学生%	难易度指标	偏误度	总人数%	难易度指标	偏误度
gǔn	CV(V)C+3	70.4	0.30	4	88.9	0.11	2	79.6	0.20	3
zuì	CV(V)V+4	81.2	0.19	2	81.2	0.19	2	81.2	0.19	2
qiāo	CVVV+1	81.2	0.19	2	85.2	0.15	2	83.3	0.17	2
qiú	CV(V)V+2	77.8	0.22	3	92.6	0.07	1	85.2	0.15	2
yuán	VVC+2	81.2	0.19	2	88.9	0.11	2	85.2	0.15	2
chū	CV+1	74.1	0.26	3	96.3	0.04	1	85.2	0.15	2
cáng	CVCC+2	96.3	0.04	1	92.3	0.08	1	94.4	0.60	1

然后，再把三十九个音节与偏误情况统计如下：

表 3　偏误级别与偏误量

偏误级别	音节偏误数量	
	华语背景	英语背景
1	1	3
2	6	7
3	9	10
4	14	12
5	5	4
6	4	0
7	0	2
8	0	1
总数	39	39

按表 3 的数据来分析：

（1）小一儿童听辨华语单音节的偏误度集中在第 3 与第 4 度之间，占了百分之六十六；数据显示儿童听辨华语单音节的偏误情况

很普遍，意味着小一儿童对汉语拼音辨听和拼写能力的掌握能力并不稳定

(2) 与华语背景的学生比较起来，英语背景儿童对汉语拼音的掌握较不稳定，偏误栏区较大

(二) 音节偏误栏区与个别儿童之偏误量

表 4 的数据记录了儿童在三十九个音节上的偏误比例：在三十九个音节中，儿童的偏误率在百分之五十以上。表 5 则记录了个别儿童之音节偏误量：偏误量超过一半的学生百分比高达百分之八十五。此二表的数据意味着：

(1) 儿童的语音感知能力尚不成熟，儿童第二语言学习者因此无法很好地听辨出汉语音节

(2) 儿童对抽象的记音符号之掌握尚不稳定，用同一套记音符号来学习双语可能会造成更大的混淆

表 4　音节听辨偏误百分比分布情况

音节偏误总百分比	音节数量	比例	音节
40-49%	3	7.7%	bǎ、dì、lǎn
50-59%	3	7.7%	tīng、rì、wēng
60-69%	12	30.8%	ér、hé、fēi、běn、shēng、jīn、jiā、xiào、mō、cuò、sòng、nǚ
70-79%	15	38.4%	chí、dǒu、biàn、xiǎng、xióng、jié、yuè、pái、kuài、zhuǎn、guāng、yún、zhǎo、shuā、gǔn
80-89%	5	12.8%	zuì、qiāo、qiú、yuán、chū
90-99%	1	2.6%	cáng
总数	39	100%	----

表 5　个别学生之音节偏误数量

偏误数量	华语背景	百分比	英语背景	百分比	总和	百分比
1-9	1	3.7	0	0	1	1.9
10-19	4	14.8	3	11.1	7	13.0
20-29	6	22.2	11	40.7	17	31.5
30-39	16	59.3	13	48.1	29	53.7
总数：39	总数：27	100	总数：27	100	总数：54	100

（三）音节内部结构之偏误情况

1 整体音节之偏误情况

以下，笔者再进一步将偏误情况分为四大组：即高度偏误（1-2）、中高度偏误（3-4）、次轻度偏误（5-6）和轻度偏误（7-8）四种，进一步检查偏误情况。

1-1　轻度偏误的音节结构

表 6 记录了偏误率低（7-8 度）的基本音节结构：

（1）音节结构简单：三个音素以下（以 CV 结构为主）

（2）单元音（以 a 为主，i 为次）；a、i 与英语发音一致

（3）发音与英语接近的辅音：b、d、l

（4）以第三声为多，没有第二声

（5）英语背景儿童对这 3 个音节的掌握比华语背景儿童好；其中，华语背景儿童在 dì 的偏误上比英语背景儿童高了 3 度[4]

4　虽然华语背景儿童在 dì 这一音节的偏误上比英语背景儿童高出 3 度，但由于缺乏其他类似数据，无法分析原因，只能暂时存录。

表 6　轻度偏误的音节结构

音节	音节结构	英语背景偏误度	华语背景偏误度	偏误度平均数
bǎ	CV+3	7	6	7
lǎn	CVC+3	7	6	7
dì	CV+4	8	5	7

1-2 次轻度偏误的音节结构

表 7 记录了次轻度偏误的情况：

（1）华语独有的音节：rì 和 nǚ

（2）带后辅鼻音的 4 音素音节：tīng 和 wēng

（3）与英语辅音相近的辅音 t 和元音 u（w）

（4）没有第二声

（5）华语背景儿童对这 4 个音节的掌握比英语背景的学生稍好

（6）英语背景儿童对华语特有音节 rì 和 nǚ 的掌握差，都是第 4 度，比华语背景的第 6 度高了 2 度

表 7　次轻度偏误的音节结构

音节	音节结构	英语背景偏误度	华语背景偏误度	总人数偏误度
rì	CV+4	4	6	6
tīng	CVCC+1	5	6	6
wēng	VCC+1	5	5	6
nǚ	CV+3	4	5	5

总的来说，上述表 6 和表 7 的数据具有四大意义：一、轻度偏误和次轻偏误的音节仅有 7 个，占百分之十七点九；汉语拼音与英语共有的

辅音 b、d 、t、l、辅音韵尾 ng 以及元音 a、i、u 的偏误少，与英语的正迁移不无关系；二、可能具有正迁移作用的辅音只有 5 个，元音也只有 3 个，显示了正迁移作用是有限的；三、英语背景儿童在汉语独有音节 rì、nǚ 的偏误高了 2 度，证实了母语中没有的音素是第二语言学习难点所在；四、第一声、第三声和第四声乃偏误度低的声调，显示了儿童具有辨听汉语独有大部分声调的能力。

1-3 中高度偏误的音节结构

表 8 记录了中高度偏误的音节。其中，不但音节最多，情况也相对复杂：

（1）2 个音素的音节：mō、hé、ér

（2）3 个音素的音节：dǒu、jié、pái、yún、yuè、gǔn、fēi、jiā、běn、jīn、cuò

（3）4 个音素以上的音节（声母加带有介音 i、u 和 ü 的三音素韵母）：xiǎng、biàn、kuài、guāng、zhuǎn、xióng、xiào

以下，笔者进一步将中高偏误度的音节稍加归类，发现偏误的类别主要有：

（1）带卷舌辅音声母的音节：zhuǎn、zhǎo、shuā、shēng、chí；带舌面前音声母的音节：jīn、jiā、xiào、xióng

（2）带有元音 e/ê 的音节：hé、ér、fēi、yuè

（3）带有元音 o 的音节：mō、cuò、dǒu、xióng、xiào

（4）带有元音 a、ê 的音节：pái、fēi、jié

（5）带辅音韵尾的音节：yún、gǔn、běn、jīn、zhuǎn、biàn、guāng、sòng、shēng

（6）实际发音与记音符号不一致的 biàn

（7）在声调上，出现了第二声与第三声的混淆问题，偏误率占50%

（8）不同语言背景的学生在一些音节上的偏误距离开始扩大，英语背景的学生在 xióng、yún 和 gǔn 的听辨偏误上比华语背景的学生高 2 度，但在 sòng、běn 的听辨时却比华语背景的学生低 2 度

表 8　中高偏误度的音节与内部结构

音节	音节结构	英语背景偏误度	华语背景偏误度	总人数偏误度
dǒu	CVV+3	4	3	3
jié	CVV+2	3	3	3
xiǎng	CVVCC+3	4	3	3
kuài	CVVV+4	3	4	3
xióng	CVVCC+2	2	4	3
pái	CVV+2	3	4	3
zhuǎn	CVVC+3	3	3	3
guāng	CVVCC+1	3	3	3
yún	V(V)C+2	2	4	3
zhǎo	CVV+3	3	2	3
shuā	CVV+1	2	3	3
yuè	VV+4	3	2	3
gǔn	CV(V)C+3	2	4	3
mō	CV+1	4	5	4
fēi	CVV+1	4	4	4
jiā	CVV+1	4	5	4
song	CVCC+4	5	3	4

音节	音节结构	英语背景偏误度	华语背景偏误度	总人数偏误度
hé	CV+2	4	4	4
běn	CVC+3	5	3	4
shēng	CVCC+1	4	4	4
jīn	CVC+1	4	4	4
xiào	CVVV+4	4	4	4
ér	V+儿化+2	4	4	4
cuò	CVV+4	3	4	4
chí	CV+2	3	4	4
biàn	CVVC+4	3	4	4

1-4 高偏误度音节与其内部结构

表 9 记录了高偏误度的音节：

（1）有舌面音声母 q 的音节：qiú、qiāo

（2）带有卷舌辅音 ch 的音节：chū

（3）带有舌尖前音声母 c 的音节：cáng

表 9　高度偏误的音节结构

音节	音节结构	英语背景偏误度	华语背景偏误度	总人数偏误度
qiú	CV(V)V+2	1	3	1
chū	CV+1	1	3	1
cáng	CVCC+2	1	1	1
zuì	CV(V)V+4	2	2	2
qiāo	CVVV+1	2	2	2
yuán	VVC+2	2	2	2

总结中高表 8 和表 9 的数据，可得以下结论：一、汉语特有的音素，如辅音 zh、ch、sh；j、q、x 和元音-i、ü 是儿童第二语学习上的高偏误所在；二、汉语和英语记音符号重叠，但发音不同所引起的偏误很多，例如 j、q、x，此乃记音符号层面上的偏误问题，与音系层次无关；三、由二合元音和三合元音所构成的韵母是高偏误所在。可能原因有四种：一是新加坡华语受南方方言的影响所产生的固有偏误；二是儿童辨析语音的能力尚弱，无法察觉其中不同；三是汉语拼音知识不足，无法通过拼写来反映辨听出来的情况；四是英语的负迁移问题。例如：

(1) 带有元音 o 的音节：mō、cuò、dǒu、xióng、xiào；元音 o 的发音与英语 u 很接近，容易产生中介音的负迁移影响

(2) 带有元音 a、ê 的音节：pái、fēi、jié；a、ê 在华语和英语中的实际发音不同，但由于记音符号字母音值的干扰，因此产生 fēi 被误认作 fāi、pái 被误认为 pēi 的情况

(3) 汉语拼音本身的问题所造成的偏误，如带有元音 e/ê 的音节：hé、ér、fēi、yuè 的偏误乃以同一个记音符号来代表三种不同发音的宽式音标问题，实际发音与记音符号不一致的 biàn 被误认为 bièn

(4) 第二声是声调中偏误度最高的，也是最明显的。偏误情况主要反映在第二声与第三声的混淆上

1-5 小结

从音节偏误的基本情况的归纳分析，可知：

(1) 英语的负迁移作用大于正迁移作用

(2) 记音符号层面上的偏误比音系层面上的高

(3) 发音部位与发音方法接近的华语、英语音节偏误率偏高

（4）华语独有的音节偏误率最高

（5）学生以英语近似音直接替代华语的音素的负迁移现象很普遍

（6）音节结构的复杂程度对音节听辨、拼写的能力有一定的影响

（7）第二声是高偏误声调所在，偏误情况反映在与第三声的混淆之上

2 个别音节成分（声母、韵母和声调）之偏误情况

2-1 声母、韵母和声调偏误量比较

表 10 记录了在三十九个单音节中声母、韵母和声调之偏误量：

（1）在声母、韵母和声调三个音节成分里，韵母的偏误量最多，声调次之，声母最少；三者之间的总偏误量很接近，没有明显差距

（2）在声母的辨听与拼写上，华语背景儿童偏误较低，表现较好

（3）在韵母的辨听与拼写上，英语背景儿童偏误较低，表现较好

（4）在声调的辨听与拼写上，华语背景儿童偏误虽然较低，但没有明显的差距

表 10 的数据意味着儿童第二语言学习者对汉语音节的细部构成，即对声母、韵母和声调的辨析能力没有明显的差距。

表 10　声母、韵母、声调听辨偏误情况

音节成分	声母			韵母			声调		
儿童背景	华语	英语	总数	华语	英语	总数	华语	英语	总数
偏误总数	420	472	892	579	383	962	459	480	939
偏误平均数	28.8	35.4	31.8	39.7	28.7	34.4	31.5	35.9	33.6

2-2 声母偏误情况

从表 11 的数据得知，辅音偏误情况如下：

(1) r、h、t、l、m、f、s、n 是偏误度最低的辅音

(2) b、d、k、j、x 是偏误度中等的辅音

(3) p、g、sh、q、ch、c、z、zh 是偏误率较高的辅音

根据表 11 归纳，可得知：

(1) 汉语 r、h、t、l、m、f、s、n 在英语里有相同的或较为近似的辅音，具有正迁移作用

(2) 汉语独有的送气与不送气的 b、d、g、k、p、c、z 辅音声母是儿童第二语言的偏误所在

(3) 汉语独有的舌面音声母 j、q、x 和 zh、ch、sh 卷舌辅音声母是儿童第二语言的偏误所在

表 11　声母偏误情况

声母	华语背景		英语背景			
	人数	%	人数	%	总人数	%
r	0	0	1	3.7	1	1.9
h	2	7.4	0	0	2	3.7
t	1	3.7	2	7.4	3	5.6
l	2	7.4	1	3.7	3	5.6
n	1	3.7	3	11.1	4	7.4
m	2	7.4	2	7.4	4	7.4
f	5	18.5	2	4.4	7	13.0
s	1	3.7	7	25.9	8	14.8

声母	华语背景		英语背景			
	人数	%	人数	%	总人数	%
b	4	14.8	6	22.2	10	18.5
d	5	18.5	6	22.2	11	20.4
k	3	11.1	8	29.6	11	20.4
j	6	22.2	9	33.3	15	27.7
x	11	40.7	8	29.6	19	35.2
p	9	33.3	11	40.7	20	37.0
g	8	29.6	14	29.6	22	40.7
sh	13	48.1	11	40.7	24	44.4
q	11	40.7	15	55.6	26	48.1
ch	13	48.1	14	51.9	27	50.0
c	12	44.4	17	63.0	29	53.7
z	13	48.1	16	59.3	29	53.7
zh	18	66.7	19	70.4	37	68.5

表 12 归纳了声母的偏误类别：

(1) 受英语字母音值过度泛化和以英语独有的双辅音为辅音进行替代、添加的中介声母音符而形成的中介声母音是最主要的偏误所在；此乃英语记音符号的负迁移，显示了儿童第二语言学习者在使用同一套记音符号来学习双语时，负迁移情况不容忽视

(2) 汉语独有的辅音声母群 zh、ch、sh、j、q、x 所形成的偏误占第二位。偏误度偏高有两个原因：一、新加坡华语受南方方言影响，zh、ch、sh 和 z、c、s 不分；二、英语中没有的语言现象是第二语学习中的难点

(3) 不同语言背景的儿童在声母偏误上没有明显的区别

表 12　声母偏误情况分类

声母	华语背景	英语背景	总数
汉语独有卷舌辅音声母 zh ch sh（例如：以 zh、ch、sh 交错替代 z、c、s 的偏误有 110 个；以 zcs 交错替代 zh ch sh 的有 66 个）	22	30	52
汉语独有舌面辅音声母 j q x（例如：以 z、c、s 和 zh、ch、sh 来替代，也包括了以英语发音相近的其他音素来替代，例如：以 g 替代 j、以 t 替代 q、以 ch 替代 q 等）	46	59	105
z c s 和 zh ch sh 被过度泛化为 j q x（zh：j、zh：q、ch：j、sh：x）	23	25	48
其他被过度泛化为 j q x 的辅音声母	7	9	16
小计	**98**	**123**	**221**
华语送气／不送气与英语清浊辅音声母	38	52	90
半元音声母 y 偏误（例如：g、j、w、c、l、r 替代 y；以 r 替代 y）	11	19	30
其他辅音声母（b d f g k p m t）	30	29	59
受英语字母音值过度泛化所造成的中介声母音符（例如：c、g、k、p、z 被误认为 q）	132	175	307
以英语独有的双辅音为辅音进行替代、添加的中介声母音符（例如：br、f、hlr、hr、cr、qh、xh）	14	20	34
总数	**323**	**418**	**741**

2-3 韵母偏误情况

在归纳韵母的偏误情况时，笔者将按汉语中 10 个元音来讨论。表 13 里的元音听辨偏误表列示了主要单元音的偏误量平均数排列：

（1）7 个主要单元音的偏误度依次为：-i、ü、u、o、e、i、a

（2）-i、ü 乃华语独有的元音，偏误情况偏高证实了“母语中没有的语言现象是第二语言学习中的难点”这一假设

（3）u、o、e 这三个在汉语和英语符号相同且音质与音位复杂的元音所产生的偏误不容忽视

（4）a 在发音方法上比较稳定，而且在华语、英语发音非常接近，容易产生正迁移

表 13 元音听辨偏误表

主要元音	华语背景总偏误量	平均数%	英语背景偏误量	平均数%	平均数[5]	次序
-i[6]（例如：-i/a、-i/e、ia/ie、ia/a）	12	6.0	22	11	17	1
ü（例如：ü/u、ü/i、ü/ iu, iw、ü/o）	35	11.7	26	8.6	15.3	2
u（例如：u/o、u/w）	81	8.1	69	6.9	13.6	3
o（例如：o/a、o/e、o/u）	48	6	50	6.3	10.8	4

5 39 个音节中以该元音为韵母组成成分的音节数量除以总偏误量得出偏误平均数。例如：以 -i 为韵母的音节有 2 个：chí 和 rì，偏误总数为 34，偏误平均数为 17。

6 -i 包括前高元音、后高元音两个音位，不进一步分化的原因是这两个音位之间的差异十分细微，不是小一儿童能察觉得到的，因此暂时无需分化。

主要元音	华语背景总偏误量	平均数%	英语背景偏误量	平均数%	平均数	次序
e[7]（例如：e/a、e/o、e/ee、e/ea、e/ae）	48	6	49	6.1	10.7	5
i（例如：i/e、i/y、iong/eine、in/eoe、ai/iae、ie/ea、ie/ee）	49	3.2	51	3.4	6.7	6

2-4 声调的偏误情况

声调乃华语语音中具有重要辨义意义的特殊语音现象。表 14、表 15 里记录了儿童第二语言学习者在声调上的偏误情况。综合两表，可得出以下结论：

（1）90%以上的学生（96.3%）存在声调辨听偏误的问题

（2）四分之一的学生（24.1%）的声调辨听偏误问题严重（偏误在 50%以上）；英语背景的学生具有严重偏误问题的情况比较明显，有 40.8%

（3）无标示声调的学生占一半以上有 53.8%；其中，16.3% 的学生在 39 个音节里，有 50%的声调无法标示出来。没有标示出声调的原因很多，包括无法标认、缺乏声调意识

（4）华语背景的学生在标示声调上并没有优势（华：55.5%、英：51.8%）；相反的，来自华语背景的学生在 20-29 的偏误反而比英语背景的学生高出 3 倍

7　e 在汉语和英语中都是一符多音的记音符号，理应归为 e、ê 两种，这里暂时合为一类。

表 14　声调偏误之学生比例

偏误数量	华语背景	百分比	英语背景	百分比	总和	百分比
0	2	7.4	0	0	2	3.7
1-9	16	59.3	10	37.0	26	48.1
10-19	7	25.9	6	22.2	13	24.1
20-29	2	7.4	10	37.0	12	22.2
30-39	0	0	1	3.8	1	1.9

表 15　无标示声调之学生比例

偏误数量	华语背景	百分比	英语背景	百分比	总和	百分比
1-9	7	25.9	10	37.0	17	31.5
10-19	2	7.4	1	3.7	3	5.6
20-29	4	14.8	1	3.7	5	9.3
30-39	2	7.4	2	7.4	4	7.4
总数	15	55.5	14	51.8	29	53.8

2-5 小结

五十四名小一儿童通过汉语拼音听辨、拼写华语单音节的偏误情况普遍，广泛分布在声母、韵母和声调三方面。总结如下：

(1) 儿童第二语学习者偏误之声母、韵母偏误情况与成人第二语学习者类似，但因记音符号，也就是英语字母音值所造成的偏误情况可能更为明显

(2) 与成人第二语学习者以“英语的轻重音来替代汉语的声调”的偏误情况不同的是，儿童第二语学习者在声调上的偏误主要是

无法辨认声调以及缺乏声调意识[8]

四　结语

本次的测试调查对儿童第二语语音学习与汉语拼音教学均有重大意义。

首先，偏误理论假设获得证实，即成人第二语言学习的三大主要偏误现象也出现在儿童第二语言学习者身上：

(1) 以英语中的近似音直接替代汉语独有的音素

(2) 英语和汉语拼音共用同一套记音符号所引起的偏误

(3) 汉语拼音方案不反映实际读音所造成的偏误

其次，双语对儿童第二语言的语音学习所造成的负迁移作用高于正迁移作用，小一儿童在汉语拼音学习过程中的中介语偏误现象因此十分普遍，记音符号层面上的偏误问题比音系层面上的偏误更广泛、更显著。换言之，儿童学习第二语言语音之偏误在于记音符号问题，而非语音定势的问题。此乃由于儿童受本身的英语/母语意识之影响、而其辨音和辨别抽象记音符号能力都尚未完全发展起来的缘故。

最后，调查对第二语言学习研究的启示包括：

(1) 除了第二语言学习需要，也必须重视儿童认知发展的需要。简言之，儿童第二语言学习者这一学习主体必须得到认可，并展开更广泛、更深入的调查研究

(2) 需重视通过偏误理论来检视儿童第二语言学习者之中介语偏误现象的基础研究工作

8　与其他地区不同，新加坡英语的特色之一是没有明显的轻重音。

以阅读能力为主的儿童第二语言技能型语言教学框架

一　研究背景：新加坡儿童华语文第二语言习得缺乏足够的输入

时序进入二十一世纪以后，新加坡华文教学即刻面临一个重大的临界点：随着学习者家庭用语转向以英语为主，华语文教学必须转向第二语教学。家庭用语的改变意味着学生失去了从家庭自然听说环境中习得而来的口语词与基本语法基础，在入学时的语言输入状态是零起点。学生在说、写时严重缺乏词汇、文法不通就是一种缺乏输入语支持的一个力证。在现阶段，教师所采取的教学补救措施主要是在说、写过程中，甚至是说写能力的考查上，为学生提供相关的词语辅助，例如：在小学的看图作文中提供词与辅助、在中小学作文考试中允许使用“词典”等。笔者以为，这些补救措施效果不彰，即使有帮助，也仅能治标而不能治本。归根究底，这些补救措施忽略了第二语言教学“先输入后输出”的语言学习规律，没有在输入的阶段对症下药，却在输出的阶段要迅速、灵活地调动心理词时才给予协助。

笔者认为，新加坡语言教学必须重新思考的是：一、作为第二语言学习，华语文学习必须重视“语言输入”，因为培养语言能力的关键基础有赖于语言知识是否能大量、有效地输入。但是，如何才能达至大量，并且是有效的输入语言？二、对儿童而言，先听说后读写的语言习得顺序得不到实际生活环境的支持，有效、大量输入的方法如何重新设计？三、儿童第二语言学习面对着强烈的情感过滤问题，如何激发第二语言的学习动机与学习兴趣？此三个问题纠结在一起，并形成更错综复杂的问题，乃新加坡华语文教学转向第二语言学习所必须解决的急务。

在本文中，笔者将结合儿童认知与语言习得理论和第二语言教学输入理论，重新思考语言教学的阶段与框架问题。

二 理论基础与文献综述

（一）语言输入是第二语言习得的重要基础

在语言习得的理论中，有关语言输入的讨论很多，例如，行为主义者（behaviorist）认为语言环境是决定性因素，语言环境即输入，只要有语言环境，学习者便可产出语言。在此，“刺激”和“反应”是习得中必不可少的。而先天性论（nativism）则强调学习语言的内在机制，认为语言环境不能令人满意地提供语言习得，输入只是激活（trigger）语言内在机制的手段，学习者的内部习得机制才是二语习得的主要原因。互动理论者（interactionist）则认为语言的习得是学习者心智和环境互相作用的结果，学习者的内在机制决定并影响着语言的输入，反之亦然，语言习得来源于学习者和对话者（语言环境）的共同努力。建构主义者则认为，语言输入就是学习者在新条件下对语言知识主动进行重新建构，对新旧经验进行重新整合，使新输入的语言信息与已有的语言信息相互作用，形成新的语言结构。建构主义还强调学习过程的情境作用，认为学习的过程其实就是知识在新情境下重新建构的过程，所以语言输入的过程也应该是在一定情境即社会文化背景下进行的[1]（桂诗春，2000）。

以下即根据上述三种对语言输入理论的总结：

(1) 行为主义论认为语言输入是语言输出的先决条件，只要有环境的输入（刺激），即有语言的产出（反应）

(2) 先天性论认为外在的语言输入能激活学习者的内部习得机制

(3) 建构主义论认为情境性的语言输入能帮助学习者对新旧经验进行重新整合，使新输入的语言信息与已有的语言信息相互作用，形成新的语言结构

不管哪种理论，都不能否认语言输入对语言习得的关键意义。

（二）语言输入是第二语阅读理解的重要基础

众所周知，影响理解的因素有两方面：内部因素和外部因素。内部因素也就是读者因素（reader variable），包括读者的认知能力、策略、背景知识和情感因素等。外部因素则包括文本（context variable）、内容（content variable）、作者（writer variable）等因素。在各种影响理解的因素中，读者因素是至关重要的基础因素，因为理解的终极成品是读者与其他各种因素之间的互动结果（Sadeghi，2007）。读者因素包括视觉因素[2]（Visual input）与非视觉因素（non-visual input）。非视觉因素一般被泛称为背景知识（background knowledge）。背景知识是阅读理解的关键（Smith，1973；Anderson & Freebody，1981; Jenkins & Pany，1987），读者的背景知识也就是图式（又称构系，schemata[3]）阅读的基

1 桂诗春：《新编心理语言学》（上海市：上海外语出版社，2000 年）。

2 视觉因素指的是眼睛与读物之间的接触过程，包括眼睛注视的时间、速度和眼动的方式等。

3 图式概念由皮亚杰首先提出。是指个体对世界的知觉、理解和思考的方式，也就是心理活动的框架或组织结构。图式是认知结构的起点和核心，或者说是人类认识事物的基础。因

础所在，Singhal (1988)将背景知识分为三类：内容知识图式（content schema）、文类知识图式（formal/textual schema）、语言知识图式（language/linguistic schema）[4] 在这三类图式中，内容图式和文类图式都有可能从第一语言阅读中迁移到第二语言阅读中，唯有语言知识图式，包括词汇（音、形、义）、语义、句法是第二语言阅读必须从零开始逐渐建构的（Singhal，2007）。

简言之，语言输入在第二语言阅读中扮演重要的角色，其功能有二：建立心理词汇（Lexicon bank ）和培养语感[5]。

（三）儿童缺乏第二语言输入的家庭口语环境

所谓第二语言习得，指的就是第一语言（一般也是母语）之外的语言习得。第一语言习得的环境是家庭，第二语言习得的环境则主要是学校；这是众所皆知的。虽然语言输入是语言习得过程中的首要阶段，但是第一语言和第二语言的输入方法则有所差异：早期母语习得主要依赖听说，因为儿童的母语习得过程最先是从听开始的，这相当于一个信息输入的过程。当达到一定的输入量后，同时也随着婴儿的大脑发育，孩子就逐渐具有说的能力。但这仅仅是生理上具备了条件，从心理上而言，人类最原始的、本能的、自发的生存需要——说的需要，即在特定情况下通过模仿周围的人所用的这种语言中的某句特定话语来完成自己想让它完成的功能，也在随着生理条件的具备而渐渐表现出来。在这种

此图式的形成和变化是认知发展的实质。

4 内容图式是指读者的世界知识；文类知识图式是指读者对所阅读的文类概念，例如不同的文体表达、不同的文类、修辞结构等。语言知识图式则是字词解码与组码的相关知识。详见 Singhal, M (1998) A Comparison of L1 and L2 Reading: Cultural Differences and Schema. The Internet TELS Journal (IV10), 1-6. http://www.aitech.ac.jp/~iteslj/Acticles/Singhal-L1L2reading.html

5 周健《汉语作为第二语言教学概论》（讲义）详见：http://www.hwjyw.com/trainings/invite_in/sheets/200806/P020080605583795417959.doc

强烈需要的驱动下，孩子的语言能力发展很快，在四、五岁阶段便初步完型，也为后来的读写能力发展奠下良好的基础（陶啸云，2006）。第二语言习得则不然。第二语言习得缺乏类似母语的家庭听说环境；课堂教学很难重新复制类似的环境，因此要通过听说来展开第二语言的大量输入，须要另辟蹊径。

在第二语言习得的范畴内，研究者们对输入概念的界定各有侧重。Ellis（1985）的定义是讲母语者或第二语言者对其他二语言者所“说”的语言。他的定义只有口头输入，没有包含书面输入。Richards 等人认为输入是指学习者听到或接受到的并能作为其学习对象的语言（2004）。该定义比较全面，兼顾口头输入和书面输入。换言之，第二语言的输入有两种形式：口语输入和书面语输入。虽然如此，第二语言输入却比较集中在采取口语形式的输入（林峻，2007）。

从儿童习得第二语言的实际情况来看，儿童缺乏成人的社会生活环境，而在课堂教学又很难复制类似家庭的听说环境。因此，对第二语言学习者来说，以阅读为主要方式的书面输入是学习第二语言的一个不可或缺的输入方式，而且也是最经济可行的（林峻，2007）。在这种情况下，教学或许可以考虑通过书面语，并结合口语的全语文形式来完成输入的重要任务。

（四）结合阅读兴趣的第二语言输入是较有效的输入途径

有效的第二语言输入必须是动机强烈、输入量足够、过程较轻松自然、痛苦较少而容易记忆的。综观影响第二语言习得的读者因素，学习第二语言的需求远不如母语习得的出于本能生存的需求那样强烈。对儿童而言，习得第二语言的生存动机更弱。在缺乏动机的情况下，教师往往改而通过激发兴趣来诱发学习热情。例如，在第二语言输入过程，联结儿童感知经验的儿童故事、尤其是以绘本形式出现的故事是较能有效记忆的输入途径。以下，笔者将分别从第二语言习得学者克拉申（Krashen）所提出的第二语言监控模式和建构主义的角度来审视以阅读为输入形式的儿童第二语言输入形式的可行性：

表 1　克拉申（Krashen，1997）第二语言监控模式与以阅读为输入形式的儿童第二语言输入

克拉申（Krashen）第二语言监控模式	以阅读为输入形式的儿童第二语言输入
输入假设	在生活中已有大量、适合不同程度的可理解（"i+1"输入假设）的儿童故事可作为输入语料。
监控假设	大量的故事泛读能作为语言输出（说、写）时的基础，课堂精读教学可能发挥纠正错误的作用。
自然顺序假设	儿童故事的阅读需要注意语意是否能联结儿童的阅读需要，语境是否能联系儿童的认知能力与生活经验，在语言形式方面则不必刻意遵照语法规则的顺序或难易度。
情感过滤假设	能联结儿童阅读需要的儿童故事本来就是最好的输入形式，它能激发阅读兴趣，也能有效记忆，在第二语言输出过程中能帮助减低学习焦虑。

下面，笔者将换一个角度，从建构主义的学习迁移观来检查以阅读为儿童第二语言的语言输入途径（杨永芳，2007）：

表 2 建构主义的学习迁移观[6]与阅读为儿童第二语言的语言输入途径

建构主义学习理论	以阅读为输入形式的儿童第二语言输入
从建构主义的迁移观看语言输入的材料	现代儿童读物是“情境化”（contexualized）的积极输入语料，经过有机编写的儿童读物一般都有能联系真实生活。因此能提供让儿童第二语言学习所需要真实化的情境，能引起学习者选择性的注意力，让学习者积极调动主观能动性，结合语言与生活经验来阅读，并留下深刻的印象，并很自然地逐渐增进语言的运用能力。
从建构主义的迁移观看语言输入的过程	儿童阅读是一个积极的猜谜过程，它不仅是获取第二语言知识的过程，同时也让儿童在阅读过程中通过与文本互动，一边建构语意，一边获取第二语言知识。它强调了在语言输入过程中，学习者的主观能动性，学习者不是被动地接受外在的语言刺激，而是在一定的情景即社会文化背景下，通过意义建构的方式来习得语言。
从建构主义的迁移观看语言输入的结果	儿童通过积极主动意义建构过程来阅读情境化的儿童读物，易于记忆，形成属于儿童自身的记忆网络结构，也易于儿童在输出过程中调动，进而能帮助儿童根据新的语境产生出无数恰当的输出。

三 技能型教学：二十一世纪新加坡第二语教学模式

新加坡华语文教学既然已转向第二语教学，原有的华文课程与课堂教学法就必须迅速做出相应的调整。以下是笔者认为我们必须作出的调

6 此表主要根据杨永芳“建构学习迁移观”为依据，包括语言输入的材料、过程和结果。详见杨永芳：〈论二语习得中的语言输入——从建构主义看语言输入给英语教学带来的启示〉，广西广播大学第 17 卷第 4 期（2007 年），页 38-43；http://www.gxou.com.cn/xuebao/07-1/yang%20yongfang.htm。

整：以技能型语言教学为教学模式，在大量的听、读与说、写技能的运用中习得也学习第二语言知识。

现阶段的课堂教学以课文阅读为重点，偏重于语言知识的教学，特别是字词教学。刘永兵（2006）的研究数据显示，小五华文课堂的教学活动主要侧重由教师讲解的词汇教学（52.2%）（刘永兵、吴福焕、张东波，2006）。教师中心的语言知识讲解仅是语言知识以及知识规律的被动理解和记忆。但是，第二语言学习者要能掌握语言知识，尚有赖于长时间的技能操练过程。因此，笔者认为新加坡第二语言教学必须从重语言知识的教学转向重语言技能的教学，在大量的听、读与说、写技能的运用中学习第二语言知识；教学框架、内容如下：

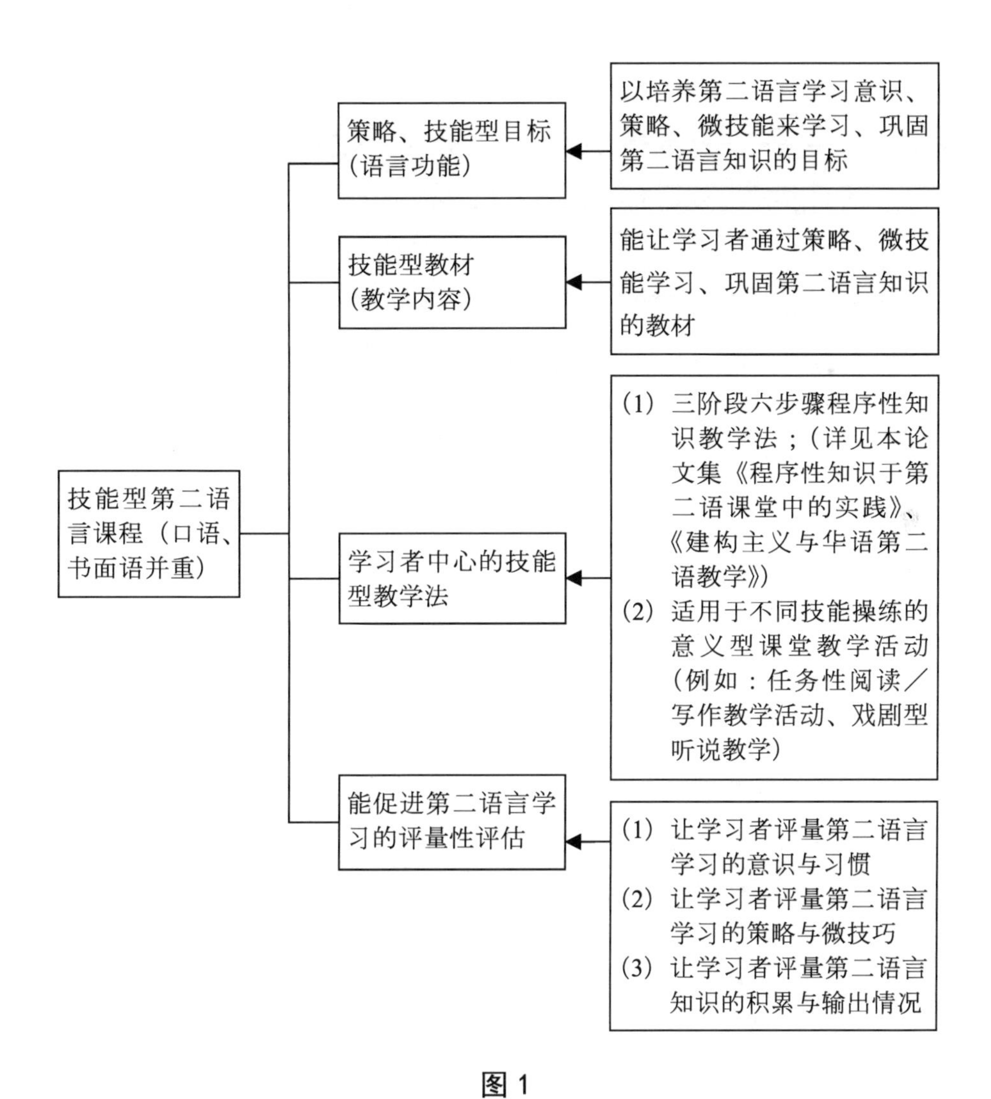

图 1

在本论文集里的实证教学研究中，笔者逐步提出技能型语言教学的理论基础、课堂教学模式与教学设计示例。

四　儿童第二语言技能型语言教学示例：以阅读为基础的技能型第二语言教学框架

要落实以技能为主的语言教学模式，学习者首先必须具备足够的语言知识。以现阶段情况来说，新加坡华文教学以语言知识，尤其是字词为主，做法是在教材有机嵌入生字词，并在课文阅读后，通过说写进行生字词的知识操练。此做法的效果显然无法见效，原因有二：一、输入量太大，复现率不高；二、生字词量太大。学习者通过单一教材要吸收的生词量显然太多，而学习者的阅读量也显然不足以让这些语言知识进入长期记忆。笔者以为，初阶段的第二语言教学必须首先通过大量的阅读来输入第二语言知识，阅读教学必须按不同阶段的需要来设置不同的目标，全面培养阅读能力，为大量输入做好准备。有了充分输入，学习者才有可能聆听阅读和说话写作训练中顺利调动相关的语言知识。

为能有效地通过阅读为零起点的第二语言学习者进行输入与输出，笔者设计了以下的阅读教学框架：

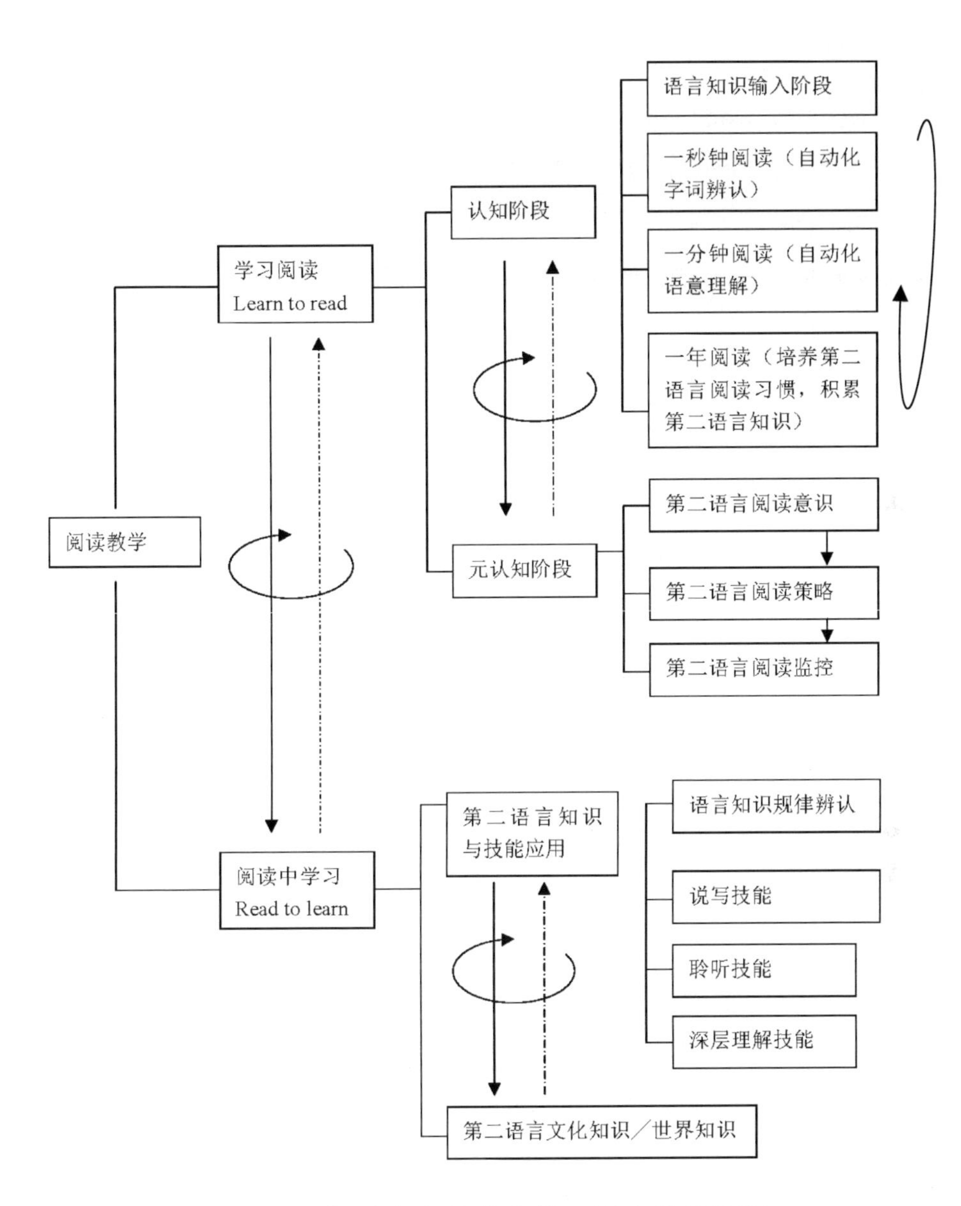

图 2　以阅读为主的儿童第二语言教学框架

在此框架中，笔者将阅读分为学习阅读（read to learn）和阅读中学习（learn to read）两大阶段（谢锡金、林伟业、林裕、罗嘉怡，2005），这两个阶段的教学不是截然分开的关系，而是相互依存、相互循环的。例如，在一个课程、甚至是一个单元的教学中同时涵容学习阅读和阅读中学习。以下是这两大阶段的详细说明：

（一）学习阅读阶段

学习阅读阶段以语言输入为终极目标，分为认知阶段（基本输入、字词辨认、语意理解、大量输入）与元认知（意识、策略、监控）阶段，同样的，两者是相互依存、相互循环的关系。学习阅读阶段又可细分为四个阶段，四个阶段也同样的是相互循环的关系：

- 输入阶段：此阶段乃零起点学习者输入语言的阶段，主要借由儿童故事的大量泛读（可结合听读、图画、汉语拼音来帮助）来达成第二语言知识（音、形、义）的输入；此阶段的评估重点在于字词的口语与书面语形式的整体辨认
- 一秒钟阅读[7]：在完成第二语言知识的基本输入阶段后，课堂教学可进行字词辨认的策略教学，帮助学习者在阅读过程中扫清字词障碍，渐渐培养起一秒钟字词自动辨认的能力
- 一分钟阅读：学习者在掌握字词辨认策略后，便能初步理解语意，尤其是字面层的大概语意。然后，教师便可按布鲁姆的六

7 一秒钟阅读指的是眼睛注视字词的一瞬间的认知过程；一分钟阅读指的是读者阅读短篇文章时理解和记忆文章内容的认知过程；一年阅读则是指学生经过一个学年的阅读训练后达致的学习效果。一秒钟、一分钟和一年阅读的基本概念取自 Ronald P. Carver (1997) *Reading for One Second, One Minute, or One Year From the Perspective of Reading Theory.* Scientific Study of Reading, *1*(1), (pp3-43), Lawrence Erlbaum Associates Inc. http://www.informaworld.com/index/785834365.pdf

个认知层级来训练不同认知层的阅读理解能力

- 一年阅读：此乃语言知识积累阶段，第二语言习得要能见效，必须依赖大量语言输入。第二语言教学因此必须在一秒钟阅读、一分钟阅读的基础上设计能帮助学习者调动语言知识来阅读、并进而达成让语言知识能不断转化，最后内化的一年阅读计划

（二）阅读中学习

完成了通过学习阅读阶段来积累的足够语言知识之后，第二语言教学便可进入第二大阶段："阅读中学习阶段"，此一阶段的教学目的有两方面：第二语语言知识与技能应用和第二语言文化知识、世界知识学习。其中，第二语言技能与知识应用包括：

- 语言知识规律辨识
- 说、写表达技能训练
- 深层阅读理解技能训练
- 聆听理解技能训练

阅读中学习的概念可说是与第一语习得的内容类似，但第二语言教学必须切记的是"阅读中学习"的基础在于"学习阅读阶段"的语言输入阶段。语言技能包括听读的理解技能与说写的表达技能两大类。笔者于此慎重提出以培养阅读能力为主轴的第二语言技能教学框架，作为新加坡儿童第二语言教学的框架。

在这个阅读为主的第二语言技能教学框架下，教师必须注意的改变是课堂阅读教学必须分为泛读与精读两种。现阶段的课堂阅读教学以单一语篇的精读为主，所谓的精读也只是偏重在语意理解的考查和字词知识的教学上。在以阅读为主的教学框架下，阅读教学首先必须划分为泛

读（Extensive Reading Approach）和精读（Intensive Reading Approach）两种，在学习阅读的输入阶段，包括基本输入阶段、一秒钟字词辨认、一分钟语义理解和一年语言知识积累阅读这四个环节中都是以整体的、大量的泛读为主，在语言知识的考查上也必须配合：转而以整体的语言知识的流利辨认、理解和表达应用为主，无须强调个别语言知识的细节辨认与应用。至于精读教学，则属于“阅读中学习”阶段，主要在于引导学习者深入了解第二语语言知识的规律，为准确辨认、理解和表达做准备。以下是泛读与精读教学的对比图表：

表 3　泛读与精读教学的对比

对比项目	泛读	精读
阶段	学习阅读阶段	阅读中学习阶段
重点	程序性知识（元认知层的意识、策略和监控；认知层的各种语言微技）	陈述性知识（语言知识规律、文化知识、世界知识）
目的	输入语言为主（积累语言知识、培养语感）；信息性、消遣性阅读	为应用、输出语言（听读理解、说写表达）作准备
教材	量多、形式多；生活语料	单一语篇、名家名著
阅读策略	自下而上为主	自上而下为主
阅读方法	浏览、寻读为主	分析性、批判性阅读为主
阅读速度	快，能理解关键信息即可	慢，对字词句段篇的言语、语言都有透彻理解

在此一框架下，笔者展开了一秒钟阅读：字词辨认与一分钟阅读试验教学研究。其中，字词辨认试验教学已初步完成，一分钟阅读教学则尚在实验中。

五　总结与建议

随着家庭用语逐渐转为英语，主要以儿童为对象的新加坡华语文教学必须坦然面对转向第二语言教学的新方向，在课程与课堂教学两方面积极探讨第二语言教学的意义、内涵，并迅速提炼出适合本土的相关方法论。在本论文中，笔者就秉持着务实的态度，从第二语言习得的基本需要："足够的语言知识输入"出发，提出以阅读为主要的输入途径，结合儿童认知发展与第二语言习得理论，重新设计"以阅读为基础的儿童第二语言教学框架"，将学习分为学习阅读阶段与阅读中学习阶段，重新布置各种阶段的技能学习任务，作为新加坡儿童第二语言教学的框架。

此外，新加坡华文教师也必须清楚地意识到教师任务也已经转型为学习者中心、技能型的第二语言教学课程设计者、课堂协调与监控者。为了肩负起这一种任务，教师必须：

(1) 掌握技能型教学的教学能力

有鉴于二十一世纪技能教育的需要，教学重点必须从传统的知识灌输导向技能的培养；以教师为中心的教学方式必须转为以学生中心。教师在面对未来教育的需要时，不但必须改变自己过去的教学重点和授课方式，更重要的是提升自己的教学能力，掌握相应的策略和技能教学、第二语言教学法的概念以及教学法。

(2) 积极提炼适合本土的第二语言教学模式

新加坡第二语言教学具有一定的区域独特性，是必须迎接二十一世纪技能教育、面向儿童、双语教育下的第二语言教学。相关的教学模式、教材开发等都有赖于本土教学专才和一线教师由下而上的实践与研究。本文所提出的以阅读为基础的第二语言教学框架便是具有新加坡本土特色的儿童第二语言教学模式。

程序性知识教学于第二语言课堂中的实践
——以滚动阅读策略教学为例*

一　引言

近年来，世界性学习华语热潮促使华语文教学方兴未艾，相关的讨论，从理论到课堂教学实践无所不包。虽然表面上热闹纷呈，但要能发展出能与西方第二语言教学相庭抗礼的系统，尚有一段漫长而遥远的道路。笔者以为，语言教学乃一门系统工程，华语文教学也不例外。在现阶段的理论与教学法研发上，必须以此意识作为宏观的指导原则。在发展华语文教学系统的过程中，有必要借鉴西方第二语言教学的理论和方法。西方第二语言教学发展经过二百年余，已逐渐发展出一套套理论基础扎实、方法科学化、步骤技术化，分工相对精细的系统工程。语言教学若是一个精细的系统工程，教学方法就必须先是一种步骤清楚、方法明确的技术。语言教育工作者的重大任务就是如何能让学习者掌握这门技术。为完成此项任务，语言教学理应根据语言教学内容的类别采取相应的方法。J. R. Anderson（1993）从认知心理学将知识划分为陈述性知识和程序性知识；语言教学就应按陈述性知识"学什么"和程序性知识"怎么学"也划分成两种教学。但是，J. R. Anderson 的理论被引入语言教

* 与林季华（新加坡教育部特级教师）和胡向青（新加坡德惠中学）合著。

学之后，有关的讨论仍局限在教学心理、教学策略等理论层的探讨上；至今为止，在课堂教学落实的具体例子尚未多见。有鉴于此，笔者于二〇〇八年起，便以阅读策略为教学内容，于新加坡中小学课堂开展一系列的教学研究，通过步骤化的程序来帮助学生掌握"阅读策略"这一程序性知识。初步研究显示，步骤的程序性知识教学能有效地帮助学习者掌握相关的阅读策略。

二 研究背景

随着时代迈入二十一世纪之际，新加坡华文教学即可面对数项重大挑战：一、学科教育观从结构主义转向建构主义教育观，强调以学习者为中心的教学；二、二十一世纪教育对技能教学的高度要求；[1] 三、华文教学方法从母语习得转为第二语言学习。四、资讯科技教学。自二〇〇六年以来，新加坡华文教学在教育部"少教多学"（Teach less, learn more, 简称 TLLM）的教育理念下，尝试融入建构主义教学观：从投入型学习（Petals）框架与指导原则、小组协作教学、多元智能教学法、深层理解型教学（例如：Understanding by Design: UbD, Teaching for Understanding: TfU）、差异教学法，Web2.0, 以及促进学习评量性教学（Assessment for learning, AfL）等。为了帮助教师适应变革，教育部提倡教学研究，引入行动研究（Action Research）、学习圈（Learning Circle）、课例研究（Lesson Study）等方法，鼓励学校通过开展校本研

1 "当今全球化、知识型经济所需要的是：拥有 21 世纪新技能的人力资源。包括：（1）资讯科技技能、（2）批判性思维技能、（3）创意思维技能、（4）掌握核心知识的技能" Susan D. Patrick, Director of Educational Technology, U.S. Department of Education. http://www.k12schoolnetworking.org
Transformation Through 21st Century Skills, Corn's 10th Annual K-12 School Networking Conference March 22, 2005.

究来落实新教学法。对不少华文教师而言，教育变革过于急剧，而且出现矛盾的拉锯。首先，教师必须重新培养建构主义教育观，课堂教学如何能从教师中心转变为学生中心的教学法仍是一个有待开发的课题；其次，教学重点如何从传统的知识灌输转为技能培养，相应的课程也尚在研发中；第三，教师对策略和技能教学、第二语言教学法的概念相对陌生，华文教学法应如何重新调整，以适应学习者的实际需要亦尚有待讨论。第四、学校老师面对五花八门的教学法时，也都只是在初步的摸索与尝试中，还无法寻找到有效可行的途径；第五、校本教学研究乃教师相对陌生的新领域，相关的概念与方法有待摸索。笔者以为，新加坡华文教学问题因为这几方面的矛盾而变得更加错综复杂。以阅读教学来说，阅读策略便是立论于建构主义教学理论，旨在通过阅读策略的教学，培养学生自主阅读的能力。但是，如何有效地进行阅读策略的教学是一个亟需探讨的课题。

表 1　新世纪的挑战及相应的解决方法

新世纪的挑战	相应解决的方式
学科教育观从结构主义转向建构主义教育观，强调以学习者为中心的教学	必须重新培养教师的建构主义教育观，开发课堂教学从教师中心到学生中心的教学法的课题
21 世纪教育对技能教学的高度要求	教学重点要从传统的知识灌输转为技能培养，并研发相应的课程（目标、教材、教学法和评估体系）
华文教学方法从母语习得转为第二语言学习	调整第二语言教学法以适应学习者的实际需要，加强师资培训，以提高学生的语文能力

新世纪的挑战	相应解决的方式
资讯科技教学（理论与实践的结合：理论探讨→实践验证→教学模式）	对于学校引入的各种五花八门新教学法，要求教师加以实践； 加强校本教学研究乃教师相对陌生的新领域，相关的概念与方法的研究。

三　理论基础与文献综述：程序性知识教学

邢秀茶的《学和教的心理》(2004，页 113-114）指出，“知识是主体与环境或思维与客体相互交换而导致的知觉建构，知识不是客体的副本，也不是由主体决定的先验意识”；知识是：“主体通过其与周遭环境相互作用而获得的信息及其组织”。J. R. Anderson (1976）将知识分为陈述性知识和程序性知识两种：

(1) 陈述性知识：有关世界事实的知识。这是用来回答有关世界是“什么”和“为什么”的问题，一般通过理解和记忆获得。此类知识是静态的、描述性的、一般性的、被激活后是信息的再现，其最明显的特征是可以言传，是个人具有意识的提取线索，因而是能直接陈述的知识（邢秀茶，2004)。

(2) 程序性知识：有关如何做的知识，也就是技能。指个人没有意识的提取线索，只能借助某种作业形式来间接推测其存在的知识。程序性知识是一套办事的操作步骤，是动态的，被激活后是信息的转换和迁移，易于应用，但是受到特定情境的制约。在本质上，它是由概念和规则构成。程序性知识的获得，主要靠实践活动、实际操作训练，也就是学习者的亲身实践。程序性知识又可分为两个亚类（邢秀茶，2004)：

- 运用概念和规则对外办事的程序性知识，迦纳（Howard Gardner）称之为智慧技能
- 运用概念和规则对内调控的程序性知识，迦纳称之为认知策略

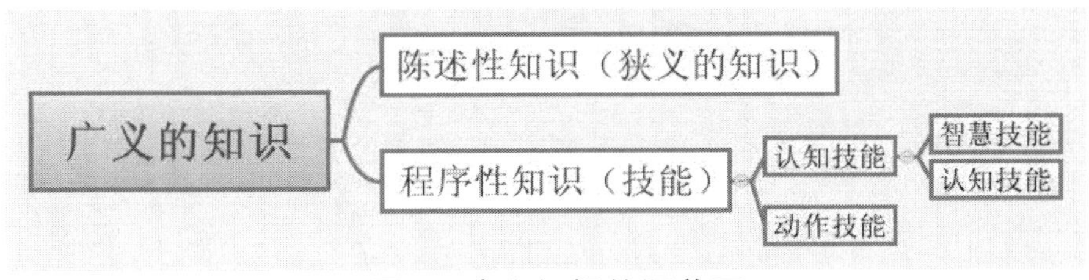

图 1　广义知识的涵盖面

1 程序性知识的基本规则与教学阶段

1-1 程序性知识的基本规则："C-A"规则

在程序性知识中，产生式（production）是最小单位。一个"产生式"包含一个情境描述部分和一个动作部分，表示为"情境—动作对"（situation-action pair）；如果产生式的条件部分得到满足，那么就执行这个产生式的动作部分，所以产生式逐步发展成为一种以操作为中心的知识的表示方法，人们也将产生式描述为"条件-动作对"（condition-action pair）简称为"C-A"规则[2]；简单的产生式只能完成单一活动，因此，需要许多简单的产生式来表征这一活动。要完成一个复杂的动作，就要完成一连串的活动、完成若干个产生式，这些产生式联合起来，就形成了产生式系统（Production System）（邢秀茶，2004）。这种产生式系统就被认为是复杂技能的心理机制（邢秀茶，2004）。

2　"C-A"规则与行为主义的 S-R 公式有相似之处，但也有原则上的区别。相似之处是每当 S 出现或条件满足时，便产生反应或活动；不同的是，C-A 中的 C 不是外部刺激，而是信息，即保持在短期记忆中的信息，A 也不仅是外显的反应，还包括内在的心理活动或运算。详见邢秀茶主编：《学和教的心理》，页 119。

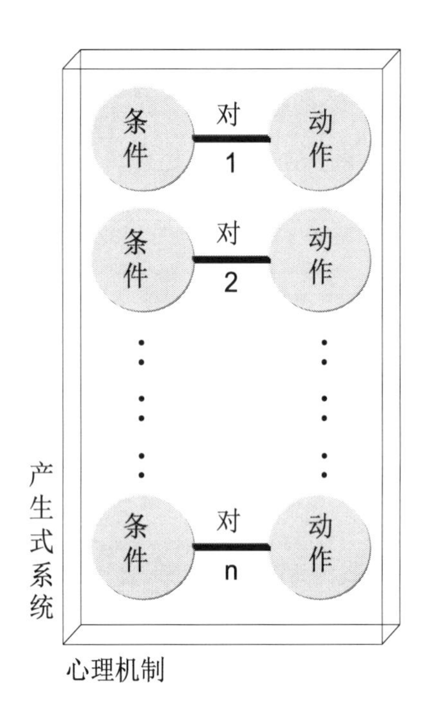

图 2　程序性知识的基本规则图示

1-2 程序性知识的教学阶段

现代认知心理学家将程序性知识的获得划分为三个阶段：

(1) 认知阶段：陈述性知识学习阶段。学习者首先要理解有关的概念、规则、事实和行动步骤的意义，并以命题网络的形式把它们纳入个体知识结构中。[3]

(2) 转化阶段：这一阶段是通过应用规则的变式练习，使规则的陈述性知识向程序性形式转化。此阶段的转化过程较为缓慢，需

3　命题网络是陈述性知识的表征，也就是图式。命题指的是表达判断的语言形式，由联系动词将主语和表语联系起来。如"小明读书"就是一个命题。如果两个命题彼此具有共同成分，通过这种共同成分可以把若干命题彼此联系组成命题网络。（详见邢秀茶主编：《学和教的心理》，页 117）

要较多的时间。

(3) 自动化阶段：这是程序性知识的最高阶段，规则被内化，完全支配人的行为，技能达到相对自动化。一旦程序性知识被内化为自动化的技能，则将是永久性，不容易改变。现代认知心理学区分了两种图式，届时，程序性知识将形成“关于事件或做事的图式”[4]，过程请详见图 2。

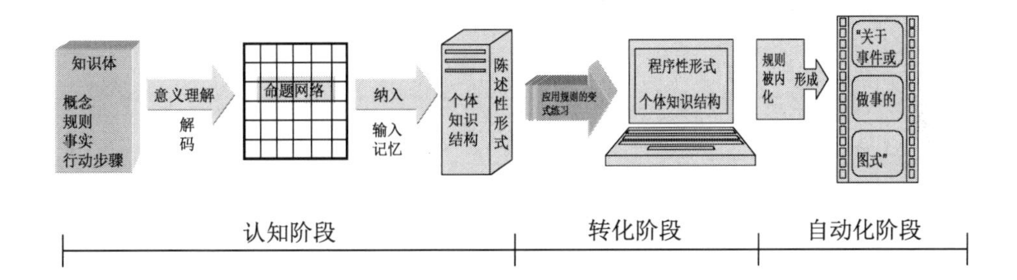

图 3　程序性知识教学阶段过程图示

1-3 阅读策略与程序性知识教学

阅读策略属于策略性知识的一种。策略性知识是一种智力技能（cognitive skill），是在概念和规则掌握的基础上，将概念和规则（包括理解知识的方法、复习和巩固的方法、以及做题的方法等）运用于与原先的学习和练习相似或不同的情境之中。策略性知识的运作可以概括如下：

---

4 邢秀茶主编：《学和教的心理》，页 118。“现代认知心理区分了两种图式。一类是关于客体的图式，另一类是关于事件”或做事的图式。前者如人们关于房子、动物、古玩等图式；后者如进餐馆、去医院就诊、上电影等图式。”

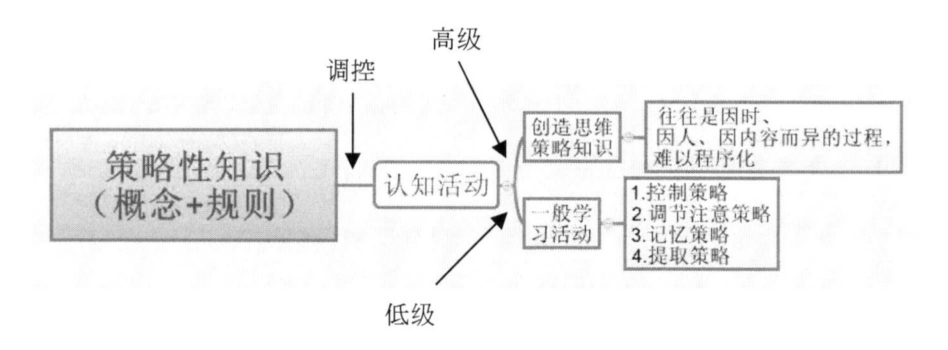

图4　策略性知识的运作

按陈述性与程序性知识的定义，阅读策略属于“怎么做”，故应归入程序性知识范围，乃“运用概念和规则对内调控的程序性知识，迦纳称之为认知策略”，理应采取程序性知识的教学法，让学习者掌握相关的概念和规则。但是，在传统语文教学中，人们特别重视陈述性知识而忽视程序性知识，学生动手、实际操作的机会不多。在传统阅读教学中，教师特别重视陈述性知识，一般由教师导读，来激活学习者的思维；至于由学习者自己运用概念和规则，对内调动阅读策略来促进阅读力的程序性知识则尚不多见。将程序性教学用到语文教学的讨论不多，例如，李清树（2008）就认为语文教学必须结合程序性知识教学，他将程序性知识教学阶段理解为“定向、操作、内化”，是“教给学生一种学习策略，要先让学生了解学习策略的结构、要素、步骤和程序。策略的教学应在具体的学习情境中进行，每次只教少量策略让学生知道何时、何处应用这个策略。应坚持长期策略教学，注意维持学生学习策略的动机。”（李清树，2008）[5]；他提出了语文程序性知识教学的基本策略可分为：(1) 语文智慧技能的教学策略，包括科学制定训练计划策

---

[5] 详见四川教育学院精品课程 http://www.scie.cn/jpkc/ywjyx/kcms1.html

略、重视示范与迁移的策略、监控与鼓励并举的策略；(2) 语文认知策略的教学策略，如记忆策略、精加工策略、组织策略和元认知策略。笔者以为程序性知识教学应可更具体地和语言技能教学结合，但相关的论述则尚未见。

表 2 陈述性知识和李清树的程序性知识教学法

项目	传统的陈述性知识教学法	李清树的程序性知识教学法
运用范围	特别重视陈述性知识而忽视程序性知识	程序性知识范围“怎么做”
操作情况	学生动手、实际操作的机会不多。	教学阶段为“定向、操作、内化”
教学策略	由教师导读，来激活学习者的思维。	语文程序性知识教学的基本策略可分为： 1.语文智慧技能的教学策略 包括科学制定训练计划策略、重视示范与迁移的策略、监控与鼓励并举的策略；教给学生一种学习策略，让学生了解学习策略的结构、要素、步骤和程序；坚持长期策略教学，注意维持学生学习策略的动机。”[6] 2.语文认知策略的教学策略 如记忆策略、精加工策略、组织策略和元认知策略。策略的教学在具体的学习情境中进行，每次只教少量策略让学生知道何时、何处应用这个策略。
处理方式	学习者自己运用概念和规则	认知策略：让学习者掌握相关的概念和规则，对内调动阅读策略来促进阅读力。

6 李清树：《语文教育学》，四川教育学院精品课程，2008；http://www.scie.cn/jpkc/ywjyx/kcms1.html

四　研究课题与研究假设

本研究以初中一年级学生为对象、泛读策略教学为内容、外显式教学模式为程性知识教学的方法，结合物理力学的原理，设计了“滚动阅读策略模式”，希望提高阅读速度与效率。本研究的研究假设为：

1. 滚动式阅读教学策略能提高学生的阅读速度（速读力）
2. 滚动式阅读教学策略能提高学生的阅读效度（阅读力）

五　研究方法：滚动阅读教学策略

本研究将物理学的力学与相对论中的滚动原理应用在阅读过程中，提出阅读过程会衍生滚动效应的研究假设。滚动阅读教学策略乃本研究尝试将阅读策略与程序性知识概念相结合后所提出的一种课堂阅读策略教学模式。它“运用概念和规则对内调控的程序性知识（认知策略）”，让学习者通过“阅读策略一速度”、“阅读策略—理解力”这两种“条件——动作对”（C-A），来掌握泛读的概念和规则。这两种 “条件-动作对”将通过认知、转化以及自动化三个阶段来形成阅读策略的生产式系统（PS）。滚动阅读策略教学将在这个过程中产生积极的滚动效应：阅读力随着读者阅读质量的积累而不断滚动并以螺旋式前进，即读者在阅读中既有量的静态滚动积累（知识量），也有质的动态滚动积累（理解力），在此过程中读者运用元认知（监控自我潜存知识）来建构自己的思维、阅读技能和阅读方法或策略。从 0 状态开始，通过不断的阅读滚动以提高阅读的速度层、深度层和广度层来达到某个阅读能级状态。阅读的滚动效应是量的滚动和质的滚动，是由量变到质变的过程：

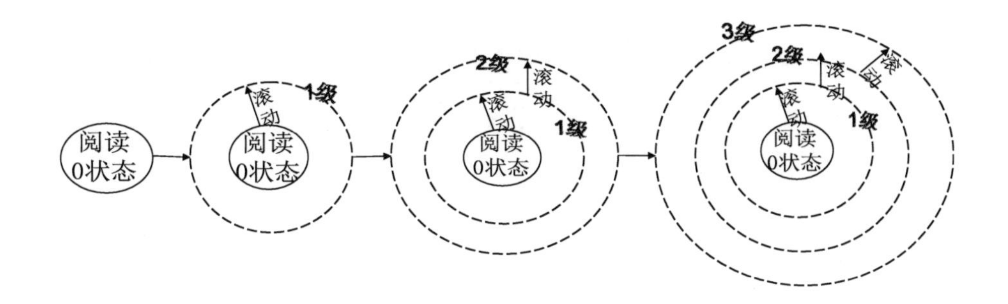

图 5　阅读中质与量的滚动效应

滚动阅读策略教学的“条件--动作对”有四个：

- 计时关键词寻读—速读力（速读力）[7]
- UbD 六层次理解模式[8]—促进深层理解（理解力）
- 计时阅读量的增加—阅读速度加快、理解力加强（泛读力[9]）
- 同侪互读与评量—不同角度的阅读，促进理解力（社交力[10]）

此四“条件-动作对”构成一个阅读力的生产式系统，经过三循环九次，每次一小时的阅读教学之后，将达成滚动效应：

7　速读的定义是（1）字数除于阅读，（2）理解率达 70%。详见闫国利著，沈德立主编：《阅读发展心理学》（合肥市：安徽教育出版社，2004 年），页 292-293。

8　本研究六维度心形图导图设计根据 UbD 六层级理解模式：说明、释译、应用、观点、同理心、自我认识来设计，按此模式设计为字面与深层理解双层提问。详见 Grant Wiggins & Jay McTighe 著，赖丽珍译：《重理解的课程设计》*Understanding by Design*（台北市：心理出版社，2008 年）。

9　泛读力有两层意思：一、阅读量，二、阅读类。（详见梁荣源：《阅读教学：理论与实践》）

10　同侪互助乃学习策略中的社交策略，属于间接性策略。详见萝拉·罗伯著，赵永芬译：《中学阅读策略》（台北市：天卫文化图书公司，2003 年）。

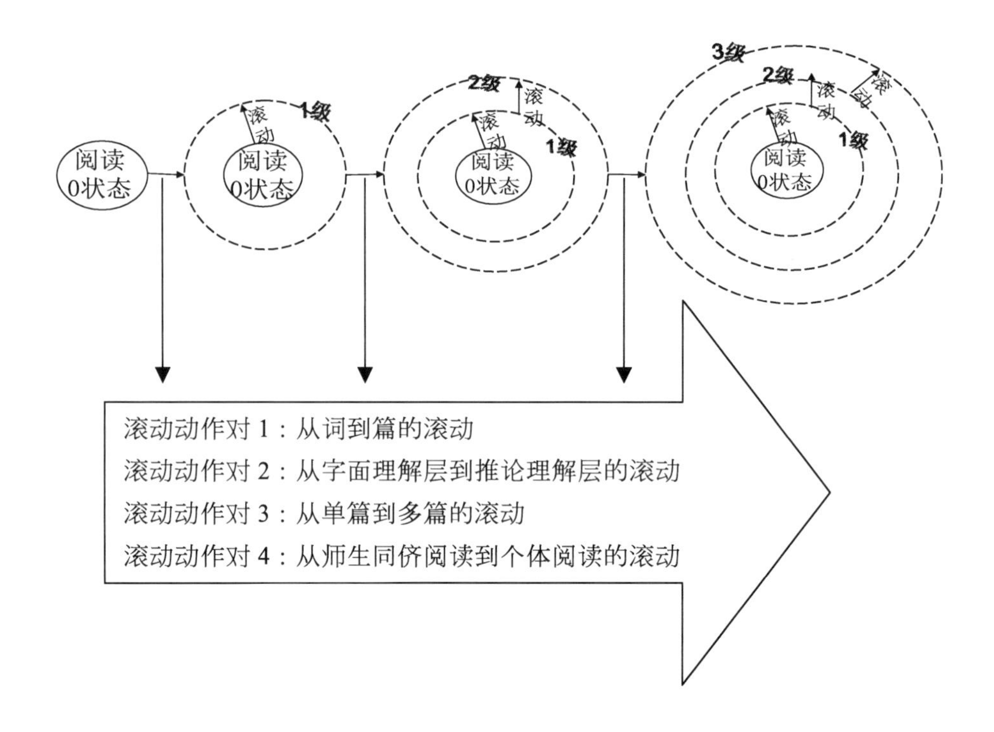

图 6　阅读四动作对与阅读滚动效应关系图

（一）滚动阅读策略生产式系统

以下是滚动阅读策略生产式系统的构成成分与相关步骤：

1 滚动阅读策略条件——动作对（一）：关键词寻读——速读力增加

关键词滚动教学：关键词寻读—语篇快速理解：

- 关键词寻读法：五何（人、行为动作、时间、地点、关键修饰词）
- 关键词出现的位置：语篇中的题目、第一段、最后一段；语段里各段第一句、最后一句

- 关键词出现的频率：出现次数比其他的词要多；次数出现越多的词，就越可能是越重要的关键词
- 关键词的意义：与“经过”有关的关键词：主要名词（人、物、地、时、事）；与隐含信息及“主题”有关的关键词：和主要名词有关的动词/形容词
- 关键词要从与“经过”有关的关键词滚动查找到与“主题”有关的关键词

2 滚动阅读策略条件——动作对（二）UbD 六层级理解策略滚动教学——深化理解力[11]

UbD 六维度提问与关键词的关系：关键词即 UbD 理解重点

- 与“经过”有关的关键词：主要名词（人、物、地、时、事）——前 3 题
- 与隐含信息和“主题”有关的关键词：与主要名词有关的动词／形容词——后 3 题
- 带着 UbD 六个问题来滚动阅读，从表层思维滚动到深层思维理解
- 从读到写：运用 UbD 问题引导法来进行写作构思，拟写作大纲及进行写作

---

11 在课堂教学中，研究者将 UbD 六维度提问工作单设计成心型状，主要是取 UbD 六维度理解是读者由对外部世界的理解发展到对个体的内部思维的认知之教育哲学观；而在中华文化观里，我们一般习惯以“心”作为内部思维的具象表征。

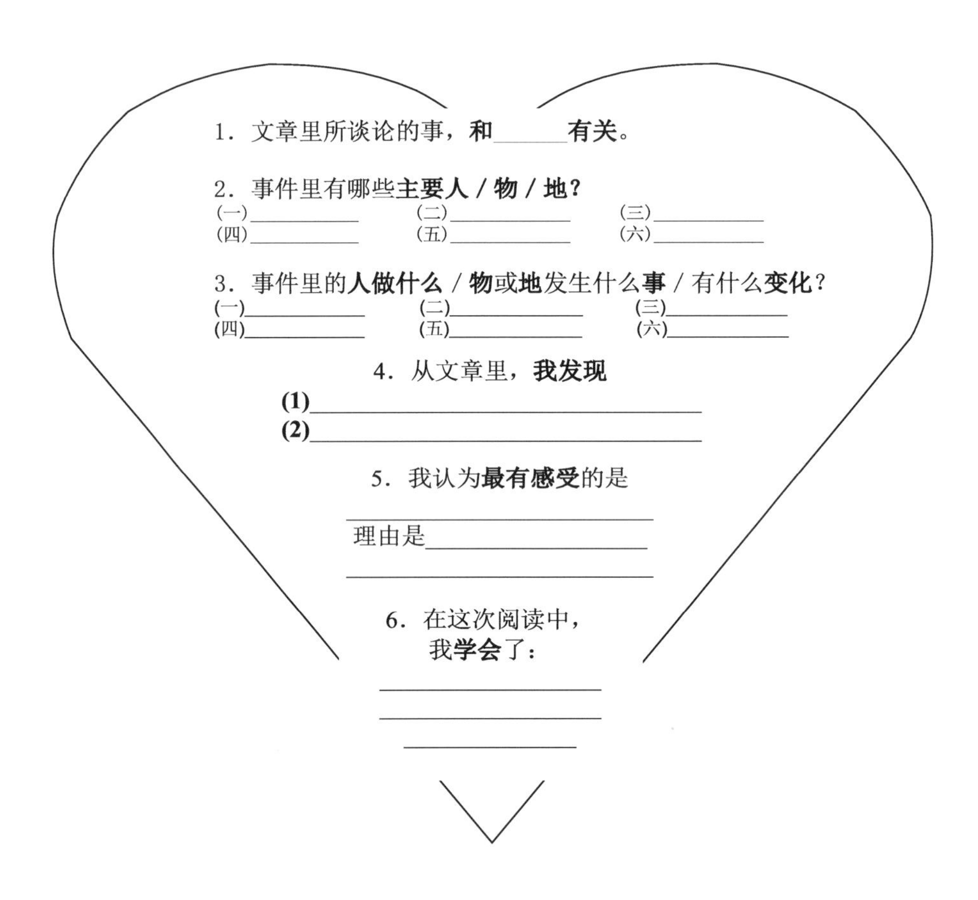

图 7　六维度提问与关键词

3 滚动阅读策略条件——动作对（三）：计时阅读量的增加——阅读速度加快，理解力加强（泛读力）

具体操作过程是从个体单篇的滚动到多篇的滚动，让阅读量呈滚动递增状态：

- 读者自我单篇关键词和关键语块的滚动→单篇阅读
- 读者自我多篇关键词和关键语块的滚动→多篇阅读

- 阅读量滚动递增的滚动式阅读

如下图所示：

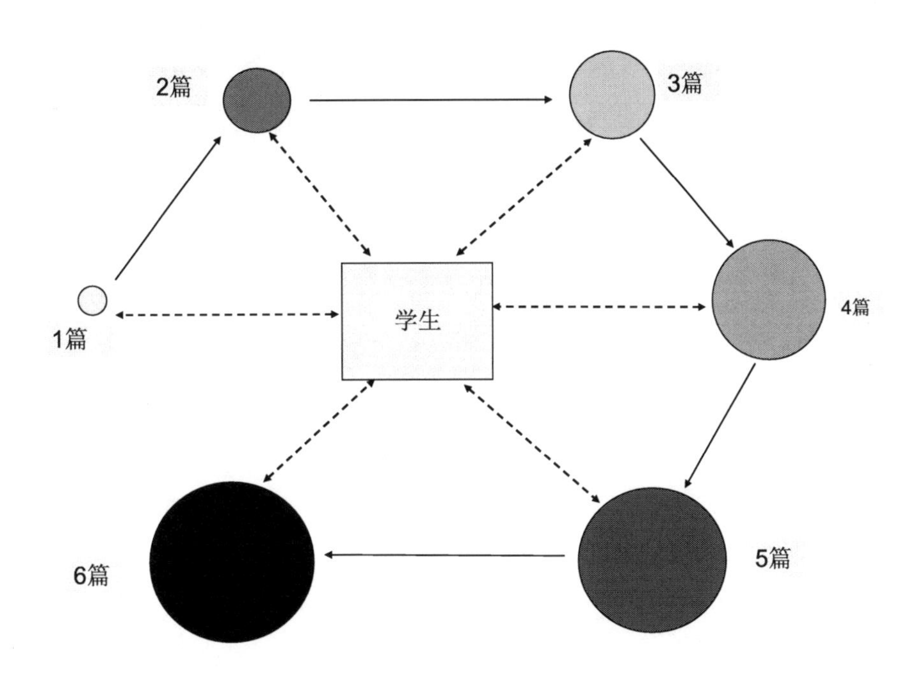

图 8　语篇个体滚动阅读模式

学生自身通过单篇到多篇的滚动阅读策略教学，阅读知识和思维的雪球逐渐越滚越大，不断滚动积累阅读知识和阅读理解力，加快阅读速度，从而加强了自身的泛读力。

4 滚动阅读策略条件——动作对（四）：同侪互读与评量——促进阅读力（社交策略力）

同侪小组滚动是一种群体式互助型滚动式阅读活动，通过调动同侪互助来促进阅读理解的效度。主要有主题型同侪小组滚动和交叉型同侪小组滚动两种模式。主题型同侪小组滚动是指有统一主题选篇作为教材所进行的一种滚动式阅读教学，而交叉型同侪小组滚动指的是选材没有固定主题，可直接使用报章内各类型文章作为阅读教学教材的一种滚动式阅读教学。同侪小组的形式可分为两人同侪小组滚动和群体式同侪小组滚动。同侪滚动阅读乃在个体语篇阅读之后进行，重点是在快速泛读和分析理解的基础上，要求学生把文章的中心思想和主要论点归纳总结，并通过自己的语言表达出来。集体同时阅读多篇文章，通过滚动分享和提问的互助方式来达到短时间内，一次互补和了解掌握多篇文章的表层和深层内容，找出隐含信息和主题。之后，运用心形图来考查理解掌握情况，并通过这种滚动阅读方式加深记忆。具体步骤如下图：

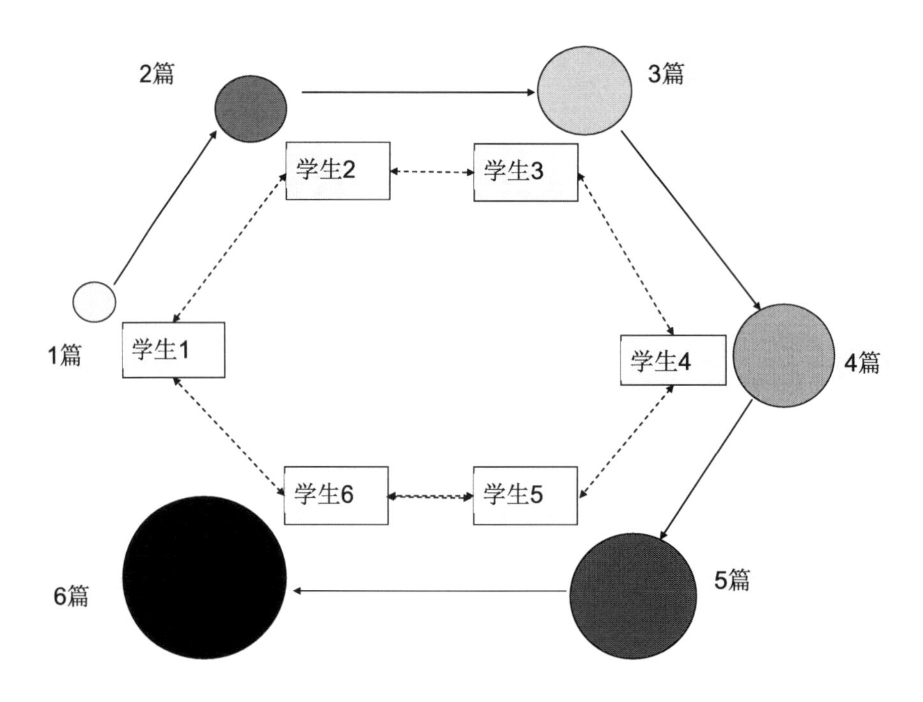

图 9　同侪小组滚动阅读模式示意图

（二）滚动阅读教学策略的程序性知识教学模式

1 外显性程序性知识教学模式：责任循序转移模式

本研究以责任循序转移模式（The Gradual Release of Responsibility Model，Pearson and Gallagher, 1983）为程序性知识的教学模式[12]：

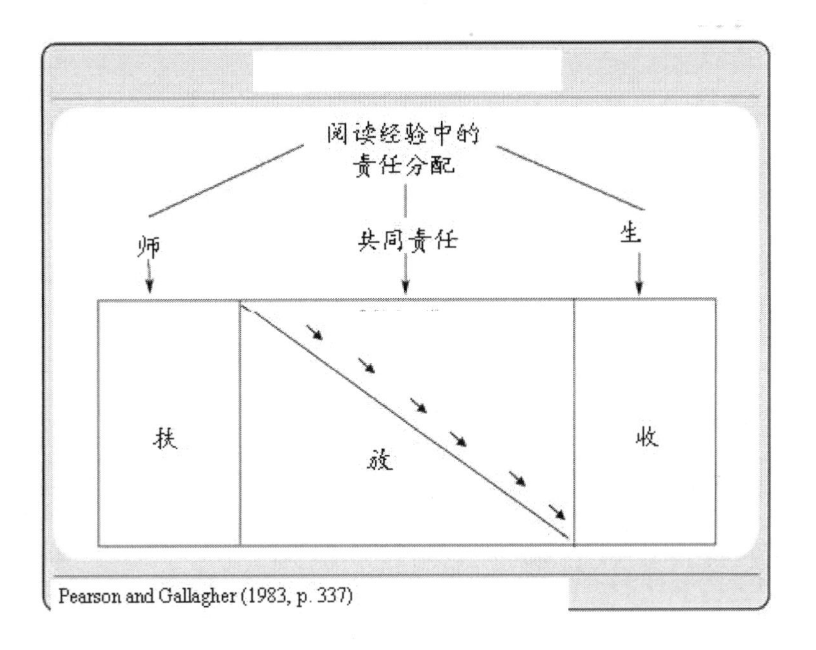

图 10　学习责任循序转移模式（胡月宝改良）

此模式的教学步骤包括五个步骤（Duke, 2001）：

---

12 详见 Reading Teacher; V 58; No. 6; March 2005; page 572
http://www.reading.org/Library/Retrieve.cfm?D=10.1598/RT.58.6.6&F=RT-58-6-Clark.pdf

程序性知识教学阶段	责任循序转移模式教学步骤
认知阶段	1. 教师清楚解释方法与过程
	2. 教师示范
转化阶段	3. 互助性做中学
	4. 渐进式学习责任转移
自动化阶段	5. 个人独立应用

具体步骤如下：

1 认知阶段教学

1-1 单篇快速查找关键词的教学

- 教师示范查找关键词，说明找关键词的方法、意义、单篇滚动，借助高效速读方法说明，进行计时阅读及查找关键词，校对关键词答案（“扶”）
- 教师不主导，让学生自己借用思维导图画关键词，单篇滚动，教师从旁协助，对关键词答案，（“放”）
- 教师考查和跟进测试学生查找关键词单篇滚动情况（收）

1-2 两篇快速查找关键词和关键语块以及心形图的教学

- 教师教授心形图的六个问题与关键词的关系，关键词＝心形图的答案
- 与“经过”有关的关键词：主要名词（人、物、地、时、事）——心形图前 3 题
- 与隐含信息和“主题”有关的关键词：主要与名词有关的动词／形容词——后 3 题
- 带着心形图的六个问题来阅读，填写心形图检查理解掌握情况。

2 转化阶段教学

程序性知识的转换阶段是最缓慢的，阅读策略的内化需要具有强化作用的练习过程。有鉴于此，本研究采取个体多语篇滚动阅读操练和同侪互读滚动来达成迅速转化的效果；转化阶段的滚动阅读教学主要有两种形式，一、同侪互助滚动阅读；二、多篇主题滚动式阅读操练：

2-1 个体多语篇滚动阅读操练

- 带着心形图的六个问题来阅读
- 心形图检查四篇个体滚动理解掌握情况

2-2 同侪滚动阅读策略

- 双人组互读评量
- 小组互读评量
- 大班互读评量

3 自动化阶段

自动化阶段乃程序性知识的最高境界，读者在这个阶段里能将滚动阅读策略内化为一种阅读习惯，阅读策略的概念与规则被内化，技能达到相对自动化，形成“快速阅读、大量泛读的阅读策略图式”，具体步骤如下：

3-1 六篇主题滚动式阅读操练

- 带着记忆中的心形图六个问题来阅读
- 运用记忆中的心形图来检查理解掌握情况，填写心形图，让学生熟练掌握

- 测试考查程序性知识的自动化效果

3-2 六篇个体滚动从读到写的教学：从阅读语篇中的心形图来建构写作

- 运用阅读的滚动效应，用心形图来写大纲，举例说明及示例
- 说明：第 1 题——拟题；第 2－3 题——事件经过；第 4－6 题——发现、感受和启示
- 运用心形图来进行写作检查，从读到写

六　试验教学与研究数据分析

（一）试验教学

本研究采用准试验法（Quasi Experimental Design），以试验组和控制组，前后测双向对比研究来验证试验效果；研究为期六个月，试验教学为四个月。试验组采取外显式程序性知识教学，控制组采取内隐性陈述性知识教学模式：

组别	教学方法	步骤
试验班	(1) 外显式程序性知识教学阶段	三阶段程序性知识教学："滚动阅读策略教学"模式： 认知阶段： (1) 教师讲解"滚动阅读策略教学"基本方法（关键词寻读、UbD 六维度理解提问） (2) 教师示范 转化阶段： (3) 渐进式责任转移 个体多语篇滚动阅读练习 (4) 同侪互读与评量滚动阅读（小组、大组同侪）

组别	教学方法	步骤
		自动化阶段 （5）个人独立阅读（综合运用相关策略）
控制班	（2）内隐式陈述性知识理解教学阶段	（1）学生用自己的方法直接阅读 （2）教师提问学生有关陈述性知识的理解情况（语词、语篇） （3）学生回答陈述性知识理解结果（词语、语篇内容）

（二）数据分析

本研究以滚动教学策略为教学重点，旨在培养学习者的阅读力，阅读力包括由阅读速度、阅读理解（表层、深层理解）。先将数据整理分析如下：

1 阅读力（平均值）表现

在试验开展之前，本研究首先进行一次阅读力前测，试验组和控制组的测试结果差强人意，均未达到基本要求：

表 3　试验与控制班阅读能力前测

阅读能力细目	试验班	控制班	基本要求	标间距	
				试验班	控制班
1. 阅读速度（每分钟字数）	149.7	155.9	260[13]	-105	-111
2. 理解力	45.4	33.9	70%	-24.6	-36.2
2.1 字面层理解力	53.4	41.2	70%	-16.6	-2.87
2.2 推论层理解力	33.4	22.7	70%	-36.6	-47.3
3. 理解率	1.7	1.3	2.6	-0.8	-1.3
3.1 字面层理解率	1.99	0.85	2.6	-0.61	-1.75
3.2 推论层理解率	1.25	0.85	2.6	-1.35	-1.75
4. 阅读力	2.6	2.3	7.0	-4.4	-4.7
4.1 字面层阅读力	3	2.69	7.0	-4	-4.31
4.2 推论层阅读力	2	1.74	7.0	-5	-5.26

笔者通过前后测来测试试验班和控制班在试验教学前后阅读力的差别：

13 此标准是根据梁荣源的标准，详见梁荣源：《阅读教学：理论与实践》(新加坡：仙人掌出版社，1992 年)。

表 4 试验班前后测的阅读力比较

	阅读力级别	标间距：级别一	阅读力级别	标间距：级别一	进步幅度
学生	前测		后测		
1	0.18	-0.82	0.89	-0.11	+0.71
2	0.34	-0.66	0.89	-0.11	+0.55
3	0.2	-0.8	0.85	-0.15	+0.65
4	0.49	-0.51	0.96	-0.03	+0.47
5	0.43	-0.57	1.11	+0.11	+0.68
6	0.43	-0.57	1.14	+0.14	+0.71
7	0.19	-0.81	1.17	+0.17	+0.98
8	0.35	-0.65	1.2	+0.2	+0.85
9	0.4	-0.60	1.23	+0.23	+0.83
10	0.23	-0.77	1.3	+0.3	+1.07
11	0.43	-0.57	1.33	+0.33	+0.90
12	0.52	-0.48	1.5	+0.50	+0.98
13	0.28	-0.72	1.59	+0.59	+1.31
14	0.32	-0.68	1.74	+0.74	+1.42
15	0.42	-0.58	1.75	+0.75	+1.33
16	0.45	-0.55	1.08	+0.8	+0.63
17	0.49	-0.51	2.01	+1.01	+1.52
18	1.04	+0.04	2.75	+1.75	+1.71
19	0.11	-0.89	3.41	+2.41	+3.3
平均值	0.38	-0.62	1.47	+0.46	+1.09

表 5　控制班前后测的阅读力比较

	阅读力级别	标间距：级别一	阅读力级别	标间距：级别一	进步幅度
学生	前测		后测		
1	0.07	-0.93	0.33	-0.67	0.26
2	0.25	-0.75	0.41	-0.59	0.16
3	0.24	-0.76	0.43	-0.57	0.33
4	0.04	-0.96	0.46	-0.54	0.42
5	0.24	-0.76	0.46	-0.52	0.22
6	0.33	-0.67	0.69	-0.31	0.36
7	0.19	-0.81	0.71	-0.29	0.52
8	0.15	-0.85	0.72	-0.28	0.57
9	0.17	-0.83	0.78	-0.22	0.61
10	0.28	-0.72	0.83	-0.17	0.55
11	0.19	-0.81	0.85	-0.15	0.66
12	0.18	-0.82	0.91	-0.09	0.73
13	0.84	-0.16	1.01	+0.01	0.17
14	0.40	-0.60	1.03	+0.03	0.63
15	1.78	+0.78	1.15	+0.15	-0.63
16	0.33	-0.67	1.27	+0.27	0.94
17	0.16	-0.84	0.58	+0.42	0.42
平均值	0.34	-0.66	0.74	-0.26	0.40

经过试验教学后，试验班和控制班的距离开始拉大：

1-1 阅读力平均值

表 6 试验班和控制班前后测阅读力 μ 平均值及双差值数据统计

阅读力平均值 Mμ	前测	后测	水平差	
试验班	0.38	1.47	1.09	
控制班	0.34	0.74	0.40	
垂直差	0.04	0.73	0.69	双差值

从表 6 中可以清楚地看出，经过滚动式阅读试验教学后，试验班的阅读力增加的幅度大于控制班 0.73，上升的幅度较大。从双差值为 0.69，呈正值，可以说明试验教学有效作用于提高学生的阅读力。

1-2 个别学生阅读力比较

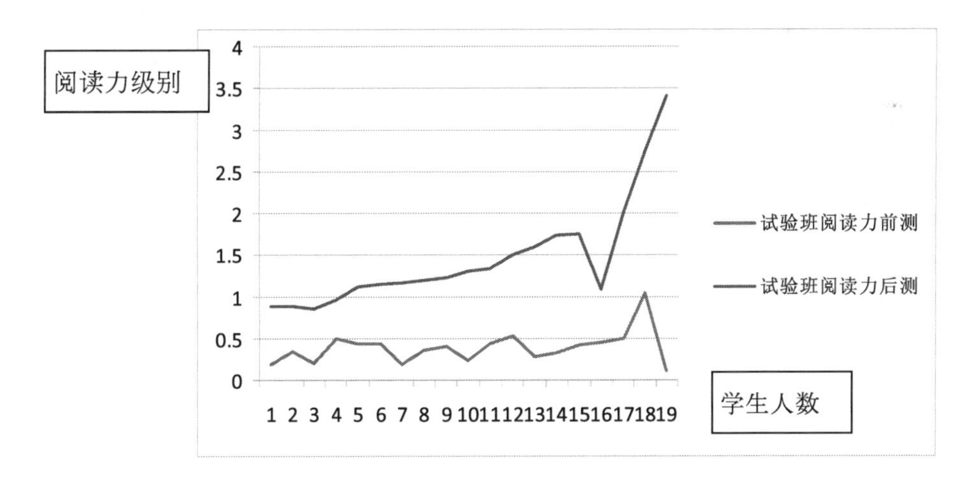

图 11A 试验班个别学生阅读力

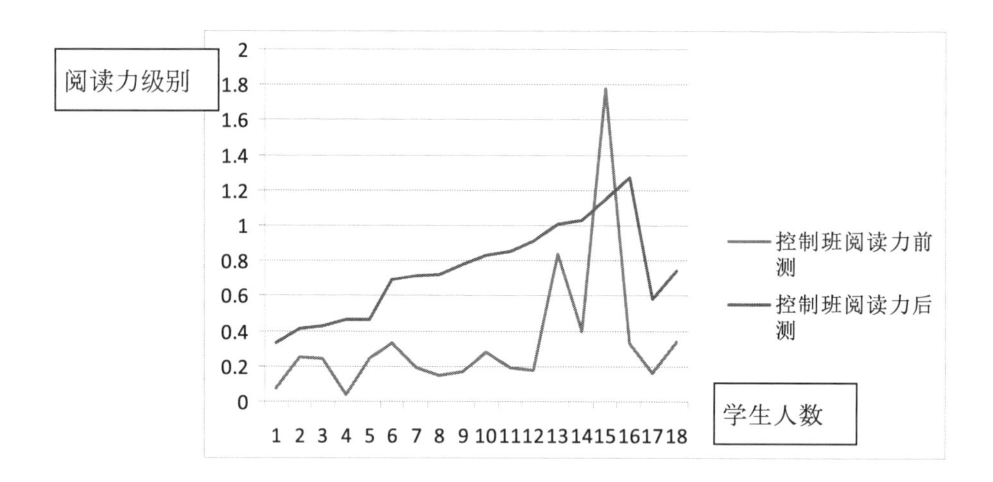

图 11B 控制班个别学生阅读力

从图 11A 和 11B 中可以看出，试验班学生在滚动式阅读教学之后，分别跳了 1-2.5 级，大部分学生（73.6%）晋阶至一级，显现了滚动效应的张力；控制班的学生在这段时间的教学中，也有一些进步，但仅有 22.2%达到一级能力，大部分（77.8%）尚在零级状态，没有呈现滚动效应。

2 速读力

表 7 试验班和控制班前后测阅读速度 υ 平均值及双差值数据统计

阅读速度平均值 Mυ	前测	后测	水平差	
试验班	150	295	145	
控制班	156	225	69	
垂直差	-6	70	76	双差值

从表 7 中可以看出，前测控制班的阅读速度比试验班稍高；但后测

试验班的阅读速度比控制班高，平均速度上每分钟增加了 76 个字。数据也显示，试验班和控制班前测的平均阅读速度的垂直差为－6，即前测试验班平均阅读速度略低于控制班，而后测垂直差为 70 差距增大，教学试验后试验班的平均阅读速度反而超过了控制班。试验班前后测的平均阅读速度的水平差为 145，而控制班前后测的平均阅读速度的水平差为 69，其双差值为 76，即经过滚动式阅读试验教学后，试验班的平均阅读速度增加的幅度大于控制班 76，从先前的平均阅读速度低于控制班，到后来高于控制班。双差值为 76，呈正值，说明试验教学有效作用于提高学生的阅读速度。

3 理解力

表 8 显示，前测试验班阅读理解率平均值为 1.7，控制班理解率平均值为 1.3；后测试验班理解率平均值是 3.3，控制班阅读理解率平均值是 2.2；试验班和控制班前测的平均理解率的垂直差为 0.4，而后测垂直差为 1.1 差距拉大；试验班前后测的平均理解率的水平差为 1.6，而控制班前后测的平均理解率的水平差为 0.9，其双差值为 0.7，即经过滚动阅读策略试验教学后，试验班的平均理解率增加的幅度大于控制班 0.7。双差值为 0.7，呈正值，说明试验教学有效作用于提高学生的阅读理解。

表 8　试验班和控制班前后测理解率 δ 平均值及双差值数据统计

理解率平均值 Mδ	前测	后测	水平差	
试验班	1.7	3.3	1.6	
控制班	1.3	2.2	0.9	
垂直差	0.4	1.1	0.7	双差值

3-1 表层理解

从表 9A 中可以看出，前测试验班表层理解平均值为 38.4，控制班表层理解平均值为 29.8,分数均未及格；后测试验班表层理解平均值是 65.9，控制班表层理解平均值是 53.6，均在及格线以上；试验班和控制班前测的平均表层理解的垂直差为 8.6，而后测垂直差为 12.3，差距加大；试验班前后测的平均表层理解的水平差为 27.5，而控制班前后测的表层理解的水平差为 23.8，其双差值为 3.7，即经过滚动式阅读试验教学后，试验班的平均表层理解增加的幅度大于控制班 3.7，但变化幅度不大。双差值为 3.7，呈正值，说明试验教学有效作用于提高学生的表层理解，有一定的作用。

表 9A　试验班和控制班前后测表层理解平均值及双差值数据统计

表层理解平均值 Mrs	前测	后测	水平差	（72%）
试验班	38.4	65.9	27.5	
控制班	29.8	53.6	23.8	
垂直差	8.6	12.3	3.7	双差值

3-2 深层理解

从表 9B 中可以看出，前测试验班深层理解平均值为 16.1，控制班深层理解平均值为 10.9，也均未及格；后测试验班深层理解平均值是 40.8，大幅度超过及格线，控制班深层理解平均值是 18.7，有进步但仍未超过及格线，两班后测得分有显著的差距。试验班和控制班前测的平均深层理解的垂直差为 5.2，两班差距甚微，而后测垂直差为 22.1，有 4.3 倍之差，差距显著；试验班前后测的平均深层理解的水平差为 24.7，而控制班前后测的深层理解的水平差为 7.8，其双差值为 16.9，即经过滚动式阅读试验教学后，试验班的深层理解增加的幅度远大于控制班 16.9，上升的幅度很大。从双差值为 16.9，呈正值，可以说明试验教学有效作用于提高学生的深层理解，比在表层理解上的作用更大。试验教学调动学生深层理解思维，对理解层的作用，主要表现作用在深层理解方面。

表 9B　试验班和控制班前后测深层理解平均值及双差值数据统计

深层理解平均值 Mrd	前测	后测	水平差	（48%）
试验班	16.1	40.8	24.7	
控制班	10.9	18.7	7.8	
垂直差	5.2	22.1	16.9	双差值

3-3 表层理解和深层理解的比较

表 10 显示，表层理解的双差值是 3.7，深层理解的双差值是 16.9，说明试验班相对于控制班深层理解的增幅是表层理解增幅的 4.6 倍，两者差值为 13.2，深层理解的增幅度大于表层理解的 3.6 倍；也就是试验教学在深层理解上的滚动效应接近 4 倍。

表 10　试验班和控制班表层和深层理解双差比较

比较参数	双差值
表层理解	3.7
深层理解	16.9
递差值	13.2

4 阅读力

4-1 阅读力的双差图式分析

两班阅读力平均值的数据统计如下：

表 11　试验班和控制班前后测阅读力 μ 平均值及双差值数据统计

阅读力平均值 Mμ	前测	后测	水平差	
试验班	2.6	9.81	7.21	
控制班	2.3	4.99	2.69	
垂直差	0.3	4.82	4.52	双差值

从表 11 中可以清楚地看出，前测试验班阅读力平均值为 2.6，控制班阅读力平均值为 2.3，垂直差为 0.3，差距甚微；后测试验班阅读力平均值是 9.81，控制班平均值是 4.99，垂直差为 4.82，几乎比控制班增加了一倍，两班后测阅读力值有显著的差距，滚动效应显著。试验班前后测的平均阅读力的水平差为 7.21，而控制班前后测的阅读力的水平差为 2.69，试验班的进步明显，其双差值为 4.52，试验班比控制班增幅大 1.7 倍，试验班的增幅是控制班的 2.7 倍，即经过滚动式阅读试验教学后，试验班的阅读力增加的幅度远大于控制班 4.52，上升的幅度较大。从双差值为 4.52，呈正值，可以说明试验教学能效作地提高学生的阅读力。

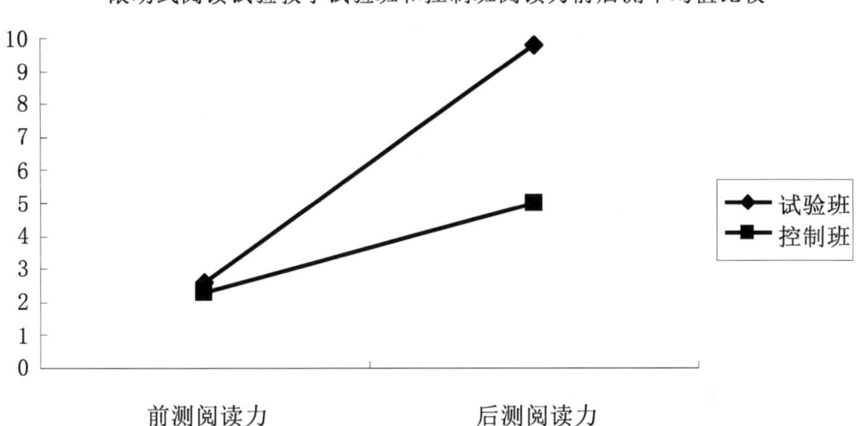

图 12　试验班和控制班前后测阅读力平均值双差图式

图 12 更清楚地看出，两条平均值曲线相交，曲线起点相合，尾端口张得很大，说明滚动式阅读教学在提升中学生的阅读力方面有明显的效果，从而也更进一步验证了滚动式阅读试验教学有助于提高阅读力。

4-2 阅读力级别进步平均指数与差值

图 13 的数据显示，试验班的进步级别平均指数为 2，显示了滚动阅读策略模式的滚动效应：

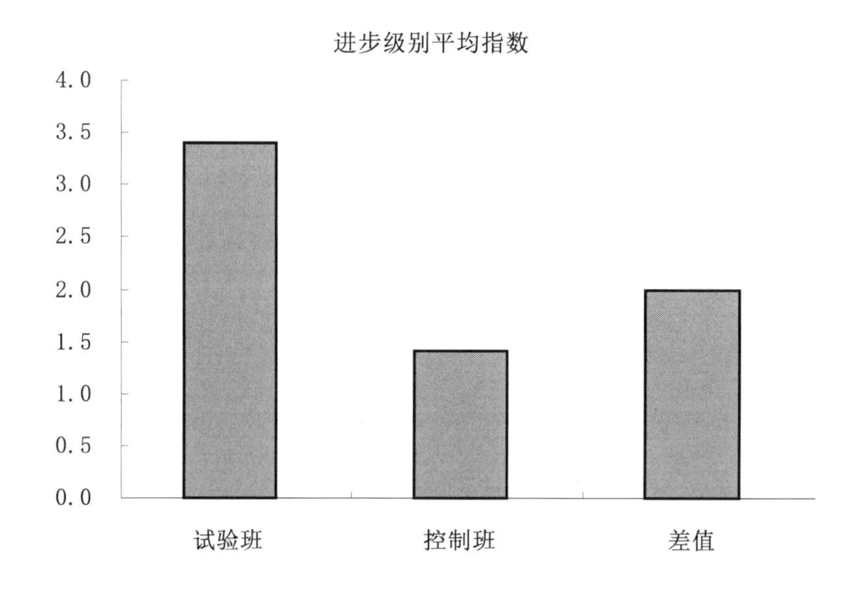

图 13　试验与控制班进步级别平均指数

5 总结

下图展示了试验后的阅读策略滚动效应：试验班的阅读力比控制班高出两级：

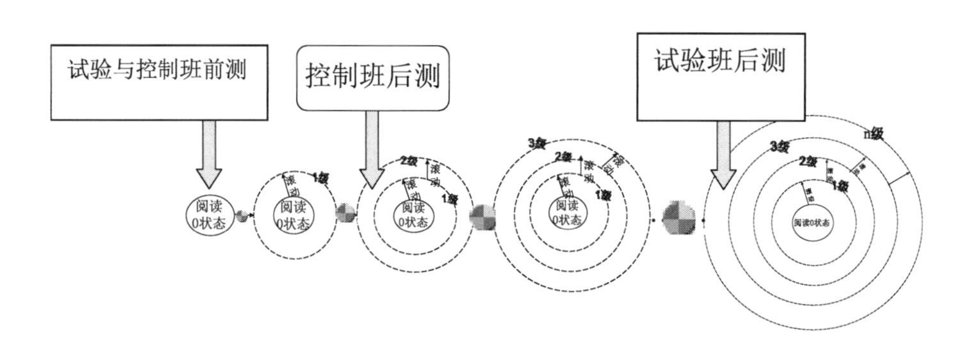

图 14　试验后滚动效应图式

七　结语

本研究旨在探讨程序性知识教学“怎么做”如何在语文教学中实践，并提出滚动阅读策略教学模式，试验结果初步证实此一模式所发挥的滚动效应能迅速提高速读力、理解力，全面促进阅读力。其滚动过程如下：

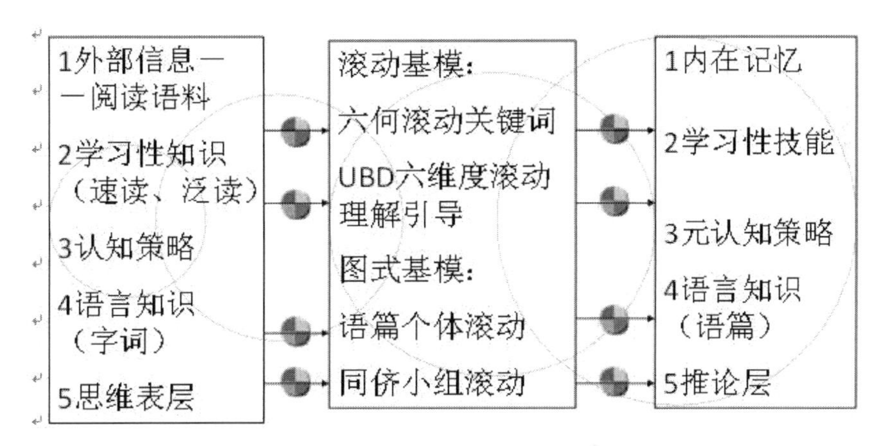

图 15　滚动阅读策略教学之滚动过程

语言初学阶段中的鹰架构置

一　前言

语言学习初阶段的学习目标是以建构“能通过听说读写来理解并表达语义”的语言机器为重点，以基本的语言知识（句／段／篇）与语言四技能为语言机器的驱动器，内容包括口语与书面语。此一目标不宜轻易调整，否则，将导致语言机器不完整，进而失去语言学习的意义。为了促进语言学习的效果，减轻语言学习的压力，在语言学习初阶段的学习过程中适时、适地的搭建适当的学习鹰架、并在在必要时拆除鹰架是本文所要探讨的问题。

二　“最近发展区”与鹰架理论

众所皆知，语文学习是一种极其复杂的过程。语文是否可以教？我们是怎样学习语文的？近年来，这些问题始终是语文教育界的热门议题。近年来，西方心理语言学和语言学习心理学将语文学习的讨论重点逐渐转移到学习者的心理认知过程中，设法柔化语文学习中过于强调语文自身的方法论、规律论的客观硬件。其中，建构主义（constructivism）便主张调动学习者内在的认知能力，注意学习者原有的经验（Brooks & Brooks, 1993），并积极调动之。俄国语言学家维果斯基（Vygotsky）所提出的“最近发展区”（Zone of Proximal Development）对语文教学研究影响深远。

维果斯基所谓的“最近发展区”指的是“学习者独立解决问题的能力与在他人（成人或其能力更强的同侪）协助下所可能达到的解决问题的能力之间的距离”（Soderman, Gregory & McCarty, 2005:11）：

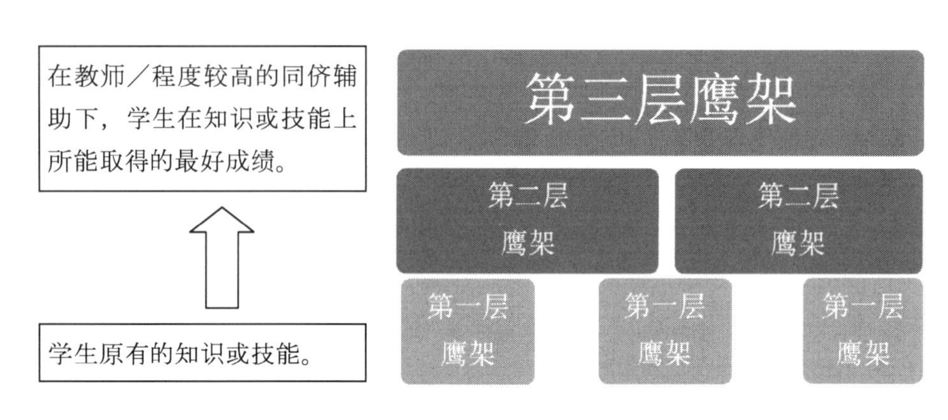

图 1　维果斯基“最近发展区”简示图
（Soderman, Gregory & McCarty, 2005）

维果斯基主张调动儿童内在的经验和能力促进语言学习的效果，受到语言学术界的重视。在他提出“最近发展区”的论点后，语言学习便开始重视语言学习的主体因素，即学习者既有的认知水平和能力。课堂语文学习不应只是单向教授，而是双向教学，并且逐渐转为以学习者为主，教师为辅的学习过程。“最近发展区”理念下的理想课堂教学过程如下（Soderman, Gregory & Mccarty, 2005）：

（1）确认学习者在某项学习技能中既有的能力和水平
（2）协助学习者选择合适的学习活动，以提升其能力和水平
（3）将学习难易度调整至适合学习者的水平线上
（4）与学习者一起开展学习活动，并展示学习步骤

(5) 逐步减少学习活动过程中的教师或同侪协助。教师提供充分的练习机会，让学习者主导学习，以巩固相关技能
(6) 评价学习者是否已掌握该项技能
(7) 在已获取的技能水平或知识水平上与学习者一起设定更高一层的学习目标

语文教育学界从学习者“最近发展区”出发，逐渐发展出语文学习初阶段的鹰架理论（Scaffolding Emergent Literacy）（Wood and Middleton,1975）：

> 鹰架学习让学童在第二者（教师或同侪）的协助下，独立解决自己在学习上的困难。教师或同侪主要的协助是联结该学童已然掌握的知识和技能与所要学习的新概念或技能。在教师或同侪的协助下，学童顺利理解新知识、掌握新技能（Soderman, Gregory & Mccarty, 2005）[1]。

在“语文学习鹰架”概念里，鹰架的搭建有两种特色：
(1) 地点和时间：主要是在学习过程中，尤其是在课堂环境的学习过程中搭建
(2) 人力的支持：“鹰架”搭建的过程是由教师或同侪和学习者来共同完成

在鹰架理论中，语文学习鹰架包括（Soderman, Gregory & Mccarty, 2005）：

---

1 原文：It consists of getting children involved in joint problem solving with another peer or an adult. As the two work together toward a common goal, the child stretches to understand the new information and, at the same time, is helped by the teacher pointing the connection between what the child already understands and the new skill or concept.

- 口语、书面语的有效学习方法
- 系统化的阅读和书面表达能力训练程序
- 有效的课堂环境
- 有效的课堂教学活动

对任何人类来说，从初步学习到掌握语言不是一蹴而就的事，相反的，正因为语言学习因素的多重性，语言学习的过程因此是复杂而漫长的。在这个漫长而障碍重重的过程中，语言教育学界不得不重视如何提供学习者协助的问题。因此，鹰架理论的提出是应势而起的。学习者所获得的鹰架协助之多寡、鹰架协助的有效与否、鹰架协助的时间长短都将影响学习者掌握语文的速度与效果。

鹰架理论是建立在以学生为学习主导者的学习平台上。对习惯以教师讲授为中心的教师而言，教师必须改变以往的教学观念；视学生为教学过程中的受体，教师为教学的主体。相反的，教师必须接受学生为学习主体，课室／生活为学习的舞台、教材／语料为学习的材料，教师为辅助学习的客体，是协助学习者设置学习鹰架的“第二角色”。

如果把一个人的语言学习过程比喻成一栋建筑物的建构过程，鹰架的设置是伴随着建筑的进程而逐步建构的，直到建筑物竣工为止。以语文学习过程来说，语文鹰架的设置必须是在学习者“能独立理解一连串的文字符号所代表的语义之前”。

语言学习鹰架的搭建，并非什么特殊或崭新的方法。为了帮助语言初学者、学习有困难的学生，华文教育工作者无时无刻不绞尽脑汁解决学习者所遇到的问题。但是，鹰架搭建的系统性、有效性却尚有待探讨。

探讨语言学习鹰架的搭建问题时，我们必须深入了解以下三方面的因素：

（一）学习者的背景和学习能力上的优势与弱势

语文学习鹰架的搭建必须为学习者量身定做，学习者的语言学习背景、语言学习环境、既有的语言能力、思维能力、已掌握的知识和生活经验都是影响学习效果的关键因素。在掌握了可供调动的学习优势，教师和学生便可设计出不同阶段的最近发展区以及同时考虑建构学习鹰架。例如：为非母语学习者搭建中介语言／元语言知识鹰架，作为学习者和学习语之间的临时桥梁；为口语能力强，书面认读能力弱的学习者搭建汉语拼音鹰架，作为书面认读的音义和音形之间的联系；为记字、写字能力弱的学习者搭建字形鹰架等。

（二）学习鹰架

学习鹰架是帮助学习者的辅助。搭建学习鹰架的最终目的是让学习者能掌握语文学习的方法、语文的听、说、读、写的四种技能、灵活运用这四种技能、吸收不同信息和知识、思考和思想以及表达和沟通。学习鹰架最终是必须拆除的。因此，鹰架搭建的时间是首要考虑的，何时搭建、何时拆除？其次，针对不同的学习需要，搭建不同成分、不同高度的鹰架是也是必要的；更重要的，系统化、层次性的语文学习鹰架更是语文学习有效与否的关键所在。

（三）协助搭建者的角色

学习者在面对学习困难时，协助搭建鹰架者必须清楚自己的角色在于协助选择有效的鹰架，但却必须让学习者参与整个鹰架的搭建，让学习者自己在鹰架的辅助下，攀爬到能力范围内的巅顶。换言之，学习者自己的自主学习能力是十分重要的，协助搭建鹰架不能越俎代庖，也不能操之过急。

三　新加坡华语文学习上的辅助与鹰架理论

基于语言符号的抽象本质，语言学习并非易事（王晓凌，2002）。[2]其中，学习华文的难与繁更是举世皆知的。双语教育是新加坡建国以后始终坚持的语言教育政策，也是世界上让儿童在小一阶段便开始接受双语教育的少数国家之一。更明确地说，新加坡中小学生是在以英语为强势语言，华语弱势的情况下同步学习华英语。让儿童提早学习双语，有利也有弊；但，语言学习负担的加重是显而易见的，语言学习的效果也因此备受关注。因此，如何在语言学习上为学生提供学习上的辅助一向都是新加坡华语文教学中的重点课题。检视近年来华文教学的情况，新加坡华语文教学为学生提供的学习辅助如下：

（一）识字量的规定与划分

自二十世纪八〇、九〇年代以来，新加坡教育部开始制定汉字表，划定教材和考试范围的用字量，通过控制汉字学习的数量（将 2500 个常用汉字分摊在 10 年的华文教学中）来减轻行学习负担。除了字量的控制外，也将汉字分为习写和认读两种，以控制写字量。

（二）汉语拼音教学

自七〇年代以来，新加坡小学便展开汉语拼音教学，让学生通过汉语拼音来辅助汉字学习。九〇年代以后，更进一步强化汉语拼音的学习

2　详见吴仁甫主编：《对外汉语一对一个别教授研究》（北京市：中国社会科学出版社，2002 年），页 160。

需要。例如：在小一第一学期集中汉语拼音教学，为课文注音，在中学与考试允许使用词典等。

（三）提供不同程度的华文课程

九〇年代以后，新加坡教育部逐渐重视不同能力的学生学习华文的问题，也注意学生的语文程度与学习目标之间的关系，因此为不同背景、不同能力的学生编制不同的华文课程。例如：让学习有困难的学生修读程度较浅、着重培养听说技能的华文 B 课程、开放修读高级华文的机会，让更多语文程度较好的学生修读。

（四）针对有迫切需要的学生，建议以英语辅助华文学习

二〇〇〇年以来，新加坡教育部进行了以英语辅助华文学习的双语教学策略（Bilingual Approach）试验，并在少数有迫切需要的小学里采用此一教学策略，作为缺乏华语家庭背景和华文口语基础薄弱的学生之第一语言辅助。

由此可见，新加坡教育部、华文教学工作者早已充分意识到越来越多学生在学习华文时，需要额外的协助。其中，识字量、汉字表、汉语拼音是在文字本位的基础上为学生提供的书面文字符号学习之额外辅助。至于按不同能力、不同背景来制定不同课程的做法则正视了因背景、能力而造成语言学习上的压力；以英语辅助华文学习则是首次在语文学习中提出第二语言学习方法中的辅助语言过来降低学习华文的压力。

紧接着，新加坡教育部于二〇〇四年进一步全盘检讨了华文教学后，提出第三次华文教学改革建议，其中包括：

(1) 在小学阶段改变学习教学形式与内容，编制趣味化教材、提倡趣味化活动，提高儿童学习华文的兴趣、让儿童喜欢华文
(2) 因材施教，开展单元化教学，让不同程度的儿童掌握其能力所及的最高程度
(3) 有层次性的语言学习过程：先口语后书面语、多认多读
(4) 语言学习生活化，重视生活语料，重视语文实际的技能功用
(5) 改变考试的内容与形式（教育部课程规划与发展署，2004）：
- 取消单一字词句的考查，转向综合理解能力的考查。
- 进一步开放考生在华文会考中使用工具书的可能，如：允许所有考生，包括小六考生携带电子词典进入考场。

纵观这些为学生提供的“学习辅助”，基本上可以归纳为以下几种：
(1) 识字量规定、汉语拼音教学、注音教材、趣味性强的教材、生活语料、实用性语文技能等是教材设计、教学语料上的辅助
(2) 允许不同程度修读不同课程、随背景、程度而编班的单元化教学是课程设计上的辅助
(3) 以英语为学习辅助语言、趣味性教学活动是在教学过程中的辅助
(4) 在考试中允许使用字典／词典，是在总结性评估过程的辅助

鹰架理论提出语言学习鹰架的搭建与拆除位置、时间和人力支持必须适当；有效的语言学习鹰架包括口语、书面语的有效学习方法、系统化的阅读和书面表达能力训练程序、有效的课堂环境和有效的课堂教学活动。以下，笔者将尝试从鹰架理论的角度来检视这些“辅助”：

(1) 教材设计、教学过程之辅助都只能是学习鹰架；鹰架搭建与拆

除应有位置与时间上的考虑；并非永久性的。鹰架的搭建与拆除都必须是在学习进程中，而非在核心课程目标制定之后为个别群体调整目标、或总结性评估开展之际

(2) 鹰架搭建过程中必须有人力的适当支援：老师须协助学生探寻其“最近发展区”；老师须布置课堂环境、设计课堂教学活动；老师须在学生学习过程中的适当支援与引导十分迫切；同侪之间必须合作，并互相支援

(3) 语言学习鹰架必须有口语、书面语的过渡和衔接以及系统化的阅读和书面表达的训练程序，两者缺一不可

四　语言学习进程／阶段与鹰架理论

任何语言的学习，都是一个从无到有的过程，而这个过程也都有一个逐渐递进的进程。经过多年的研究，心理语言学界对语言学习的共识是：任何语言的学习，都是一个先习得口语后学习书面语的过程。从语言发展的过程来看，人类是先产生口语的言语形式，后发展出书面的言语形式的，书面言语形式是为口语言语形式而服务，简言之，是为记录口语的言语形式而产生的。因此，书面言语形式的认读和理解应该建立在一定的口语言语形式之基础上：“要阅读，先要懂得语言，即掌握一定量的词汇和句法。”（梁荣源，1992：16）

近年来，心理语言学界针对儿童学习语言进行了大量的研究，并在研究后取得一些基本的共识（桂诗春，2000）：

(1) 书面言语的学习应该建立在口头言语的基础上

(2) 口头言语的习得越早越好，最好在学前阶段为儿童输入大量的

口头言语形式，奠定儿童基本的心理词汇[3]

(3) 语言学习必须在学习者能理解并运用书面言语形式才能宣告完成

在传统的语文教学中，口头言语形式并非教学重点，儿童的口语能力也被视为先备能力。至于口语能力的训练，则不是语文教学所重点关切的。随着心理语言学界对儿童口语能力、对儿童语言学习阶段的递进的重视，语言教学因此必须开始注意口语和书面语之间的关系（朱智贤，2003）：

(1) 儿童在语言学习的初期阶段，一般只有运用口语言语的经验，还没有掌握书面言语

(2) 在儿童识字前，儿童掌握词、言语，主要是通过言语的听觉分析器和言语动觉分析器实现的。儿童听别人说话，或自己对别人说话，都属于口头言语的范围

(3) 书面言语总是在口头言语的基础上形成的，同时它又可以反过来丰富和改进口头言语

(4) 在小学阶段，首先必须注意如何在口头言语的基础上发展书面言语；在儿童入学阶段，教师的任务在于引导儿童逐步从口头言语过渡到书面言语

(5) 书面言语是比口头言语出现得晚的一种高级的能力。书面言语和口头言语比较起来，有更高的、更严格的要求，而且具有不同的心理起源和结构

3 原文："心理词汇（mental lexicon/internal lexicon）指储存在内心的一个统一的词汇，但是，要了解这个词汇的组织和提取要靠外部的输入，而输入的方式可以诉之于听觉，也可以诉之于视觉。听觉输入的词的基本单位是音素，而视觉输入的基本单位是字母或笔画。"

(6) 口头言语的形成和发展的一定水平是识字的前提

(7) 儿童进入学校后，正式开始在听到的言语和说出的言语，亦即在言语听觉分析器和言语动觉分析其所形成的联系的基础上，进一步和看到的言语，亦即言语视觉分析器建立新的联系，这个过程也就是儿童的识字过程

(8) 儿童语言习得过程是从外部言语开始，逐渐发展出内部言语的

(9) 外部言语形式包括对话和独白两种；内部言语是理解和表达的基础机制

如果上述心理语言学的论点成立，那么，笔者便大胆地假设儿童语言的学习初阶段可以进一步分成四个阶级：

(1) 口语发展阶级：
在学前阶段，儿童语言习得的重点主要是通过听觉分析器和动觉分析器（听、读、说）来大量输入口头语汇

(2) 口语衔接书面语与外部语言奠基阶级：
在小学低年级阶段，儿童的语言学习重点主要是在听觉、动觉带动视觉三种分析器的相辅相成下认读字词和出声朗读

(3) 书面语与内部语言奠基阶级：
小学中、高年级的语言学习重点以视觉阅读与内在语言能力（心理词汇）的开发为主

(4) 书面言语应用（读写）阶级：
书面言语的应用乃语文学习的评价阶段，在低年级语言学习以初步的字／词和句／段的理解、应用为主，高年级则是全面性的思维、理解以及篇的阅读理解与初步表达。此一阶段需要较长时间地通过提供质量兼具的语料、以及充分的语言技能操作

才能达致，而小学高年级至初中阶段则是书面言语应用训练的重要阶段

将语言学习初阶段（学前—初中，10 年）进一步地分成四个阶级是有必要的。学习阶段是铺设学习鹰架的梯级式平台，教育工作者可以在这个平台上针对学习者的认知特征、学习需要、学习层次等方面深入思考构置有效的学习鹰架。但是，语言教育工作者必须了解，学习阶段的划分并非固定不变的。语言课的教学内容与技能必须是综合性的，不能过度迁就学习阶段而断然分开。简言之，每个阶段都应涵盖句段篇的语言知识、听说读写的四技，而且各个阶段均有各自学习上的重点。例如，口语发展阶段的学习重点在奠定口语能力：语料输入以口语为主，书面阅读为辅、语料输出以口语表达为主，书面表达为辅。其他阶段则依此类推。学习阶级一旦划分清楚，教师便可以深入思考如何在不同的阶级里，针对学生的不同发展区，给学生架设不同学习鹰架的教学问题：

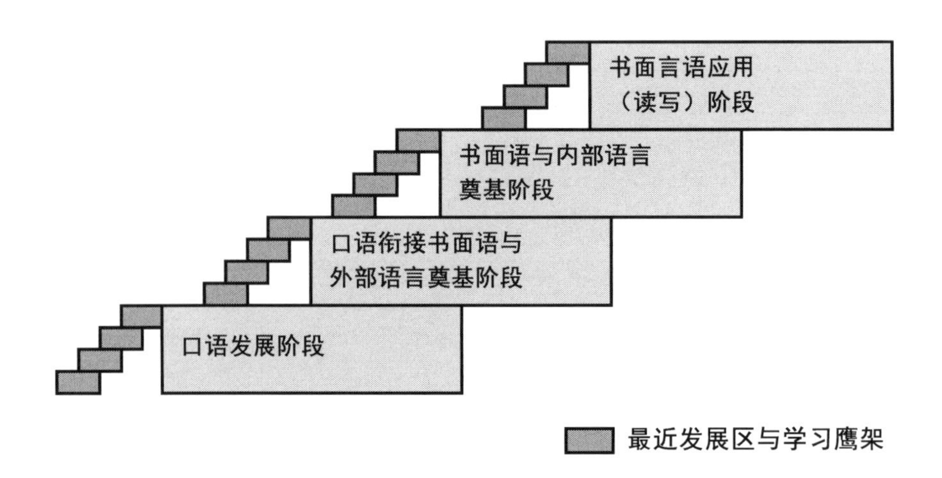

图 2 鹰架理论与语言学习初阶段四阶级

五　新加坡儿童学习华文的学习鹰架

基本上，新加坡儿童在语言学习初阶段的学习鹰架（表 1）有六种：口语鹰架、阅读鹰架；元语言知识鹰架、元认知鹰架、认知与思维鹰架、课堂环境鹰架：

表 1　语文学习阶段与鹰架构置表

语言阶段	课程（教材、教学法）中的鹰架构置	课堂教学中的学习鹰架	学习环境	构置时间 / 作用
口语发展阶级	口语鹰架 （1）口语词：音义鹰架 （2）基本句式：语法鹰架 （3）对话体：外部语言鹰架 （4）元认知鹰架（已知入未知：语境：生活化、趣味性语料） （5）元语言意识鹰架	（1）感官智能鹰架 （2）形象认知鹰架 （3）最近发展区与个别化学习目标、进度	家长支援 老师支援 同侪支援	• 学前—小学低年级 • 主要是通过听觉分析器和动觉分析器（听、读、说）来大量输入口头语汇
口语衔接书面语与外部语言奠基阶级	口语入书面语鹰架： （1）字的鹰架 （2）词的鹰架（辅助语鹰架、汉语拼音鹰架）	（1）感官智能鹰架 （2）形象认知鹰架 （3）最近发展区与个别化学习目	家长支援 老师支援 同侪协作	• 小学低年级—小学中年级 • 主要是在听觉、动觉带动视觉三种分析器的相辅相成下认读字词和出声朗读

语言阶段	课程（教材、教学法）中的鹰架构置	课堂教学中的学习鹰架	学习环境	构置时间 / 作用
		标、进度 （4）思维鹰架		
书面语与内部语言奠基阶级	（1）句段鹰架：独白语言形式 （2）阅读鹰架 （3）元语言意识鹰架	（1）感官智能鹰架 （2）形象认知鹰架 （3）最近发展区与个别化学习目标、进度 （4）思维鹰架	家长支援 老师支援 同侪协作 自主学习	• 小学中年级—小学高年级 • 以视觉阅读与内在语言能力（心理词汇[4]）的开发为主
书面言语应用（读写）阶级	阅读鹰架 写作鹰架 元语言知识鹰架	（1）感官智能鹰架 （2）形象认知鹰架 （3）最近发展区与个别化学习目标、进度 （4）思维鹰架	家长支援 老师支援 同侪协作 自主学习	• 小学高年级—初中 • 以初步的字／词和句／段的理解、应用为主，高年级则是全面性的思维、理解以及篇的应用为主

（一）口语鹰架

语言形式按口语和书面语形式分为两种，口语形式主要通过耳闻嘴说来进行，是语音听觉符号形式；书面形式主要通过眼观手写来进行，是字形视觉符号形式。

在语言发展中，语音形式先于文字形式。口语和书面语在语法规则上大致相同，在词汇上有一些不同，简单的说，书面语比口语规范、完整。

4　同注 3。

心理语言学家发现，语言在大脑里的记忆与储存主要是以语音的形式存在。而人类处理短期记忆中的语言信息，主要是靠语法规则。对语法规则熟悉程度较高的学生，短期记忆中的语言单位能较快地组织，转化为意义（徐子亮，2002）。通过基本句式的教学，为学生建立起基本的语法鹰架是非常重要的，因为“语言组合式遵循一定规则的，不熟悉这些规则也就不可能正确理解读物的意义。”（朱作仁和祝新华，2001）

在语言学习初阶时，先为学生构建口语鹰架是绝对必要的。口语鹰架可按不同作用分为三层：

（1）口语词　：音义鹰架
（2）基本句式：语法鹰架
（3）对话体　：外部语言鹰架

在语文初阶段为学生准备大量的聆听与说话语料，例如：日常生活常用词、交际用语、故事、韵律性强、趣味性足的儿歌等，让儿童先储存足够的心理词汇；在课堂教学中布置具有交际目的、语境完整的听与说的活动，先让儿童通过对话体的语音鹰架来听与说基本的口语句式，为进入书面语的学习奠定稳固基础。

（二）书面语鹰架

一般而言，阅读理解过程要经历两个不同的发展阶段：

（1）辨认文字符号的感性认知阶段：字形的辨认、词汇量的掌握、句法的知识、话语的结构知识等
（2）理解内容、接受信息的创造性思维解码的理性认识阶段：读物

内容相应的知识（包括）、元认知（是否积极调动元认知、善于思考以及充分利用所有的潜存知识文学、社会科学、自然科学等所有有关人类社会的知识）、生活阅历（亲身的生活经验）（梁荣源，1992）

笔者将根据这两个阅读理解阶段来讨论为儿童构置阅读鹰架的问题：

1 文字鹰架 / 音义形鹰架

在文字符号的感性认知上，“义”的认知是最重要的：“理解话语往往是从寻找中的意思开始，然后转入词汇音位层次，确定词义，并转入句法层次，理解句义”（梁荣源，1992）。例如：要读懂“小狗在雪地上跑”这个句子，读者要认识每一个字，知道“小狗”是代表怎样的一种动物，“雪地”是指什么，“跑”是怎样一种动作等等。也就是说，识字要达到一定的熟练程度：看见文字符号，能产生意义，形成形、音、义三者的有机联系（朱作仁和祝新华，2001）。儿童在辨识文字符号的书面形式时，首先需要确认的也就是文字符号所代表的意义。在确认“义”的过程中，对儿童最直接、最方便的方法便是音义联系：从字音上联系心理词汇，经过文字解码—理解的认知过程，然后初步确认形和义的联系。

在这个音义形联系的过程中，教师可以和学生一起架构的学习鹰架是字音、字形、词形、汉语拼音、出声朗读和指读：

1-1 字音鹰架

汉字乃表意文字，无法在字形上读出字音是汉字学习上的一大难点。因此，尽早教学汉语拼音、为汉字注音，编制汉语拼音教材这三种早已是语言初阶段中的必要鹰架。汉语拼音要能发生作用，尚取决于心理词汇的存在与否。因此，在汉语拼音教学必须能和口语词的音义鹰架搭钩，才能搭成完整的音义鹰架，进而联系字形和音义。

声调具辨义作用乃汉语的特点。对语言初阶段的学习者，特别是第二语言学习者而言，能否辨认声调将影响语义的辨认、理解与表达。因此，教导辨认声调（如第三声）以及辨认常见的变调（例如轻声、上声的变调）是语言初阶段不可忽视的工作。

1-2 字形鹰架

汉字字形由笔画、部件组成。部件的位置、部件之间的间架结构并非固定不变。在字形的教学上，因此必须突出部件的教学。“部件”分为成字部件（基本字）和非成字部件（偏旁、部首）。在字形教学中，如果有意识地将常用的部件（如常用的意符、声符）通过视觉（例如：通过颜色来让学生辨别部首、偏旁）、听觉来强化（例如：强化多音义字的读音辨认，如：睡“觉”不喊叫，“觉”得要“决”定）。另外，在非成字部件上，名称宜统一，以方便学生记忆。

1-3 词性鹰架 / 词的知觉（word awareness）

朱作仁、祝新华（2001）认为“字词知觉”也就是字形辨认，即感知字词图形的特征，并确认它的声音和意义。实际上，在语言学概念中，字词并不一定完全相同。简单的说，字是文字符号，并非语言单位，词是语言中的最小单位。在汉语中，由于古代汉语主要以单音节词为主，因此，字词经常是一致的。但是，在现代汉语中，字经常是“词素”，字往往是构成双音节词、三音节词的词素。例如：“一”、“五”、“十”构成“一五一十”，但“一五一十”的词义并非“一”、“五”和“十”的相加、“台下”、“下台”都由“台”、“下”组成，但语义完全不同。另外，有一些双音节词，如果按“字”

分开教学，就失去了原来的词义，例如“什么”、“为什么”。再加上，汉字一音多字、一字多音以及字在词中发生变调的情况十分普遍，这是学习上的一大难点。因此，笔者以为，有必要为学生先确定“词”的形义音鹰架：在学生初步认读、书写词时，不管是教材、教学过程、作业上都有必要让学生先通过“词”的概念来学习字。例如：认读“什么”、“为什么”两个词，而非将“为”、“什”、“么”分成三个字，分别在不同的课文中进行认读、习写。此外，由于阅读中所要感知的材料，不是孤立的字词，而是一系列由连续的字词组成的句、段、篇章。在这种情况下，如果能让学生在词的学习鹰架上先确定词的概念，将有助于学生理解句、段和篇章。在注音教材中，词的概念可以通过汉语拼音正词法中的“分词连写”[5]来体现。

1-4 汉语拼音

汉语拼音乃汉字的主要注音工具，鼓励儿童通过汉语拼音呼读出字音，联系心理词汇，然后确认字义。必须注意的是，汉语拼音仅仅是拼音的书面符号，作为字形和字义之间的鹰架。汉语拼音的作用有赖于学生的心理词汇。如果心理词汇里有所要搜索的字义（以音或形的形式存在），汉语拼音就能发挥联系的作用，反之，则不能发挥联系的作用。笔者曾于二〇〇四年针对低年级的学生进行问卷调查，口语能力强的儿童比口语能力弱的儿童认为汉语拼音比较有用，证明了只有在心理词汇完整的情况下，汉语拼音才能发挥作用（胡月宝，2004）[6]。

汉语拼音的作用有三种：

---

5 分词连写指的是把语言划分为词，并把多音词的各个音节连写在一起成为一个拼写单位。

6 详见胡月宝：《新加坡低年级汉语拼音教学初探》，第 18 届《世界华文教学国际研讨会》，2004 年。

- 为个别汉字注音
- 为词注音（在分词连写的情况下）
- 为书面语阅读与心理词汇联系，进行句段篇的解码工作，以理解语义：注音教材

由于汉字的字音不固定，经常会随着“词”的变化而发生音变，例如：轻声词、一、不、三声变调、多音义词等。再加上汉语音节少，文字多的特点，所以一音多字的现象十分普遍，例如：shi（第四声）这一音节共有 15 个字形。因此，字本位的学习造成极大的困扰。不少学者因此建议以词本位作为学习鹰架，在音节拼写上采取分词连写。

小学低年级的汉语拼音教材必须正视汉语拼音鹰架的确实作用，在教材注音方法上选择分词连写。此外，在学生还未学会汉字之前，应该允许借助汉语拼音音节，以便帮助表达。

为了避免学生过度依赖汉语拼音，在学生有能力认读字形、有能力独立阅读段、篇之后，就必须拆除汉语拼音鹰架。但是，鹰架的拆除时间必须是渐进的，例如：从的全文注音逐渐递减为生句、生词、生字注音。

1-5 出声朗读和指读

出声朗读是儿童建构音义形联系的另一个重要的口部动觉鹰架：“儿童最初的阅读活动只能是朗读。因为这是儿童的言语运动分析器的活动在阅读过程中起着很重要的作用。它好像一个感性的支柱，通过它来保持言语视觉分析器和其他分析器的联系。这也就是说，通过读出词和句子的发声动作来再现看到的词（文字）和词的含义（内容）的联系。”（朱智贤，2003：315）

在儿童初步学习辨认文字符号的认知阶段，也就是儿童调动视觉来

进行书面符号辨认的时候："在阅读过程中，第一个步骤是视觉感知。眼睛看文字是物理过程，但辨识说看到的到底是什么，却是认知过程。"（梁荣源，1992：10）视觉感知文字符号所需要的便是眼睛对文字符号的注视："眼停"（梁荣源，1992：10-11）。眼停就是对信息的感知与理解的标志。在初步阅读阶段，儿童眼球的移动比较容易游离，控制视线的能力比较弱，因此，有必要借助儿童相对发达的手部动觉运动来引导视线的方向，并确定眼停的位置。为了帮助儿童有效地让眼睛注视文字符号，特别是一长串的文字符号，指读便是最直接的学习鹰架。在初步感知文字符号时，指读有三种作用（蔡起福，1994）：

（1）利用"指读"的动觉来协助固定眼停的位置，促进大脑对信息的吸收

（2）利用"指读"来协助集中对字形的注意力，强化音、形、义之间的联系

（3）利用"指读"增强对读物的理解和记忆，并提高阅读速度

因此，教师宜在语言初阶段的课堂教学中，须布置适合大声朗读的课室环境，鼓励学生读出声，并有步骤地训练从指读、眼读的阅读方法。

（三）元认知鹰架

在儿童初步阅读阶段，认读字词的能力往往被视为是阅读能力强弱的决定因素。但是，实际上，"认得的字词多寡和阅读能力之强弱不一定成正比"（梁荣源，1992：30）。验证性的研究证明,决定阅读能力强弱的因素，有四种：

（1）语文经验与知识

（2）与读物内容相关的知识

（3）与作者类似的生活阅历

（4）积极思考，充分利用潜存知识。（元认知）

以上的分析直接将问题的重点指向学习阅读者的知识经验以及元认知的调动。元认知即“对于认知的知识和对认知的监控”（Flavell, 1978）[7]。“对于儿童有效的学习而言，如果儿童能够意识到有效的学习活动需要什么东西，那么，他就可能采取步骤更好地去适应一种学习情景的要求。”（张必隐，2002：313-314）在阅读活动中，元认知的调动包括：

（1）明确阅读目的，即了解明显的和暗含的阅读任务之要求

（2）识别出篇章中的重要信息

（3）集中注意于篇章中的主要内容

（4）监控阅读的活动，并且理解是否发生

（5）运用自我提问的方法去决定，阅读目的是否到达

（6）当发现理解任务失败后，采取补救行动

在语言学习初阶段，儿童的元认知意识相对薄弱。教师在阅读教学过程中因此需要强化这方面的训练工作。例如：教师可通过下列两种教学活动来训练学生调动元认知：

• 读与说阅读活动

教师预先设置阅读目的（提问）、要求学生通过小组协作来识别出

7 详见张必隐：《阅读心理学》（北京市：师范大学出版社，2002年），页313。

篇章中的重要信息、探寻篇章中的主要内容、监控阅读的活动，并且理解是否发生：

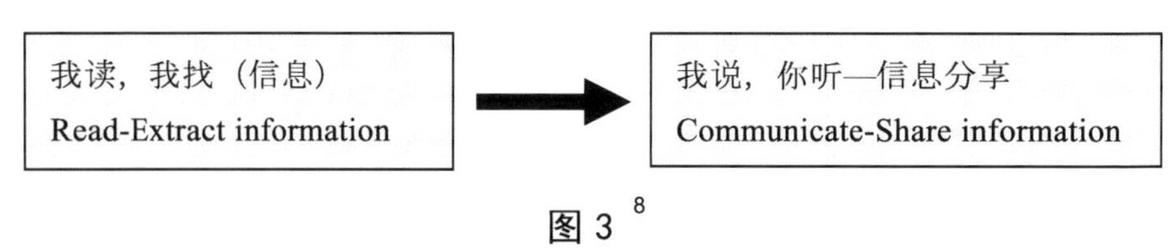

图 3 [8]

表 2　前、中、后三读活动

阅读阶段	阅读目的 / 元认知调动	阅读活动
阅读前：引起阅读兴趣、明确阅读目的（Pre-reading：Activate prior knowledge reading）	（1）从作者／篇名／图片／语言猜内容大意 （2）寻找阅读目的（导入提问）	猜读
第一次阅读：（Construct meaning）	（1）理解基本内容／重点 （2）有目的的阅读／重点阅读（先提问后阅读）	自由读（低年级：朗读、高年级：默读） 课堂阅读活动：导入读／自由读
第二次阅读（Revisiting text, change and modify meaning）	带目的（语言技能／语言知识／思维技能）之阅读	（1）大声朗读／讨论／分享 （2）课堂阅读活动：讲授分析阅读、评价读
第三次阅读（Conclusive reading）	（1）总结阅读重点 （2）拓展性阅读（生活阅读，思维性阅读、文学性阅读）	（1）讨论阅读重点 （2）阅读前的猜读活动总结

8　摘录自：Jill & Charles Hadfield *Reading Games* In *A collection of Reading Games and Activities for Intermediate to Advance Students of English,* 2004, Published by Pearson Education Limited. See introduction.

元认知的调动可进一步通过下列提问模式来进行，学生还未学会之前，教师宜通过提问加以引导；学生已能掌握后，要求学生进行自我提问来检查理解工作是否完成，如果失败，立刻找出未能理解的部分，重新阅读：

阅读与提问基本模式[9]：

主角：谁？
发生：什么地点？什么时间？
问题：什么事情？
目的：主角要做什么？
尝试：做了什么？／怎么做？
结果：什么结果？
反应：主角觉得怎样？
主题：作者／这个故事想说什么？我从中学到什么？

（四）元语言意识鹰架

“元语言意识是语言学习者对语言的感性和理性认识。单语学习者对其使用的语言有不同程度的认识，双语学习者则对两种语言都有一定的认识。学术研究发现：“学生的原语言能力可使得他在使用语言时能有效地对两种语言的理解和表达能力进行反思。”（张军，2004）

在现行的教育政策下，新加坡儿童乃同步双语学习者，其中英语居于强势位置，英语因此是大部分学生的元语言。长期以来，新加坡语言

9 摘录并翻译自：Pamela J Farris, Carol J Fuhler, Maria P Walther. *Teaching Reading—A Balanced Approach for Today's classroom*, pg 349.

教育工作者视之为“华文教学所面临的困境”（张军，2004:83-96），认为这是语言学习的劣势。教师或在教学上采取积极防堵英语文的“污染”、或无可奈何地迁就学生对英文的“依赖”，在教学上借助英语，但在心态上认为“让英语介入华语教学”只能是下下之策。近年来，一些学者在第二语言学习理论的基础上，提出了“学生在双语环境下学习华文是独特优势”的视角（张军，2004:83-96），并提出“不能忽略英语作为强势语言的元语言知识以及学习者的主观能动意识在学习中所能发挥的潜力。”（张军，2004:83-96）

积极调动元语言意识的优势来学习第二语言的方法在第二语言学习理论中被视为“辅助语”，同样必须是在鹰架理论的概念下，让学生充分调动其元语言意识来促进华文的学习效果。辅助语的学习鹰架可以有多种形式，对译法是教学中最常被应用来帮助理解语义时一种形式。此外，语言偏误分析也是常用的形式之一，主要用来纠正学习错误。

要能积极调动元语言意识，首先必须能够确定双语学习的优势，确立元语言意识对语文学习的促进作用。然后，进行元语言与第二语言之间的异同分析比较，在课程、教材设计上强调语言的共性，然后突出不同语言的特性，为儿童构置元语言认知的学习鹰架：

- 把儿童常用句式、口语词有机地融入教材中：
  例如：时间词的位置在华英文语法上有前后的不同。在口语发展阶段专门为幼儿设计具有相关句式的教材：**“玩具不见的时候**，我想哭；**妈妈不在的时候**，我想哭；**没有人跟我玩的时候**，我也想哭。”（胡月宝，2005）
- 在学习过程中让学生积极调动元语言认知：
  在学习过程鼓励有需要的学生积极调动元语言认知，强化两种语言的共性，如在书面言语应用（读写）阶段辨识六何叙事结构的共同点；辨识两种语言的独特性，如“了”时态助词的应用。

（五）认知与思维鹰架

在语言初阶段，要能有效地开展教学，教师必须密切注意到作为学习主体的儿童的认知发展、思维特征与学习特征上的需要。在课堂教学过程中，教师可考虑构置的学习鹰架有三种：

1 感官智能鹰架

在语言初阶段，感官智能乃儿童接触、了解世界，学习知识的最主要管道。语言的学习更是如此，在教学过程中，教师必须设法淡化语言的抽象本质。其中最常见的方法便是通过感官智能来调动视、听、动、嗅、触等感觉来理解和应用语言。例如：“顶撞”、“求情”（小四：公正的海瑞）有两个共同特点：动词，用在人与人之间、通过加强语气来表达较强烈情感的一句话（听觉、说话），教师便通过具体的语境，紧扣住“双方”的人以及说话人的语气来建立感官智能鹰架，协助学生掌握这两个词的语义和用法；又例如：“空气清新”一词，学生如果能紧扣住“嗅觉”，然后通过“何地”、“何时”（空气清新）便可理解“清新”的语义和用法。

2 形象认知鹰架

一般而言，书面言语的阅读过程所动用的思维以抽象思维为主。阅读者必须理解、阐释文字符号背后的语义，在大脑中再现相关情景，然后才能评价、并再创造[10]（梁荣源，1992）。对初步学习语言的儿童而言，薄弱的抽象思维能力很可能无法支持他们展开阅读。

儿童的形象思维比抽象思维发达，这是众所皆知的事。在教学上化抽象为具象，从泛化入分化的教学原则也是语言教师必须具体掌握的。在课堂教学中，形象化认知鹰架应该是最主要的一种学习鹰架。

形象认知鹰架可具体地体现在“课堂提问”、“已知”、“做中学”课堂活动的设计上：

• 提问——思维与阅读鹰架

对初步学习阅读书面言语的儿童来说，思维技巧鹰架是迫切而必要的。提问是设置思维技巧鹰架中最简便的工具。在记忆、理解、应用、分析、综合以及评价的六个认知维度上，教师在设问时宜针对学生的“最近发展区”，展开有层次性、递进性的六何提问。一般而言，提问是课堂教学活动最常见的教学手段。有效的提问是让学生能有条理、有方向地进行思考，然后理解教学内容、应用相关技能与方法来举一反三。在提问的类型中，“为何／为什么”、“如何／怎样”是学生最需要解决的两种问题；但在认知层次上，这是两个相对抽象的问题。在语言初阶段，学生尚且无法理解、处理“为何”以及“如何”，所以教师须通过“何事／何人／何物／何时／何地”这些可具体感知的形象层次的“何”来构筑鹰架，以帮助学生理解并由形象思维逐渐推论到抽象思维上。

为了帮助语言初学者掌握信息，美国学者 Taffy Raphael 在认知理论上提出了一种联结知识、经验和元认知／思维技巧的“QAR”阅读

10 梁荣源：《阅读教学：理论与实践》，加页 122：“语义的理解（阅读）可分为四个阶段：字面性理解阶段、阐释性理解阶段、评价性理解阶段、创造性理解阶段”

策略鹰架（“Question and Answer Relationship”[11] Scaffolding Skill）。QAR 阅读鹰架在课堂阅读教学中构置起来，学生在教师的协助构设下，逐渐掌握联结知识、经验和元认知的阅读方法，提升阅读与高层次的思维能力。华文的阅读教学应可借鉴这一步骤清楚、操作简便的阅读鹰架：

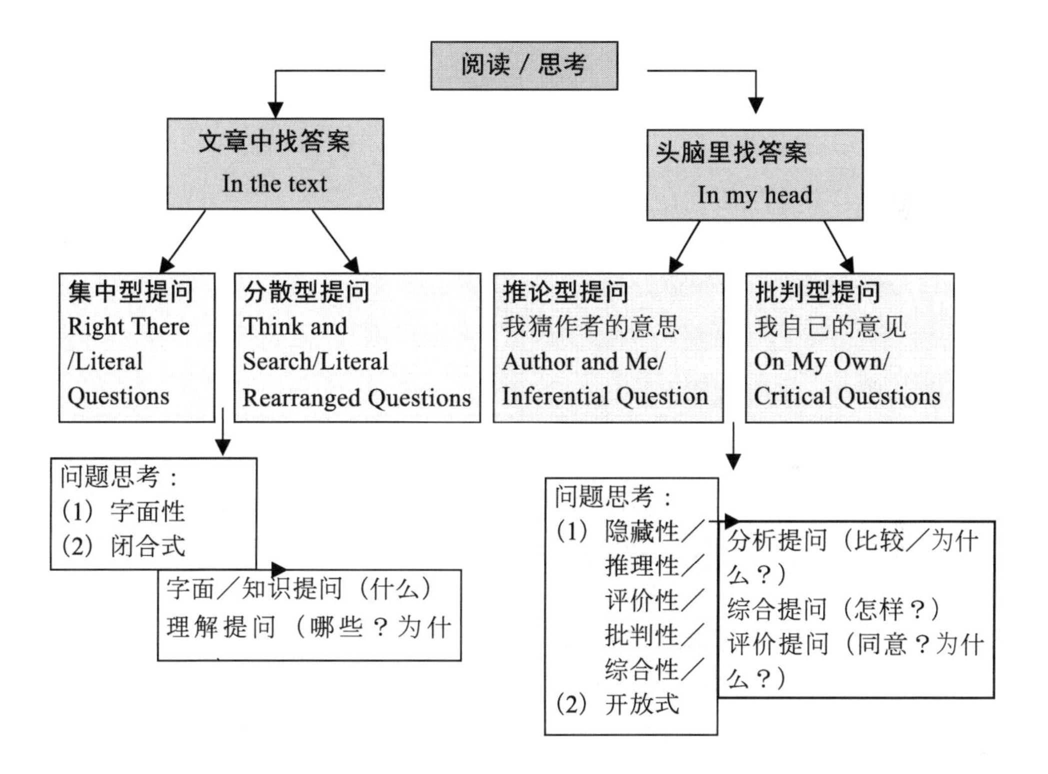

图 4　QAR 阅读与思考（提问）关系法

11 Raphael. T. E and Au. K.H, QAR: Enhancing Comprehension and test taking across grades and content areas,the reading teacher.Http:Litd.psch.uic.edu/pri．详见 Bonnie Burns, 2001, Skylight Professional Development, USA, *Guided Reading, A How- To for all grades* p98-109.

- “已知”（知识、经验、技能）鹰架／课堂教学方法

对处于语言初阶段的儿童而言，已知的语言经验与知识、生活经验和知识便属于具象的，可感知的；相反的，未知的便属于抽象的，不可感知的。在这种情况下，教师在选择教材的内容、进行教学时因此必须注意结合儿童的知识和经验，设法在儿童已知的知识、经验、技能中去建构新的知识和技能。换言之，教师应充分利用“最近发展区”的理论，在教学上尽量结合学生的已知知识、经验和技能，鼓励学生调动元认知，积极调动自己的潜存知识，来掌握能力所及的知识、经验和技能。一般而言，已知和未知鹰架的设置必须考虑两者之间的比例。例如：根据美国心理学家米勒的“魔术数字 7 定律”（Miller, 1956）提出了：7+2 或 7-2 的信息处理论据。我们可以让能力弱的儿童在 90%已知的基础上学习 10%未知、能力中等的儿童在 80%已知学习 20%未知、而让能力强的儿童在 70%已知学习 30%的未知。

“已知入未知”学习鹰架的搭建形式多样化，常用的例如：设置接近学生经验的语境、设计联系学生的潜存知识的提问、利用学生的形象感官分析器，如视觉、动觉、听觉等。

- “做中学”／课堂教学活动鹰架

传统课室常见的“教师讲，学生听”、“教师问、学生答”是无法应付语言初阶段学龄孩童的学习需要的。此一阶段的孩子需要通过大量的活动来调动“动觉”、需要将抽象的内部语言（思考）具象化，转化成实在的，可看见、听见、可具体感知的学习活动。不管是字、词、句、段、篇的教学，听说读写四技的教学都一样。例如：在词语造句活动上，教师须先提炼出与该词语有紧密关系的关键感官，然后布置语境、再通过调动学生的感官智能来理解词语，最后，在关键提问上形成

刺激，让学生能在识记、理解、应用的形象思维上理解之。例如："心旷神怡"、"扣人心弦"的主要关键感官在"心"的感觉（抽象、内在感受），可通过外在感官"听"、"视"来调动，提问："看到什么？"、"听到什么？"、看／听到之后，"心"有什么感觉，会"做什么事"？然后，具体布置语境（场景布置），让学生直接在语境中活动（如：思维导图活动设计、生活实况模拟、肢体表演、戏剧等），通过语境来进行说写训练活动。

（六）学习环境鹰架

鹰架理论以学习者为学习主体，主张在课程、教材、教学方法中布置多层的学习鹰架；要求学习者在学习过程中调动元认知意识、元语言意识；但是，更重要的是，鹰架理论主张让学童在第二者（教师或同侪）的协助下来解决自己在学习上的困难。教师或同侪主要的协助是联结该学童已然掌握的知识和技能与所要学习的新概念或技能。在教师或同侪的协助下，学童顺利理解新知识、掌握新技能。换言之，课堂教学环境这一学习鹰架乃鹰架理论中的核心鹰架。布置一个有效学习的学习环境因此是至关重要的。学习环境鹰架包括三方面：

（1）硬件：可分别从硬体设备和软体设置上来谈。在课室环境硬体，如座位安排、墙壁布置、教具摆设等的布置，可考虑以下原则：

- 培养个人认同感
- 鼓励竞争意识的发展
- 提供成长的机会，提供认知、社会和动机发展的机会
- 增强安全感和信任感

- 利于社会交往、同时保留私人空间

在软体设备上，调配有利于同侪学习的课堂环境鹰架，例如：

- 搭配学习伙伴、成立学习小组，并适时变化之
- 采用以学生为中心的教学法，如小组协作学习法
- 建立让师生之间能及时沟通的通道和管道

（2）软件：包括在有条理的课堂环境、良好的学习氛围与有条理的学习步骤上。David Whitebread（2000）从环境心理学的角度提出，教师宜在课堂设计中寻找帮助学生理解教室环境的方法：

- 避免不必要地增加儿童任务的复杂性
- 为儿童提供直观的记忆方式和反馈
- 建立无需反复重申的常规
- 使用适宜的技术手段，客观地看待得失
- 既要注意教学细节，也要确定学习任务的方向
- 计划要有充分的灵活，允许从错误中学习

（3）心件（David Whitebread, 2000）：学生的参与如否课堂教学的成败关键。学生的参与则有赖于课堂教学设计与师生关系两方面。首先，确保学生积极参与的课堂教学设计的原则如下：

- 使用不同方式表述教学内容（课文、图片／字词卡、音效、实物等）
- 提供多种表达与调控的方法（以写作、美术、摄影、戏剧、音乐、电脑等作为辅助学习的工具）

- 通过多种途径吸引学生注意，激发学习动机（利用发展兴趣爱好，提出目标和挑战，变化认知支架和反馈实现）

其次，和谐的师生关系则是学生积极参与的催化剂：在态度上信任学生的能力、在言语上多鼓励、少强迫，在教学方法上多引导、少指示。更重要的是，教师必须充分意识到以下两点重要原则：

(1) 课堂教学之目标是“学了什么“，而非“教了什么”

(2) 学生是课堂环境中的主体，教师是居于辅助学习的位置

笔者将通过以下简单的图来总结课堂环境鹰架和学习者之间的关系：

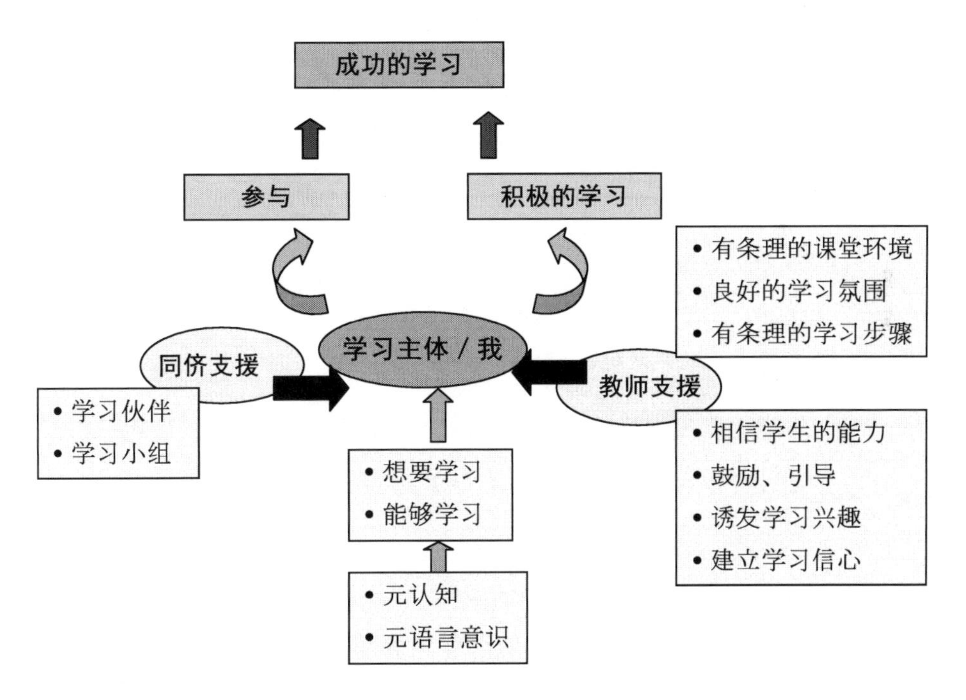

图 5　学习主体与学习环境的关系

六　总结：鹰架理论与“少教多学”教育指标

自二〇〇四年起，新加坡教育新指标为“少教多学”。要能达致少教多学的理想目标，教学的重点必须改变：

- 从重视教学“内容”　转为重视学习方法
- 从量化目标转为质化要求
- 将以教师讲授为中心的教学法改为以学生掌握有效的学习方法为中心

要能让学生掌握有效的学习方法，鹰架理论便至关重要。因此，本文提出在语言学习初阶段，于最近发展区的概念下，在学习过程中有步骤地、有条理地为儿童构置适当的学习鹰架。教师必须牢记的是：一旦阶段性的语言学习目标达成后，鹰架就必须适时拆除：

(1) 前期/口语发展阶级：口语鹰架（音义、语法、外部语言／对话体）

(2) 中期

- 外部语言奠基阶级：口语鹰架、书面语认读鹰架（课程／教材设计、汉语拼音教学）；元认知、元语言意识鹰架、教学法鹰架（学习心理与认知支架）
- 内部语奠基阶级：教学法鹰架（学习心理与认知支架）、课堂环境鹰架、元认知、元语言意识鹰架

(3) 后期／书面语应用阶级：读写鹰架（汉语拼音、字典）

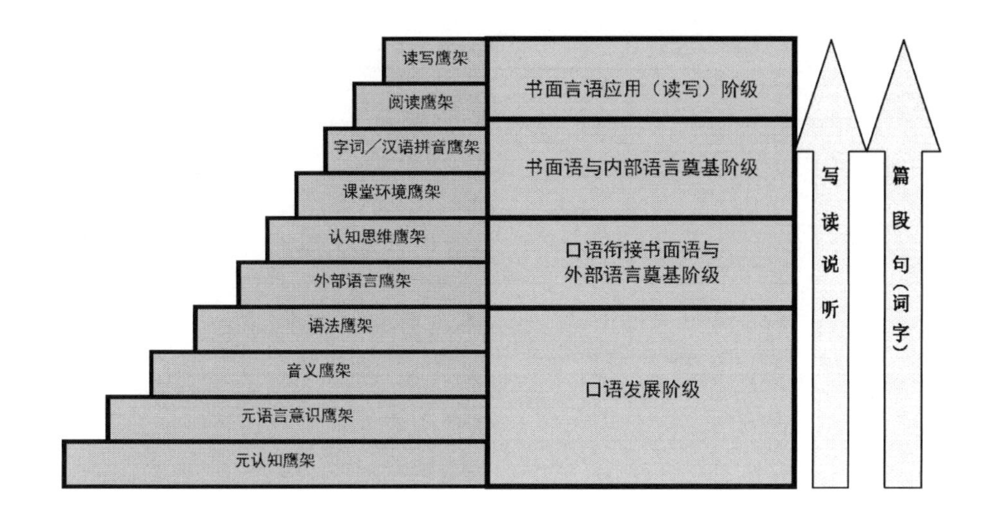

图6 语言学习初阶中的学习鹰架

QAR 外显式字词辨认元认知策略在华语第二语言课堂教学中的实践
——以新加坡小学低年级字词辨认策略教学实验初步报告*

一　引言：自主性学习能力

在二十一世纪以知识为经济基础的环境中，学生须拥有知识与生存技能。在七类生存的技能（Tony Wagner, 2008）中，批判性思维、解决问题的能力以及有效的口头和书面交流能力，是其中的两项。二〇〇四年，新加坡总理李显龙首先在国庆群众大会提出“少教多学”的理念，呼吁教育工作者让学生投入学习之中，强化学生的自学能力，从而培养学生积极主动的学习能力。前教育部长尚达曼在诠释“少教多学”的指导原则时，强调教学须发展学生的理解能力、批判性思维，探索与解决问题的能力[1]。语言教学的重点因此也须转向培养能力，而且是自主学习的能力。以阅读来说，新加坡小学华文课程纲要（2007）中的课程总目标之一为“学生能阅读适合程度的儿童读物，能主动利用各种资源多阅读”。在分项目标中，预期的小二学生阅读能力包括“能理解与找出

---

* 与林季华（新加坡教育部特级教师）、徐玉梅（新加坡圣婴客洛小学教师）和龚成（新加坡华文教研中心）合着。

1　2004 年 9 月 24 日工作研讨会，前教育部长尚达曼先生演讲词。见 www.moe.edu.sg。

句子、段落的主要信息；能阅读简单的儿童读物；能在阅读中积累常用的词语”。从这里看来，语言学习的终极目标在于能力的培养与技能的掌握。

二　研究背景

学习策略的掌握是培养自主学习能力的关键所在；知识、技能与策略因此成为语言教学的三大内容。以阅读来说，词汇是理解的关键。理解词汇的基础定义是：学习者能辨认、记忆语形（form），并理解语义（meaning）（Thornbury, 2002）。美国语言学家 David Wilkin 言简意赅指出词汇之重要：“没有语法（知识和应用技能），我们能传达的语义是很少的；没有词汇（知识和应用技能），语义就无从传达。”[2]

词汇既是语言的根本，亦是语言学习者最重要的任务；字词识别之重要性在华语教学从来都不曾被忽略；例如：谢锡金（2005）将阅读分为词语认读和篇章理解二大领域、柯华葳（2009）以“认字、理解、自我监督”为阅读三大历程、陈贤纯（2008）以汉字为阅读的最基本单位、周小兵（2008）认为学习者的词汇量对阅读理解起着关键的作用、江新（2008）以字词知识为阅读的第二认知前提。李德康、易建恩（2006：2）则以为：“阅读应从字词开始学习，这是阅读的基础”。但是，任何人也都同意“对于任何中文阅读来说，初学者遇到的困难首先是汉字”（陈纯贤，2008：3）。一直以来，字词教学或者始终是一个华语教学上的难点。

基于对字词的重要性之认知，新加坡中小学华文教学一路来都非常重视字词教学。根据刘永兵（2006）的数据显示，小五华文课堂的教学

2　David Wilkins 的原文，引述自 Scott Thornbury, *How to teach Vocabulary*, p 13.

活动主要侧重由教师讲解的词汇教学，占课堂时间的百分之五二點二；主要的词汇教学过程是："教师事先准备好材料，材料上一般印有生字／词，以及解释生字／词用法的句子，然后通过投影向全班展示，教师会从头到尾读一下这些生字词，并视必要性做一些补充点评"（刘兵、吴福焕和张东波，2006：102）刘永兵所观察到的词汇教学和课文理解教学主要是"字面层上解析语言形式和意义以及理解指定课文的内容"（刘兵、吴福焕和张东波，2006：102）；本论文要补充的是字词教学主要从课文理解中独立分割出来，由教师来讲授相关知识（字形、字义、搭配、例句、词辨），学生被动理解并记忆。二〇〇四年华文课程与教学法检讨委员会报告书的调查显示，这种字词教学的效果并不理想：一、死记硬背的方式导致学生丧失学习兴趣，也无法有效地将相关的字词知识应用出来。字词学习始终是新加坡学生学习华文上的一大难点。其影响主要表现在学习者在阅读上无法突破字词的障碍，无法通过阅读来积累词语，因此导致整体语言能力停滞不前，尤其是说和写的表达上。

有鉴于此，本论文的研究焦点聚焦于阅读与字词的关系；通过在阅读中调动学习者的元认知意识与元语言知识、经验，让学习者通过 QAR 元认知的阅读策略，让学习者能初步培养起主动辨认字词的意识与能力。

三　理论依据与文献综述

1 阅读模式

1-1 一秒钟阅读与字词辨认能力

阅读理解首先从视觉信号开始，视觉信号依靠眼睛的运动："眼动”与“眼停”；视觉信息主要在眼停时获得（张必隐，2002：17）。Tinker（1965）的研究发现，好的读者在阅读一行句子时，所需要的时间是一秒钟（陈贤纯，2008；Gough，1972）。他随即也提出了一秒钟阅读的概念（One Second Model of Reading）；Carver（1997：3-47）进一步将阅读分成“一秒钟阅读”、“一分钟阅读”和“一年阅读”三种。其中，一秒钟指的是“眼睛注视字词的一瞬间的认知过程”（谢锡金，2005：10）。Gough 和 Tunmer（1986）还进一步地提出了阅读的定义为：“阅读理解＝解码（decoding）x 语言理解（Language comprehension）”。根据 D. LaBerge 和 S. J. Samuels（1974，293-323），好的读者之字词的解码过程是自动化的，其注意力主要放在文章意义的理解上（Automatic Information Processing Model）。

在本研究中，笔者将集中讨论的是如何在阅读中培养第二语言初学者的字词辨认能力，也就是一秒钟的阅读能力，并也通过字词辨认之后的阅读理解效度来验证效果。一秒钟的字词辨认能力包括语形和语义意识、语音和语义意识、形音对应和语义关系意识（江新，2008）。

1-2 字词辨认与阅读策略

在阅读心理上，阅读模式主要有三种（张必隐，2002；江新，2008）：

（1）自下而上模式（Bottom-up model，Gough，1972）

又称数据驱动模式（data-driven model）。主要依赖书面材料提供的信息，阅读时信息加工是从最低级的字母特征开始，经过字母、单词、短语、句子的加工，对最后理解文章。对华语来说，阅读时信息加工的方向是从笔画、部件、汉字、词、短语、句子的加工，最后达到文章的理解。

（2）自上而下策略（Top-down model，Goodman，1972）

又称概念驱动模式（conceptually driven model）。主要依赖读者的知识。阅读的起点是读者头脑里已有的知识（包括一般知识与语言知识），而不是印在纸上的文字。阅读时，信息加工的方向并不是从低级到高级，而是从高级到低级；高水平的阅读过程，包括利用语境和已有知识，对文章进行整合、理解歧义词和歧义结构等。读者在阅读时积极地进行假设检验，利用已有的知识和从文章中选择少量的信息，猜测、构想字母、单词等。

（3）相互作用模式（Interactive model，Rumelhart,1985）

自下而上数据驱动模式和自下而上概念驱动模式两个过程交互作用，不同来源的信息（视觉信息、来自读者头脑中的知识结构或图式的信息）同时得到加工，高水平的加工可以补偿低水平加工的不足，这是目前普遍接受的阅读过程模式。换言之，阅读理解不是单纯的文字加工过程，也是读者已有背景知识运用的过程。流畅的阅读既需要熟练的单词解码技能，也需要读者具备相关的知识经验。

2 阅读策略与字词辨认策略

2-1 字词知识教学与辨认字词技能教学

在传统上，语言教学有两大脉络：知识教学与技能教学，被称为语言双基。笔者观察到，华语文教学，不管是母语或华语第二语言都倾向于强调知识教学，视技能教学为自然习得、熟能生巧的过程。但是，西方英语第二语言教学则明确区分知识与技能的教学。以阅读技能为例，英语阅读理解包括识别字词的表层意义和深层意义，掌握句子的句法及语义结构，以及理解段落篇章的主旨寓意及文意脉络；至于中文阅读理解，近年来虽然也受此影响，也开始视字词辨认为阅读的基础。虽然如此，如何让字词辨认很好地融入阅读理解教学中，仍然是一个有待探讨的问题。笔者的观察是华语文课堂识字与词汇教学仍停留在知识教学的概念里，在识字上，一定包括笔画、笔顺、部件、词义。笔者认为，如果课堂教学欲转向技能教学，语言知识应该可以按技能学习的目的与需要来划分，例如，根据字词、词汇按阅读和写作技能的不同来区分。于此概念下，阅读技能中的字词教学内容包括：

- 从记忆中提取相关的语音与语义辨认
- 从语形上联结语形与语义辨认
- 利用工具书辨认生字词
- 从上下文推论词义但不包括笔画、笔顺教学

2-2 字词辨认技能与字词辨认策略

在 Flavell 于一九七八年提出元认知的概念以前，阅读教学的焦点主要集中于阅读理解微技巧的教学上。Flavell 以后，学者们发现阅读能力并不仅止于认知层的理解微技，还包括一个更重要的元认知策略。于是阅读教学便开始思考元认知策略与阅读教学应如何融合的问题，并提出了相关的阅读教学方法，例如 SQ3R、DRTA，K-W-L[3]。在诸多方法中，讨论的焦点主要是语篇的阅读理解上，包括上下文推论语义的字词辨认方法。至于如何调动元认知来解决第二语言阅读中的字词辨认问题，而且是儿童第二语言阅读则少有专题讨论。因此，字词障碍至今仍是新加坡儿童初学第二语言阶段里的最大挑战。

---

3 详见 Pamela A. J., Farris, Carol J. Fuhler and Maria P Walther (2004), *Teaching Reading—A Balanced Approach for Today's Classrooms*. New York: MaGraw-Hill, 321-373）等。

2-3 QAR 阅读理解策略

美国学者 Taffy Raphael（1982, 1986, 1988）提出 QAR 寻答策略（Question- Answering Relationship）[4]，作为元认知策略的具体方法，帮助学习者阅读理解。QAR 寻答策略主要用于语篇的阅读理解上，通过将理解提问分类为“书上找”和“脑中找”两种，让学习者能明确阅读理解的方向，再按相关的途径：从书上直接抄或组织整合书上的信息或在脑中推论或评论来回答相关的理解提问。QAR 寻答策略在英语教学中被广为推崇，被认为是较有效的外显性元认知教学策略之一，并成为英语阅读策略的一种，被广泛介绍并应用（李德康、易建恩，2006）。

3 QAR 外显式元认字词辨认策略：一秒钟字词阅读模式

笔者经过多方思考，认为对儿童第二语言学习者而言，阅读教学必须注意以下数点：

3-1 在儿童初学阶段，字词辨认是阅读的首大问题；但是，儿童第二语言阅读不可能与母语阅读一样，先积累相关字词知识然后才开始阅读，而比较可能是随文识字词，在阅读中积累字词。

3-2 字词辨认方法应能让儿童积极发挥其已有的认知能力优势，例如通过在阅读教材中布置适当的线索，在阅读中启动先备知识与经验，调动其好奇心来鼓励发现、提问、联想，让儿童积极参与自己的阅读过程。因此，笔者倾向于从建构主义的教学观出发认为：第一、

4 Raphael, T. *Improving Question-Answering Performance through Instruction*, (Reading Education Report no 32, University of Utah, 1982, Center for the study of Reading, US, Department of Education)

由儿童主动地调动各方面的认知能力来识别字词形、理解词义方是最有效的策略；第二、有效的字词教学必须是与阅读教学同步进行，因为，对儿童而言，字词学习目的不在字词，而是语义阅读；研究也发现，阅读是积累词汇的最常见、也是最好的途径（Grabe & Stoller, 1997）。

3-3 字词辨认是阅读过程中的重要策略，包括辨认字词、字词解码与词义推断；这是阅读理解的首要能力。由于字词理解直接影响内容大意、主题，也包括字面层和隐藏层的理解，而且也必须不止限于记忆、理解、应用的思维层面，也必须运用到高层次的思维能力，例如分析、推论等，因此不应该被归为“低层阅读”（李德康、易建恩，2006）[5]。不过，在教学上，则可以将相关策略分为两个阶段：

（1）表层辨认与理解

（2）深层辨认（推论）与理解

3-4 字词辨认策略应与阅读策略相结合。既然字词辨认是阅读理解的一种，自然也就是必须在阅读策略的统摄下。笔者于是尝试将之与三种阅读策略联系起来，把字词理解策略分为三种：

（1）自下而上数据驱动字词辨认模式，包括：从部件辨认到整体字词的理解、从词语辨认到语义的理解、从词语辨认到句子、段落、语篇的理解、从工具书查询理解词义到句义的理解

（2）自上而下概念驱动字词辨认模式，包括从记忆中直接提取相关的知识来辨认、从图画联结记忆中的概念来辨认、从记忆中联结相关的经验来辨认、从记忆中联结相关的元语

5 李德康、易建恩在阅读过程的层次上将阅读分为高层阅读与低层阅读，并将辨认字词、字词解码视为低层阅读、以词义推断法为通往高层阅读的桥梁。见页 13。

言知识来辨认

(3) 互动模式：将两者结合，则可形成第三种字词辨认互动模式

3-5 QAR 寻答策略可以应用在字词辨认与理解上，作为建构字词辨认的元认知意识、知识和策略外显式教学的模式：

QAR 寻答理解策略作为外显式的元认知工具，确立了学习者在阅读理解上寻找答案的方向，本团研究者以为它也可以进一步应用在字词辨认上，让儿童在阅读过程中，通过"答案在哪里"的寻答策略来积极调动思维，独立解决字词障碍的问题。

于是，笔者以培养自主阅读为目标、以儿童的主动建构学习为原则、以互动阅读策略模式为基础、以 QAR 元认知寻答策略为基模，配合儿童的认知能力与字词辨认方法，结合元认知策略中的社交策略，将 QAR 寻答策略加以改良为："看"、"想"、"问"三种，暂时命名为"QAR 外显式字词辨认元认知监控策略：一秒钟字词阅读监控模式"，作为儿童第二语阅读初阶段，字词辨认的外显式元认知监控鹰架：

(1) "看"："书上找"策略；具体方法为：

- 看字形猜词义
- 看图画猜词义
- 看上下文猜词义

(2) "想"："脑中找"策略；具体方法是"我在哪里见过、听过这个词？"

(3) "问"："生活中"策略；具体方法包括问字典，问人（教师、同侪）

QAR 外显式字词辨认元认知监控策略必须与阅读策略、阅读微技紧密结合：

表 1　QAR 外显式元认知监控策略与阅读微技、阅读策略的关系

<table>
<tr><th>元认知层</th><th>认知层学习方法</th><th>QAR 元认知策略</th><th>QAR 一秒钟字词辨认策略</th><th>阅读微技</th><th>阅读策略</th></tr>
<tr><td>意识</td><td>自己解决问题</td><td>书上找
脑中找</td><td></td><td></td><td></td></tr>
<tr><td>知识</td><td>程序性知识：解决问题的三个方法：看、想、问</td><td>书上找线索：看脑中找线索：想生活中找线索：问</td><td></td><td></td><td></td></tr>
<tr><td rowspan="6">策略</td><td colspan="2" rowspan="3">1.视觉线索（看）
书上找</td><td>（1）看字形</td><td>（1）寻读</td><td>由下而上数据驱动模式</td></tr>
<tr><td>（2）看图画</td><td>（2）寻读</td><td>由上而下概念驱动模式</td></tr>
<tr><td>（3）看上下文</td><td>（3）寻读+细读</td><td>由上而下概念驱动模式</td></tr>
<tr><td>2.思维线索（想）</td><td>脑中想</td><td>在哪里看过；在哪里听过</td><td>寻读+细读（推论读）</td><td>由上而下概念驱动模式</td></tr>
<tr><td colspan="2" rowspan="2">3.生活线索（问）
生活中解决</td><td>问字典</td><td>寻读+细读（分析读）</td><td>间接策略：社交策略</td></tr>
<tr><td>问人（教师、同侪）</td><td>---</td><td>---</td></tr>
</table>

四　行动研究设计

1 研究团队

本研究是在新加坡一所传统英文女校（90%学生来自英语背景）进行，于二〇〇九年二月至五月间展开一次为期三个月的行动研究计划。此研究是一个三方合作的计划，由来自南洋理工大学国立教育学院的笔者策划指导、提供研究方法与阅读理论、教学策略，新加坡教研中心提供研究支援、教育部林季华特级教师协同指导、新加坡圣婴（客洛）女校研究团队：徐玉梅、林秋燕和林美祯进行试验教学。

2 研究对象

本研究将以笔者所提出的阅读框架为基础[6]：

6　胡月宝：《少教多学：21 世纪技能型语言教学框架——以新加坡华文阅读教学为例》，2009《全球化语境下语文教育理论与实践研讨会》专题演讲，尚未正式发表。

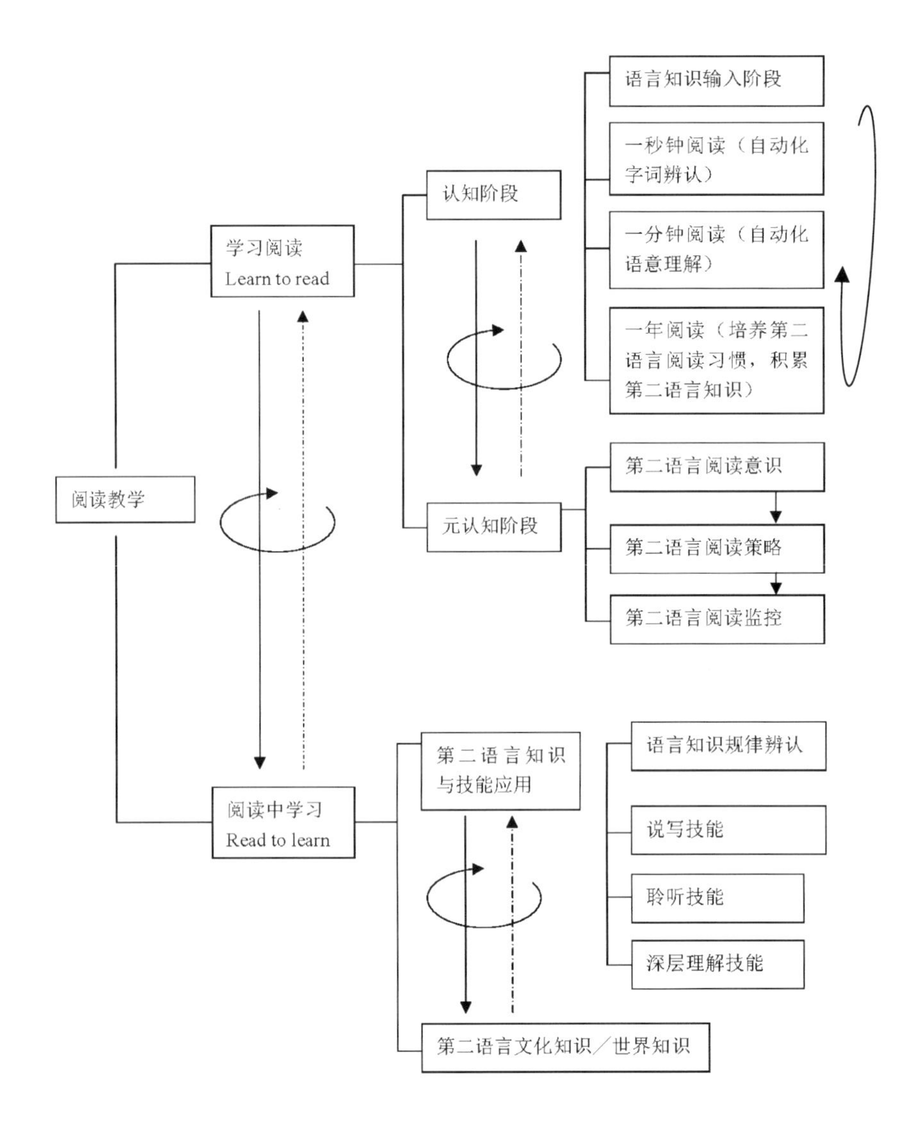

图 1　阅读教学框架

笔者将“一秒钟阅读”列为学习阅读阶段的第二阶段（在语言输入阶段之后）。此阶段的学习者已初步掌握基本词汇量，并能初步记忆并提取词语。按实际学龄来划分，应是小学二年级至三年级学生，本研究因此以二年级学生为对象。

3 研究假设

本研究采取以上而下模式为主，兼用由下而上模式的互动阅读策略，集中培养能帮助学生“发展出能填补词汇知识不足、推论生词的策略。研究假设为：

（1）QAR 外显式元认知互动字词辨认策略有助于培养儿童第二语言初学者自主监控字词辨认的意识

（2）QAR 外显式元认知互动字词辨认策略有助于提高儿童第二语言初学者辨认字词的能力

4 研究方法

本研究乃行动研究与准试验研究模式的综合试验；在准实验法上采取试验班与控制对比教学、前后测双差对比；并采取行动研究法中的问卷与课堂观察法。

5 课堂字词教学方法

表 2　试验班与控制班字词与阅读理解教学对比

教学项目	试验班	控制
	以“QAR 一秒钟字词辨认模式”为程序性知识（技能）教学内容，由学生自己通过自主阅读来学习 一、“扶”（课文《小猫钓鱼》）： （1）教师讲解“看、想、问”三种寻答策略	（1）教师直接讲解生字词义；学生被动理解，并记忆生词 （2）教师提问理解问题，指名别学生回答，教师更正答案

教学项目	试验班	控制
	（2）教师示范 （3）教师让学生先阅读课文一次，圈出生字词，并第一次回答理解提问 （4）教师将“看、想、问”字词辨认工作单分发给学生，让学生练习 （5）教师逐题讨论，鼓励同侪提供不同角度的寻答策略 （6）责任逐渐转移，教师不直接提供答案，由学生来提供不同角度的寻答策略 （7）学生重读课文，第二次作答：更正答案、回答原本不会回答的问题 二、“放”：学生独立应用“QAR 一秒钟字词辨认模式”来进行第二篇课文的阅读理解（课文《文具的家》），教师巡查，提醒学生须应用“看、想、问”的方法 三、“收”：后测《爱心岛》	

五　试验研究数据分析与研究成果

本研究所收集的数据包括两项定量数据：一、试验与控制班的字词辨认、理解能力的前测与后测、二、学生年中考试成绩；两项定性数据：学生问卷与教师的课堂观察反思。希望通过三角验证法检查研究的效度。

1 定量数据分析结果

1-1 字词辨认能力前后测数据

本研究首先采取等级制（Grading system），在前后两次测试均按学生的实得成绩分为四等：

表 3　字词辨认与阅读理解评级

级别	分数	描述
零级	0-30%	缺乏字词辨认与理解能力；无法阅读
一级	31-49%	初步具备辨认字词与理解语篇能力
二级	50-69%	具备基本的字词辨认与理解能力
三级	70%以上	具备较好的字词辨认与理解能力

以下是教学干预后的数据分析结果：

（1）试验班同学在字词辨认能力呈现进步状态，但控制班则出现后退状态（详见表 4 和表 5）

表 4　试验班与控制班字词辨认能力前后测对比

学生能力等别	试验班			控制班		
	前测（%）	后测（%）	增加幅度（%）	前测（%）	后测（%）	增加/减少幅度（%）
零级	11.1	0	-11.1	9	22.7	+13.7
一级	40.7	29.6	-11.1	45.5	36.4	-9.1
二级	44.4	55.5	+11.1	31.8	40.9	-9.1
三级	3.7	14.8	+11.1	13.7	0	-13.7

表 5　试验班与控制班字词辨认能力进步与退步幅度对比

	试验班　（人数/%）	控制班（人数/%）
退步	3（11.1%）	9（40.9%）
保持	10（37%）	9（40.9%）
进步	14（51.9%）	4（18.2%）

(2) 干预教学之后，试验班已无零级能力的学生，初步具备辨认能力的有 29.6%；具备基本能力（第二级）的 55.5%，占一半以上；具有较好能力（第三级）的则有 14.8%；但控制班的零级却仍有 22.7%；第一级的为 36.4%。第二级为 40.9%，没有学生拥有第三级的能力。

1-2 阅读理解能力前后测试数据比较

图 2，3 显示两次测试的阅读理解能力成果。

试验班的阅读理解能力显示：

(1) 第一阶段 QAR 字词辨认能力对本来不能阅读理解的初学者有帮助，数据显示，零级理解能力的学生人数下降至少一倍

(2) 试验班的数据显示，第一、二级学生人数稍降，第三级学生人数保持；但是，控制班的情况却相反，零级理解能力和第一级的学生大幅度上升，第二、三级的学生人数锐减，反证了 QAR 字词辨认策略的效果[7]

7　前测阅读篇章为改写后的小三课文；后测的篇章为改写后的小四课文。

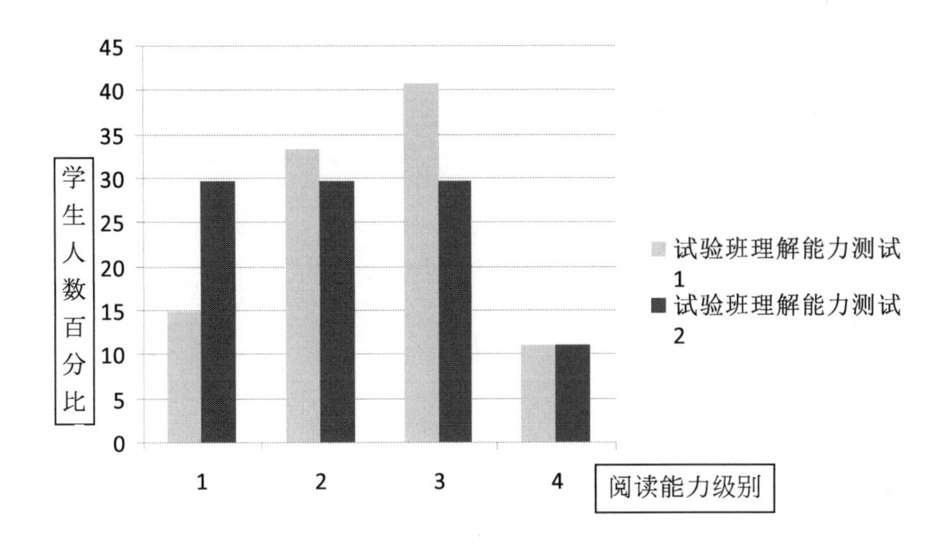

图2 试验班阅读理解能力对比

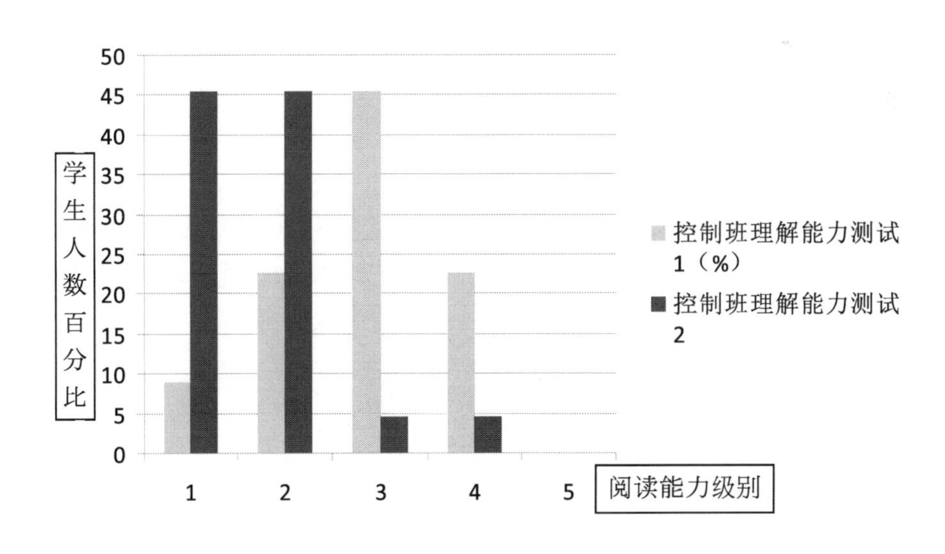

图3 控制班阅读能力对比

1-3 年中考试成绩

根据二〇〇九年小二年中考试成绩[8]，试验班的平均及格率不仅超过控制班，也超越全级[9]：

表 6 试验班年中成绩成绩与全级考试成绩对比

考试项目	全级不及格人数（总人数：172）	实验班不及格人数
总成绩	15	0
口试方面（朗读）	9	0
看图说话	14	0
看图写话	18	0

2 定性研究结果分析

2-1 试验班学习问卷结果

调查结果显示：

2-1-1 QAR 外显式元认知字词辨认监控策略对生词量适中、以字面形式呈现主题的语篇（《小猫钓鱼》）阅读理解帮助较大，全部的学生表示应用了 QAR 字词辨认方法之后，阅读变得容易；在生词量更大、以隐藏方式呈现主题的语篇（爱心岛）阅读中，QAR 字词辨认策略也有一定帮助。

8 小二全年级一共有六个班级，细分为“强化班”（程度较弱的班级：一班）、“核心班”（程度中等的班级：三班）及“深广班”（程度较强的班级：两班）总共 172 人。试验班与控制班均属“核心班”。

9 CHIJ（客洛）圣婴女小华文部学校小二年终考试分析。

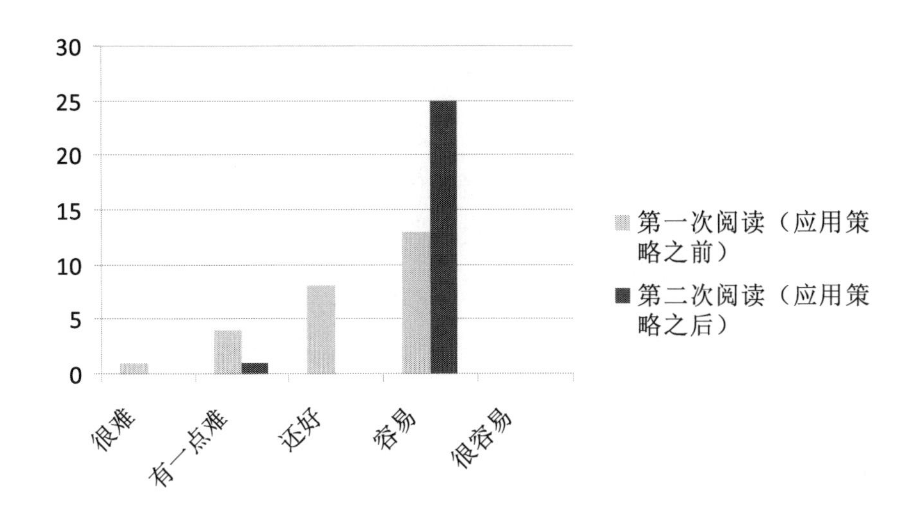

图 4A　试验班学习问卷统计结果：

《小猫钓鱼》字词辨认策略对阅读理解的影响

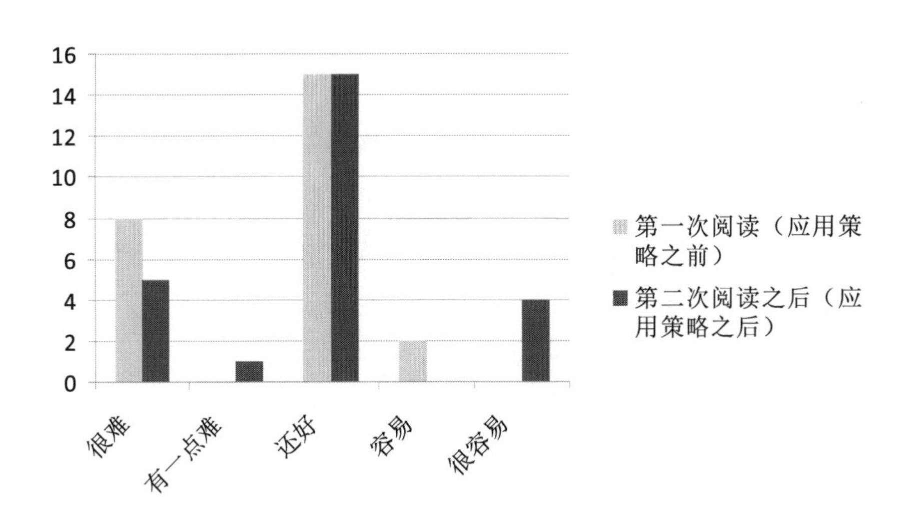

图 4B　试验学习问卷统计结果：

《爱心岛》字词辨认策略对阅读理解的影响

2-1-2 根据调查结果，学生在“看”、“想”、“问”三种字词辨认策略的应用情况如下（图 5A、B、C）：

- 看：
  (1) “自上而下”概念驱动模式较受欢迎：较多学生善于从上下文语境猜测和看图画猜，显示了适当的语境线索能帮助学生调动其认知能力、生活经验与知识，与课文语境能产生密切联系，进而帮助她们理解生词
  (2) “自下而上”数据驱动模式是低年级学生无法掌握的：多数学生不擅长从“字形”猜，这与学生缺乏对目标语（华文）的语言知识密切相关
- 想：全部学生都表示喜欢主动思考，善于从实际生活经验中联系生词的词义
- 问：
  (1) 全部学生均表示喜欢“问字典”，显示自主学习的高度意愿
  (2) 学生在“问人”社交策略的应用显得灵活，“不喜欢问人”的学生在不需要时愿意自己解决，已开始拥有自己解决问题的意识；但在有需要时，学生仍会使用之

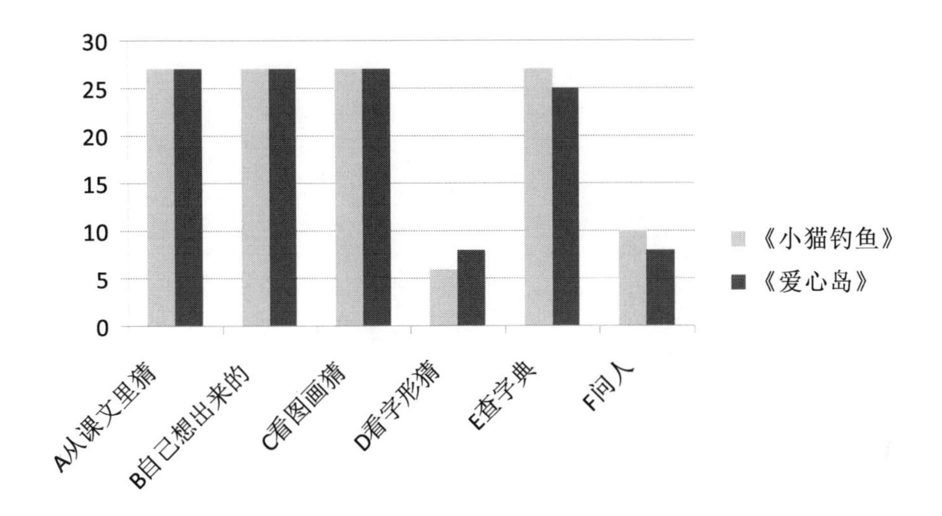

图 5A　我学会了哪一种字词猜测方法？

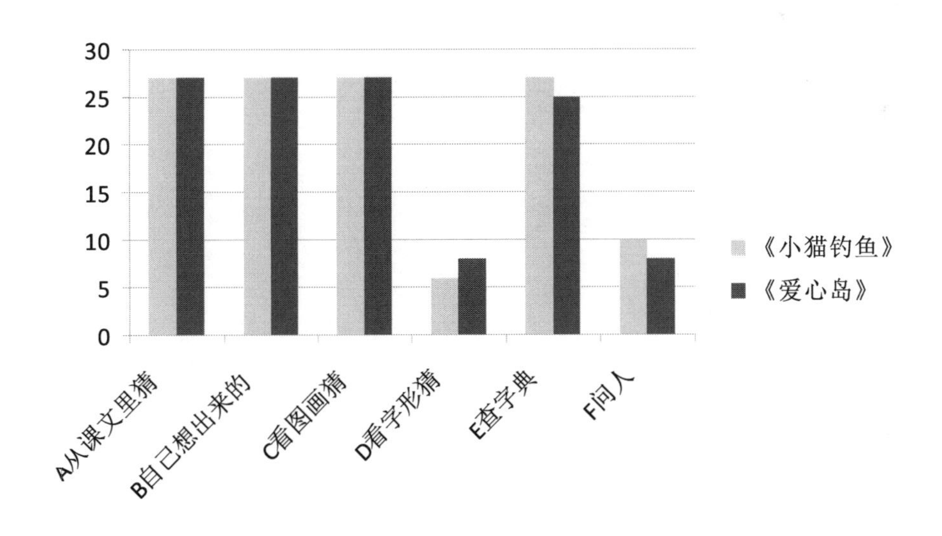

图 5B　我最喜欢哪一种字词猜测方法？

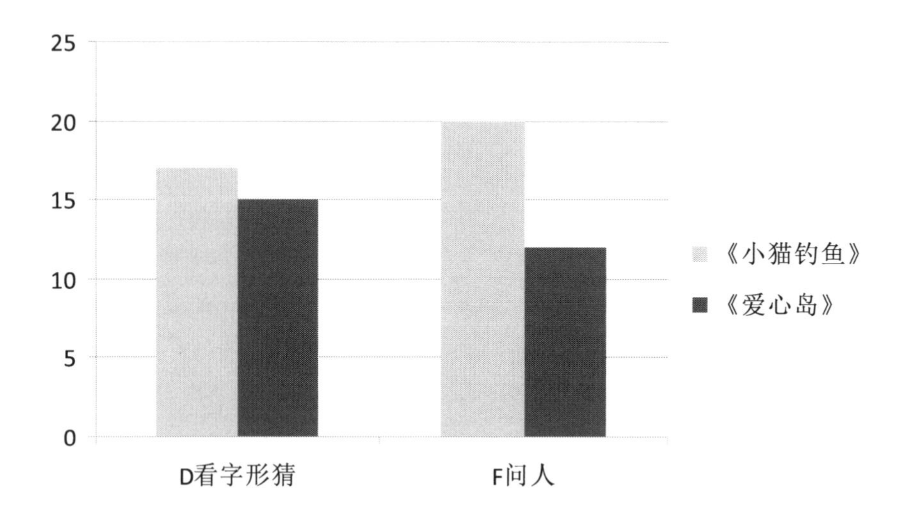

图 5C　我最不喜欢哪一种字词猜测方法？

2-2 教师反思结果

教师课堂教学观察结果显示了试验班学生的自主学习能力和态度上出现了变化：

(1) 学生自主阅读和自主学习的意识提高了

(2) 学生能把 QAR 字词猜测监控策略应用在其他语言学习任务上，例如朗读、写作和做作业上

表 7　教师反思记录

教学活动	原况	现况
1.课文朗读	一直以来，在教课文朗读时，我都是让学生眼睛看着课本，大声地朗读。	学生用手指指着课本上的文字，眼睛看着字形，手指指读，然后大声地朗读。现在，老师还未踏进课室时，同学们已经一一地坐在地上，手指指着课文，大声地朗读了。
2.阅读理解	学生一边大声朗读，一边将不理解的字词用铅笔圈起来。但有些学生为了表示自己“都懂得”，而不愿意画圈。	学生较愿意将不理解的字词画圈；有画圈的同学，将能很快地进行问卷。
3.口试训练	学生若有碰到不会读的字，我总是叫他们跳过，别停顿太久，让学生跳过后继续把篇章读完。	在一次口试训练中，我让学生朗读短文。短文的第一句是“*小伟是一个*懒惰*的孩子，什么事情都叫妈妈帮他做。……*”。“**懒惰**”是个生词，学生读到这里就停住了。我让学生跳过生词，继续往下读，通过后面的句子猜猜“**懒惰**”这两个字应怎么读。当时有一个同学猜“**勇敢**”，当她大声地朗读“*小伟是一个*勇敢*的孩子，什么事情都叫妈妈帮他做。……*”时，自己就笑出来，因为她马上知道猜错了。而其他同学则在一旁起哄，说她没用“Intelligent Guessing”的方法猜测生词。这一班学生在经过了有系统地训练后，无论在思维活动或是学习主动性都有显著的进步。

<table>
<tr><th>教学活动</th><th>原况</th><th>现况</th></tr>
<tr><td>4.做作业</td><td>学生碰到困难时，总会马上找同侪或老师求救。</td><td>在一次的班级活动中，我听到一位学生对向她“求救的”同学说：“看、想、问”，她不直接将答案告诉同学，反而提醒同学们要自己主动去找答案。学生开始懂得主动翻书或翻手册找答案，猜对答案时她们也有较大的满足感。</td></tr>
<tr><td>5.写话活动</td><td>学生碰到不会写的字时，总会马上找老师求救。</td><td>学生现在懂得自己翻查书本，翻查手册，寻找答案。当同学们向我求助时，我也像她们一样，以“看、想、问”来问答她们的问题。而当她们转向同学求助时，我发现到同学与同学之间的合作关系也更融洽了。</td></tr>
<tr><td>6.发言情况</td><td>课堂发问时，总是那几位懂得回答问题的同学抢着回答</td><td>全班同学更有信心尝试回答问题，很多时候当她们不懂得回答时，也勇于去猜测答案。</td></tr>
<tr><td>7.发表意见</td><td>同学们时鲜少向老师提出意见。</td><td>同学们更勇于提出意见。例如：同学们向我提出问卷应该用颜色纸，她们觉得这样比较有趣。问卷上的题目很多，有的问题很长，希望能加上汉语拼音等。这些都是可喜的现象，同学们敢将自己的看法、要求，大胆地向老师提出。</td></tr>
<tr><td colspan="3">小结：
我们常常认为小学生自主学习的能力较弱，其实不然！通过问卷发现，学生碰到不懂的字词，她们更喜欢自己尝试去猜、去想、或自己动手翻查手册（词典），猜对答案时她们有较大的满足感。当然这些都需要老师们平时有目的的训练，提供学生思考的方向与方法，一旦习惯养成，就能有效地调动学生的自主学习能力。
经过这半年来的试验教学，让我深深地体会到“学生的头脑不是一个等待填满的容器，而是一支需要被点燃的火把”这句话的深刻意义。（徐玉梅）</td></tr>
</table>

六　研究成果

首次的 QAR 字词辨认元认知监控策略试验教学有以下三个结果：

1. 它能帮助第二语言初学者培养自主阅读的意识和能力
2. 儿童第二语言学习者本身的潜存经验与知识是学习者辨认字词时的重要依据，语言教学应该加以重视让学习者可以在自己的原有知识上建构起第二语的知识与技能结构
3. “自上而下”概念驱动模式对儿童第二语言学习者在字词猜测与理解时发挥的效果较好

浅谈儿童第二语言阅读教材的编制原则
——以新加坡小学阅读教材为例

一　论文主题与研究背景

（一）研究背景：新加坡华语言学习从母语转向第二语言

本论文撰写的时空背景是二十一世纪初的新加坡。自上世纪中叶以来，新加坡是世界上少数在小学阶段就施行双语教育的国家，双语教育政策推行至今已有四十余年。近年来，双语学习情况已随着社会语言应用的改变而产生急剧变化。以华语文的学习来说，已开始由母语学习转化为第二语言学习。

根据新加坡教育部二〇〇九年的调查显示，新加坡儿童在家中主要使用英语的华族学生人数首次过半：

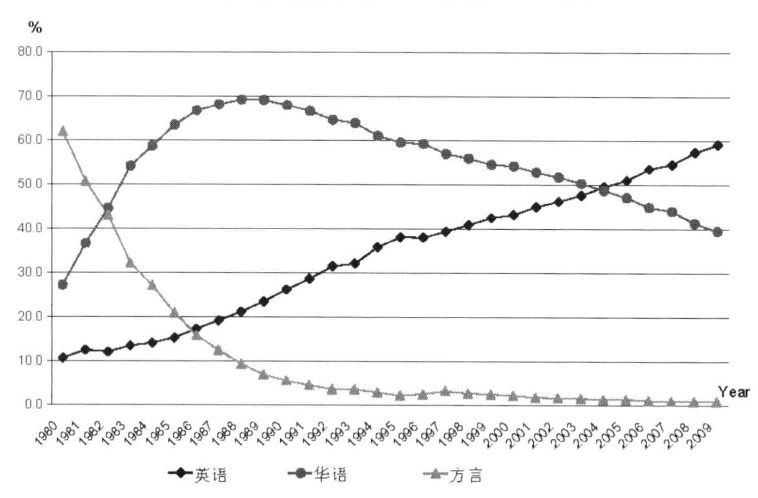

图 1 新加坡小学生的家庭语言*

此次调查对新加坡今后的语言教学深具意义。首先，新加坡儿童双语语言学习出现两种不同的起点：入学前家庭用语以母语（以华族而言，以华语为主、方言为辅）为第一语言的儿童占百分之五十、入学前家庭用语以英语为第一语的儿童比例扩大，也占百分之五十。为了研究上的需要，笔者在此论文的撰写过程中针对小一、小二学生进行小规模抽样调查的结果，所得到的数据再次成为二〇〇四年调查的佐证：在分别来自邻里小学（组屋区）和传统英小的四一三位小学生中，百分之五三點三的小学低年级学生使用英语作为主要家庭用语；双语混杂的有百分之二三點五，而使用华语的只有百分之二三點二（表 1）。这种情况在不同类型的学校中非常明显：在组屋区里的邻里小学，使用英语为家庭用语的约百分之三九，在传统英校中以英语为家庭用语的比率则是邻

* Source: MOE Survey at Primary-1 registratiom

里学校的两倍或以上。但是，另一方面，应用华语为家庭用语的比例不超过百分之四十；而且，不管在哪一种类型的学校里，以华语为家庭用语的学生都不超过百分之五十（表 2），这显示了华语在家庭里的式微趋势。以上的数据对华语言教学的意义深重：新加坡学生，在语言学习初阶段时的起点已逐渐分化成为两种：母语学习和第二语言学习，而且逐渐转向第二语言学习。

表 1　受测学生之家庭语言背景

测试篇章 / 学生背景	小一	%	小二	%	总人数	%
英语	102	47.9	118	59	220	53.3
华语	40	18.8	56	28	96	23.2
双语	71	33.3	26	13	97	23.5
总数	213	100%	200	100	413	100

表 2　受测学生之学校类型与家庭用语

学校背景 / 家庭用语	邻里学校人数	%	传统英校人数	%	总数	%
英语	77	38.9	143	66.5	220	53.3
华语	78	39.4	18	8.3	96	23.2
双语混杂	43	21.7	54	25.2	97	23.5
总数	198	100	215	100	413	100

（二）研究对象：儿童第二语言学习者

目前，有关第二语言学习的学术讨论都比较集中于成人第二语学习者，尤其是华语文。但是，由于新加坡社会语言的急剧变化，儿童第二语言学习者随着大量出现，而其问题也极其多样，并日渐复杂化。新加坡华语文教学因此面临了史无前例的极大挑战。另外，随着亚洲得到世界各国学习华语文的学生人口也迅速年轻化，甚至是儿童化。儿童第二语言学习各国的重视，势必成为华语第二语言学习的重点课题。在此，笔者将抛砖引玉，以新加坡儿童第二语言学习为实例，展开一次有关教材编制与儿童第二语言阅读之间的讨论。

二　论文架构

（一）论文假设与探讨范畴

本论文假设，儿童第二语言阅读的需要，是语言初学阶段教学必须正视的；配合儿童阅读需要的编制原则必须更清楚地整理出来，教材编制也应该遵守基本的编制原则。本论文在展开讨论时，除了在理论上总结、归纳学者的意见，也以新加坡二〇〇七版小一、小二华文核心教材里的四篇阅读教材为例，紧密结合理论与实践。

（二）理论基础

有关阅读教材的编制有很多讨论。

首先，西方第二语言阅读研究专家 Sandra Silberstein（2005: 101-102）提出以英语为目的语的编制教材必须注意学生的阅读需要

(Reading needs)、学生的阅读能力(Students abilities)和教材的真实性(Authenticity);Christine Nuttall(2005: 170-179)的阅读教材的编制原则，按顺序为：内容的适当性(Suitability of Content)、可应用价值(Exploitability)、可读性(Readability)、多样化(Variety)、教材的真实性(Authenticity)、教材的呈现形式(Presentation)。

至于华语文第二语言阅读材料编制，新加坡梁荣源提炼出阅读教材的七点编制原则：阅读难易度、结构、内容／题材与学生语文程度与知识、经验和智力、形式、教学价值、原著与改写、设计方式(附加教材部分：提问与活动设计)(1992)。此外，中国李泉在分析汉语作为第二语言学习时，也提出第二语言阅读的六大难点(2006:80),其中有三点对教材编制深具意义:社会文化背景知识、阅读难易度(70%理解率)、语言结构。

笔者综合了各方学者的意见，首先在阅读是“读者先备经验和知识与文本相加的结果”这一理论假设上，再在以儿童第二语学习者为学习主体的立场来归纳学习需要，以二〇〇七版的小一、小二阅读教材里的四篇阅读教材为例子，分析讨论阅读教材的三项编制原则：

(1) 教材内容／经验的适当性

(2) 语境信息的适当性

(3) 教材语言形式的可读性

(三)研究方法、测试样本(教材、学生)

1 研究方法

笔者首先从小学一、二年级第二学期阅读教材中各抽取二篇，通过符合学生能力的方法展开一次初步的阅读理解力调查，从儿童的实际阅读经验来判断他们对教材的理解能力。接着，将在第二语言阅读的基础上，以教材内容的适当性、教材语境信息的适当性与语言形式的可读性这三种编制原则，就同一个年级的教材来对比分析、讨论第二语言阅读的需要与教材编制的关系。

2 抽样测试样本

由于这是笔者首次从第二语言教材编制原则来讨论教材编制的尝试，因此笔者采取小规模抽样调查的方法：

2-1 教材样本

以较能考查出理解力的记叙体篇章为范围，从不同的阅读经验入手，分别从小一、小二教材（下册）教材中选择不同先备经验、不同文体、题材、主题、语言、结构和表达的四篇记叙性课文，一、二年级各两篇。（详见附录 2：理解力调查的教材样本）

2-2 学生取样

在学生取样上，由于调查分析的教材是核心教材[1]，因此选择邻里学校和传统英校各两所，同时考虑学生的语言背景，各选出两班学生，约五十至六十人，分别针对两个语篇进行阅读理解测试（每个语篇约一百人至一百二十人进行测试）：

1 2007 版新加坡小学教材采用“单元模式”设计，按学生背景将教材分为导入、核心和深广教材。核心教材是所有学生必读的教材，主要有两篇课文：“核心课文”和“我爱阅读”。笔者所选择的是核心课文，也称作主课文。

表 3　测试群体之学校背景

测试篇章 学校背景 学生语言背景	小一		小二	
	第 6 课 《碰碰船》	第 12 课 《三个小学生》	第 13 课 《小鸟和大树》	第 14 课 《它们自己爬上来了》
邻里学校 A	28 人	29 人	21 人	21 人
学生语言背景	英语：11 人 华语：6 人 双语混杂：11 人	英语：13 人 华语：9 人 双语混杂：7 人	英语：8 人 华语：13 人 双语混杂：0	英语：8 人 华语：13 人 双语混杂：0
邻里学校 B	25 人	27 人	25 人	22 人
	英语：10 人 华语：11 人 双语混杂：4 人	英语：4 人 华语：7 人 双语混杂：16 人	英语：16 人 华语：4 人 双语混杂：5 人	英语：7 人 华语：15 人 双语混杂：0
邻里学校人数	53 人	56 人	46 人	43 人
传统英校 A	28 人	27 人	29 人	30 人
	英语：24 人 华语：4 人 双语混杂：0	英语：24 人 华语：1 人 双语混杂：2 人	英语：24 人 华语：5 人 双语混杂：0	英语：24 人 华语：5 人 双语混杂：1 人
传统英校 B	27 人	22 人	26 人	26 人
	英语：11 人 华语：1 人 双语混杂：15 人	英语：5 人 华语：1 人 双语混杂：16 人	英语：14 人 华语：1 人 双语混杂：11 人	英语：17 人 华语：0 双语混杂：9 人
传统英校人数	55 人	50 人	55 人	56 人
总人数	108 人	105 人	101 人	99 人
总人数				413 人

（四）研究局限

本论文是以儿童第二语言学习者的需要为假设，以儿童第二语言教材编制的基本原则为理论基础；在调查与分析的过程中，只以新加坡小学华文核心教材为讨论对象，采取小规模抽样调查的形式；不考虑到新加坡华语言教材同时面向母语、第二语言、甚至是外语学习者的多元需要。此外，由于本论文是第一次针对第二语言学习需要的讨论，在讨论教材与儿童第二语言阅读的关系时，只能从宏观的角度来进行粗略讨论[2]。

三　理论基础与文献综述

（一）影响阅读理解的因素

1 阅读是"文本意义在读者储存在头脑中的先备经验之上相加的结果"

基于阅读目的"为意义而阅读"（Read for meaning）（Nutall, 2005:3）以及阅读乃读者与文本之间的双向交际过程，阅读理论强调"读者"在阅读过程的主体性："你从文章读懂的意义取决于你带到文章里的意义"，与阅读成果的个别性："读同一篇文章的两个读者永远不会建构出相同的意义；任何一位读者的意义都不会与作者的完全一致。"（Goodman, 2001:2；洪月女，2001: 3）

2　笔者也已就有关教材内容的适当性与儿童阅读需要、教材阅读难易度这两项编制原则撰文讨论：胡月宝：《浅谈儿童第二语阅读教材的编制原则——以新加坡小学阅读教材为例（初稿）》，见《2008 亚洲太平洋地区语文教学与发展国际学术研讨会》（桃園縣：中原大学应用华语文学学系），页 379-394。

简言之，阅读理论阅读是读者和文本双向互动的过程，阅读的成果就是“文本意义在读者储存在头脑中的先备经验之上相加的结果”：

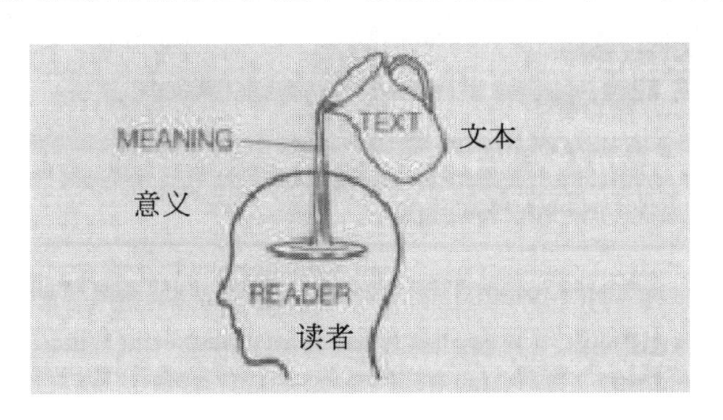

图 2　读者、文本（作者）、阅读过程与阅读成果

此简图（Nutall, 2005:5）所展示的也就是著名的图式理论[3]（Schema Theory）的简单说明。图式理论强调读者所具备的先备经验与知识之重要性。简单地说，先备经验包括两方面：生活经验和相关的阅读经验；语言知识和与语篇内容相关的知识。对阅读教材来说，教材中所谈论的经验和知识是否是学习者所熟悉，是决定阅读理解成败的关键因素。根据图式理论，一个读者不能正确理解篇章的原因至少有以下三种：

(1) 读者可能并不具备适合该篇章的图式。在这个情况下，读者就不可能理解篇章的内容

(2) 读者具备是合适于该篇章的图式，但是作者在篇章所提供的线索，不能使这种图式活动起来。在这种情况下，读者也不可能了解篇章的意义。如果我们能够向读者提供更多的线索，读者就有可能了解这一篇章

3　有关图式理论与篇章阅读的关系，详见张必隐：《阅读心理学》（北京市：北京师范大学出版社，2002 年），页 243-312。

(3) 读者可能发现对于篇章一致的解释；但是，这种解释并非作者的解释。在这种情况下，读者将“了解”篇章，他对作者的理解却有所偏误。(张必隐，2002：259-260)(本次调查不讨论此点)

2 先备语言知识(心理词典)

阅读的认知过程证明了“每一次眼停，到底多少视觉信息被吸收，完全看大脑对信息的辨认程度而定。一般而言，大脑对它所熟悉的文字的辨认，远比它说不熟悉的来得高(梁荣源，1992：11)。而所谓对文字的熟悉其实就是读者对词的认知，是在自己头脑中的“心理词典中找到了与这个词相对应的词条，并使它的激活达到一定的水平”(张必隐，2002：66)。心理词典所指的“词的意义在人心理中的表征”(张必隐，2002：66)简单的说，就是读者经过一段时间的学习后经过长时记忆所积累下来的语言知识。换句话说，学习者的先备语言知识是决定是否能理解的另一重要条件。

3 影响阅读理解的因素：教材的可读性

西方阅读理论认为，影响阅读理解的因素之一便是教材的可读性。所谓的可读性，所针对的并不是教材内容的教育性，而是教材的语言形式：结构与修辞的难易程度(the combination of structural and Lexical difficulty)(Nutall, 2005:174)。

台湾郑锦全(2005:261-265)在西方阅读理论的基础上，认为“初阶读者在阅读时需要从简单到复杂的学习过程，因此，句子的呈现要从可读性高的逐步推广到可读性低的”，并提出“从三个观点来区分句子的阅读难易度：一是句中词语的多寡，句子越长，难度越高。二是句子

的词语的出现频率，频率越高越容易阅读。三是句子的词语数目与语义类别。”（郑锦全，2005:261-265）[4]

但是，郑也承认“阅读难易度的感知应该比我们提出的三个观点更加复杂，例如上下文的语境、概念的难易、句子的结构”（2005:261-265）。

笔者将在教材可读性的理论基础上，通过词、句的量化计算来分析阅读教材难易度与阅读理解力之间的关系。

4 影响第二语言阅读理解的因素

在讨论儿童第二语言阅读理解力与教材编制的问题上，李泉所整理分析的“第二语言阅读难点”为我们提供了一个清楚的脉络：

（1）缺乏背景知识（阅读前）

（2）很难对读物做出正确的预测，阅读带有一定的盲目性（阅读前）

（3）视觉感知以字词为单位，常逐字逐词理解课文，速度慢，理解常中断（阅读中）

（4）由于对目的语知识的储存太少，缺乏验证观点、修正判断、否定结论的能力，犯错误常是不自觉的；(阅读中)

（5）常停留在字面理解层，信息零乱，练习时常有错误（阅读后）

（6）缺乏推断能力，理解准确率不高（阅读后）（李泉，2006:80）

先，“缺乏背景知识”不仅影响第二语言阅读理解，对任何阅读都会产生重大影响，因为“文本意义在读者储存在头脑中的先备经验之上相加的结果”，没有背景知识作为阅读的图式，就无法理解并构建新意

4 也可参见 http://elearning.ling.sinica.edu.tw/results.html

义。不同的是，背景知识对第二语言阅读，尤其是初学者更为重要（Hudson, 1999: 259）：西方第二语言教学研究学者 Hudson 以实际的实验证明了在阅读时，为学习者所提供的三种协助：图式（schema）／先备经验、词语和篇章诠释之中，协助调动头脑里的图式／先备经验对初学者的理解来说，最为有效[5]。

对于“由于对目的语知识的储存太少，缺乏验证观点、修正判断、否定结论的能力，犯错误常是不自觉的”；“视觉感知以字词为单位，常逐字逐词理解课文，速度慢，理解常中断”这两点如何影响阅读理解，笔者的初步假设是与教材之语言形式有密切关系；教材的语言形式，如句子的长短、句子结构的复杂性会直接影响阅读理解的速度与效度。笔者也将在后文里具体检查这一假设是否属实。

其次，“缺乏推断能力，理解准确率不高”则与语境信息的适当性直接相关。

在语境信息的适当性上，笔者也将沿着西方第二语言教学研究学者 Hudson（1988）所提出的“图式（schema）／先备经验”的激活对第二语阅读初学者最有效的论据来辅助讨论 “语境信息的适当性”。

综述之，笔者将以上述理论为基础，进而把焦点集中在以下三点教材编制原则，以小学华文教材为例，展开相关讨论：

（1）教材内容的适当性
（2）教材语言形式的可读性
（3）教材语境信息量的适当性

---

5 Hudson（1988）曾经针对以英语为第二语言的高中学生进行过一个阅读测试，证明了在阅读时，为学习者所提供的三种协助：图式（schema）／先备经验、词语和篇章诠释之中，协助调动头脑里的图式／先备经验对初学者的理解来说，最为有效；对中级学习者来说，词语上的协助比较有效，而诠释篇章的协助只对高级学习者有效。

四　阅读理解力调查结果

（一）小一理解力调查

基于小一儿童书面语辨识能力尚弱，作答技巧很弱，笔者采取让小一新生独立阅读，然后进行简单的“我能明白故事吗”（附英文翻译，也请教师讲解引导）主观性问卷调查。调查结果如下：

表 4　小一课文《碰碰船》和《三个小学生》阅读理解力调查

学生背景 / 理解力	华语		英语		双语		总数	
《碰碰船》								
	人数	%	人数	%	人数	%	人数	%
明白	10	40%	13	22.4%	13	43.3%	28	24.8%
一点点	5	20%	20	34.5%	10	33.3%	35	31.0%
不明白	10	40%	25	17.2%	7	23.4	42	37.2%
《三个小学生》								
明白	11	52.4%	7	15.2%	20	51.2 %	38	35.8%
一点点	6	28.6%	22	47.8%	16	41.0%	44	41.5%
不明白	4	19.0%	17	37.0%	3	7.6%	24	22.7%

小一儿童在阅读后，以直接感知的方式表示了对语篇的理解，数据显示:

（1）儿童较能理解《三个小学生》，表示能明白的《三个小学生》的有 35.8%；局部明白《三个小学生》的有 41.5%；而表示能明白《碰碰船》的则是 24.8%；局部明白的是 31.0%；明白与局部明白《三个小学生》的比例都比《碰碰船》高出 10%以上；儿童不理解《碰碰船》的比例（37.2%）比不明白《三个小学生》的比例（22.7%）高出 14.5%。这意味着《碰碰船》与《三个小学生》这两篇教材的编制水平不一致。

（2）不明白课文的比例介于 20% – 37.2%；局部明白的则介于 31% – 41.5%之间，意味着小一儿童的实际阅读能力与教材之间存在一定的距离。

（二）小二阅读理解力调查

在小二儿童的理解力调查上，笔者直接采用客观的完形测试法来检查教材的可读性指数[6]。测试结果如下：

6　新加坡阅读教学学者梁荣源在英文阅读的“可读性程序”（Readability Formulae）的基础上，提出中文阅读的可读性测量方法：“完形”测量法（Cloze Test）。在“完形填充”（克漏字）中，学生为了填补缺失的字汇，需要整合整篇的文章，思考前后语境脉络，应用相关的语言知识。因此，完形填空可以用来检查教材的可读性。可读性指数如下：

填对率	阅读能力	教材建议
45%以下	受挫性阅读	不适合该年级／学生群
45%	无法独立阅读	课堂阅读教材
60%以上	独立阅读	泛读教材（教材题材与学生的先备经验、知识越密切，越能帮助克服阅读难度。）

此表摘自梁荣源（2007）：MCL814 阅读与写作教学“第七讲：阅读教材的编制与设计”讲义，未出版，页 5。

表 5　小二《小鸟和大树》、《它们自己爬上来了》阅读理解力测试调查

学生背景 / 理解力	华语		英语		双语		总计	
《小鸟和大树》								
	人数	%	人数	%	人数	%	人数	%
60%以上	14	60.9	41	66.1	14	87.5	69	68.3
45%和以上	3	13	10	16.1	2	12.5	15	14.9
45%以下	6	26.1	11	17.8	0	0	17	16.8
	23	100	62	100	16	100	101	100
《它们自己爬上来了》								
	人数	%	人数	%	人数	%	人数	%
60%以上	16	48.4	33	58.9	4	40	53	53.5
45%和以上	9	27.3	16	28.6	3	30	28	28.3
45%以下	8	24.3	7	12.5	3	30	18	18.2
	33	100	56	100	10	100	99	100

通过“为了填补缺失的字汇，需要整合整篇的文章，思考前后语境脉络，应用相关的语言知识”的完形阅读测试，初步了解了小二儿童与阅读教材之间的关系：

(1) 受挫性阅读仅介于 16-18%；显示了 2 个语篇都适合大部分小二儿童

(2) 能独立理解（60%以上）的儿童介于 53%-68%之间；显示了有至少 1／3 的儿童即使经过了教材在字词的有机控制下，无法独立阅读课文，除了意味着小二儿童的先备语言知识与阅读

教材尚有一定距离；也意味着教材编制上除了字词问题之外，尚存在着其他问题

（3）不同背景的学生的阅读理解力并没有显著的不同；显示了新加坡低年级儿童阅读书面语的起点是很接近的

五　儿童第二语言阅读与阅读教材分析

（一）教材内容的适当性检查分析

阅读理论已明确指出先备经验对阅读、第二语言阅读的作用。以下，我们首先来比较小一两篇课文的先备经验需要：

表 6　测试篇章与相关先备经验说明

	小一课文	
	《碰碰船》	《三个小学生》
先备经验与知识	1 到水边游玩的经验 2 观察蚂蚁生活的经验 3 玩碰碰船（碰碰车）的经验	1 使用水龙头的经验 2 学校生活的经验 3 节省用水的常识
先备经验的普遍性	并非城市儿童的普遍经验；	都是城市儿童的普遍生活经验
	小二课文	
	《小鸟和大树》	《它们自己爬上来了》
先备经验与知识	1 树木生长的科学知识 2 鸟类生活的科学知识 3 在大自然生活，观察大自然的经验	1 水有镜像作用的知识 2 水会被太阳蒸发的知识
先备经验的普遍性	以英语学习的科学常识	以英语学习的科学知识

结合表 6 和表 4、5 阅读理解力的调查结果，我们便可以看到先备经验对第二语言阅读的作用：

(1) 以小二教材的情况来看，能理解课文内容 45%以下的小二儿童，分别仅有 16%（《小鸟和大树》）和 18%（《他们自己爬上来了》），显示了教材内容与儿童的先备经验之间的正面关系。

(2) 以小一教材而言，儿童以学校生活题材、日常生活经验和常识的《三个小学生》的理解远远高于以在水边观察蚂蚁生活和玩碰碰船／车这两种特殊经验的《碰碰船》。学生对《碰碰船》的理解不如《三个小学生》，与学生的先备经验有关。

（二）教材语言的可读性检查分析

1 词语层

1-1 生词量与可读性

根据阅读理论的归纳，生词量的多寡直接影响阅读理解。生词量与阅读理解的关系如下：

表 7　生词量与阅读理解的关系

（梁荣源，1992：149；Nutall, 2005:175）[7]

生词量（以篇章中的词汇量来计算）	程度	阅读教材与功能
少于 5%	1.学生能够自己轻松阅读的	1.交际性阅读
介入 5%-7%	1.学生必须在教师指导下才读得来的	1.知识性阅读 2.交际性阅读

7　此表在梁荣源和 Christine Nuttall 的基础上加工、综合而成。

生词量（以篇章中的词汇量来计算）	程度	阅读教材与功能
高于 10%	1.学生一读就厌倦，不愿再读下去的	1 不适合作为教材

教材编制原则强调严格控制生词量：生词量越低越好；如果生词是不可避免的，必须注意是否有足够的线索；例如语性结构、语境来协助生词。因为：

- 阅读的目的在于迅速提取意义，不在学习语言知识
- 在能完全理解的篇章里学习、吸收生词才是有效的（Nuttall, 2005：175）

新加坡小一学生在入学时，阅读书面语的能力假定是零起点。这点，可以从小一教材编制从汉语拼音、笔画教学、认读汉字开始得到确证。学生的识字量有限也一直是初阶段阅读教材编制上一大难点，尤其是第二语言阅读教材。

为了检查更具体地检查生词量，笔者展开了两方面的工作：

（1）根据教材里所规定的认读字来计算生字量，并推算出生词量
（2）让学生圈出他们不认得的汉字，并从中再推算出生词量

调查结果如下：

表 8　《碰碰船》、《三个好学生》生字与生词量调查

《碰碰船》生字与生词量		《三个好学生》生字与生词量	
教材生字表	学生调查[8]	教材生字表	学生调查
船、面、来、片、树、叶、爬、到、过	河、面、漂、心、再、传、快、乐、笑、声	没、关、停、流、叫、怎、告、诉、句	龙、哗、啦、着、
生字量：9/64=14%	生字量：10+9：19/64：29.7%	生字量：9/63=14%	生字量：9+4=13/63=20.6%
碰碰船、河面、漂来、一片片、树叶、爬到、碰过来、碰过去	小心、再、传来、快乐、笑声	没、关好、不停、流、叫、怎么、告诉、一句话	水龙头、哗啦
生词量：8/34=23.5%	生词量：5+8=13/34：38.2%	生词量：8/32=25%	生词量：2+8=10/32=31.2%

根据表 8 的粗略统计：

(1) 教材里的生字量本就超过 10%；学生实际的生字量高达 20%以上，生词量因此也高达 25%以上；小一学生在学习起点上因此面对“一读就厌倦，不愿再读下去”的阅读障碍，不论是对字词知识的学习或阅读技能的学习都不利。

(2) 根据学生的初步反应（表 9 和表 10），可了解到：

- 在表 9、10 里，仅有 32.4%的学生的生字和生词量是在 10%以下；换言之，2/3 的学生都将面对“一读就厌倦，不愿再读下

8　50%和以上的学生圈出，不在生字表里的生字。

去”的心理障碍；这是绝对值得正视的问题

- 结合表 4、5“学生理解力调查”的数据来看，可以看出学生理解语篇的能力与生字、生词量的多寡有着密切的关系：40%的学生表示能理解语篇，与低于 10%生字、生词量的 32.4%相当接近

表 9　小一生字量调查

学生背景 生字量	华语	%	英语	%	双语	%	总数	%
《碰碰船》								
10%以下	8	36.3	15	26.8	12	40	35	32.4
11-30%	4	18.2	22	39.3	9	30	35	32.4
31-49%	6	27.3	8	14.3	4	13.3	18	16.7
50%以上	4	18.2	11	19.6	5	16.7	20	18.5
总数	22		56		30		108	100
《三个小学生》								
10%以下	13	72.2	20	43.5	20	48.8	53	50.5
11-30%	3	16.6	13	28.3	12	29.3	28	26.7
31-49%	1	5.6	5	10.9	4	9.8	10	9.5
50 以上%	1	5.6	8	17.3	5	12.1	14	13.3
总数	18	100	46	100	41	100	105	100

表 10　小一生词量推算

学生背景 生词量	华语		英语		双语		总数	
《碰碰船》								
10%以下	8	36.4	14	25	13	43.3	35	32.4
11-30%	3	13.6	14	25	6	20	23	21.3
31-49%	2	9.1	12	21.5	4	13.3	18	16.7
50%以上	9	40.9	16	28.5	7	23.4	32	29.6
总数	22	100	56	100	30	100	108	100
《三个小学生》								
10%以下	11	61.2	13	28.3	16	39.1	40	38.1
11-30%	5	27.7	18	39.1	13	31.7	36	34.3
31-49%	0	0	6	13.0	6	14.6	12	11.4
50 以上%	2	11.1	9	19.6	6	14.6	17	16.2
总数	18	100	46	100	41	100	105	100

以上的调查有两种意义：

- 阅读教材的生字、生词量绝对会影响阅读。如果一般学生面对着超过 10%（11–49%）的生字、生词量，这意味着语言教学必须将重点摆在语言知识的教学，而非言语交际技能，包括阅读策略的教学；这对培养阅读能力是有害无利的。
- 生字、生词量太高的阅读教材对儿童第二语言学习者会带来一定的压力。

1-2 词语在句子中的复现频率

根据郑锦全的看法，句子中词语的出现频率是决定阅读难易度的第二个因素。简单地说，频率越高越容易阅读。以下，笔者归纳了词语在句子和语篇里的出现频率将教育部规定和学生圈出的高百分比的生字词：

表 11A 词语在句子里的出现频率

小一	《碰碰船》	出现频率	《三个好学生》	出现频率
词语 / 句子	1. 一片片（河面漂来一片片树叶）	2	1. 哗啦（哗啦哗啦，水龙头没关好。）	2
	2. 碰（你碰我，我碰你；碰过来，碰过去。）	4	2. 看（小文看了看，走开了。）	2
	3. 小心（“小心！小心！”）	2		
	4. 好玩（“好玩！好玩！”）	2		
	5. 再（“再碰！再碰！”）	2		
小二	1. 大树（小鸟在大树上做了窝，天天帮大树捉害虫，保护大树。）	3	1. 了（雨停了，太阳出来了）	2
	2. 喜欢（大树喜欢小鸟，小鸟也喜欢大树。）	2	2. 小鸡（小鸡走到小水沟边，看见水里有只小鸡。）	2

表 11B　词语在语篇里的出现频率

小一	《碰碰船》	生词比例%	《三个好学生》	生词比例%
出现频率	**语篇**			
一次	船、漂、传、爬	26.7	停、流、叫、告诉、句	50
两次	来、河面、树叶、小蚂蚁、片、过（来／去）、小心、好玩、再	60	哗啦	10
三次以上	碰、玩	13.3	没、关、怎（么）、水龙头、了	40
小二	**《小鸟和大树》**		**《他们自己爬上来了》**	
一次	伸、树枝、伞、窝、像、帮、保护、健康、结（果）、饱、远	100	急忙、半天、当、时候、已经、晒	85.7
两次	----		水沟	13.3
三次以上	了	?		

数据显示：

a. 以句子层次来看，小一教材《碰碰船》在句子中的复现的词语比《三个小学生》多一倍以上；小二教材里在句子中复现的词语很少，都只有两个，不超过 1%

b. 课文里的词语在句子里的复现率低，但在同一个语篇里复现频率较高

c. 小一教材里词语在同一个语篇里复现频率较小二课文高

d. 结合表 6 的小一理解力调查来看，虽然《碰碰船》的词语在语句中复现率较高，但看不出它与阅读理解力之间的正面关系

（1）句子层：句子长度、复杂度与可读性

i 句子长度与可读性

句子的长短在多年前就被广泛利用来当作决定英文文章可读性计算的一个因素（Mclaughlin, 1969: 639-646; Zakaluk,Samuels, 1988）。阅读理论普遍认为句子越长，理解难度越高（Nutall, 2005: 175）。另外，语篇的字数多寡也是阅读难易度的一个重要指标。

ii 句子复杂程度与可读性

句子复杂程度也会影响教材的可读性（Nutall, 2005: 175），一般而言，单句比复句容易理解；复句中的分句越少，越容易理解。

以小一教材的情况而言（表 12A）：

a. 在语篇长度上，《碰碰船》与《三个小学生》很接近，只有一字之别
b. 在语段上，《碰碰船》有六段，比《三个小学生》多了三段
c. 在语句上，《碰碰船》有十句，比《三个小学生》多了三句
d. 各语句的长度不均：(a) 单句为多，共八句，最长的有六个词十三字，最短的有三句，各有二个词四字；(b) 复句有两句，最长的有九个词十八字
e. 在语词上，《碰碰船》与《三个小学生》的总数很接近，只有两个词之别
f. 《碰碰船》里句子中的语词数量不均，最多的有九个词十八个字，

最少的只有两个词四个字

根据表 12A，《碰碰船》里的句子长度比《三个小学生》的来得短，句子结构也比较简单，单句为多。但是表 4 理解力的问卷调查显示，小一儿童在理解《碰碰船》的表现比《三个小学生》 差。因此，无法看出句子长度与复杂度与阅读理解的正面关系。相反的，学生的理解力却与语句和语段的数量有关：《碰碰船》的语句、语段数量不但比《三个小学生》高，而且高达十句、六段，是《三个小学生》六句三段的两倍左右。于此，笔者联想到的是提出教材编制应遵从的“儿童短时学习量七加二减二原则”。简言之，就是教材里的段、词、句子中词语量也可能会对阅读理解造成影响。笔者是在学习量和短时记忆之关系上提出“除了字数之外，在单一的阅读教材（语篇）中，语段和语句的数量，语句中的语词数量都会影响理解”这一观点的：按美国学者 Miller（1956）的七加减二理论，一般人在短时记忆中能够负担的数目范围，介于五至九个之间，以七为最典型（Miller，1956:81-97）。七加减二的短时记忆理论对教育的启发很大，尤其是儿童教育。此理论对阅读教材的编制上也有一定的启示：一个语篇的语段、语句数量如果超过七个，或一个语句里的词语超过七个，都可能造成学习负担。

按此一原则，笔者以为影响小一儿童理解《碰碰船》的原因包括语篇中的语句总量超过了短时学习量九的极数。但是，句子长度与复杂度对阅读理解的影响的讨论里，笔者得出的数据显示：句子短、结构简单对阅读理解并没有促进作用。（相关此点，笔者将在下一小节：语境信息的适当心中加以讨论）

表 12A 小一阅读教材的语言形式分析

小一					
《碰碰船》					
	段	句		词[9]	字
总数	6	10		33	64
	第一段	1 单句		4	10
	第二段	2 复句		17	30
			(1) 复句：2 分句	9	18
			(2) 复句：2 分句（分号）	8	12
	第三段	2 单句		2	4
			(1) 单句	1	2
			(2) 单句	1	2
	第四段	2 单句		2	4
			(1) 单句	1	2
			(2) 单句	1	2
	第五段	2 单句		2	4
			(1) 单句	1	2
			(2) 单句	1	2
	第六段	1 单句		6	13
《三个小学生》					
	段	句		词	字
	3	6		35	63
	(1)	1 句	(1) 复句：3 分句	8	16
		1 句	(2) 复句：2 分句	3	8

9 词的划分原则是以词块（word chunk）为单位，主要考虑到小低年级学生的理解能力。

《三个小学生》					
	段	句		词	字
	(2)	2 句			
			(1) 复句：2 分句	7	21
			(2) 单句	3	6
	(3)	1 句	(1) 复句：3 分句	8	18

以小二教材来说，

a. 在语篇长度上，《小鸟和大树》比《它们自己爬上来了》短，有四十九字之别，接近，约五分之一
b. 在语段上，《小鸟和大树》（五段）比《它们自己爬上来了》（三段）多了二段
c. 在语句上，《小鸟和大树》与《它们自己爬上来了》很接近，仅有一句子之别
d. 在语句中的词语量上，《它们自己爬上来了》主要是三段，各有三个复句，各复句中各有三到四个分句，约二十一个至二十八个词；《小鸟和大树》主要是五段，各段中都有一个复句，复句中主要是三个分句，介于九到十二个词
e. 在语词上，《小鸟和大树》比《它们自己爬上来了》少，有十一个词之别，约十分之一

在小二理解力的调查中，儿童在《小鸟和大树》的表现比《它们自己爬上来了》来得好；而且《它们自己爬上来了》也是本次调查中理解力较差的两篇之一。笔者以为，原因就与语句的长度有关：

a. 《它们自己爬上来了》的语句较长，也为复杂：主要是由三个分句的构成的长复句形式

b. 《它们自己爬上来了》语句里的词语量介于二十一个至二十八之间，严重超过短时学习量九的极数

换言之，我们在小二阅读理解力调查中证实了句子长度与复杂度会影响阅读理解这一假设。

表 12B 小二阅读教材的语言形式分析

《小鸟和大树》					
	段	句		词	字
总数	5	7		64	109
	(1)	1	1 复句：3 分句	11	22
	(2)	1	1 复句：3 分句	12	21
	(3)	1	1 复句：3 分句	9	23
	(4)	1	1 复句：3 分句	11	22
	(5)	1	1 复句：2 分句	7	13
《它们自己爬上来了》					
	段	句		词	字
	3	8		75	158
	(1)	3		21	42
			(1) 1 复句：2 分句	4	8
			(2) 1 复句：2 分句	9	16
			(3) 1 复句：2 分句	8	18
	(2)	3		28	63
			(1) 1 复句：4 分句	10	21
			(2) 1 复句：3 分句	9	18

《它们自己爬上来了》					
	段	句		词	字
			(3) 1 复句：2 分句	9	18
	(3)	3		26	53
			(1) 1 复句：2 分句	5	11
			(2) 1 复句：3 分句	14	28
			(1) 1 复句：2 分句	7	14

六　教材语境信息的适当性

在上述句子长度与复杂度对阅读理解的影响的讨论里，笔者得出的数据显示：句子短、结构简单虽然对小二阅读理解有影响，但对小一阅读理解并没有促进作用。换言之，对儿童第二语言阅读来说，在句子长度与复杂度之外，尚有其他影响阅读理解的因素。为了寻找答案，笔者重新回顾第二语言阅读的四大障碍（一、缺乏背景知识；二、对目的语知识的储存太少；三、视觉感知以字词为单位，常逐字逐词理解课文，速度慢，理解常中断；四、缺乏推断能力，理解准确率不高。）发现：语篇、语段、语句中的信息量的多寡可能是影响理解的因素，而语境中是否有足够的线索来帮助读者激活“图式／先备经验”，也会影响理解。

郑锦全在他有关句子、词语的计量研究过程就发现了相似的问题。郑锦全指出“如果简单地认为越短的句子越容易理解，那就有困难”，“因为句子太短，内容不知指的是什么”（2008），不一定比容易理解。例如："你碰我，我碰你；碰过来，碰过去。"[10]（六个词／六个字二十一个词六个字）和"小心！小心！"、"好玩！好玩！"、"再碰！再碰！"这3句只有两个词四个字的句子就比"三只小蚂蚁爬到树叶上，它们玩起了碰碰船。"更难理解。因此，郑也承认"阅读难易度的感知应该比我们提出的三个观点更加复杂，例如上下文的语境、概念的难易、句子的结构"（2005:261-265）。

以下，笔者就提出教材编制中的另一个"语境信息量的适当性"，进一步深入讨论：

（1）语境信息量的充足与否

（2）语境中是否提供足够的上下文线索来激活学习者的"图式"，以帮助理解

（一）语境信息量的适当性

在一般语篇的阅读理解上，郑锦全曾以内容完整的句群为提出"书写文字传递的模块"概念（约 50 字），并把模块中的字成为"文字邻里"（2008）。简言之，理解完整的内容是读者的阅读目的，阅读材料因此必须提供完整的语境。完整的语境不一定能在单一句子内提供，而

10 此四句省略甚多，完整的语义是：

课文语句	完整语义
你碰我，我碰你；碰过来，碰过去。	你的船碰我的船；你的船碰过来，我的船碰过去。
"小心！小心！"	两只船碰在一起的时候，摇动得很厉害。一只小蚂蚁害怕地说："小心！小心！"
"好玩！好玩！"	另外两只小蚂蚁一点儿也不怕，说： "好玩！好玩！" "再碰！再碰！"
"再碰！再碰！"	

可能是由一组句群（文字传递模块）所提供的。语境阅读教材与一般语篇不同，因为教材富有语言教学的功能，如果是以阅读教材为主来展开综合教学，包括语言知识和言语交际的教材，那么语境的完整与否就很重要了。郑锦全认为：语篇为了能为读者理解而必须提供完整的语境，又加上书写文字可以慢慢修饰，读者也可以慢慢琢磨，句子可以长一些（2008）。

表 13A、13B、13C、13D 分别粗略地记录了各个课文中的句子、关键词以及可能帮助理解的语境信息。分析结果如下：

a. 新加坡小一、小二阅读教材中的“书写文字传递的模块”很小，以句为主；能帮助理解的文字邻里也主要以词为主，偶有句子，句群较少。这意味着学生的学习必须依赖老师在知识上的“讲解”，而非学生的交际性阅读。
b. 在《碰碰船》里，能帮助理解的语境信息量少，以词为主，大部分的难词也都是生词，没有句子或句群；换言之，学生无法从阅读中通过上下文语境来理解内容。
c. 在《三个小学生》里，能帮助理解的语境信息量多，词、句子、句群都有，一些文字模块的信息可以反复用来理解多个关键词，大多是字面性的。因此，学生可以从阅读中通过上下文语境来理解内容。
d. 在《小鸟和大树》里，能帮助理解的语境信息量多，词、句子、句群都有，大多是字面性的，一些文字模块的信息可以反复用来理解多个关键词；因此，学生可以从阅读中通过上下文语境来理解内容。
e. 《它们自己爬上来了》语境信息量较少，词、句子、句群都有，但是，一些关键词却没有可以帮助理解的相关信息，其他的多是隐藏性的信息。因此，学生较难从自己的阅读中通过上下文语境来理解内容，需要教师的大量引导。（详看下一小节：语境信息与“图示”阅读的关系）

表 13A　小一教材《碰碰船》的语境信息

	课文		可帮助理解的线索	
一	《碰碰船》			
	句子	关键词 *生字表里的生字 **不在生字表里，学生圈出的生词	词	句／句群
			（1）字面／直接 （2）字面／间接 （3）隐藏／推论	
1.	河面漂来一片片树叶。	1 河面*	漂来、船（2）	
		2 漂**来	河面（2）	
		3 一片片*	树叶（1）	
		4 树叶*	一片片（1）	
2.	三只小蚂蚁爬到树叶上，它们玩起了碰碰船。	5 爬*到*	蚂蚁（3）	
		6 碰**碰船	碰（1）	
3.	你碰我，我碰你；碰过来，碰过去。	7 碰**	碰碰船（1）	
		8 过*来	过去（1）	
		9 过*去	过来（1）	
4.	“小心！小心！”	10 小心*	无	小心*
5.	“好玩！好玩！”	11 好玩**	无	好玩**
6.	“再碰！再碰！”	12 再**	无	再**

	课文		可帮助理解的线索	
一	《碰碰船》			
	句子	关键词 *生字表里的生字 **不在生字表里，学生圈出的生词	词	句 / 句群
7.	河面上传来小蚂蚁快乐的笑声。	13 传**来	笑声（2）	传**来
		14 快乐**	无	快乐**
		15 笑声**	传来（2）	笑声**

表 13B　小一教材《三个小学生》的语境信息

	课文		可帮助理解的线索	
二	《三个小学生》			
	句子	关键词	词	句子/句群
			（1）字面／直接 （2）字面／间接 （3）隐藏／推论	（1）字面/直接 （2）字面/间接 （3）隐藏/推论
1.	哗啦哗啦，水龙头没关好。	1 哗啦		水不停地流着。（1）
		2 水龙头		水不停地流着。（3）
		3 没		水不停地流着。（1）
		4 关好		水不停地流着。（1）
2.	水不停地流着。			哗啦哗啦，水龙头没关好。（1）
3.	小文看了看，走开了。	5 不停	没关好,哗啦（1）	

	课文		可帮助理解的线索	
二	《三个小学生》			
	句子	关键词	词	句子/句群
			（1）字面／直接 （2）字面／间接 （3）隐藏／推论	（1）字面/直接 （2）字面/间接 （3）隐藏/推论
		6 流着	1 水,哗啦（1）	1 丽丽大声叫起来：“……”。 2 乐乐一句话也没说，他走过去，关好了水龙头。（1）
		7 看	无	
		8 走开	水龙头（3）	
4.	丽丽大声叫起来：“水龙头怎么没关好？我去告诉老师！”	9 大声	叫（1）	
		10 叫	大声（1）	“水龙头怎么没关好？我去告诉老师！”（1）
		11 怎么	无	
		12 告诉	无	
		13 老师	无	
5.	乐乐一句话也没说，他走过去，关好了水龙头。	14 一句话	说（1）	
		15 说	一句话（1）	
		16 走过去	水龙头（3）	
		17 关好	没关好（2）	

表 13C　小二教材《小鸟和大树》里的语境信息

	课文		可帮助理解的线索	
三	《小鸟和大树》			
	句子	关键词	词	句/句群
			(1) 字面／直接 (2) 字面／间接 (3) 隐藏／推论	(1) 字面／直接 (2) 字面／间接 (3) 隐藏／推论
1.	大树伸出了长长的树枝，叶子又大又多，好像一把大伞。	1 大树	树枝，叶子 (1)	好像一把大伞 (1)
		2 伸	长长 (3)	
		3 长长	树枝 (3)	
		4 树枝	大树，叶子、长长 (1)	
		5 叶子	大树、叶子、树枝 (1)	
		6 好像	大伞 (1)	
		7 大伞	大树 (1)	
2.	小鸟在大树上做了窝，天天帮大树捉害虫，保护大树。	8 小鸟	捉害虫 (1) 飞 (2)	
		9 在	大树上 (1)	
		10 做窝	小鸟 (3)	
		11 捉	害虫 (1)	
		12 害虫	保护 (1)	
		13 保护	捉害虫 (1)	

	课文		可帮助理解的线索	
三	《小鸟和大树》			
	句子	关键词	词	句/句群
			（1）字面／直接 （2）字面／间接 （3）隐藏／推论	（1）字面／直接 （2）字面／间接 （3）隐藏／推论
3.	大树健康地生长，开出了美丽的花朵，结出了甜甜的果子。	14 健康		开出了美丽的花朵，结出了甜甜的果子。（1）
		15 生长		开出了美丽的花朵，结出了甜甜的果子。（2）
		16 美丽		大树健康地生长（1）
		17 花朵	美丽、果子（1）	
		18 甜甜	吃饱（2）	大树健康地生长（2）
		10 果子	吃饱，甜甜（1）	
4.	大树请小鸟吃果子。	20 请	大树，果子（1）	
		21 吃	果子（1）	
5.	小鸟吃饱后，带着大树的种子，飞到很远的地方去。	22 吃饱	甜甜，果子（2）	
		23 带	种子（3）	
		24 种子	大树（2）	种子掉在泥土里，长成了高高的大树（1）
		25 飞	小鸟，很远（1）	
		26 远	飞、很（1）	

	课文		可帮助理解的线索	
三	《小鸟和大树》			
	句子	关键词	词	句/句群
			（1）字面／直接 （2）字面／间接 （3）隐藏／推论	（1）字面／直接 （2）字面／间接 （3）隐藏／推论
6.	种子掉在泥土里，长成了高高的大树，让别的小鸟来住。	27 掉	泥土里（1）	
		28 泥土		种子掉……长成了高高的大树，让别的小鸟来住。（2）
		29 高高	大树（1）	
		30 让	别的小鸟（3）	
		31 别的	无	
		32 住	做窝（2）	
7.	大树喜欢小鸟，小鸟也喜欢大树。	33 喜欢	大树，小鸟（1）	1 小鸟在大树上做了窝，天天帮大树捉害虫，保护大树。 2 大树请小鸟吃果子。 3 小鸟吃饱后，带着大树的种子，飞到很远的地方去。（1）
		34 也		大树喜欢小鸟（1）

表 13D　小二教材《他们自己爬上来了》的语境信息

	课文		可帮助理解的线索	
四	《他们自己爬上来了》			
	句子	关键词	词的层面	句/句群的层面
			（1）字面／直接 （2）字面／间接 （3）隐藏／推论	（1）字面／直接 （2）字面／间接 （3）隐藏／推论
1.	雨停了，太阳出来了。	1 雨	太阳（1）	
		2 停		太阳出来了。（1）
		3 太阳	雨（1）	
2.	小鸡走到小水沟边，看见水里有只小鸡。	4 小鸡	小羊、小鸭（2）	
		5 走到	水沟边（1）	
		6 水沟	水（2）	
		7 边	水沟（2）	
		8 看见		“不好了，一只小鸡掉到水里了！”（2）
		9 只	小鸡（1），一只（2）	
		10 水里	水沟（2）；雨停了（3）	
3.	小羊连忙走过去，一看，水里没有小鸡，只有一只小羊。	11 小羊	小鸡，小鸭（1）	
		12 连忙	无	
		13 一看	无	
		14 只有	没有（3）	

	课文		可帮助理解的线索	
四	《他们自己爬上来了》			
	句子	关键词	词的层面	句/句群的层面
			(1) 字面／直接 (2) 字面／间接 (3) 隐藏／推论	(1) 字面／直接 (2) 字面／间接 (3) 隐藏／推论
4.	它高声叫起来："不好了，一只小羊掉到水里了！"	15 高声	叫 (1)	
		16 叫	高声 (2)	"不好了，一只小羊掉到水里了！" (1)
		17 不好		一只小羊掉到水里 (1)
		18 掉到	水里 (1)	
5.	小鸡和小羊十分着急，赶快去找朋友来帮忙。	19 十分	无	
		20 着急	赶快 (1)	
		21 赶快	着急 (3)	
		22 找	小鸭 (3)	
		23 朋友	小鸭 (3)	
		24 帮忙	无	"不好了，一只小羊掉到水里了！" (3)
6.	过了半天，它们找到了小鸭。	25 过了	半天 (1)	
		26 半天		当它们一起回到小水沟边的时候，水已经晒干了…… (3)
		27 小鸭	小鸡，小羊 (2)	
7.	当它们一起回到小水沟边的时候，水已经晒干了，里面什么 也没有了。	28 当	时候 (3)	
		29 它们	小鸡、小羊 (2)	
		30 一起	小鸡、小羊 (1)	
		31 回到		去找朋友来帮忙。(3)
		32 已经	无	

	课文		可帮助理解的线索	
四	《他们自己爬上来了》			
	句子	关键词	词的层面	句/句群的层面
			（1）字面／直接 （2）字面／间接 （3）隐藏／推论	（1）字面／直接 （2）字面／间接 （3）隐藏／推论
7.	当它们一起回到小水沟边的时候，水已经晒干了，里面什么 也没有了。	33 晒干	太阳； 过了半天（3）	
		34 里面	水沟（2）	
		35 什么	小鸡 小羊（2）	
8.	小鸭说：“一定是它们自己爬上来了。”	36 一定	无	
		37 自己	它们（1）	
		38 爬上来	掉进（2）	

（二）语境中是否提供足够的语境信息来激活学习者的“图式”

以下，笔者将尝试从语境信息量和激活“图式”的信息线索与信息呈现层级这两方面来检查儿童第二语言阅读理解的情况。表 16A 归纳了教材里的关键词数量、可帮助理解的信息类别和信息呈现层级：

a. 《三个小学生》里可以帮助激活“图式”的信息量、类别明显的比《碰碰船》好，能解释表 4 的数据：学生对《三个小学生》的理解比《碰碰船》好

b. 《碰碰船》里能帮助理解的信息以词为主，但却出现难词既是生词的问题；很可能不适合作为该年级的阅读教材

c. 《小鸟和大树》里可帮助激活“图式”的信息包括词与句子，两者都是较容易寻找的字面信息

d. 《它们自己爬上来了》里可帮助激活“图式”的信息量并不少，但有30%的信息属于需要推论的线索；换言之，表7里学生在此一课文的理解表现最差的原因应该与此有密切关系

表14A　教材里关键词与帮助理解的信息

教材	关键词数量	可帮助激活“图式”的信息				毫无激活“图式”的线索
		词		句／句群		
		字面	隐藏	字面	隐藏	
《碰碰船》	15	12*（难词即生词）				4
		80%				20%
《三个小学生》[11]	17	7	2	6	1	4
		41.1%	11.7%	35.2%	5%	23%
《小鸟和大树》	34	20	5	8/1		
		59%	15%	26%		
《它们自己爬上来了》	38	23.5	6.5	3		5
总数		61.2%	17%	7.8%		13%

11 在《三个小学生》里，在2个关键词上，能帮助激活“图式”的信息超过2个，因此，百分比的总数不是100%。

表 14B 简单归纳了四篇教材的语境信息来激活学习者的“图式”，以帮助理解内容。归纳结果如下：

a. 《碰碰船》的语境不完整，信息量少质差（难词既是生词），很难激活学习者的“图式”
b. 《三个小学生》语境完整，信息量多质优，能较快激活学习者的“图式”
c. 《小鸟和大树》语境完整，信息量多质优，能较快激活学习者的“图式”
d. 《它们自己爬上来了》语境不完整，信息量较少质教差，较难激活学习者的“图式”

表 14B　教材里的语境信息量

教材	语境	信息量			
		词		句 / 句群	
		字面	隐藏	字面	隐藏
《碰碰船》	不完整，无法推论	✓ 生词 =难词			
《三个小学生》	完整	✓✓✓	✓	✓✓	
《小鸟和大树》	完整	✓✓✓	✓	✓✓	
《它们自己爬上来了》	不完整，需要推论	✓	✓✓		✓✓

七 小结

表 15 综合了以上所有的分析结果，我们因此可以粗略地了解儿童对编制原则的反应，现归纳如下：

1. 教材内容的先备经验对儿童第二语言阅读最重要；适当的先备经验和知识可以减轻语言形式（生词量、词语复现率、句子长度、复杂度）所带来的阅读压力
2. 教材生字词量的适当性须加以注意
3. 充足的语境信息量能帮助儿童第二语言阅读者理解内容
4. 儿童第二语言阅读对认知层次较高的阅读上反应较差，主要是“图式”无法被激活

表 15 儿童对教材编制原则的反应

编制原则	阅读理解力			
	《碰碰船》	《三个小学生》	《小鸟和大树》	《它们自己爬上来了》
1 教材内容先备经验	-	+	+	+
2 语言形式				
（1）生词量	-	-	-	-
（2）词语复现率	+	+	-	-
（3）句子句子长度、复杂度	+	-	+	-

编制原则	阅读理解力			
3 语境信息				
(1) 信息量多寡	-	+	+	+
(2) 语境信息与“图式”关系	-	+	+	-

八　结语

本论文是在儿童第二语言阅读的需要上来讨论第二语阅读教材的编制问题的一项描述性研究。笔者在阅读理论、第二语言阅读理论的基础上，以新加坡小学低年级华文核心教材为例子，通过小规模抽样调查，并分析归纳三项教材编制原则与第二语言儿童阅读的关系。初步的分析结果如下：

1. 先备经验与知识对儿童第二语言阅读最重要；适当的先备经验和知识可以减轻语言形式（生词量、词语复现率、句子长度、复杂度）所带来的阅读压力；换言之，最能帮助儿童有效学习语言的第二语阅读教材必须是能配合儿童的先备经验和知识的
2. 教材的信息量（字、词、句、段）必须注意七加减二的短时学习量原则
3. 充足的语境信息量能帮助儿童第二语言阅读者理解内容；换言之，传统上以字数的多寡为教材编制原则的做法需要调整
4. 思维认知层次较高的教材要能成为第二语言阅读教材，必须注意语境信息量是否足以激活阅读者的“图式”

总结以上所述，本文所讨论的三大阅读教材编制原则对儿童第二语言阅读教材的意义除了实地验证编制原则的重要性之外，更按重要性提炼出儿童第二语言阅读教材编制原则的排序：

1. 教材内容／经验的适当性
2. 语境信息的适当性
3. 教材语言形式的可读性

以上述三项原则作为编制儿童第二语教材的参考。

第二语言阅读教材编制原则
——中小学阅读理解语篇编制示例

一 阅读教材的编制原则（Criteria for evaluating texts for reading development）

（一）东西方学者的基本观点

有关阅读教材的编制有很多讨论，例如西方阅读研究的研究专家 Sandra Silberstein（2005）提出编制教材必须注意教材的

- 学生的阅读需要 Reading needs
- 学生的阅读能力 Students abilities
- 教材的真实性 Authenticity

Christine Nuttall（2005），阅读教材的编制原则，按顺序为：

- 教材内容的适当性 Suitability of Content
- 教材的可应用价值 Exploitability
- 教材的可读性 Readability
- 多样化 Variety
- 教材的真实性 Authenticity
- 教材的呈现形式 Presentation

新加坡阅读教学专家梁荣源（1992）认为阅读教材的编制原则有七点：

- 阅读难易度
- 结构
- 内容／题材与学生语文程度与知识、经验、智力
- 形式
- 教学价值
- 原著与改写
- 设计方式（附加教材部分：提问与活动设计）

以下，笔者综合了专家学者的意见，在以学习者为学习主体的立足点上考虑新加坡中小学的特殊学习需要，例如考虑学习阅读的心理认知过程、第二语言阅读的需要，提出以下的教材编制原则（单篇教材和单元性多篇教材）：

1 教材编制必须符合学习者阅读需要的教材（为何阅读）

阅读是一个读者自动自发地与所阅读的材料沟通、交际的过程。在讨论学习者如何阅读之前，我们必须先处理学习者“为何阅读”这个问题。要能引起学习者的阅读欲望，我们就必须从阅读需要（Reading needs）此一角度出发。阅读的需要有两种：

（1）实际生活中的阅读需要：按 Ken Goodman（2001）的观察，一般人的阅读目的有五种：

- 为获得生活信息而阅读：信息性阅读所负载的功能是解决日常生活所需。阅读材料有两种：公共信息类：如报章、通告、广告、商品标签等和私人信息里：如，便条、电话简讯、电邮等。
- 为娱乐消遣而阅读：近几十年来，娱乐性阅读急剧成长
- 为职业需要而阅读：每个人都有职业性阅读的需要。阅读材料

包括：大部分人都阅读的记事簿、备忘录、电邮、手册、互联网；厨师和主妇阅读的食谱、建筑师阅读的蓝图、学生阅读的笔记、作业、考试指示、教师阅读的书籍等，不一而足

- 因环境而阅读：因为在生活环境中具有相关信息性的路标、招牌、指示等而自然而然获得的阅读材料，在自觉与不自觉中进行阅读
- 为仪式而阅读：例如在宗教活动或文化庆典活动中所进行的阅读

（2）不同学习者的阅读需要：

教材的编制也必须照顾到不同学习者的需要：心理认知的需要，例如不同年龄的不同兴趣、成就与挫败感、探索发现的需要、认同的需要等。

以下，是两个编制示例：

例子 1：“在动物园里学华语”（小学）

原文：

新加坡动物园推出了一项名为“在野生世界学华语”的活动，希望能够吸引学生，激发他们学习华文的兴趣。

首先，动物园的导游会带学生到相关的景点，以中英双语进行解说，然后再教学生一些和动物有关的成语。比如在白老虎区， 导游会向学生解释“一山不容二虎”的意思。

通过导游的解说，原本陌生的成语一下子变有趣了，而且让人印象深刻，难以忘记。

修改后：

学华语和到动物园去玩，你会选哪一个？

如果可以到动物园去玩，也可以同时学华语，会不会更好呢？

不久前，新加坡动物园推出了一项名为“在动物园里学华语”的活动，希望能够吸引学生，激发他们学习华文的兴趣。

首先，动物园的导游会带学生到相关的景点，以中英双语进行解说，然后再教学生一些和动物有关的成语。比如在“白老虎区”里，导游会向学生解释“虎视眈眈”的意思。

通过导游的解说，原本很难的“成语”一下子变有趣了，而且让人印象深刻，难以忘记。

一边参观动物园，一边学华语，真是“一举两得”！你有兴趣报名吗？

例子 2：《校园语言暴力》（中学）

原文：

在本地的校园里，最普遍的霸道行为不是肢体暴力，而是语言暴力。语言暴力是指喜欢用脏话来“问候”同学，也常常给同学取非常难听的外号，令他们心灵受损。

一位中学教师接受访问时说：“语言暴力在学校里是非常普遍的，学生对它的承受能力不一，反应也因人而异。因此教师必须更加警觉，及时制止霸道的行为并安抚被欺负的学生。”

调查显示，被欺负的学生当中，有三分之一会私下进行报复。因此，教师若提早介入，将能避免不愉快的事情发生。

修改后：

在本地的校园里，最普遍的霸道行为不是肢体暴力，而是语言暴力。语言暴力是指喜欢用脏话来“问候”同学，也常常给同学取非常难听的外号，令他们心灵受损。

一位中学生在接受访问时说：“在我的生活中，语言暴力真的很普遍的。例如有人会给肥胖的同学取难听的外号，让他们更加自卑；有的就动不动用很伤人的脏话来骂人，让人很不舒服。”

调查显示，被欺负的学生当中，有三分之一会私下进行报复。不过，调查也显示以牙还牙地报复不但不能解决问题，还让它更加恶化。因此，专家建议被欺负的同学应该加强心理建设，不要轻易被语言暴力所伤害，例如：不要理会这些同学的恶意中伤、远离喜欢使用语言暴力的同学、请老师帮忙处理等等。

2 教材编制必须能调动学习者的先备经验

2-1 阅读成果是学习者先备知识、经验和教材内容的相加

阅读是从篇章中提取意义的过程（Gibson & Levin, 2002）。意义是否能顺利提取有赖于两大条件：读者的先备经验和先备语言知识。

（1）先备经验与图式理论（Schema Theory）

近年来，随着教学的主体逐渐转为学习者，阅读教学也越来越重视“学生中心”的阅读，强调阅读策略的学习。以学生为中心的阅读教学理论首先强调的是阅读的目的“为意义而阅读”（Read for meaning）（Nutall,005）。提倡全语文（Whole Language）教学的美国著名语言教育学家 Ken Goodman 于二十世纪六〇年代所提出的阅读理论对西方后来的阅读教学影响深远。Ken Goodman（2001）一再强调“您从文章力

读懂的意义取决于您带到文章里的意义”。关于阅读，他提出的两个结论是（Goodman, 2001）：

- 读同一篇文章的两个读者永远不会建构出相同的意义（No two readers will ever produce the same meaning for a given text）
- 任何一位读者的意义都不会与作者的完全一致（ No reader's meaning will ever completely agree with the writer's meaning）

Ken Goodman 所提出的阅读结果简单而言，就是“文本意义在读者储存在头脑中的先备经验之上相加的结果”：

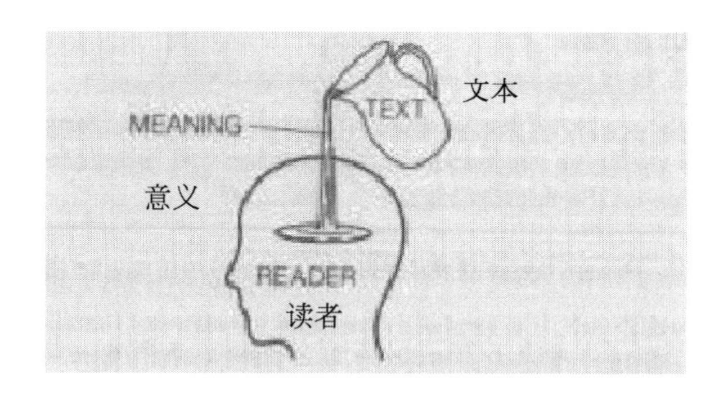

图 1　读者、文本（作者）、阅读过程与阅读成果

此简图（Nutall, 2005）所展示的也就是著名的图式理论[1]（Schema Theory）的简单说明。图式理论证明了读者所具备的先备经验之重要性。简单地说，先备经验包括两方面：生活经验和相关的阅读经验。对阅读教材来说，教材中所谈论的经验是否为学习者所熟悉，是决定阅读理解成败的关键因素。

1　有关图式理论与篇章阅读的关系，详见张必隐：《阅读心理学》（北京市：北京师范大学出版社，2002 年），页 243-312。

（2）先备语言知识（心理词典）

阅读的认知过程证明了“每一次眼停，到底多少视觉信息被吸收，完全看大脑对信息的辨认程度而定。一般而言，大脑对它所熟悉的文字的辨认，远比它说不熟悉的来得高”（梁荣源，1992：11）。所谓对文字的熟悉其实就是读者对词的认知，也就是在自己头脑中的“心理词典中找到了与这个词相对应的词条，并使它的激活达到一定的水平”（张必隐，2002：66）。心理词典指的是“词的意义在人心理中的表征”（张必隐，2002：66）。简单地说，那就是读者经过一段时间的学习后经过长时记忆所积累下来的语言知识。换句话说，学习者在阅读时的先备语言知识是决定他是否能理解的条件之一。

（3）第二语言阅读理解与先备经验的关系

先备经验的重要性在第二语言阅读中所得到的关注程度更大。第二语言教学研究学者 Hudson（1988）曾经针对以英语为第二语言的高中学生进行过一个阅读测试，证明了在阅读时，为学习者所提供的三种协助：图式（schema）／先备经验、词语和篇章诠释之中，协助调动头脑里的图式／先备经验对初学者的理解来说，最为有效；对中级学习者来说，词语上的协助比较有效，而诠释篇章的协助只对高级学习者有效（Numan, 1999）。

总结以上所述，基于图式理论对阅读理解的重要意义，尤其是与第二语言阅读理解的重要作用，笔者建议教师把教材的题材、内容与学习者的经验、知识、智力摆在首要位置上，在编制阅读教材的题材和内容上务必注意教材是否能调动学习者的先备经验与知识，以及教材是否符合学习的智力水平：

- 教材里的题材是否是学生喜欢的题材（性别和年龄的差异会影响学生阅读的好恶）

- 教材里的内容是否与学生实际生活的关系密切
- 教材里的新知识点是否是建立在学生已知的知识基础之上
- 教材里的文化知识、传统价值观是否是第二语言学习者能理解的（第二语言阅读缺乏目的语的文化背景经验）
- 教材内容是否是学生的智力水平内所能理解的

以上是两个编制示例：

例子 1:《母亲节》（小学）

原文：

从孩子六岁那年开始，就给我庆祝母亲节了。每次他都静静地亲手制作贺卡给我。母亲节当天清早，他便一声不响地把贺卡送到我手中。贺卡上面写了简单贺语还画了两颗心和一朵花。

这时，孩子会害羞地说："我没钱买，所以只好自己做了。"我就对孩子说："你做的比买的还好。"

当孩子年龄较大以后，母亲节那天，我的礼物中多了一块蛋糕。有个这么懂事的孩子，我感到很开心。

修改后：

从我六岁那年开始，就给妈妈庆祝母亲节了。每次，我都静静地亲手制作贺卡给她。母亲节当天清早，我便一声不响地把贺卡送到她手中。贺卡上面写了简单贺语还画了两颗心和一朵花。

那时，我总是害羞地说："我没钱买，所以只好自己做了。"不过，妈妈总是就对我说："你做的比买的还好。"

我上中一那年的母亲节，妈妈的礼物中多了一块蛋糕。那天晚上，我偷听到妈妈在电话里对她的朋友说：“有个这么懂事的孩子，我感到很开心。”

例子 2：《美腿与丑腿》（富兰克林）

原文：

世界上有两种人，他们的健康、财富、以及生活都大致相同，结果，一种人是幸福的，另一种却不幸福。他们对物、对人和对事的观点不同，因此在他们心灵上产生的影响也不同，苦乐的分界也就在此。

一个人无论处于什么地位，遭遇总是有顺利有不顺利；接触到的人，总有讨人欢喜和不让人欢喜的；菜肴也有煮得好煮得坏；无论在什么地带，天气总是有晴有雨；无论什么政府，它的法律总是有好的，也有不好的；天才所写的诗文，里面有美点，但也总可以找到若干瑕疵。每一样事物，总可以找到优点和缺陷、长处和短处。

乐观的人注意的只是顺利的际遇、谈话之中有趣的部分、精制的佳肴、美酒、晴朗的天气等等。悲观的人所想的和所谈的却只是坏的一面。因此他们永远感到不乐，他们的言论大煞风景，个别的还得罪许多人，以致他们到处和人格格不相入。如果这种性情是天性的，倒是值得怜悯。假若悲观的人能够知道他们的恶习对于他们一生幸福有如何不良的影响，那么即使恶习已经到了根深蒂固的程度，也还是可以矫正的。这种恶习虽然只是一种态度，但是它却能造成严重后果，带来不幸。他们得罪了大家，大家谁也不喜欢他们。他们常常因此很气愤。他们如果想财富增加，别人谁也不会希望他们成功，没有人肯为成全他们的抱负而出力或出言。如果他们遭受到公众的责难，也没有人肯为他们的过失辩护或予以原谅；许多人还要夸大其词地同声攻击，把他们骂得体无完肤。如果这些人不愿矫正恶习，总是怨天尤人，为一切不可爱的东西寻烦恼，那么大家还是避免和他们交往的好。

我的一位研究哲学的朋友，时时避免和这种人亲近。他像一般哲学家一样，仅有一具显示气温的寒暑表，和一具预示晴雨的气压计。世界上还没有人发明什么仪器，可以使人一看便知什么人有这种坏脾气，因此他就利用他的两条腿：一条长得非常好看，另一条却因意外而呈畸形。陌生人初次和他见面，如果只谈起丑腿，不注意那条好腿，我的朋友就会决定不再和他交往。这样一副大腿仪器并非人人都有，但是只要稍为留心；有吹毛求疵恶习之流的一些行迹，大家都能看出来，从而可以避免和他们交往。因此我劝告那些郁郁寡欢的人，如果他们希望能受人敬爱，他们就不可再去注意人家的丑腿了。

修改后：

世界上有两种人，他们的健康、财富、以及生活都大致相同，结果，一种人是幸福的，另一种却不幸福。他们对物、对人和对事的观点不同，因此在他们心灵上产生的影响也不同，苦乐的分界也就在此。

一个人无论处于什么年龄，遭遇总是有顺利有不顺利；接触到的人，总有讨人欢喜和不让人欢喜的；例如：对学生来说，有时考得好，有时考得不理想；学校里有些活动是让人喜欢的，有些规矩却让你觉得深受束缚的。每一样事物，总可以找到优点和缺陷、长处和短处。

乐观的人注意的总是愉快的经历、谈话之中有趣的部分、生活中的好人好事等等。悲观的人所想的、所谈的却只是坏的一面，他们的眼睛，总是会放大自己和别人的缺点、夸大问题的严重性：测验考不好、脸上长了青春痘、同学之间暂时的不愉快都会被他们夸大成世界末日。因此，他们永远感到不快乐，他们的言论大煞风景，有的话还得罪许多人，以致于他们和别人格格不相入。这种凡事往坏处看的恶习是会能造成严重后果，带来不幸的。首先，他们得罪了大家，大家谁也不喜欢他们。其次，他们如果想要实现理想，别人谁也不会希望他们成功，没有人肯为成全他们的抱负而出力或出言。更严重的情况是，当他们招受到别人的责难，也没有人肯为他们的过失辩护或加以原谅；许多人还要夸大其词地同声攻击，把他们骂得体无完肤。他们常常因此很气愤，他们的性格也会变得越来越偏激，把问题看得更严重，世界也因此变得更加不美好。

如果这些人不愿矫正恶习，总是怨天尤人，为一切不可爱的东西寻烦恼，那么大家还是避免和他们交往的好。我的一位朋友，他虽然身体有缺陷，为人却十分积极乐观。在他的生活里，经常需要面对别人“异样的眼光”。为了解决问题，他发明了一副“大腿仪器表”：他利用他的两条腿：一条长得非常好看，另一条却因意外而呈畸形。陌生人初次和他见面，如果只谈起丑腿，不注意那条好腿，我的朋友就会决定不再和他交往。对我来说，他就像聪明的哲学家一样。

虽然这样一副大腿仪器并非人人都有，世界上也还没有人发明什么仪器，可以使人一看便知什么人有这种坏习惯。但是只要稍为留心、稍微运用一点智慧，我们还是可以很快地就看出有吹毛求疵恶习之流的一些行迹，从而可以避免和他们交往。因此，我劝告那些凡事悲观的人，如果他们希望能得到友谊，找到同伴，他们就不应该再去注意人家的丑腿了。

3 编制教学价值高（Exploitability）的阅读教材

由于课堂阅读教学时间的限制，阅读教材在“量”上不可避免的受到一定局限，因此，在编制教材时必须力求“质”的教学价值。阅读教材的教学价值包括：

- 综合多项语言技能的可能性
- 综合训练阅读能力，如知识性阅读、交际性阅读的可能性

- 综合训练各种阅读策略、阅读微技能的可能性
- 结合实际生活的阅读任务，进行功能性阅读的可能性
- 训练不同层次的思维能力的可能性

以下是两个编制示例：

例子 1：教学价值的扩大（小学）

1《不平凡的人》和我

原文：

我是一个不爱看电视的人。当时朋友们正在观看《不平凡的人》的节目，我原想只“看一眼”就走开，谁知我竟观看到终场。

节目的名称可能会给人一种误会，以为所介绍的都是“有头有脸”的人物。相反的，在节目中出现的都是一些平凡的人，如：靠拾纸皮养家的老婆婆；以口代手的画家。他们那种坚强的意志和生命力，实在令我敬佩和感动。

修改后：（语言结构、先备经验、阅读目的、阅读功能）

我要提名《不平凡的人》这个节目，作为今年的“最值得收看电视节目”奖。

我是一个不爱看电视的人。还记得那天朋友们正在观看《不平凡的人》的节目，我原想只“看一眼”就走开，谁知我却坐下来，看完长达一小时的节目。

节目的名称可能会给人一种误会，以为所介绍的都是“有头有脸”的人物。相反的，在节目中出现的都是一些平凡的人，如：靠拾纸皮养

家的老婆婆；以口代手的画家。他们那种坚强的意志和生命力，实在令我敬佩和感动。每次看完后，我都会从他们身上得到鼓励。

2 《致家长信》真实地呈现书面形式（增加教材价值：1.阅读目的、2.言语交际功能；阅读＋说话、阅读＋写作）

亲爱的家长：

我们诚意邀请您于二〇〇七年十一月十六日（星期五），出席本校一年一度的颁奖典礼。

明华小学校长启

二〇〇七年十一月二日

时间：下午三时至五时

地点：本校礼堂

节目安排：

时间	节目
3:00pm	校长致词
3:15pm	华族舞蹈表演
3:30pm	颁奖（一至三年级）
4:00pm	茶点时间
4:30pm	颁奖（四至六年级）
4:45pm	合唱团表演
5:00pm	结束

例子 2:《惊险的一刻》（初中）

在印度炎热的一个午后，有一位高贵的太太在山上的别墅里宴请宾客。大家围着桌子坐着，一面吃喝、一面说笑，宾主尽欢。忽然，坐在主人席上的女主人把年轻的女佣叫来，低声吩咐了几句话。女佣听了，脸颊上的红润刹那间褪尽，取而代之的是一脸的死灰色。女主人微笑地提醒呆立着的女佣："快去啊，别让客人久等。"，女佣回过神来以后，答应着急忙跑了出去。

"她太年轻了，又初来乍到的，反应比较慢。"女主人柔声地向满脸狐疑的宾客们解释道。

不一会儿，女佣三步并成两步地端来一大碗热牛奶，匆匆穿过客厅，把牛奶放在阳台上，客人觉得很纳闷。可是，女主人挺着纤细的腰肢，嘴上仍然有说有笑，眉宇之间，也丝毫不见异样。又过了一会儿，只听见"砰"的一声，宾客们回过头一看，只见女佣死死握着阳台的门把，阳台的门被紧紧关上，女佣跪坐在地上，大声地吐了几口气。

"好了，现在大家都安全了。"自入席以来，始终没移动过身子的女主人，这才轻轻地推开椅子，仪态万千地站了起来。

当宾客们终于知道事情的经过后，大家不由得都吓了一跳，面面相觑。

女主人轻描淡写地叙说着刚才那惊险的一刻："眼镜蛇来的时候，我不敢惊动它，也不敢告诉你们，只好装作没事。因为眼镜蛇喜欢喝牛奶，所以我让人把一碗热牛奶放在阳台上。它一闻到牛奶味，就会跟去。女佣看到眼镜蛇到阳台去喝牛奶了，就马上把门关起来了。"

一位女宾客问："你是怎么知道眼镜蛇就在桌子底下的？"

女主人盈盈地笑了："我能不知道吗？眼镜蛇就盘在我的脚上呀！"

另一位男客人说："你为什么不喊我们帮忙呢？"她说："我一喊，你们必定会慌乱起来，大家一动，蛇受了惊，只要咬一口，我的命就完了。"

4 注意阅读教材的可读性（readability）／难易度

所谓的可读性，所针对的并不是教材内容的教育性，而是教材的语言形式：结构与修辞的难易程度（the combination of structural and Lexical difficulty）（Nutall, 2005）。教师可以利用以下两点来检查阅读教材的的难易度：

（1）生词量[2]

生词量（以篇章中的词汇量来计算）	程度	编制建议
少于 5%	学生能够自己轻松阅读的	1.精读教材： 交际性阅读 （例如：推论性、分析性、创意等高层次阅读训练） 2.泛读教材／课外阅读教材 （例如：大量阅读、快速阅读、消遣性阅读）
介于 5%—7%	学生必须在教师指导下才读得来的	精读教材： 1.知识性阅读 2.交际性阅读教材 （例如： 1.掠读、寻读训练等不需要每一个词都了解的阅读 2.上下文推断微技的训练）
高于 10%	学生一读就厌倦，不愿再读下去的	宜加工改写： 1.减少生词； 2.加上下文推断的语境／词语

2 此表在梁荣源《阅读教学：理论与实践》，页 149 以及 Christine Nuttall, Teaching Reading Skills in a Foreign language，《外语阅读技巧教学》页 175 的基础上加工、综合而成。

必须注意的是；在阅读教材的编制上，严格控制生词量是绝对必要的：生词量越低越好；如果生词是不可避免的，必须注意是否有足够的线索；例如词语结构、语境来协助生词。因为（Nutall, 2005）：

- 阅读的目的在于迅速提取意义，不在学习语言知识
- 在能完全理解的篇章里学习、吸收生词才是有效的

（2）语言结构

篇章的语言结构，例如：句式、语篇结构会影响阅读理解的效度。

- 词语：原则上，单音节词比多音节词容易理解（Nutall, 2005）。现代汉语词以双音节为主，学习者因此对双音节词比较熟悉，也比较容易理解。现代汉语词比古代汉语词（成语、歇后语、惯用语等）容易理解
- 句式：单句比复句容易理解。在复句中，出现虚词的比虚词省略的容易理解。在一个段落中，句子越少，越长，越难（Nutall, 2005）。（例如：小学低年级新教材中，以一个由三个或以上的短语形成的复句，所组成的一个段落的情况十分普遍；这对阅读理解和表达应用都不利。笔者建议，如果学生在阅读上有困难，教师可以注意设法将它们简化为较简单的复句（两个短句组成的复句）、单句，并加工之
- 段／篇结构：具象、直接的段篇结构比抽象、间接的容易理解。例如：时空／顺向、总分结构、并列结构较容易理解；逆向时空与事理结构较难理解。教师在编制阅读教材时，宜注意学习者的认知思维发展阶段与段篇结构之间的关系，例如：时空、总分、并列结构的语篇编制在前，事理结构的语篇编制在后；在时空、总分、并列篇中加入事理结构段，然后再编制事理结构篇

- 修辞手法：消极修辞，叙述为主的段篇比积极修辞、描述为主的更容易理解

以下是两个编制示例：

例子 1:《那该有多好》小二华文 / 深广

要是有一种帽子，有**香味**，能**引来**许多**蝴蝶**，在我身边跳舞，那该有多好!
要是有一种衣服，有**弹性**，当皮球踢到我身上时，一点儿也不痛，那该有多好!
要是有一种鞋子，我穿上它，轻轻一跳，就能飞过高山，那该有多好!
要是有一种手表，我戴上它，就能到**未来**的世界去，那该有多好!

可读性分析:

1. 生词量：3%以下。
2. 修辞：消极修辞（叙述为主）

存在问题:

1 抽象生词："引来、弹性、未来"
很难理解，缺乏足的够理解推断词义的语境。

2 句、段、篇结构过于复杂

2-1 句子：4 个短语组成一个复句：1."要是（如果）有……就／能……"2.祈使句："那该有多好!"

2-2 段落：一个复／长句组成一个事理段落。

2-3 篇：4 个事理段组成一个并列篇。

修改后：

要是有一种帽子，有**香味**，就能**引来**许多**蝴蝶**，在我身边跳舞。那该有多好啊！
要是有一种鞋子，有**弹性**，我穿上它，**轻轻一跳**，就能**飞过高山**。那该有多好啊！
要是有一种衣服，我穿上它，就能**保护**我，**跌倒**了**不会受伤**。那该有多好啊！
要是有一种手表，我戴上它，就能到**未来**的世界去，看到我**长大**后的样子。那该有多好啊！

例子 2：《彩蝶》（中学）

原文：

那是个阳光明媚的下午，我独自漫步在幽静的花园里。美丽的花丛中，许多自由自在的彩蝶正在尽情飞舞。我是那么喜欢它们，企盼着能够捕捉到一只。不久，在战胜了彩蝶的灵敏和机智之后，我终于如愿以偿。看着自己手中费了九牛二虎之力才得来的彩蝶，我是何等的兴奋与惬意！

我小心翼翼地捏住彩蝶，但它拼命挣扎，使我根本无法看清它双翼的花纹，更谈不上欣赏，心中不免有些怅然若失。即使这样，我始终不甘心放手。我天真地以为，它微薄的力量支撑不了多久，一定会乖乖就擒的。可是我错了，时间一分一秒地过去，它却没有丝毫 “休息”的意思，仿佛与我抗争到底……顷刻间，我分明感到手中那股生命的力量，它虽不是很强大，但那种矢志不渝的决心和意志深深震撼了我。我的手开始颤抖，变得无力。我明白，这样僵持下去，我最终只能得到一只没有生机与活力的死蝶。

可读性分析：

1. 生词量：超过 10%；有 3-5 个生词的句子；
2. 生词：出现频率不高的书面语词、多音节词、成语

那是个阳光**明媚**的下午，我独自**漫步**在**幽静**的花园里。美丽的花丛中，许多自由自在的彩蝶正在尽情飞舞。我是那么喜欢它们，**企盼**着能够**捕**捉到一只。不久，在战胜了彩蝶的**灵敏**和**机智**之后，我终于**如愿以偿**。看着自己手中**费了九牛二虎之力**才得来的彩蝶，我是**何等**的兴奋与**惬意**！

我小心**翼翼**地**捏**住彩蝶，但它拼命**挣扎**，使我**根本**无法看清它双**翼**的花**纹**，更谈不上欣赏，心中**不免**有些**怅然若失**。**即使**这样，我**始终**不甘心放手。我天真地以为，它**微薄**的力量**支撑**不了多久，一定会**乖乖就擒的**。可是我错了，时间一分一秒地过去，它却没有**丝毫**“休息”的意思，**仿佛**与我**抗争**到底……**顷刻间**，我**分明**感到手中那**股**生命的力量，它虽不是很强大，但那种**矢志不渝**的决心和意志深深**震撼**了我。我的手开始**颤**抖，变得无力。我明白，这样**僵持**下去，我最终只能得到一只没有**生机**与活力的死蝶。

（书面语词多、复句多）

3. 句子：全篇由复句组成

3-1 两个短语的复句：

（1）简单句

1. **那**是**个**阳光明媚的**下午**，**我**独自**漫步在**幽静的**花园里**。
2. 美丽的**花丛中**，许多自由自在的**彩蝶**正**在**尽情飞舞。

3. **我**是那么**喜欢它们**，企**盼**着**能**够捕**捉到一只**。
4. **我的手**开始**颤抖**，**变得**无力。

（2）难句

1. **看着**自己手中费了九牛二虎之力才得来的彩蝶，**我是何等的**兴奋与惬意！（**看着**自己手中费了九牛二虎之力才得来的彩蝶，我的兴奋与满足是非笔墨所能形容的！）
2. **即使**这样，我**始终**不甘心放手。（**即使**这样，我**却**不甘心放手。）

3-2 三个短语的复句：

（1）简单句

1. 不久，**在**战胜了彩蝶的灵敏和机智**之后**，我**终于**如愿以偿。
2. **我**天真地**以为**，**它**微薄的力量**支撑不了多久**，**一定**会乖乖就擒的。

（2）难句

1. 我明白，这样**僵持**下去，我**最终只能得到一只没有生机与活力的死蝶**。（我明白，**这样下去**，我**最终所能**得到的，只能是一只没有生机与活力的死蝶。）

3-3 四个短语的复句／难句：

1. 可是我错了，时间一分一秒地过去，它却没有**丝毫**“休息”的意思，**仿佛**与我**抗争**到底……（1. 可是我错了！2. 时间一分一秒地过去，它却没有**丝毫**“休息”的意思，**仿佛**与我**抗争**到底……或：1. 可是我错了！2. 时间一分一秒地过去，它却没有**丝毫**“休息”的意思……3. 它**仿佛**与我**抗争**到底……）

3-4 五个短语的复句／难句／生句：

1. 我小心翼翼地捏住彩蝶，**但**它拼命挣扎，**使**我**根本**无法看清它双翼的花纹，**更**谈不上欣赏，心中不免有些怅然若失。（**我**小心翼翼地**捏**住**彩蝶**，**但**它却拼命挣扎！我根本无法看清它双翼的花纹，**更**谈不上欣赏，心中不免有些怅然若失。）
2. 顷刻间，**我**分明**感到**手中那股生命的**力量**，它虽不是很强大，但那种矢志不渝的决心和意志深深震撼了我。（1. 顷刻间，我感受到手中那股强大的生命的力量……2. 彩蝶不断扇动着翅膀，力量虽然不是很强大，却足以让我感受它要从我的手掌飞出去的决心。3. 终于，它这份矢志不渝的意志深深震撼了我。）
3. 修辞手段：以积极修辞为主（较难）

那是个**阳光明媚的下午**，我**独自漫步**在**幽静的花园**里。**美丽的花丛**中，许多**自由自在的彩蝶**正在**尽情飞舞**。我是**那么喜欢**它们，企盼着能够捕捉到一只。不久，在战胜了**彩蝶的灵敏和机智**之后，我终于如愿以偿。看着自己手中**费了九牛二虎之力**才得来的彩蝶，我是**何等的兴奋与惬意**！

我**小心翼翼地捏住**彩蝶，但它**拼命挣扎**，使我**根本无法**看清它双翼的花纹，更谈不上欣赏，心中**不免**有些**怅然若失**。即使这样，我始终不甘心放手。我天真地以为，它**微薄的力量**支撑不了多久，一定会**乖乖就擒**的。可是我错了，**时间一分一秒地过去**，它却**没有丝毫"休息"的意思**，仿佛与我抗争到底……**顷刻间**，我**分明感到**手中那股生命的力量，它虽不是很强大，但那种**矢志不渝的**决心和意志**深深震撼**了我。我的手开始颤抖，变得无力。我明白，这样僵持下去，我最终只能得到一只**没有生机与活力的**死蝶。

修改后（生词、生句、难句、段落）：

那是个阳光灿烂的下午，我独自在幽静的花园里散步。美丽的花丛中，许多自由自在的彩蝶正在尽情飞舞。我是那么喜欢它们，希望着能够捕捉到一只。不久，在战胜了彩蝶的灵敏和机智之后，我终于如愿以偿。看着自己手中费了九牛二虎之力才得来的彩蝶，我万分兴奋与满足！

我小心翼翼地捏住彩蝶，但它却拼命挣扎！我根本无法看清它翅膀上的花纹，更谈不上欣赏，心中有些怅然若失。即使这样，我却不甘心放手。我天真地以为，它微薄的力量支撑不了多久，一定会乖乖听话的。可是我错了！时间一分一秒地过去，它却完全没有“休息”的意思，仿佛与我抗争到底……刹那间，我感受到手中那股强大的生命的力量……彩蝶不断扇动着翅膀，力量虽然不是很强大，却足以让我感受它要从我的手掌飞出去的决心。终于，它这份矢志不渝的意志深深震撼了我。我的手开始发抖，变得无力。

我明白，这样下去，我最终所能得到的，只能是一只没有生命的死蝶。

（3）有关较长的阅读教材难易度的判断方法有两种：

- “可读性指数”计算法（Readability Index）：

梁荣源在英文阅读的“可读性程序”（Readability Formulae）的基础上，提出中文阅读的可读性测量方法：

✓ 抽出开头、中间、结尾部分各200字[3]

---

3 根据梁荣源师的口头解释：英文文本的计算方法是每100个词（words），现根据中文文本以双音节词为主的特色，修改为200字。

✓ 计算上述三部分有多少句；将总句数除以三，所得的数目越大，表示短句多，较容易理解；相反的，数目越小，表示长句越多，阅读难度则较高

- "完形"测量法（Cloze Test）：

✓ 选一篇你主观上认为比较困难的文章／或书的某一部分，约200字

✓ 开头第一、二句保持原样，以便让学生对该文有基本的认识。接下去，有规律地每隔一定字数，例如把第5、7、9、10个字删除（新加坡王秀莲（Leong）的研究发现：字比词更合适、第10字最有效），涂成空白（如果删除的字是个数目字，则移后一个

✓ 让学生在限定的时间里，阅读一遍后，完成填字活动

✓ 记分方法以填对一个得一分，所填的字与原文完全一样，或与原文不一样，但语义、语法上可以接受的，也算对（梁荣源a）

教材的难易度标准如下（Nutall, 2005）

填对率	阅读能力	教材建议
45%以下	受挫性阅读	不适合该年级／学生群
45%	无法独立阅读	课堂阅读教材
60%以上	独立阅读	泛读教材（教材题材与学生的先备经验、知识越密切，越能帮助克服阅读难度）

5 在编制长时间、多篇的阅读单元与课程时，必须注意教材的多样化，变化阅读教材的形式

阅读教材的形式包括：

- 不同表达体裁的实用文：记叙、描写、说明、议论
- 真实生活的阅读材料：例如社会生活阅读材料，如：报章新闻、评论、广告、通告、公函、启事；私人生活阅读材料，如：日记／部落格、便条、手机简讯、书信／电邮等
- 不同体裁的文学作品，如：歌词／儿歌、童话、寓言、神话、诗歌、散文、诗歌、剧本等

以下，是两个编制示例：

例子 1：书信（小三）

亲爱的叔叔：

昨天收到您的来信，全家人都很开心。您说美国现在是秋天，天气转凉，记得多穿些衣服哦！

昨天是国庆日。爸爸有四张庆典的入门票，所以我们全家都到滨海湾参加了**前所未有**的水上国庆庆典。

我和弟弟都很兴奋，因为新加坡从来都没有在“水上”举行国庆庆典。我们在庆典上观看了舞蹈表演，听了爱国歌曲。我最喜欢看的是放烟花。

那天爸爸拍了好多照片，冲洗好后，我会寄给您。记得有空多给我写信哦！

祝您

工作愉快

侄儿　国强

8 月 10 日

例子 2：日记

6 月 16 日　　星期六

今天，爸爸带我们一家人到东海岸公园去。我们一早就出发。到了那里，已经有很多人在游泳、溜滑轮和骑脚踏车了。弟弟要学骑脚踏车，爸爸便教他。我和妈妈在沙滩上边走边拾贝壳。到了中午，我们就离开了东海岸公园，到小贩中心去吃午餐了。

例子 3：故事（记叙体 / 总分＋时间结构、名人故事“爱迪生”）

小男孩从小就爱动脑筋，常常想出一些好主意。有一次，他靠自己的聪明救了妈妈的命。

那一年，妈妈突然肚子痛。爸爸连忙赶去请医生。太阳快下山的时候，医生才来。医生说妈妈得了急病，来不及送去医院，要马上做手术。可是房间光线太暗，医生没法做手术。大家都很着急。

突然，小男孩奔出大门，不一会儿，他带着几个朋友回来了，他们每人手里都拿着一面大镜子。小男孩让朋友们站在油灯旁边，由于镜子把光聚在一起，房间一下子亮起来了。最后，医生成功地救了妈妈。

这个小男孩就是发明家—爱迪生。

三　总语：未来阅读教材的设计与发展方向

随着阅读教学在二十一世纪新型社会里的新需要，阅读教材的编制也将出现重大转变，这对新加坡华文阅读教材的编制也将有一定的影响。现简单整理如下：

1. 重视学习者在阅读上的心理需要，比如：阅读兴趣和阅读需要
2. 重视学习者的先备经验与知识对阅读的作用，尤其是第二语言学习的需要
3. 重视不同类别教材的不同作用，例如真实信息类语文学教材 并重
4. 重视在内容、呈现形式都具有实际功能的真实性阅读教材
5. 重视交际性阅读能力的训练，例如阅读策略、阅读技巧
6. 重视泛读的实际需要与综合理解的功能
7. 重视在阅读中发展高级认知思维能力
8. 重视华语文第二语言阅读教材的专项设计与发展

新加坡英文与华文教材比较研究
——以小学低年级教材为例

一 引言

自一九六五年建国以来，新加坡就实施为期十年的强制性双语教学[1]：英语和母语[2]。双语教学推广迄今，已有四十余年。在这四十年来，随着社会语言环境和国家语言政策的变化，以及不同时代的语言教学观之影响，新加坡的双语教材也一直在推陈出新。笔者以为，新加坡乃世界上极少数自上世纪六〇年代开始便从儿童时代开始实施双语教学的国家，其双语教学经验具有参考价值的。因此，整理、分析新加坡的双语教学经验，具有一定的学术意义。本文旨在分析、比较、并归纳出新加坡英语和华语教材编制上的特点，以作为未来双语教学的参考。

二 问题探究

本研究乃一项小规模先导研究（Pilot Study），在教材编制的理论基础上，以新加坡小学低年级英语和华语教材为对象，以“后设语言研

---

1 新加坡的双语教学从小学一年级开始至中学四年级止。中间须经过两次全国性考试鉴定：小学六年级年终的“小学离校会考”（Primary School Leaving Examination）和中学四年级年终的 GCE‘O'水准离校会考。两次考试都必须达标才可以继续升学。

2 新加坡教育中的“母语”定义与应用语言学上的母语概念不同。在新加坡，母语即指各族群群体内的共同语，如华族的母语为华语，巫族的母语为马来语，印度族的母语则包括包括淡米尔语、印地语、旁加普语等。

究”中的“分析法”（周庆华，2004）和问卷调查者两种方法，针对以下的两个问题进行初步的比较分析:

（1）新加坡小学英语和华语语文教材在编制理念、体例、方法和内容上各有什么特色？

（2）新加坡华文教师对英、华教材有何看法？

三 文献综述

有关教材编制有很多讨论。首先，在英语教材编制的讨论方面，Sandra Silberstein（2005）提出以英语为目的语的编制教材必须注意学生需要（Reading needs）、学生能力（Students abilities）、教材真实性（Authenticity）。Christine Nuttall（2000）则认为教材编制原则的顺序为：教材内容的适当性（Suitability of Content）、教材的可应用价值（Exploitability）、教材的可读性（Readability）、多样化（Variety）、教材的真实性（Authenticity）、教材的呈现形式（Presentation）（Nutall, 2000）。后来，Brain Tomlinson 和 Hitomi Masubara（2004）进一步整理并总结出当代英语教材编制的几项原则（Principled Materials Adaption）:

- 必须与学习者之间产生情感联结
- 必须紧扣学习者的学习需要与学习欲望
- 必须照顾到不同学习者的学习特点
- 必须提供丰富和可理解的内容
- 语言教学必须能让学习者在具“意义”的沟通过程中同步拓展非语言（知识和技能）的学习
- 教材编制必须注意已知与未知知识和经验之间的联结、学习者所学与其生活经验之间的联结、当下经验与未来价值观之间的

联结

- 必须注意有重点、有意义、有目的性之重复

另一方面，中、台、港、新四地也都于上世纪八〇、九〇年代起，掀起了语言教学改革浪潮，有不少教材编制的学术讨论。其中，倪文锦[3]以中国大陆语文教材编制为例，提出教材编制需突破传统“文选型”语言教材模式，并提出中国语文教材编制应该注意的几个事项：

- 加强专业基础理论建设
- 重视学习者的认知发展需要
- 知识与能力发展并重
- 分级、系统化的教学
- 密切联系生活的实际应用
- 充分尊重学生的兴趣爱好

台湾方面有赵镜中对台湾国语实验教材经验总结出以下几项原则[4]：

- 语文学习是奠基于完整的生活经验中
- 在真实而丰富的语文环境中才能真正学会语文
- 语文是社会互动的工具
- 语文学习是自然的
- 思维是语文的基础
- 教学的目的在于让学生学会如何学习
- 语文学习成功的因素在于对儿童有信心

新加坡梁荣源（1992）则提出语言教材编制的七项原则：

---

3 详见网址：http://chinese.cersp.com.sJsys/200605/1788.html，《突破“文选型”语文教材模式的多向思维》一文。

4 详见网页：http//203.71.239.23//naerResource/study/39/3-1.html，《国语试验教材简介》

- 阅读难易度
- 结构
- 内容/题材与学生语文程度与知识、经验和智力
- 形式
- 教学价值
- 原著与改写
- 设计方式（附加教材部分：提问与活动设计）

此外，笔者于二〇〇八年初以现行新加坡小学低年级华文教材为例，按西方第二语言教材编制原则，进行了一次儿童第二语言教材编制原则的先导研究调查与分析，[5] 初步的分析结果是：

- 先备经验与知识对儿童第二语言阅读最重要；适当的先备经验和知识可以减轻语言形式（生词量、词语复现率、句子长度、复杂度）所带来的阅读压力；换言之，最能帮助儿童有效学习语言的第二语言阅读教材必须是能配合儿童的先备经验和知识的
- 教材的信息量必须注意 7 加减 2 的短时学习量原则
- 充足的语境信息量能帮助儿童第二语言阅读者理解内容；换言之，传统上以字数的多寡为教材编制原则的做法需要调整
- 思维认知层次较高的教材要能成为第二语言阅读教材，必须注意语境信息量是否足以激活阅读者的“图式”

5 此一调查结果曾于 2008 年亚洲太平洋地区语文教学与发展国际学术研讨会上，以《儿童第二语言阅读需要与教材编制调查研究——以新加坡小学低年级阅读教材为例》发表过；以及在 2008 年“中国语文课程改革中的有效教学与教师行为”国际研讨会，以《从第二语言学习的需要谈阅读理解篇章的编制——以新加坡小学低年级阅读理解教学为例》发表。此调查结果也收录在本论文集中：《浅谈儿童第二语阅读教材的编制原则——以新加坡小学阅读教材为例》。

因此，笔者根据上述四点儿童实际的阅读需求，整理出儿童第二语言教材编制的三大原则，依序为[6]：

- 教材内容/经验的适当性
- 语境信息的适当性
- 教材语言形式的可读性

总结以上所述，英语和华文语言教材的编制原则均已逐渐科学化、系统化；主要可归纳为四点：

- 教材内容/经验的适当性
- 语境信息的适当性
- 教材语言形式的可读性
- 教材的可应用性

笔者将在本文的后半部中根据此四项原则来讨论新加坡小学英文和华文教材的编制。

四　研究对象、研究范围、研究方法和研究局限

（一）研究对象

本研究以新加坡小学低年级英语和华语教材为对象，选择最近期的小学教材：英语教材为二〇〇一年版[7]，华语教材为二〇〇七年版。

6　胡月宝《从第二语言学习的需要谈阅读理解篇章的编制——以新加坡小学低年级阅读理解教学为例》（论文正在提呈中，尚未正式出版。）

7　自 2001 年起，新加坡教育部决定开放教材出版，英文教材改由民办出版社出版，一共有三套。在本文中，笔者所选取的是实用率最高的教材：Judy Ling & Anne Smith, *English--My Pals are Here!* (Singapore, Marshall Cavendish Education, 2001.)

（二）研究方法

在研究方法上，笔者双管齐下，一方面采后设语言研究中的分析法，按语言教材编制的理念、体例、方法和内容四方面为英、华教材进行比较分析；另一方面，也以教材编制的四种基本原则：教材内容和经验的适当性、语境信息的适当性、教材语言形式的可读性和教材的可应用性为基础，并参考 Brain Tomlinson 和 Hitomi Masubara 的教材编制细目，编制了一份包括上述四项原则、一共 15 题的问卷，以一个单元的英文教材（小二 A 单元 4："Story"）和华文教材（小二 B 第 7 课：《有趣的故事》）为例子，以 30 名年轻教师为对象，展开问卷调查；最后，将教材内容分析结果与问卷调查结果结合以及进行综合与归纳。

（三）研究局限

本论文乃小规模先导研究，探讨范围仅局限于新加坡小一、小二英语和华语教材，而问卷调查也属小规模调查，调查分析结果仅能作为参考。

五　分析结果

（一）英语和华语教材编制对比分析

1 编制理念

在编制理念上，英、华教材都强调以学生为中心、语言的实用性与交际需要，以及综合性语言学习，让学生在实践中学习语言等重要原则；两者之间的差异则表现在英语教材强调注重学生自主性、全面性、综合性、交际性和螺旋式进展的技能与知识学习过程；华语教材则强调尊重个别差异："华文课程应重视学生的个别差异，为来自不同语言背景、具有不同语言能力的学生提供不同的选择。"（教育部课程规划发展司，2007：4）表 1 列示了新加坡小学英语、华语课程之设计理念：

表 1 新加坡小学英语、华语课程之设计理念

英语教材（English Language Syllabus, 2001）	华语教材（教育部课程规划发展司，2007）
以学生为中心	兼顾语言能力的培养与人文素养的提高
注重学习过程	注重华文的实用功能
技能综合学习	遵循语言学习的规律，提高学习效益
情境化学习	重视个别差异，发掘学生潜能
螺旋式进展	培养积极、自主学习的精神
交际中学习	发展学生的思维能力

英、华教材设计理念之差异主要源于新加坡的双语教育政策。首先，英语教材所依据的理念有二：一、英语是新加坡社会中的主要行政、教育、经济、科技用语，也是环球化的主要沟通语言；是新加坡人获取信息、知识的主要媒介语（English Language Syllabus, 2001）；二、西方语文教育坚信语文是建构意义的系统，主要功能在于沟通和表达，语言沟通过程中有具体的对象、目的、语境和文化（English Language Syllabus, 2001）。在这两大理念支持下，英语教材因此采取功能导向、学生中心、四技并重、真实语境、综合学习的编制原则。至于华语教材的编制则主要依循二〇〇四年"华文课程与教学法检讨委员会报告书"里的五项调查结果：一、母语使我们产生种族认同、文化自信、保留亚

洲文化和传统价值观；二、华文是华族的母语，随着中国环球影响力的提升，华文的用途必将与日俱增；三、要求大部分学生同时掌握好英语和母语是不太实际的、大部分学生应注重有效的口语交际及阅读训练；四、新加坡社会语言环境改变，家庭用语逐渐趋向于英语，因此必须正视一般学生之间的差异，为来自不同家庭背景、运用不同语言而能力才知又各不相同的新生制定不同的课程；五、华文教学有待解决的最大问题是学生缺乏学习华文的兴趣（华文课程与教学法检讨委员会报告书，2004)。这些调查结果对小学华语教材编制产生了一些指标性意义的影响：一、小学华语新教材采取能力导向的单元编制；二、在技能上偏重听说、阅读的语言技能；三、在内容上重视教材的趣味性，四、注重族群文化认同、传统价值观的内容。

2 编制体例

整体而言，英、华教材在编制上分别采取了功能导向和能力导向两种不同的编制方法，两者所依据的理论显然有所不同，前者所依据是交际功能教学理论（Communicative Approach)，而后者则含有差异教学（Differentiated Approach）的概念，初步迈向以能力递进为方向的教材设计。

英语教材以语言功能（单元主题）为纬，语言四技为经，循环穿插语言知识：词汇、语法、语音的内容。此外，英语教材 1A、2A 以知识概念为学习重点，在 1B 和 2B 教材里则加入了技能教学的概念：文类阅读和写作、口语交际。详见表 2A：

表 2A 小学低年级英语教材编制体例

小一 A	小一 B	小二 A	小二 B
知识主导	**加入技能概念**	**知识主导**	**加入技能概念**
阅读理解（生活信息阅读为主，文学阅读为辅）	文类阅读（不同文类的阅读技能）	阅读理解（生活信息阅读为主，文学阅读为辅）	文类阅读（不同文类的阅读技能）
词汇教学（实际生活中的常用词）	词汇教学（实际生活中的常用词）	词汇教学（实际生活中的常用词）	词汇教学（实际生活中的常用词）
语法教学	语法教学	语法教学	语法教学
写作（实际生活中的写作）	写作（不同文类的写作）	写作（实际生活中的写作）	写作（不同文类的写作）
延伸阅读书单（2 本）	延伸阅读书单（2 本）	延伸阅读书单（2 本）	延伸阅读书单（2 本）
语音教学	语音教学	语音教学	语音教学
	口语交际		口语交际

相对于英语教材，华语教材以概念主题为环形设计，在每一单元里贯穿能力导向的单元化（Modular Approach）设计概念，按学习者的语言能力将教材分为导入、核心和深广三单元。导入单元以词、句为听说和识读的语言单位。核心单元以 2 个语篇为语言单位，主要是在阅读中随文识词、并将生字词句列示在课文后面；核心单元另外编制了“语文天地”，这是一个辅助主课文的语文学习活动，内容有两方面：一是汉字辨认和词语搭配，二是听说技能的练习。深广单元则编选了一个语篇，采泛读概念，以趣味为选篇原则来编选教材，不特别列示生字词。详见表 2B：

表 2B　小学低年级华语教材编制体例

能力导向单元设计	小一 A	小一 B	小二 A	小二 B
	入学教育：听说			
	1 汉语拼音知识			
	2 听说教学（句型）			
	3 识字			
	4 读一读（短句、儿歌）			
导入	1 听说（词、基本句子）	1 听说（词、基本句子）	1 听说（词、基本句子）	1 听说（词、基本句子）
	2 认字	2 认字	2 认字	2 认字
核心	1 课文（儿歌、儿童故事）：识读、识写生字	1 课文（儿歌、儿童故事）：识读、识写生字	1 课文（儿歌、儿童故事）：识读、识写生字	1 课文（儿歌、儿童故事）：识读、识写生字
	2 我爱阅读（儿歌、故事）识读、识写生字	2 我爱阅读（儿歌、故事）识读、识写生字	2 我爱阅读（儿歌、故事）识读、识写生字	2 我爱阅读（儿歌、故事）识读、识写生字
	3 语文天地： 1 辨字 2 词语搭配 3 听说	3 语文天地： 1 辨字 2 扩词、辨词 3 扩句 4 听说	3 语文天地： 1 辨字 2 扩词、辨词 2 扩句 3 听说	3 语文天地： 1 辨字 2 扩词 3 句型 4 听说
深广	阅读（儿歌）	阅读（儿歌）	阅读（儿歌）	
	语文天地：（词语搭配、短句）	语文天地：识词、说、唱、演	--	--

3 编制方法

在编制方法上，笔者将沿着主题单元编制和教材组织架构来讨论：

3-1 主题单元编制

近年来，语文教学重视学习者经验与文本经验之间的联结互动，强调通过创设能联系学习者的实际生活经验的情境，让学习者将自己的经验带到语文教材中，进而在情境中循环技能和知识，建构新的技能和知识（Contextualization）。以儿童语文教材来说，情境化主题单元（Thematic unit）是一个被公认是较有效，也被广泛使用的编制方法。新加坡小学英、华教材亦采取了此一编制方法。

首先，英语教材以真实性生活情景为单元主题。在功能导向的编制原则下，英语教材之情境化单元主题以实际社会生活情境为主，循环四技的应用。每一个单元都是在真实的生活情境中，在“主题”的统摄下，将世界和生活知识、语言技能、语言知识和儿童趣味融为一个整体。详见表 3A：

表 3A　小学低年级英语教材主题编制

年级 / 单元	小一 A	小一 B	小二 A	小二 B
01	Go to School（上学）	Let's Go Shopping（让我们去购物吧？）	The Things We Wear（我们穿戴的衣物）	Sounds（声音）

年级 / 单元	小一 A	小一 B	小二 A	小二 B
02	My Family and Friends（我的家人和朋友）	A Day At the Zoo（动物园一日游）	Wishes and Dreams（愿望与梦想）	Where Do They (animal) Live?（动物住在哪里？）
03	Colours, Shapes and Sizes（颜色、形状和大小）	Getting Around（到处逛）	Writing is Exciting（写作真好玩）	The World of Colours（颜色的世界）
04	Caring and Sharing（关怀和分享）	What do We Wear?（我们穿戴什么？）	Once Upon a Time（很久以前）	The World of Plants（植物的世界）
05	Where I Live（我住在哪里？）	The Calendar（日历）	Holiday Time（假期时光）	Hobbies（嗜好）
06	Jobs People do（人们的工作）	The Weather（天气）	Helping out（助人）	Are You Hungry?（你饿了吗？）
07	On the Farm（农场上）	More about Friends（朋友）	Feelings（感觉）	We can make Things（我们可以创造）
08	What is in the Garden?（花园里有什么？）	Let's Celebrate（一起庆祝吧）	What was It (old things) like Then（过去的样子）	Sports and the Games We Play（运动和游戏）

相对而言，华语教材以生活概念为单元主题。华语教材的单元主题以“概念”为单元主题，主要有三类概念：一、儿童的生活经验和需要类，占 59%；二、价值观类，占 30%；三、华语文的语言文化概念，

占 11%。此一概念单元主题背后的理念是“华文课程应为学生打好语文基础，培养学生的听说能力、识字与写字能力、阅读能力、写作能力和综合运用语言技能的能力。华文课程还应强调华族文化的传承及品德情操的培养，以提高学生的人文素养。”（教育部课程规划发展司，2007）详见表 3B：

表 3B　小学低年级华语教材主题编制

课文编序	小一 A	小一 B	小二 A	小二 B
第 1/6/1/13 课	上学校（类一）	游戏（类一）	成长（类一）	分享（类三）
第 2/7/2/14 课	文具（类一）	爱国（类三）	益智故事（类一）	趣味故事（类一）
第 3/8/3/15 课	汉字（类二）	爱家（类三）	新年（类二）	学华语（类二）
第 4/9/4/16 课	动物（类一）	学校生活（类一）	愿望（类一）	生活技能：解决问题（类一）
第 5/10/5/17 课	身体部位（类一）	运动（类一）	儿童的想象（类一）	过去/现在的新加坡（类三）
第-/6/6/18 课	--	卫生观念（类三）	游戏（类一）	大自然（类一）
第-/7/7/19 课	--	水（类一）	食物（类一）	互助（类三）
第-/8/8/20 课	--	颜色（类一）	专心（类三）	动物故事（类一）
第-/9/9/21 课	--	数字（类一）	文具（类一）	品德教育（类三）

课文编序	小一 A	小一 B	小二 A	小二 B
第-/10/10/22 课	--	人格教育（类三）	家国（类三）	海（类一）
第-/-/11/-课	--		礼让（类三）	
第-/-/12/-课	--		友情（类一）	

3-2 教材组织架构

在组织架构上，英语教材是整体性、综合性的学习架构；华文教材则是分层性、文选式的学习架构[8]。

首先，英语教材以整体融合方式来组织教材。在教材的主题单元中，语料，包括语音、词汇、句子、段落、语篇是在语言技能的带动下，大量的图画配合下融合成一个相对庞大的整体。在每一个单元里，以一个主角的活动来引领学生进入不同语言技能、语言知识的学习。详见表 4A：

表 4A　英语教材单元设计（unit one）示例

语言教学项目	小二 B
	Sounds（声音）
Reading 阅读	Sounds (poem)
Text Type 语体	Poems（诗歌）
Vocabulary 词汇/ Grammar 语法/ Language for interaction	1. Onomatopoeic words associated with the town（小镇里的拟声词）: clicketty-clack, beep, honk, bang, toot, thump. 2. Onomatopoeic words associated with the forest（森林

8　华文教材里的主题“概念”上的类似，内部的有机编制还须进一步调整；尤其是在一些个别单元里的选文也没有遵守同一/相近“课题”的原则，出现编制松散的问题，例如，小二 A 单元二和四、小二 B 单元一和单元三。

语言教学项目	小二 B
交际性语言	里的拟声词）:crack, hiss, chatter, croak, grow, buzz ,roar, scratch. 3. Adjectives end in “y”（以 y 字母为词尾的形容词）: loudly, softly, sweetly, quietly. 4. Onomatopoeic words associated with the farm（农场上的拟声词）:quack, neigh, moo, cluck, cheep, gobble, bray, honk, cock-a-doodle-doo, coo, squeak. 5. Use of onomatopoeic words as proper verbs（拟声动词）: buzz, moo, neigh… 6. Onomatopoeic words associated with the beach（沙滩上的拟声词）: click, splish, splash, flap, zoom, crackle. 7. Onomatopoeic words associated with the kitchen（厨房里的拟声词）:tick tock, split, splat, sizzle, flip flap, munch, tap, drip.
Writing 写作	--
Reading list 阅读书单	1. The Noisemakers by Judith Caseley 2. We’re the Noisy Dinosaurs by John Watson.
Phonemic Awareness 语音意识	Ending Blends 双字母词尾: sp, st, ld.

相较于英语教材，华语教材以分层文选方式来组织教材。华语教材首先将汉语拼音知识独立出来，集中在小一（上）教材中。然后，以“文选”编制概念为主要方法，在每一个主题单元里融入导入单元（字、词、句为主）、核心单元（1.课文：一篇核心主课文和一篇辅课文：“我爱阅读”；2.语文天地：包括字、词、句、段知识的练习）以及深广单元（一篇课文）。详见表 4B：

表 4B　华语教材主题单元设计示例

单元	1A 第一课
导入	1.　识词:太阳、书包、读书、写字 2.　句子（对话）： 2.1 “你们好！”；“老师好！” 2.2 “你们去哪里？”；“我们去操场。” 2.3 “你们去做什么？” “我们去玩游戏。”
核心	1.　主课文：《上学校》（儿歌） 1.1 我会认：太、阳、笑、包、见、了、说、早 1.2 我会写：儿、了、上、个 2.　“我爱阅读”：《上学真开心》（儿歌） 2.1 我会认：开、们、又、读、写、字 2.2 我会写：开 3.　语文天地： 3.1 读读想想：你发现了什么？（偏旁） （1）你、他、们 （2）妹、姐、好 3.2 找找读读（配词）： （1）“学”：上学、同学、学校、学生 （2）“好”：你好、问好、好多、好玩 3.3 读读记记： 词：老师、同学、我们、你们、他们、太阳、书包、读书、写字、开心 3.4 读一读： （1）我又读书，又写字。 （2）我爱老师，也爱同学。 （3）我是一个好学生。

单元	1A 第一课
	4. 听听说说（对话）： 4.1 安琪：“你们去哪里”？ 伟明：“我们去食堂。” 4.2 安琪：“你们去食堂做什么？” 伟明：我们去食堂吃东西。
深广	1. 阅读：《上学歌》（儿歌） 2. 想想说说：老师为什么说“我”是个好宝宝？ 3. 比比读读（形似字）： 大-大哥 太-太阳 今-今天 4. 读读想想（扩词、短语） 4.1 书包-小书包-一个小书包 4.2 学生-好学生-一个好学生

3-3 教材里的导学性程序性知识

教育观会直接影响到导学性程序性知识（Instructional Knowledge）的处理以及教材编制的问题。

首先，英语教材采取显性编写方法（Explicit Design），编写了步骤清楚的程序性知识；这显示了英语教材以学生为中心和语言功能导向的编制理念。教材主要着眼于提供大量的言语能力实践机会（以阅读为主，带动写作和听说技能的实践）；为了让学习者实践言语技能，教材除了具有一般语言教材所必须承载的陈述性知识之外，更提供了显性（Explicit）的言语实践前、中、后的程序性知识，如：语言知识、言语技能、思考方向、学习步骤等指示和引导都清楚地列示出来，甚至包括阅读教材和辅助性活动本（Work book）之间的联系，以及课外阅读书目。所有相关程序性知识的描述语言是浅白易懂的口语，贴近学习者的语言能力。英语教材因此实践了学习者中心的编制，为学习者自主提供了学习的功能。例如小二单元九第一节（P2 unit 9 : sounds）的程序性知识：

1. Raju is in town. He hears many sounds.（拉祖来到镇上。他听到了很多声音。）
2. Onomatopoeic words associated with the town: Clicketty-clack, Beep, Honk, Bang, Toot, Thump…（镇上的拟声词）
3. Teaching point: ask pupils to practise the above onomatopoeic words aloud. Ask them if they know any other onomatopoeic words that are associated with town.（教学点：让学生大声练习以上的拟声词；让他们说出其他相关的拟声词）

相对于英语教材的显性编制方法，华语教材倾向于隐性编制（Implicit Design）。尤其是主课文的编制，除了课文和课后的一个思考提问之外，并没有任何的学习方法的引导。教师必须通过“教学参考”（教师手册），才能获知所要教授的相关技巧和策略。至于学习者，则必须在课堂上经由教师引导才能学习。在主课文后的语文天地里，华文教材也只提供简单指示或引导提问而非详细步骤，所使用的语言也偏向书面语，例如：“读读记记”、“读读练练”“听听说说”等。总体而言，华文教材因此是倾向教师中心的设计。

简括本节所述，英语教材和华语教材在编制上都采取主题单元编制，但所遵循的设计原理不同：英文教材注重语言功能，有明确的技能应用概念和教学指导与说明；华语教材则注重学习者的背景差异，按学习者的不同需要来安排语言知识教学。此外，英文教材倾向学生中心的显性编制方法，而华文教材则采取倾向教师中心的隐性编制方法。

3-4 编制内容

在讨论教材编制内容的问题前，首先必须注意到当前语言教学发展的四大重点。其一，语言（Literacy）教学的内容包括语言知识与语言技能。近年来，语言教学的重点逐渐从知识性教学转向技能性教学概念；语言教学重点不同会直接影响教材编制。其二，在语文技能中，阅读乃语文学习的基础技能。教材编制一般都以阅读为主，在阅读中学习语言知识，并带动听说、写作技能的学习。其三，小学语文教学一般分为"学会语言"、"从语言中学习"[9] 两个阶段，低年级语言教学属于"学会语言"阶段。教材内容编制因此必须把重点摆放在语言知识和语文技能的学习之上。其四，重视不同阅读能力的培养，进而强调教材内容包括生活信息类（informative materials）和文学信息类（literature materials）。

笔者将按以上所讨论的语言教学三大重点来分析英、华教材内容的编制情况：

3-4-1 语言知识

英语教材和华语教材在语言知识教材的编制方法上有一定的差异。

第一，在语音知识教材上，英语教材采取分段式语音知识教学设计，语音知识出现于各单元的最后环节；华语教材则将汉语拼音知识集中在小一上本，第一阶段，一共 11 课。

第二，在词汇上，英语教材的词汇以生活词为主，词汇量大、涵盖面大，词汇、句子、语篇知识独立分开；华语教材以口语词为基础带入基本的字词知识，严格控制每一篇课文里的字词量（课文总字量与生字

---

9 此一观点乃笔者从"学会阅读和从阅读中学习"的阅读理论中转化而来。详见谢锡金、林伟业等编著：《儿童阅读能力进展》（香港：香港大学出版社，2005 年），页 12-14。

量）；在三个语篇里嵌入词汇，并在课文后列示出生字词。

第三，在语法知识上，英文教材里编有语法知识，语法知识编制包括两大内容：语法规律的简单、浅白说明和独立、明晰的指导（Explicit Instruction）；华语教材则只有“词语搭配”和“句型”实例，没有语法知识，亦没有清楚的说明语和指导语。

第四，英语教材除了基本的词汇、语法知识的教学之外，还在文类（Text Type）概念的组织下，编制了语句、语段、语篇的阅读和写作知识，例如基本的句子结构（句号、逗号）、语段结构（开头、中间、结束）、“信息单（List）、邀请卡、书信（Letter）、故事（Story）、诗歌（Poem）、谜语（Riddle）”。这些是华语教材所没有的。

3-4-2 语言技能

英语和华语教材都采取以阅读为语言学习的基础来编制教材的做法，主要教材是书面的阅读教材，辅以视听口语教材。两者也都通过以阅读为基础来带动其他技能的学习。不同的是：英语教材的技能教学概念是四技综合，以阅读为基础，融入口语交际和写作技能；课文和作业本紧密联系，主教材的各个内容都清楚列示相关的作业页数。华语教材则以阅读、听说三技为主，技能教材分开处理；主课文主要供作阅读理解和随文识词技能的培养；听说技能则独立出现在导入和核心教材里的“语文天地”；局部的句子和段落写作技能出现在作业本里。

3-4-3 教材内容类别

基于语言功能导向的编制原则，英语教材包括信息类和文学类两种，在每一个单元里都兼编有信息类内容和文学类内容。相对于英语教材，华语教材在选材上则偏向于儿童文学类，例如儿歌、儿童诗、动物故事、儿童生活故事。

（二）问卷调查数据结果

为了进一步检视教材的适用性，笔者以教材编制的四大原则：教材内容／经验的适当性、语境信息的适当性、教材语言形式的可读性和教材的可应用性为理论基础，设计并展开一次小规模的问卷调查。以下是教师对英、华教材的看法：

1 教材内容和经验的适当性

受访教师普遍认为英文和华文教材在内容和经验的适当性上都能做到以下五点：一、把主要焦点摆在阅读的“意义”之上；二、能和学习者产生情感上的联结；三、能和学习者的生活产生联系；四、能刺激学习者的情感反应，以及能让学习者认为教材符合他们的需要。详见表5A：

表 5A　教材内容和经验的适当性调查

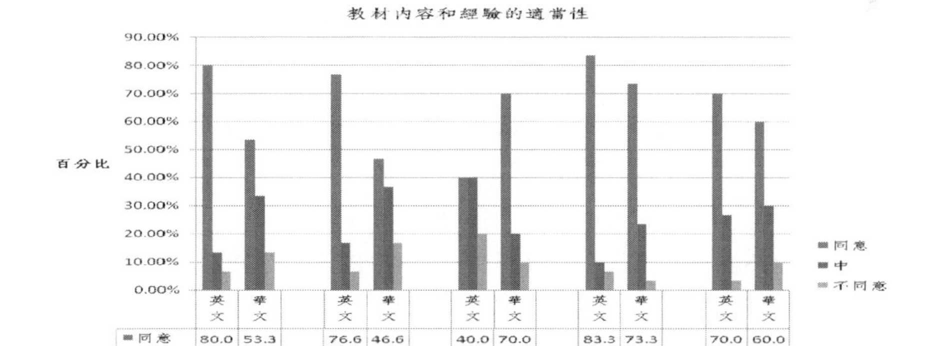

	英文	華文	英文	華文	英文	華文	英文	華文	英文	華文
同意	80.0	53.3	76.6	46.6	40.0	70.0	83.3	73.3	70.0	60.0
中	13.3	33.3	16.6	36.6	40.0	20.0	10.0	23.3	26.6	30.0
不同意	6.67	13.3	6.67	16.6	20.0	10.0	6.67	3.33	3.33	10.0

問題調查（橫向排列）
1 把主要焦點擺在閱讀的“意義”之上
2 能和學習者產生情感上的聯結
3 能和學習者的生活產生聯系
4 能刺激學習者的情感反應
5 能讓學習者認爲教材符合他們的需要

教材内容和经验之适当性主要是通过情境化主题单元设计来体现；调查结果显示英、华文教材之主题单元设计是适当的。但是，如果将英、华教材进行比较，受访教师认为英语教材的情景化主题设计比华语教材的概念化主题单元在内容和经验适当性上更贴近学习者的需要，也更能体现以学生为中心的教学观，详见表 5B：

表 5B　英、华教材内容和经验的适当性比较

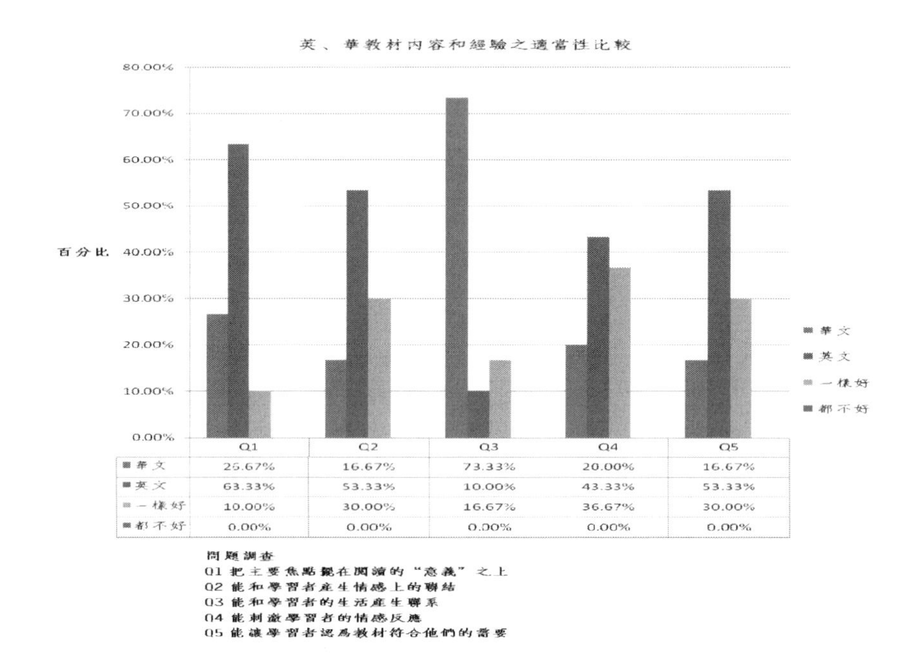

	Q1	Q2	Q3	Q4	Q5
華文	25.67%	16.67%	73.33%	20.00%	16.67%
英文	63.33%	53.33%	10.00%	43.33%	53.33%
一樣好	10.00%	30.00%	16.67%	36.67%	30.00%
都不好	0.00%	0.00%	0.00%	0.00%	0.00%

2 语境信息的适当性

受访教师普遍认为英文和华文教材在语境信息的适当性上都能做到以下四点：一、提供了足够的视觉信息；二、提供了足够的信息来推论生词的词义（上下文推论语义）、三、生词复现率是足够的、四、能刺激内部语言的应用（心理词汇）。详见表 6A：

表 6A　语境信息的适当性

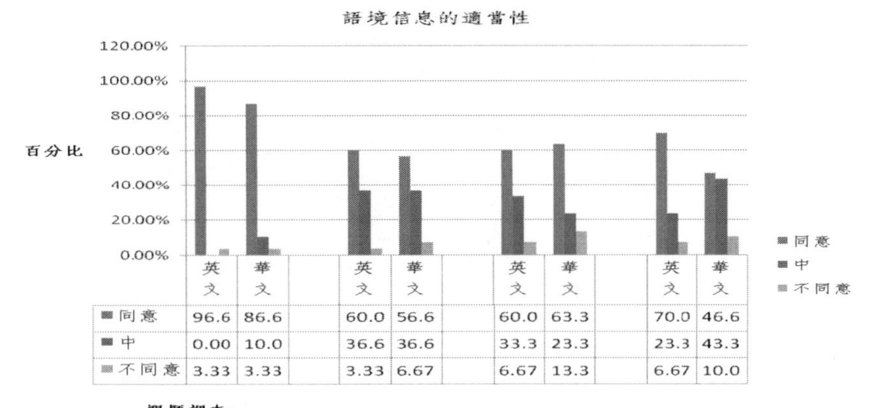

	英文	華文		英文	華文		英文	華文		英文	華文
同意	96.6	86.6		60.0	56.6		60.0	63.3		70.0	46.6
中	0.00	10.0		36.6	36.6		33.3	23.3		23.3	43.3
不同意	3.33	3.33		3.33	6.67		6.67	13.3		6.67	10.0

問題調查:
6 提供了足够的視覺信息。
7 提供了足够的信息來推論生詞的詞義（上下文推論語義）
8 生詞復現率是足够的。
9 能刺激内部語言的應用（心理詞匯）

英语教材主要通过技能与知识综合（Integration）与螺旋进展（Spiral Progression）这两种设计来处理每一个单元里的语言知识点，通过大量的图画、生活化语境提供学习者足够的语境信息；华语教材则是通过图画与适当的生词复现率来提供语境信息。调查显示，两种设计都有一定的效果；但是，英语教材在语境信息适当性的编制上比华语教材更受到肯定：

表 6B　英、华教材语境信息之适当性比较

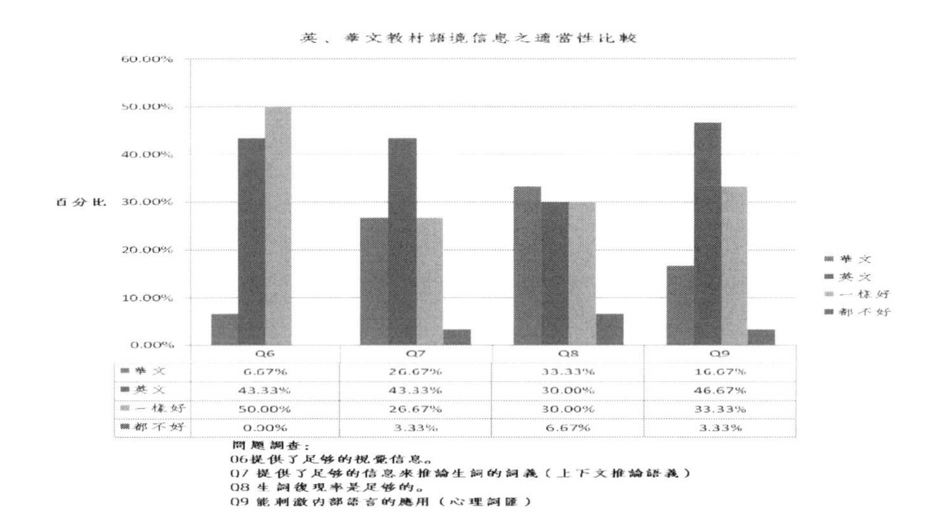

	Q6	Q7	Q8	Q9
華文	6.67%	26.67%	33.33%	16.67%
英文	43.33%	43.33%	30.00%	46.67%
一樣好	50.00%	26.67%	30.00%	33.33%
都不好	0.00%	3.33%	6.67%	3.33%

問題調查：
Q6提供了足够的視覺信息。
Q7 提供了足够的信息來推論生詞的詞義（上下文推論語義）
Q8 生詞復現率是足够的。
Q9 能刺激内部語言的應用（心理詞匯）

3 教材语言形式的可读性

受访教师普遍认为英文和华文教材在语言形式的可读性上都能做到以下三点：一、生词、生句量控制在不影响理解的适当的范围内；二、生词、生句能与学习者的生活产生联结；三、生词、生句能符合学习者的需要。详见表 7A：

表 7A　教材语言形式的可读性

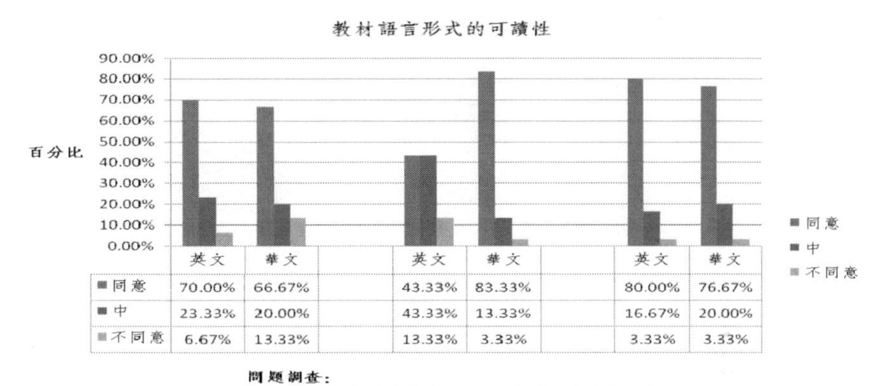

	英文	華文		英文	華文		英文	華文
同意	70.00%	66.67%		43.33%	83.33%		80.00%	76.67%
中	23.33%	20.00%		43.33%	13.33%		16.67%	20.00%
不同意	6.67%	13.33%		13.33%	3.33%		3.33%	3.33%

教材语言形式之可读性（Readability）直接影响语言知识学习的效度，也是语言教材中最重要，却也是最难调控的。英语教材主要是通过紧扣学习者的实际生活需要来调控语言形式的可读性，华语教材则通过紧扣学习者的生活经验来调控。受访教师认为，英语教材在生词、句量不影响理解这一点上控制得较好；但华语教材里的生词、句与学生生活之间的联结较好；至于生词、句能符合学习者的需要这一项上，英、华教材都做得不错。详见表 7B：

表 7B　英、华教材语言形式之可读性比较

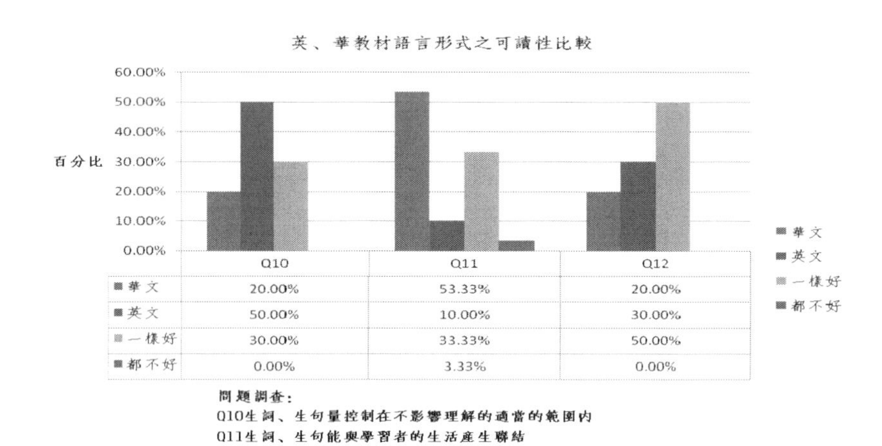

	Q10	Q11	Q12
華文	20.00%	53.33%	20.00%
英文	50.00%	10.00%	30.00%
一樣好	30.00%	33.33%	50.00%
都不好	0.00%	3.33%	0.00%

問題調查：
Q10生詞、生句量控制在不影響理解的適當的範圍内
Q11生詞、生句能與學習者的生活産生聯結
Q12生詞、生句能符合學習者的需要

4 教材的可应用性

受访教师普遍认为英语和华语教材在语言形式的可应用性上都做到了能提供足够机会让学习者进行有意义的交际，也提供了足够机会让学习者应用不同的语言技能这两项。

但是，受访教师认为英语教材并不能“配合不同学习者的需要”；相反的，他们却普遍认为华语教材“配合不同学习者的需要”；他们也认为英语教材较能提供足够机会让学习者进行有意义的交际以及应用不同的语言技能。详见表 8A：

表 8A　教材的可应用性

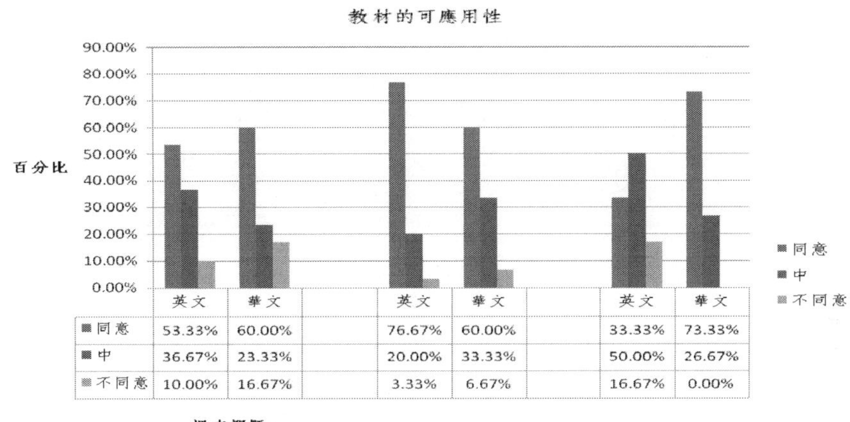

	英文	華文		英文	華文		英文	華文
同意	53.33%	60.00%		76.67%	60.00%		33.33%	73.33%
中	36.67%	23.33%		20.00%	33.33%		50.00%	26.67%
不同意	10.00%	16.67%		3.33%	6.67%		16.67%	0.00%

調查問題：
13 教材提供足够機會，讓學習者進行有意義的交際
14 教材提供足够機會，讓學習者應用不同的語言技能
15 教材配合不同學習者的需要

教材的可应用性直接影响学生在语言技能学习的效度；受访教师较倾向于认同华语教材的分层式单元设计模式，认为它更能让学生进行有意义的交际，尤其是能充分配合不同学习者的需要。不过，他们也认为英语教材的综合式编制方法则更能为学生提供应用不同语言技能的机会。详见表 8B：

表 8B　英、华教材之可应用性比较

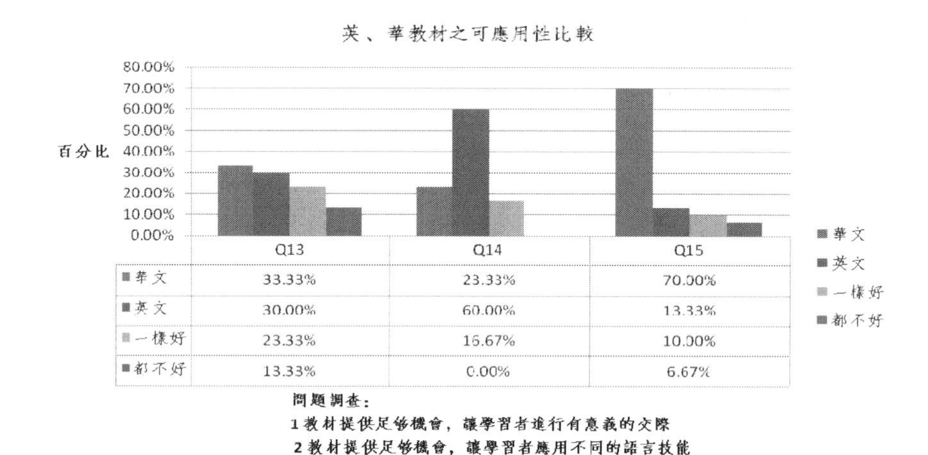

	Q13	Q14	Q15
華文	33.33%	23.33%	70.00%
英文	30.00%	60.00%	13.33%
一樣好	23.33%	16.67%	10.00%
都不好	13.33%	0.00%	6.67%

综上所述，受访教师对英、华教材设计的看法如下：一、两套教材都遵照了教材内容和经验的适当性、语境信息的适当性、教材语言的可读性和教材的可应用性这四项编制原则来编制；二、英语教材的编制普遍优于华语教材；三、华语教材更能配合不同学生的需要。

（三）小结：英、华教材编制之比较分析结果

总括上述所言，新加坡小学英、华教材编制在理念、体例、方法与内容有一定的共通性，也有一些不同点。

首先，英语和华语教材都遵循了教材编制原则，做到了在教材内容和经验的适当性上紧密联结学生的经验和需要；在语境信息的适当性上充分利用图画、上下文的语境、足够的生词复现率、通过联结课文与心理词来帮助学生有效地学习；在教材语言形式的可读性上做到符合学习者需要、联结与学生的生活产生经验；也在教材的可应用性上提供足够

机会让学生进行有意义的交际以及应用不同的语言技能。

但是，英语教材和华语教材也应着国家语言教育政策的不同需要而出现一些差异性。英语教材强调语言的实用功能，通过生活化、综合式设计让学习者通过联系实际的社会生活经验，有效地学习语言技能；华语教材则尊重学生背景，并采取差异教学概念按学习能力设计单元模式教材，遵循语言学习规律。

六　结论：新加坡儿童第二语言教材编制的未来方向

新加坡双语教学发展至今，已有四十余年的历史；经过多年的摸索，逐渐发展出以英语为主要社会、工作用语、母语为母语社群用语的双语教学模式。与其他地区相比较，新加坡的双语教学有两大特色：一、以儿童为教学对象；二、以第二语言学习为教学方法。首先，第二语言习得学术讨论主要集中在成人学习者之上，尤其是华语第二语言习得。因此，在以儿童为对象的华语第二语言教学，新加坡可以借鉴的经验不多，必须独自摸索。其次，就英文和华文教学的发展历程而论，新加坡的英语教学原本就是第二语言教学属性，并获得国家政策的强力支持，以及拥有西方英语第二语言教学与研究的丰富资源的优势，以语言功能为重点的教材设计渐趋成熟；至于华语教学，在八〇年代以后就因为国家语言政策强调英语的应用，社会语言环境因此急剧变化而产生重大变化，与中、港、台三地的母语教学概念渐行渐远，至今仍在第一与第二语言教学概念之间挣扎。华语教学不断努力摸索探寻，历经几番改革，终于取得一些突破：教材编制一方面采纳源于西方的差异教学观、语言实用功能观和情境化主题设计，另一方面保留东方传统的文选型设计与对中华语言文化特色与价值观的重视，以儿童第二语言学习者为对象，发展出具有新加坡特色的单元化教材模式。

笔者认为，新加坡教育工作者必须重视中、英文在二十一世纪国际社会中同等重要的事实，以提高语文学习的效度为目标，正视新加坡学生同步学习双语的事实；摆脱过去双语教学互不干涉，各自发展的做法。本于此一立场，笔者于本文中抛砖引玉，率先将英文和华文教材并列，在教材编制的理论基础上，首次进行英文和华文教材的比较分析。研究结果显示，新加坡英文和华文教材具有一定的共通性，也存在一定的不同点；在未来双语教材的编制上，可以互相借鉴参考。

泛读教学实证研究（一）理论与教学设计[*]

一　引言

二十世纪后期以来，世界进入信息爆炸时代，读者迫切需要在短时间内大量吸收信息，对传统的阅读方式和阅读教学方式产生了影响。（李晓琪，2008，页 18-19）因此，培养泛读能力必将成为阅读训练的重要点，通过课堂教学设计，有效培养泛读能力，让第二语阅读者能充分掌握泛读能力。笔者与新加坡华文教学研究中心合作，成立一支第二语言阅读教学研究团队，在第二语言教学理论基础上，针对新加坡中小学生展开初步的阅读能力培养教学实验研究。

二　研究背景

新加坡中学华文教学采用的是综合教学的概念。在教学中知识与技能不分、精读也与泛读脱钩。课堂教学过程主要由教师主导，似乎比较倾向于精读教学（也称作分析性阅读 analytical reading）为主。教学重语言知识，轻阅读技能，尤其是基本的泛读技能。总括之，新加坡华文课堂阅读教学只重视陈述性知识（declarative knowledge）而非学习性知识（procedural knowledge）的教学，认为阅读为“自然发生”的过程。

---

* 与林季华（新加坡教育部特级教师）和胡向青（新加坡德惠中学教师）合著。

（一）母语习得专向第二语言习得

进入二十一世纪初，新加坡华族学生学习华语的过程逐渐从母语习得专向第二语言学习。据教育部于二〇〇九年公布的数据，来自英语背景的小一学生已然突破百分之六十。新加坡华语教学出现至少两种背景的华族第二语言学习者：有母语习得背景与无母语习得背景。

华语文教学因此必须：

- 提升现有华族学生的华语能力，以逆转新加坡华族年青人口在未来 10-20 年（吴英成，2005）转变为不讲华语的趋势
- 设计适合华族儿童的第二语言教学法
- 根据学生不同需要来编制适当的课程、采取适当的教学法

（二）背景、阅报习惯、阅报方法

1 语言背景

本研究以新加坡较有母语背景的一般邻里学校的华族学生为对象。根据表 1 的数据显示，新加坡组屋邻里学生的家庭用语主要是华语，学校、社会用语则是华、英语参半；新加坡华语第二语学生人口的情况相对复杂，一般邻里学校乃华语口语能力较强的一类。

（1）在家里主要讲华语的学生为 43%

（2）54%的学生在学校经常使用华语与同侪沟通、41%有时讲华语；主要是在华文课堂（95%）和学校餐厅（76%）

（3）在学校以外的社交场所使用华语的机会则减少，经常讲华语的是 46%，有时讲华语占 42%

表 1　试验者的语言背景、阅读习惯和阅读方法

	试验组	控制组	平均值
语言背景			
在家主要讲华语	50%	37%	43%
在学校里经常和同学讲华语	68%	37%	54%
在学校之外的社交场合里经常讲华语	64%	26%	46%
阅读习惯			
我家里有订阅华文报	59%	37%	49%
我有阅读华文报的习惯	32%	5%	20%
每星期读华文报的次数为 1-2 次	82%	95%	88%
主要是学校升旗礼前阅读华文报	86%	63%	76%
阅读方法			
有一个较明确阅读的目的和动机	10%	0	5%
我阅读华文报时，是逐字、逐词阅读	91%	95%	93%
常用中等速读阅读	45%	14%	29.5%
我能立即理解整篇文章的含义	5%	5%	5%

2 报章阅读习惯、阅读方法

表 1 显示学生阅报习惯尚未养成，80%学生缺乏阅报习惯，88%每周阅读 1-2 次；而且主要是被动依赖学校华文课的强制阅读要求（升旗

礼前和华文课上的阅报活动），主要也以学生版“逗号”（56%）为主，娱乐新闻（49%）和时事新闻（32%）为次。在阅读方法方面，学生也显然缺乏阅读策略。大部分（93%）的学生以汉字单位作为阅读方法（逐字、逐词），速读偏慢、理解能力偏弱。

表 2

泛读能力细目	试验班	控制班	基本要求	标间距
1. 速度	149.7	155.9	260	-105/111
2. 理解力	45.4	33.9	70%	-24.6／-36.2
2.1. 字面层理解力	53．4	41.2	70%	-16.6/-2.87
2.2. 推论层理解力	33．4	22.7	70%	-36.6/-47.3
3. 理解率	1.7	1.3	2.6	-0.8/-1.3
3.1. 字面层理解率	1.99	0.85	2.6	-0.61/-1.75
3.2. 推论层理解率	1．25	0.85	2.6	-1.35/-1.75
4. 阅读率	2.6	2.3	7.0	-4.4/-4/7
4.1. 字面层阅读率	3	2.69	7.0	-4/-4.31
4.2. 推论层阅读率	2	1.74	7.0	-5/-5.26

报章阅读力测试结果：

（1）初中一年级儿童没有阅读报章的习惯

（2）他们也无法有效泛读。

这两者之间显然存在着密切的关系：报章泛读能力尚未培养，以致于报章泛读课程无法见效

三　研究课题与研究假设

本研究将物理学的力学与相对论中的滚动原理应用在阅读过程中，提出阅读过程会衍生滚动效应的研究假设。滚动阅读教学策略乃本研究尝试将阅读策略与程序性知识概念相结合后所提出的一种课堂阅读策略教学模式。

本研究属于小规模先导研究，因此将研究范围集中于报章语体之泛读能力内，以初中一年级第二语言阅读学生为研究对象，通过外显性教学模式—泛读滚动法来培养泛读能力。研究者假设：系统性和步骤化的课堂教学（泛读能力的滚动教学）能有效地培养初中一年级学生泛读报章的能力。

四　理论基础与文献综述

（一）泛读、泛读能力与泛读教学

1 泛读与泛读能力

泛读（Extensive Reading，简称 ER）是一种强调阅读量大而泛的阅读形式，要求读者在特定的单位时间里能看完数量较多的阅读材料。泛读的方式有如眺读、浏览、看目录、索引之类、识别长课文不同之间的关系等（周小兵、张世涛、干红梅，2008）。

实际的生活阅读以泛读为主，例如报章、杂志的阅读（注：这是根据日常阅读的百分比而言）。

泛读能力指的是：

（1）在短时间内通过适当的阅读理解方法，快速、大量的阅读能力，包括：快速理解的阅读方法（以眺读、浏览为主）

（2）大量、快速阅读的策略（图式阅读策略）

2 泛读教学

泛读教学（Extensive Reading Approach）与精读教学（Intensive Reading Approach），乃第二语言教学中的两种不同教学法：

	精读教学	泛读教学
教学目标	对字词句段篇的言语、语言都透彻理解	输入大量可理解性的言语、语言；能理解关键信息即可。
教材数量	单篇为主	多篇
教材类别	名家名著	生活语料
阅读策略	由下而上为主	由上而下为主
阅读方法	分析性阅读为主	浏览、寻读为主
速度	慢	快

综上所述，我们把泛读教学分为两个阶段：

（1）泛读能力阶段（程序性知识阶段）：通过外显性教学过程来培养泛读能力

（2）泛读阶段（陈述性知识阶段）：设计适当的课程，让学习者通过泛读形式来吸收信息，从而提升第二语阅读能力

1 程序性知识教学

知识可分为陈述性和程序性两种，前者是对命题、表象、事情次序

表征的记忆，也就是事实和经验；后者则是对记忆的回忆。Anderson 认为知识起初都是用命题组成，但是可以转化为程序。（J.R.Anderson, 1993; Corbett and John Anderson, 1995）。

笔者以为第二语言学习必须重视程序性知识阶段，先让学习者通过系统性、步骤清楚的语言技能来掌握学知识的方法；然后再通过足够的量和时间来练习，最后内化为一个长时记忆中的知识。

2 外显式教学

本研究将尝试结合外显性教学模式（Explicit Teaching）与责任循序转移模式（Pearson and Gallagher, 1983）The Gradual Release of Responsibility Model）

虽然在第二语言学习中可以单靠内隐学习，可是速度很慢，学习范围也有限。

外显性教学就是搭建学生自主的学习平台五步骤（Duke, 2001）：

（1）教师清楚解释方法与过程

（2）教师示范

（3）互助性做中学

（4）渐进式学习责任转移

（5）学生独立应用

责任循序转移模式能让学习的中心逐渐由教师为主转以向学生为主，让学生肩负起更大的自主学习权。

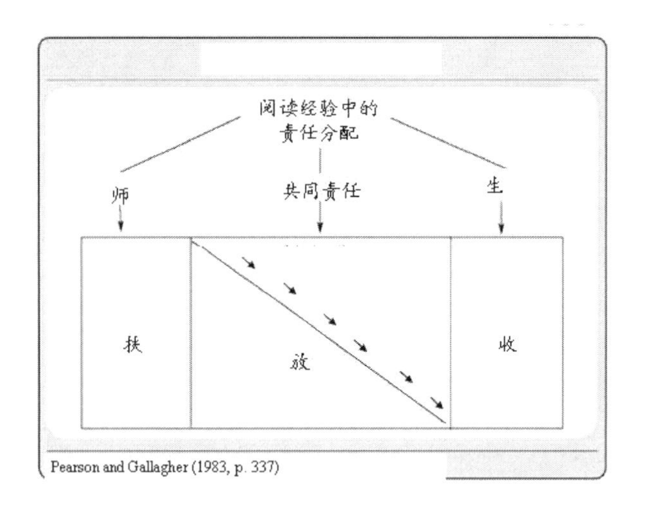

图 1　责任循序转移模式（胡月宝修饰）

五　泛读能力教学实验研究设计

本研究采用准试验法（Quasi Experimental Design），分别以试验组和控制组的形式进行试验教学，再通过前后测双向对比研究来验证试验效果；试验为期三个月，一共三轮 9 次的教学。

（一）教学试验设计

本研究在试验班里构建学生自主的阅读平台，通过外显式教学法来教学相关的程序性知识；控制班则保留为传统的内隐式陈述性教学。

表 3　试验班和控制班的教学模式

试验班	1 外显式程序性知识教学	1 教师讲解泛读的程序性知识（关键词阅读、心形图 6 六何引导提问） 2 教师示范 3 渐进式责任转移（教师带领、学生练习） 4 互助性阅读（小组、大组同侪） 5 个人独立阅读
控制班	2 内隐式陈述性知识理解教学阶段	1 学生用自己的方法直接默读 2 教师提问学生有关陈述性知识的理解情况（词语、语篇内容） 3 学生回答陈述性知识理解结果（词语、语篇内容）

心形图六何引导提问？

表 4　试验班外显式程序性知识教学设计（一）：学习主体滚动教学基模

程序性知识教学阶段	课堂滚动式阅读教学	
学习主体		
1 教师讲解泛读技能的程序性知识	教师讲解	学生吸收
2 教师示范	教师	学生观察
3 渐进式责任转移	教师观察	学生操练
4 互助性阅读	同侪操练	个人操练
5 个人独立阅读	小组/大班监控	个人操练

表 5　外显式泛读能力教学设计（二）：
泛读技巧／策略滚动教学基模

程序性知识教学阶段	课堂滚动式阅读教学	
教学内容重点：泛读能力程序性知识：泛读技巧／策略		
语言知识点	词（关键词）	篇（关键词）
阅读理解	字面层	推论层
	单篇	多篇
阅读策略	泛读技能	元认知阅读意识与策略：泛读图式基模

（二）泛读技能课堂滚动教学模式

通过速度、量、报章图式阅读知识与技能的滚动来培养/提高泛读能力：

（1）阅读速度滚动

（2）阅读量滚动

（3）图式阅读知识与技能滚动

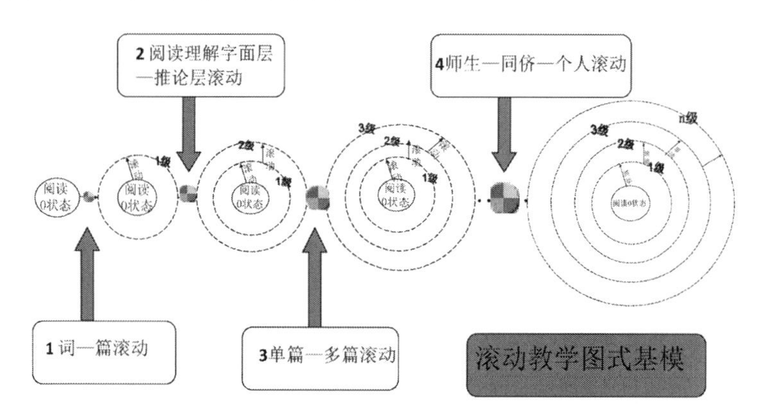

图 2　泛读技能课堂滚动教学模式

1 课堂泛读能力的教学设计

1-1 语篇滚动

（1）单语篇滚动—构建报章阅读的图式知识

- 关键词阅读来快速理解报章报道的字面信息
- 联系读者潜存经验、知识来推论隐藏信息
- 阅读活动—六何关键词计时阅读活动
- 阅读理解活动—心形图（表层、深层）

（2）多语篇滚动—巩固报章图式阅读的技能

- 通过量的滚动来巩固图式阅读技能（多语篇阅读教材设计：2，4，6）
- 通过量、速度滚动来巩固图式阅读的技能（多语篇计时阅读活动：2，4，6）

1-2 同侪滚动

辅助性教学活动—通过调动报章阅读图式知识来检查同侪的理解结果，目的在于将图式阅读技能内化成为较长时／长期的记忆初步构建报章阅读的图式知识与技能。

阅读活动：

- 组内滚动
- 大班滚动

六　实验数据的双差图式分析

本研究以滚动教学策略为教学重点，旨在培养学习者的阅读力，阅

读力包括由阅读速度、阅读理解（表层、深层理解）。先将数据整理分析如下：

1 阅读力（平均值）表现

在试验开展之前，本研究首先进行一次阅读力前测，试验组和控制组的测试结果差强人意，均未达到基本要求：

表 6　试验与控制班阅读能力前测

阅读能力细目		试验班	控制班	基本要求	标间距	
					试验班	控制班
1.	阅读速度[1]（每分钟字数）	149.7	155.9	260[2]	-105	-111
2.	理解力	45.4	33.9	70%	-24.6	-36.2
2.1	字面层理解力	53.4	41.2	70%	-16.6	-2.87
2.2	推论层理解力	33.4	22.7	70%	-36.6	-47.3
3.	理解率[3]	1.7	1.3	2.6	-0.8	-1.3
3.1	字面层理解率	1.99	0.85	2.6	-0.61	-1.75
3.2	推论层理解率	1.25	0.85	2.6	-1.35	-1.75
4.	阅读力	2.6	2.3	7.0	-4.4	-4.7
4.1	字面层阅读力	3	2.69	7.0	-4	-4.31
4.2	推论层阅读力	2	1.74	7.0	-5	-5.26

1　速读的定义是：（1）字数除于阅读，（2）理解率达 70%。详见闫国利著，沈德立主编：《阅读发展心理学》（合肥市：安徽教育出版社，2004 年），页 292-293。

2　此标准是根据梁荣源的标准，详见梁荣源：《阅读教学：理论与实践》（新加坡：仙人掌出版社，1992 年）。

3　同注 1。

经过试验教学后，试验班和控制班的距离开始拉大：

1-1 阅读力平均值

表 7　试验班和控制班前后测阅读力 μ 平均值及双差值数据统计

阅读力平均值 Mμ	前测	后测	水平差	
试验班	0.38	1.47	1.09	
控制班	0.34	0.74	0.40	
垂直差	0.04	0.73	0.69	双差值

从表 7 中可以清楚地看出，经过滚动式阅读试验教学后，试验班的阅读力增加的幅度大于控制班 0.73，上升的幅度较大。从双差值为 0.69，呈正值，可以说明试验教学有效作用于提高学生的阅读力。

1-2 个别学生阅读力比较

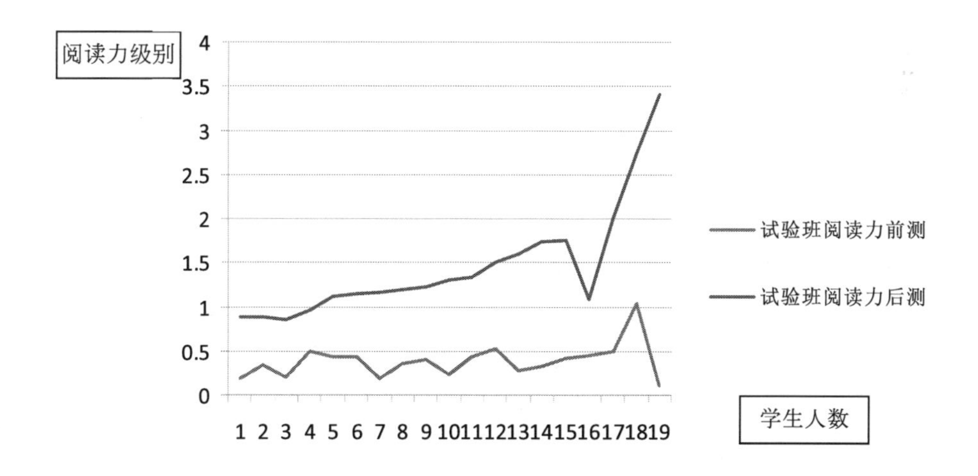

图 3A　试验班个别学生阅读力

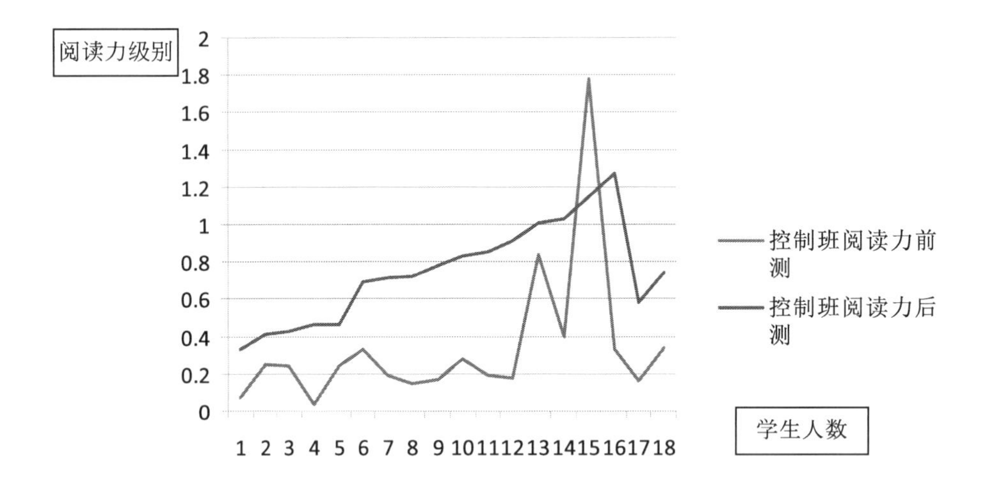

图 3B　控制班个别学生阅读力

从图 3A 和 3B 中可以看出，试验班学生在滚动式阅读教学之后，分别跳了 1-2.5 级，大部分学生（73.6%）晋阶至一级，显现了滚动效应的张力；控制班的学生在这段时间的教学中，也有一些进步，但仅有 22.2%达到一级能力，大部分（77.8%）尚在零级状态，没有呈现滚动效应。

2 速读力

表 8　试验班和控制班前后测阅读速度 ∪ 平均值及双差值数据统计

阅读速度平均值 M∪	前测	后测	水平差	
试验班	150	295	145	
控制班	156	225	69	
垂直差	-6	70	76	双差值

从表 8 中可以看出，前测控制班的阅读速度比试验班稍高；但后测

试验班的阅读速度比控制班高，平均速度上每分钟增加了 76 个字。数据也显示，试验班和控制班前测的平均阅读速度的垂直差为－6，即前测试验班平均阅读速度略低于控制班，而后测垂直差为 70 差距增大，教学试验后试验班的平均阅读速度反而超过了控制班。试验班前后测的平均阅读速度的水平差为 145，而控制班前后测的平均阅读速度的水平差为 69，其双差值为 76，即经过滚动式阅读试验教学后，试验班的平均阅读速度增加的幅度大于控制班 76，从先前的平均阅读速度低于控制班，到后来高于控制班。双差值为 76，呈正值，说明试验教学有效作用于提高学生的阅读速度。

3 理解力

表 9 显示，前测试验班阅读理解率平均值为 1.7，控制班理解率平均值为 1.3；后测试验班理解率平均值是 3.3，控制班阅读理解率平均值是 2.2；试验班和控制班前测的平均理解率的垂直差为 0.4，而后测垂直差为 1.1 差距拉大；试验班前后测的平均理解率的水平差为 1.6，而控制班前后测的平均理解率的水平差为 0.9，其双差值为 0.7，即经过滚动阅读策略试验教学后，试验班的平均理解率增加的幅度大于控制班 0.7。双差值为 0.7，呈正值，说明试验教学有效作用于提高学生的阅读理解。

表 9　试验班和控制班前后测理解率 δ 平均值及双差值数据统计

理解率平均值 Mδ	前测	后测	水平差	
试验班	1.7	3.3	1.6	
控制班	1.3	2.2	0.9	
垂直差	0.4	1.1	0.7	双差值

3-1 表层理解

从表 10A 中可以看出，前测试验班表层理解平均值为 38.4，控制班表层理解平均值为 29.8,分数均未及格；后测试验班表层理解平均值是 65.9，控制班表层理解平均值是 53.6，均在及格线以上；试验班和控制班前测的平均表层理解的垂直差为 8.6，而后测垂直差为 12.3，差距加大；试验班前后测的平均表层理解的水平差为 27.5，而控制班前后测的表层理解的水平差为 23.8，其双差值为 3.7，即经过滚动式阅读试验教学后，试验班的平均表层理解增加的幅度大于控制班 3.7，但变化幅度不大。双差值为 3.7，呈正值，说明试验教学有效作用于提高学生的表层理解，有一定的作用。

表 10A 试验班和控制班前后测表层理解平均值及双差值数据统计

表层理解平均值 Mrs	前测	后测	水平差	（72%）
试验班	38.4	65.9	27.5	
控制班	29.8	53.6	23.8	
垂直差	8.6	12.3	3.7	双差值

3-2 深层理解

从表 10B 中可以看出，前测试验班深层理解平均值为 16.1，控制班深层理解平均值为 10.9，也均未及格；后测试验班深层理解平均值是 40.8，大幅度超过及格线，控制班深层理解平均值是 18.7，有进步但仍未超过及格线，两班后测得分有显著的差距。试验班和控制班前测的平均深层理解的垂直差为 5.2，两班差距甚微，而后测垂直差为 22.1，有 4.3 倍之差，差距显著；试验班前后测的平均深层理解的水平差为 24.7，而控制班前后测的深层理解的水平差为 7.8，其双差值为 16.9，即经过滚动式阅读试验教学后，试验班的深层理解增加的幅度远大于控制班 16.9，上升的幅度很大。从双差值为 16.9，呈正值，可以说明试验教学有效作用于提高学生的深层理解，比在表层理解上的作用更大。试验教学调动学生深层理解思维，对理解层的作用，主要表现作用在深层理解方面。

表 10B　试验班和控制班前后测深层理解平均值及双差值数据统计

深层理解平均值 Mrd	前测	后测	水平差	（48%）
试验班	16.1	40.8	24.7	
控制班	10.9	18.7	7.8	
垂直差	5.2	22.1	16.9	双差值

3-3 表层理解和深层理解的比较

表 11 显示，表层理解的双差值是 3.7，深层理解的双差值是 16.9，说明试验班相对于控制班深层理解的增幅是表层理解增幅的 4.6 倍，两者差值为 13.2，深层理解的增幅度大于表层理解的 3.6 倍；也就是试验教学在深层理解上的滚动效应接近 4 倍。

表 11　试验班和控制班表层和深层理解双差比较

比较参数	双差值
表层理解	3.7
深层理解	16.9
递差值	13.2

4 阅读力

4-1 阅读力的双差图式分析

两班阅读力平均值的数据统计如下：

表 12　试验班和控制班前后测阅读力 μ 平均值及双差值数据统计

阅读力平均值 Mμ	前测	后测	水平差	
试验班	2.6	9.81	7.21	
控制班	2.3	4.99	2.69	
垂直差	0.3	4.82	4.52	双差值

从表 12 中可以清楚地看出，前测试验班阅读力平均值为 2.6，控制班阅读力平均值为 2.3，垂直差为 0.3，差距甚微；后测试验班阅读力平均值是 9.81，控制班平均值是 4.99，垂直差为 4.82，几乎比控制班增加了一倍，两班后测阅读力值有显著的差距，滚动效应显著。试验班前后测的平均阅读力的水平差为 7.21，而控制班前后测的阅读力的水平差为 2.69，试验班的进步明显，其双差值为 4.52，试验班比控制班增幅大 1.7 倍，试验班的增幅是控制班的 2.7 倍，即经过滚动式阅读试验教学后，试验班的阅读力增加的幅度远大于控制班 4.52，上升的幅度较大。从双差值为 4.52，呈正值，可以说明试验教学能效作地提高学生的阅读力。

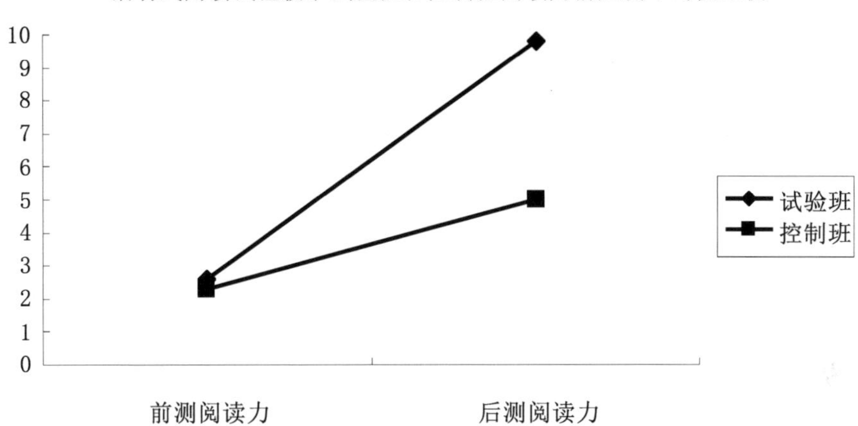

图 4　试验班和控制班前后测阅读力平均值双差图式

图 4 更清楚地看出，两条平均值曲线相交，曲线起点相合，尾端口张得很大，说明滚动式阅读教学在提升中学生的阅读力方面有明显的效果，从而也更进一步验证了滚动式阅读试验教学有助于提高阅读力。

4-2 阅读力级别进步平均指数与差值

图 4 的数据显示，试验班的进步级别平均指数为 2，显示了滚动阅读策略模式的滚动效应：

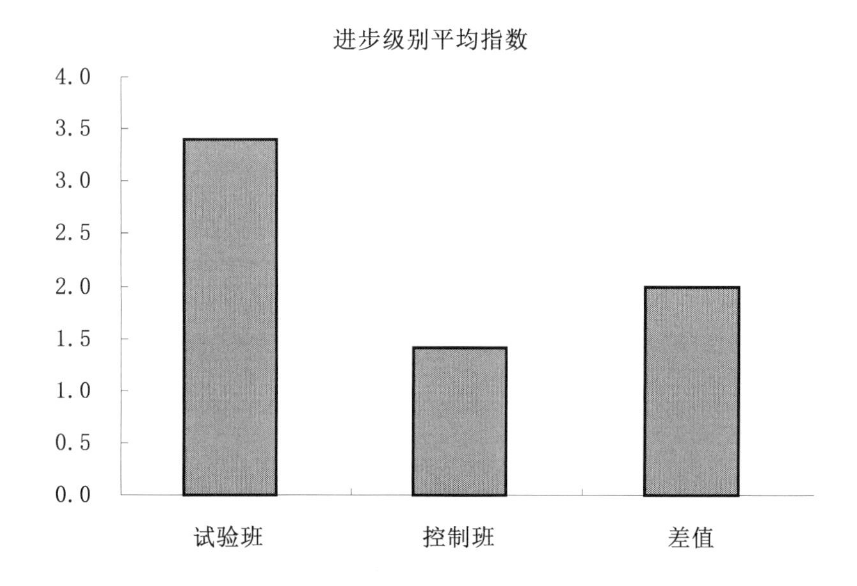

图 5　试验与控制班进步级别平均指数

下图展示了试验后的阅读策略滚动效应：试验班的阅读力比控制班高出两级：

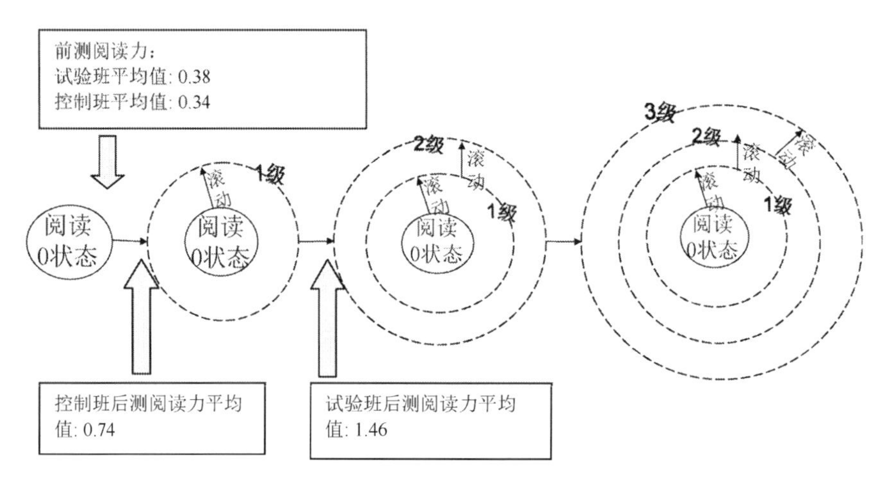

图 6　试验后滚动效应图式

七　结语

试验研究数据证实：在泛读之前进行泛读能力教学能有效培养第二语言学生泛读报章的能力。此一试验也证实了“学习性知识与技能”阶段乃第二语言学习过程中的重要阶段。

根据对外汉语学者的分析归纳，母语与第二语言阅读在阅读心理、过程和目的差异可通过泛读教学来消除（李晓琪，2006）。

于是，我们多方探究，针对“泛读能力的教学阶段”来设计一种具有结合中文语言与教学特色的、外显性的泛读能力教学模式，并根据之赖开展课堂教学实验，探讨以之来来培养泛读能力的可能。

泛读教学实证研究（二）滚动式教学及其滚动效应*

一 引言

为了提高学生的阅读能力，笔者提出滚动阅读策略教学来改善学生的阅读困难。滚动阅读教学是一种泛读能力的教学，通过读者的阅读速度、量、报章图式阅读知识与技能的滚动来培养／提高泛读能力。它包括阅读速度的滚动、阅读量的滚动和图式阅读知识与技能的滚动。本研究针对学生阅读速度慢、理解能力弱的问题，采取一些阅读教学策略，以学生为主体，循序渐进地引导学生由指导性阅读，转为自主阅读。

本研究以初中一快捷班的学生为对象、以泛读策略教学为内容，结合物理学力的原理，设计了“滚动阅读策略模式”，希望提高阅读的速读与效率。本研究的假设为：

（1）滚动式阅读试验研究教学能提高中学生的阅读速度

（2）滚动式阅读试验研究教学也能提高中学生的阅读理解力

有鉴于笔者已在上一篇论文《泛读教学实证研究（二）理论与教学设计》提及新加坡背景和文献综述，在此不再重复，立即进入滚动阅读研究教学模式的讨论。

---

* 与林季华（新加坡教育部特级教师）和胡向青（新加坡德惠中学教师）合著。

二　研究假设和研究教学模式和特点

（一）教学模式和特点

滚动式阅读教学的特点是建立在快速泛读基础上的阅读教学。在教学过程中，教师不给答案，用提问的方式来启动学生的元认知，调动并监控自己的潜存知识来进行推测，比如：你认为呢？你怎么知道？从哪里看出的？它的特征是阅读量的滚动和阅读质（阅读理解）的滚动，即阅读质量（阅读力）的滚动，在提高阅读速度的同时，也加强阅读理解力，从而使学生的阅读力获得全面提高。

滚动式阅读教学主可分为两个循环：语篇个体滚动与同侪小组滚动。这两个循环的滚动可深化学生对语篇表层语义与深层语义的理解。滚动式阅读教学模式也可分为两类：语篇个体滚动阅读教学和同侪小组滚动阅读教学。

1 语篇个体滚动

从个体阅读的角度来看滚动式阅读，在快速泛读的基础上，在同一主题或哲学理念的基础上，从单篇滚动到多篇滚动的阅读方式，运用心图调动阅读思维的自我滚动意识，自行逐渐深化理解，加强自我阅读力。

1-1　语篇个体滚动教学模式

（1）记叙文关键词滚动教学：关键词查找速度的提升和方法熟练的滚动式阅读教学。（速度）

- 关键词寻读法：即五何法——何人、何事、何物、何时、何地
- 关键词出现的位置：语篇中的题目、第一段、最后一段；语段层里各段第一句、最后一句
- 关键词出现的频率：出现次数比其他的词要多；次数出现越多的词，就越可能是越重要的关键词
- 关键词的意义：与“经过”有关的关键词：主要名词（人、物、地、时、事）；与隐含信息及“主题”有关的关键词：和主要名词有关的动词／形容词
- 关键词要从与“经过”有关的关键词滚动查找到与“主题”有关的关键词

(2) 滚动心形图的教学：思维从表层滚动到深层的滚动式阅读教学。（深度）

- 心形图的六个问题与关键词的关系：关键词＝心形图的答案
- 与“经过”有关的关键词：主要名词（人、物、地、时、事）--心形图前三题
- 与隐含信息和“主题”有关的关键词：主要名词有关的动词／形容词--后三题
- 带着心形图的六个问题来滚动阅读，从表层思维滚动到深层思维
- 从读到写：运用心形图来进行写作构思，拟写作大纲及运用心中的心形图进行写作

(3) 个体单篇的滚动到多篇的滚动：阅读量呈滚动递增状态的滚动式阅读。（广度）

- 读者自我单篇关键词和关键语块的滚动→单篇心形图滚动阅读
- 读者自我多篇关键词和关键语块的滚动→多篇心形图滚动阅读

- 阅读量滚动递增的滚动式阅读

如下图所示：

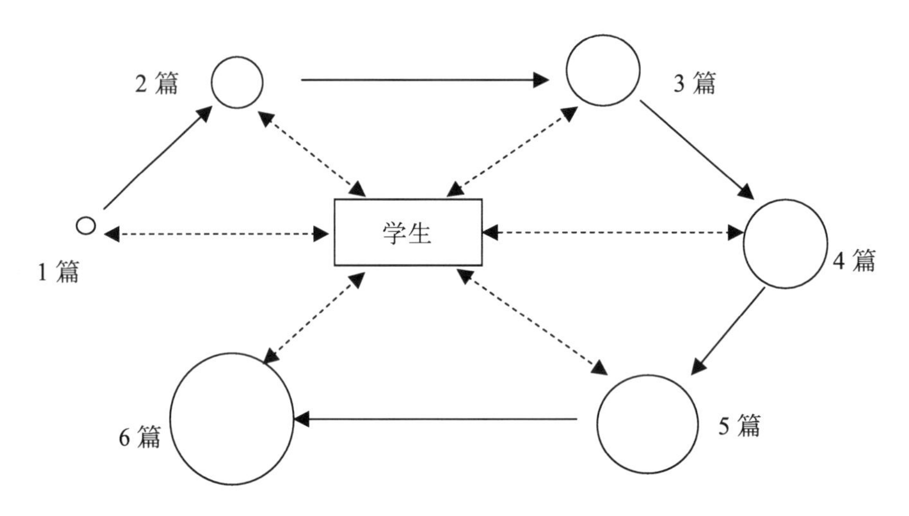

图 1　语篇个体滚动式阅读模式示意图

学生自身通过单篇到多篇的滚动式阅读教学，阅读知识和思维的雪球逐渐越滚越大，不断滚动积累阅读知识和阅读理解力，加快阅读速度，从而加强了自身的阅读力。

1-2 滚动式阅读心形图：调动学生阅读思维的自我滚动意识的关键教材——心形图，请详见下图。

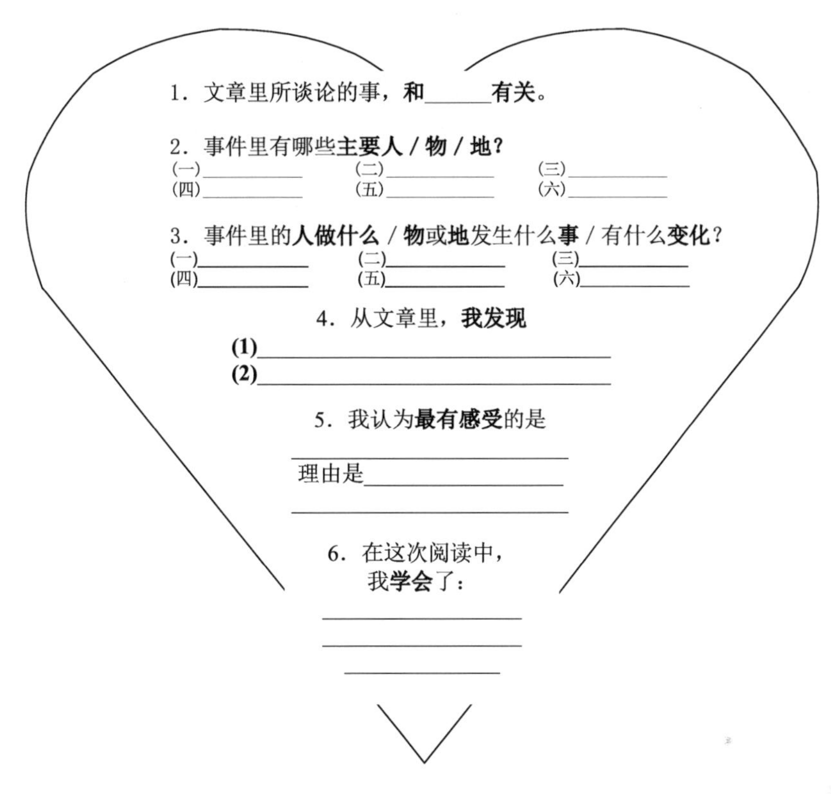

图 2　语篇个体滚动式阅读模式示意图

心形图是根据阅读认知能力的六个层次来设问，[1]表层理解和深层理解各三题,来考量和检查学生表层和深层理解的程度。

1-3 语篇个体滚动教学步骤

(1) 单篇快速查找关键词的教学

- 教师示范查找关键词，说明找关键词的方法、意义、单篇滚

1　本研究六维度心形图导图设计根据 UbD 六层级理解模式：说明、释译、应用、观点、同理心、自我认识来设计，按此模式设计为字面与深层理解双层提问。详见 Grant Wiggins & Jay McTighe 著，赖丽珍译：《重理解的课程设计》*Understanding by Design*（台北市：心理出版社，2008 年）。

动，借助高效速读方法说明，进行计时阅读及查找关键词，校对关键词答案，“扶”的教学

- 教师不主导，让学生自己借用思维导图（心型图）画关键词，单篇滚动，教师从旁协助，对关键词答案，“放”的教学
- 教师考查和跟进测试学生查找关键词单篇滚动情况，“收”的教学

（2）两篇快速查找关键词和关键语块和心形图的教学

- 教师讲解心形图的六个问题与关键词的关系，关键词＝心形图的答案
- 与“经过”有关的关键词：主要名词（人、物、地、时、事）--心形图前三题
- 与隐含信息和“主题”有关的关键词：主要名词有关的动词／形容词--后三题
- 带着心形图的六个问题来阅读，填写心形图检查理解掌握情况

“扶”、“放”、“收”三次教学

（3）四篇主题滚动式阅读操练

- 带着心形图的六个问题来阅读
- 心形图检查四篇个体滚动理解掌握情况
- “收”的教学

（4）六篇主题滚动式阅读操练

- 带着记忆中的心形图六个问题来阅读
- 运用记忆中的心形图来检查理解掌握情况，填写心形图，让学生熟练掌握
- 测试阅读教学效果，“收”的教学

（5）语篇个体滚动从读到写的教学：从阅读语篇中的心形图，来建

构写作

- 运用阅读的滚动效应，用心形图来写大纲，举例说明及示例
- 说明：第一题——拟题；第二－三题——事件经过；第四－六题——发现、感受和启示
- 运用心形图来进行写作检查，从读到写，“收”的教学

1-4 同侪小组滚动

同侪小组滚动是一种群体式互助型滚动式阅读活动，目的是在加强学生阅读力的同时也提高学生的归纳总结和语言表达能力。从选材考虑，可主要分为主题型同侪小组滚动和交叉型同侪小组滚动，主题型同侪小组滚动是指统一主题的选篇作为教材所进行的一种滚动式阅读教学，交叉型同侪小组滚动指的是选材没有固定主题，可直接使用报章内各类型文章作为阅读教学教材的一种滚动式阅读教学。从人数上考虑，可分为两人同侪小组滚动和群体式同侪小组滚动。

学生要有一定的阅读速度和分析理解能力，才能展开进行滚动式阅读。滚动式阅读模式的重点是在快速泛读和分析理解的基础上，要求学生把文章的中心思想和主要论点归纳总结，并通过自己的语言表达出来。集体同时阅读多篇文章，通过滚动分享和提问的互助方式来达到短时间内，一次互补和了解掌握多篇文章的表层和深层内容，找出隐含信息和主题，互相增强。之后，运用心形图来考查理解掌握情况，并通过这种滚动阅读方式加深记忆。

其基本模式为：读篇→关键词互助→表述和提问→心形图互助检查→从读到写

1-4-1 同侪小组滚动教学模式

（1）同侪小组滚动记叙文关键词教学，小组互助滚动检查及核对关

键词和关键语块

（2）同侪小组滚动心形图的教学：组间滚动分享及检查所选语篇的心形图答案，从表层思维滚动到深层思维，互相增强

（3）同侪小组滚动从读到写教学：运用心形图来进行写作构思，拟写作大纲，小组和组间互相分享，提炼出最佳方案，进行写作，以逐步加强写作能力

如下图所示：

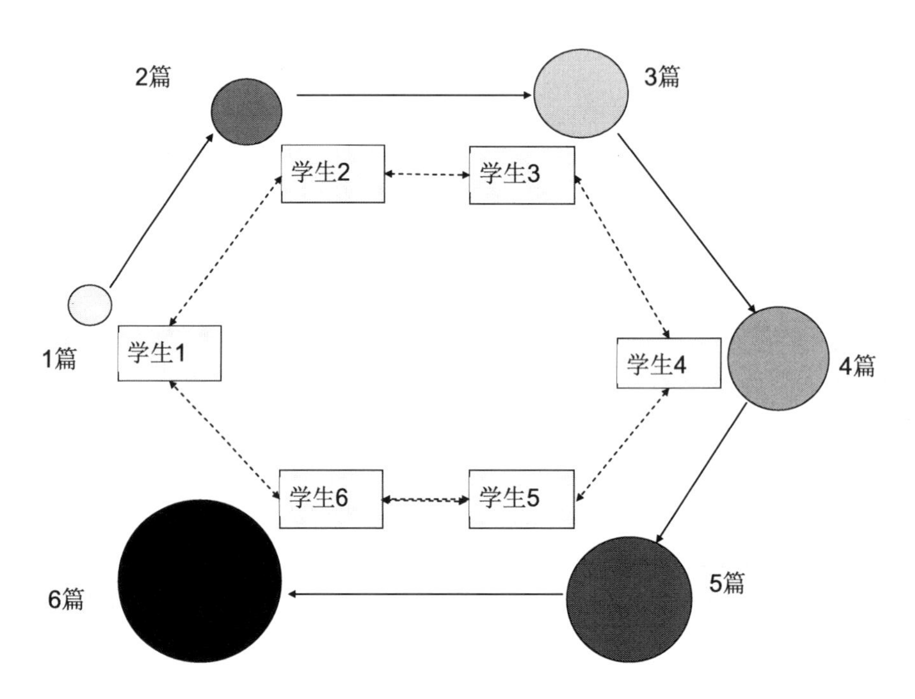

图 3　同侪小组滚动式阅读模式示意图

每位学生所选的篇章不能重复。同一个篇章循环六次。如此一来，阅读的雪球滚到第六位学生时，小组里的每位学生都已阅读了六篇不同的篇章。（胡向青，2006）学生在这次的滚动阅读之后，阅读的滚动效

应就会像滚雪球一样，滚动积累了阅读知识和能力。

1-4-2 主题型同侪小组滚动阅读教学的主要步骤

（1）单篇快速查找关键词的小组滚动教学：让学生借助高效速读方法说明和借用思维导图画关键词（心型图），小组互助单篇滚动，找出语篇隐含信息和主题，核对关键词答案（可采用教师主导，进行“扶”的教学；教师从旁协助，落实“放”的教学；教师跟进测试，达到“收”的教学）

（2）两篇快速查找关键词和关键语块的小组滚动教学：带着心形图的六个问题来阅读，两人互助同侪小组滚动，找出两个语篇的相关性、隐含信息和主题，教师从旁协助，填写心形图检查理解掌握情况（“放”的教学）

（3）四篇主题小组滚动式阅读操练：心形图检查理解掌握情况，同侪小组滚动，组内和组间互助检查，小组比赛，互相增强的互助方式（“收”的教学）

（4）六篇主题小组滚动式阅读操练：语篇个体滚动，运用记忆中的心形图来检查理解掌握情况，让学生熟练掌握，填写心形图，同侪小组滚动

（5）小组滚动式从读到写的教学：心形图和写作大纲的关系，运用心形图来写大纲，组内和组间滚动，互助和检查，提炼最佳方案及成文

（6）阅读测试和写作检查，从读到写，达到“收”的教学

1-4-3 交叉型同侪小组滚动阅读教学的主要步骤为

（1）选择六至十篇文章

（2）预读：进行前，事先让学生预读报章十至十五分钟

(3) 指导阅读：

- 轮流指定学生说出所读篇章的主要内容
- 回答老师提出的问题；分层考查学生的字面性理解、阐释性理解、评价性理解和创造性理解
- 小组互助填写心形图，考查理解和掌握的情况（包括两人小组式滚动互助检查和多人群体式滚动分组比赛）
- 教师选出好的篇章，让学生展开讨论
- 人数定在 6-10 人为佳

(4) 读报作业：老师根据学生选读过的篇章，抽取或指定其中一些篇章，让学生讨论之后，再让学生完成一篇读报作业。

语篇个体和同侪小组滚动式阅读教学的共同点是：两者均以快速泛读为基础，由单篇到多篇，并根据阅读的滚动效应，利用滚动阅读心形图以激发学生由表层理解滚动至深层理解的意识，达到全面提高学生阅读力的目的。不同点是：语篇个体滚动阅读教学是以学生个体为单位的滚动阅读基础式教学，旨在激发自我阅读滚动潜意识，从而提高个人自身的阅读力，学生所学的阅读技能可终生受用；而同侪小组滚动阅读教学，是以小组为单位的滚动阅读增强式教学，组内和组间互助思维滚动方式，以达到思维滚动的互相递进增强的目的，强调小组合作共同提高阅读力。如能循环交叉使用，效果更佳。

（二）试验教学研究方法

本研究以中一快捷班进行试验研究，采用试验组和控制组，二分法，两组间对比式（between group design）（Donald Ary, Lucy Cheser Jacobs, Ashgar Razavieh, Chris Sorensen 2006）。

1 研究抽样

采用双组对照的研究

试验班（19 人）：前测→新阅读教学干预→后测

控制班（17 人）：前测→传统传授式教学→后测

2 研究教学过程

2-1 教学目标：提高中一学生的阅读力

2-2 教材：课文及报刊内摘选的篇章（中一、二程度）

2-3 研究方法

教学方法 1：试验班采用以速读为基础的滚动式阅读教学以及扶、放、收鹰架

教学方法 2：控制班采用普通传统讲授式教学

2-4 教学重点：试验班和控制班教学步骤和侧重点不同，详见表 5。

表 1 试验班和控制班阅读教学重点比较

序号	试验班阅读教学重点	控制班阅读教学重点
1	教学性质：泛读能力的滚动阅读教学	非泛读教学
2	课堂泛读能力的教学设计： (1) 语篇滚动 (1-1) 单语篇滚动—构建报章阅读的图式知识 • 关键词阅读来快速理解报章报道的字面信息 • 联系读者潜存经验、知识来推论隐藏信息 • 阅读活动—六何关键词计时阅读活动 • 阅读理解活动—心形图（表层、深层）	

序号	试验班阅读教学重点	控制班阅读教学重点
	(1-2) 多语篇滚动—巩固报章图式阅读的技能 • 通过量的滚动来巩固图式阅读技能（多语篇阅读教材设计：2，4，6） • 通过量、速度滚动来巩固图式阅读的技能（多语篇计时阅读活动：2，4，6） (2) 同侪滚动— 辅助性教学活动—通过调动报章阅读图式知识来检查同侪的理解结果，目的在于将图式阅读技能内化成为较长时／长期的记忆初步构建报章阅读的图式知识与技能。 阅读活动： • 组内滚动 • 大班滚动	
3	教学模式：主题型语篇个体和同侪小组滚动式阅读教学循环交叉使用 教学目标：让学生能够达到，1 分钟阅读和 1 分钟理解 字数为约 300 字的篇章,即阅读速度为 300 字／分钟 教学时间：每次一个小时	传统讲授式教学 理解语篇即可，不要求阅读速度 每次一个小时
4	上课方式： 小组协作，按学生的阅读速度分组，便于差异教学 差异教学：采用阅读速度监控自助卡	不分组 差异教学：答疑
5	语篇滚动的阅读教学：由单语篇的阅读，逐步增至两篇、四篇、六篇，分阶段进行。 第一阶段：单篇快速查找关键词的三次教学	只是单语篇的教学

序号	试验班阅读教学重点	控制班阅读教学重点
	1 教师示范查找关键词，说明找关键词的方法、意义、单篇滚动，借助高效速读方法说明，进行计时阅读及查找关键词，校对关键词答案，“扶”的教学； 2 让学生自己借用思维导图（心型图）画关键词，自我单篇滚动，教师从旁协助，对关键词答案，“放”的教学； 3 教师考查和跟进测试学生查找关键词单篇滚动情况的“收”教学； 第二阶段：双篇快速查找关键词和关键语块的教学 1 教师教授心形图的六个问题与关键词的关系，关键词＝心形图的答案 2 与“经过”有关的关键词：主要名词（人、物、地、时、事）——心形图前 3 题， 3 与隐含信息和“主题”有关的关键词：主要名词有关的动词／形容词——后 3 题； 4 带着心形图的六个问题来阅读，两人同侪小组滚动，填写心形图检查理解掌握情况（“扶”“放”“收”三次教学）； 第三阶段：四篇主题滚动式阅读操练 1 心形图检查理解掌握情况，语篇个体滚动； 2 同侪小组滚动，小组比赛形式，互相检查的互助方式，“收”的教学； 第四阶段：六篇主题滚动式阅读操练 1 语篇个体滚动，运用记忆中的心形图来检查理解掌握情况，让学生熟练掌握； 2 填写心形图，同侪小组滚动； 3 运用心形图来进行写作检查，从读到写的“收”的教学。	讲授方式： 1 教师分别以单篇讲解 2 难词解释，做答题 3 对答案，难题解疑

序号	试验班阅读教学重点	控制班阅读教学重点
	教材： 1 主题型语篇集："人性的美与丑"、"熄灯一小时"、"给予是快乐的"、"成长"、"歌曲教学：友情难忘"、"甲型流感"等等 2 高效速度法说明 3 滚动阅读思维导图（心型图） 4 关键词参考答案 5 滚动心形写作大纲 6 滚动式阅读心形图	教材： 教学语篇资源数量与试验组相同
6	以学生为中心： 采用"扶"、"放"、"收"鹰架 "扶"——学生为主体，教师为主导 "放"——学生为主，教师协助 "收"——学生为主，教师评测	以教师为中心 教师讲授为主 学生聆听为主
7	信息处理： 自上而下的理论，从篇到词，即采用快速泛读训练和滚动式阅读，均使用由上至下的方式，以概念引导，训练学生迅速抓住文章重点。	自上而下的理论，从篇到词
8	泛读方法： 运用五何（何人、何事、何物、何时、何地）快速搜寻与文章主旨有密切联系的关键词、关键语块。	教师先带读语篇
9	理解方式： 计时快速阅读，多语篇寻找关键词；思维导图帮助学生寻找关键词、推测隐含信息和主题，建构自我认知。	分析疑难部分
10	试验阶段： 初期进行单语篇的计时快速阅读训练，滚动式阅	没有变化

序号	试验班阅读教学重点	控制班阅读教学重点
	读教学，运用心形图进行阅读滚动、建构新认知。	
11	生词处理： 处理生词，不做直接解释，让学生根据上下文猜测，举例说明，不直接给答案解释。	把生词解释给学生
12	理解过程： 整个过程中，教师不给答案，让学生运用潜存知识推测，例如：主要讲什么？经过是什么？	提出问题让学生解答
13	教学方法： 采用“扶”、“放”、“收”鹰架，“扶”的教学是教师示范指导操练；“放”的教学是让学生自行练习，教师从旁帮助，不直接讲答案；“收”的教学是由教师检查学生进展情况，学生自我检查，写反思周记。	老师给出答案
14	写作： 填写心形图，即写通过这次阅读我的感受、我的发现、我学会了…… 之后按此为大纲进行写作，即由读到写。	最后写出感想

教学步骤：

序号	试验班阅读教学步骤	控制班阅读教学步骤
1	教学模式：主题型语篇个体和同侪小组滚动式阅读教学循环交叉使用（计时阅读） 教学目标：让学生能够达到，1 分钟阅读，1 分钟理解 字数为约 300 字的篇章,即阅读速度为 300 字／分钟	传统讲授式教学 理解语篇即可，不要求阅读速度 每次一个小时

序号	试验班阅读教学步骤	控制班阅读教学步骤
	教学时间：每次一个小时	
2	小组协作，按学生的阅读速度分组，便于差异教学	不分组，班级授课
3	语篇滚动阅读教学：由单语篇的阅读，逐步增至两篇、四篇、六篇，分阶段进行。 单篇快速查找关键词的三次教学 （1）教师示范查找关键词，说明找关键词的方法、意义、单篇滚动，借助高效速读方法说明，进行计时阅读及查找关键词，校对关键词答案，“扶”的教学； （2）让学生自己借用思维导图画关键词，自我单篇滚动，教师从旁协助，对关键词答案，“放”的教学； （3）教师考查和跟进测试学生查找关键词单篇滚动情况的“收”教学；	单语篇的阅读教学 教师讲解一篇报章的生词，难词解释
4	双篇快速查找关键词和关键语块的教学 （1）教师教授心形图的六个问题与关键词的关系，关键词＝心形图的答案； （2）与“经过”有关的关键词：主要名词（人、物、地、时、事）——心形图前 3 题； （3）与隐含信息和“主题”有关的关键词：主要名词有关的动词／形容词——后 3 题； （4）带着心形图的六个问题来阅读，两人同侪小组滚动，填写心形图检查理解掌握情况（“扶”“放”“收”三次教学）。	教师讲解单篇内容，带读语篇一遍
5	四篇主题滚动式阅读操练 （1）心形图检查理解掌握情况，语篇个体滚动； （2）同侪小组滚动，小组比赛形式，互相检查的互助方式，“收”的教学。	教师提出问题，让学生做答

序号	试验班阅读教学步骤	控制班阅读教学步骤
6	六篇主题滚动式阅读操练 （1）语篇个体滚动，运用记忆中的心形图来检查理解掌握情况，让学生熟练掌握； （2）填写心形图，同侪小组滚动； 运用心形图来进行写作检查，从读到写的“收”的教学。	教师把答案给学生，讲解疑难部分和题目
7	填写心形图，即写出这次阅读后的感受、发现以及学会了什么。 之后按此为大纲进行写作，即由读到写。	最后让学生写出报章读后感

3 教学评鉴

阅读能力的测试不再是语言知识和非语言知识的测试，是阅读速度和阅读理解力的考量。采用的参数是，阅读时间段、阅读速度、阅读理解力（表层理解和深层理解）、阅读理解率和阅读率。

3-1 评鉴采样

对试验班和控制班同时进行前测和后测，包括表层理解和深层理解测试，及阅读背景和方法的问卷调查。

3-2 评鉴方式

采用三角测量法进行分析，前后测的数据统计和双差图示分析、阅读习惯方法和语言背景调查问卷、反思周记来跟进测试和调整教学。

4 加强试验的内部有效性

对试验教学过程、教材选用、教授者和教学对象进行监控，为使试验结果能跟更加精确，也为减少试验误差，本研究采取了以下方式。

4-1 先导篇章综合理解可读性测试：运用泰勒的完形填空理论进行完形填空测试及控制语篇难度。两篇中二快捷课文进行先导篇章综合理解可读性测试，其中答对率分别为 71.4%和 61.9%。根据泰勒的理论，答对率达 60%以上的可作为教学语篇进行教学。从中发现可以采用略难程度的中二快捷课文程度的语篇，来进行教学和测试。

4-2 试验班和控制班的前后测同时进行，同一位老师指示并在其督促下进行。

4-3 对两班进行定期观课，试验过程中控制班的老师必须前后一致保持传统教学方式，不参与试验教学。

5 具有外部有效性

快速泛读的训练方式是运用思维六个层次设题和滚动式阅读所提炼出的方法。其他语言教学也可使用，如：英语、马来语等；用这种方法适合于任何学科的大量资料的阅读上，也适用于大量资料信息的搜寻工作。

6 试验（数据）的可靠性分析和论证

两班一起测试，表层和深层问题评分比例适当的调整，严格遵守试验程序，定期反思调整，使用的资料语篇是经过测试和筛选的，试验班和控制班的学生程度一致。

三　研究成果

为期三个月的试验教学，试验班的学生进行了九次滚动式阅读试验教学、前后测试和反思调查等教学评测后，我们分别从反思周记、调查问卷和试验数据进行比较分析。

（一）学生反思周记和作文表现

学生反思周记中的自我表现检查单，部分题目情况，如下表所示：

表 2　试验班反思周记部分选项情况

项目内容	很好	好	还可以	不理想
填写心形图，找具体信息和主要信息	21	58	16	5
填写心形图，找具体信息和主要信息，我对篇章的理解的情况	26	53	16	5
	79%	79%	16%	5%

在“填写心形图，找具体信息和主要信息”和“填写心形图，找具体信息和主要信息，我对篇章理解的情况”这两项的表现中，79%学生认为自己表现得很好和好，16%的学生认为自己还可以，只有 5%学生对自己的表现还不满意。因此，有 95%的学生给予了肯定的意见。

反思周记问答题的答案分别为：

问题 1　快速寻读的好处及对你的帮助

“能够很快理解篇章，省时间”、“我的速度变得更快，记忆也进步了”、“我读得越来越快”、“可以让你的读书技巧会变高，理解篇章更好”、“它会帮我了解那个故事的内容”“让我很快的读完篇章和理解，在考试时有很多时间写”等。

问题 2　学了滚动式阅读后你的感受

“这能帮助很多读不懂的人更明白篇章在说什么”、“我觉得学这个会帮我节省时间”、“我觉得对我很有帮助”、“我感受到读篇章是要很多技巧的”、“我觉得很有用”、“很好，可以让别人知道，来帮助他人”、“我觉得高兴”、“不需要花太多时间”、“我认为自己还有能力去进修自己”、“读得快，可以让我们有更多的时间做后面的问题”、“我觉得容易很多了”等。

问题 3.1　你以前阅读的方法

“一个词一个词去读，又很忙”、“比较慢”、“一个字一个字的去读”（较多的答案）、“我以前阅读没快速寻读的习惯”等。

问题 3.2　现在你找到关键词的方法

“让我们读得更快”、“比较好，更理解”、“找到关键词后，我就知道问题的答案”、“帮我读快一点”、“根据人、事、物、地、时”、“找对理解篇章有帮助的字”、“看哪一个是最重要”等。

问题 4　更好的建议

“教我们读一行一行的方法，蛮有挑战”、“多多练习”等。（此题多数学生没有回答）

问题 5　写出这次周记中的关键词

明白篇章、更好、习惯，阅读，理解、技巧、时间，练习，感动、比较快，更理解、记忆进步，记忆、找关键词、速度等。

从学生的回答中可以看出，大部分的学生能够掌握滚动速读的技巧，认为滚动式阅读法能提高他们的阅读速度，节省时间，加强阅读理解力，并对自己的阅读表现比以前更加有信心。

学生作文表现情况：

后测观察显示试验班的学生在写作部分也比以前大有进步。他们已经可以运用心形图来写大纲，有些学生甚至会用图示来示意大纲主要内容，有些会把关键词写上，有些会用关键词写出思维图，而控制班的大部分学生仍然不会写大纲或是写的思路不清楚，没有条理；试验班的学生能写出来更多的内容，有两位同学还加了稿纸。进行了八次阅读教学，只进行了一次写作教学，就能产生如此大的变化。由此可见，从读到写的方法是可行的，读能助写。

另外，以前学生只能写出事情的经过，但内容不够详尽，更不会写感受和启示的部分，结尾不够精彩也不够深入。试验教学之后，情况有改善，能够写出自己的感受及从中学到了什么。

（二）前后测问卷调查情况的对比

前后测问卷调查部分情况，如下表所示。

表 3　试验班和控制班问卷调查部分情况比较

项目	内容		
学校使用华语情况	我经常和华族同学讲华语		
	前测	后测	差值
1A	68%	71%	3%
1E	37%	25%	-12%
阅读方式	在文章中间垂直地迅速滑动		
	前测	后测	差值
1A	5%	38%	33%
1E	0	17%	17%
停顿的习惯	不停顿，直到看完整篇为止		
	前测	后测	差值
1A	14%	19%	5%
1E	16%	6%	-10%

滚动阅读试验教学能影响学生在校使用华语的情况，试验班更多学生在校使用华语交谈，多读华文报，增加交谈的话题，制造交谈机会，而控制班使用华语交谈的的人数反而减少了 12%；试验班学生的阅读习惯在改变，有阅读华文报的人数从以前的 32%到 43%，增加了 11%，阅读总人次比率也从以前的 50%到 71%增加了 21%；阅读方式也有所改变，在文章中间垂直地迅速滑动能更快地读的人数增加了 33%；不停顿，直到看完整篇为止的人数增加了 5%，而控制班的人数则是减少了 10%，说明试验班的学生，逐渐对自己的阅读理解更加有信心。

（三）理解力的表现

试验班和控制班在理解力的前后测的数据统计，见下表。

表 4　试验班和控制班前后测时间段和理解力数据统计

试验班								
前测					后测			
序号	时间段	阅读理解力	表层理解 72	深层理解 48	时间段	阅读理解力	表层理解 72	深层理解 48
1	16.7	55	38	28	6.3	84.2	69	32
2	20.2	45	38	16	8.1	94.2	71	40
3	15.9	52.5	63	0	14	90	68	40
4	15.6	45	36	18	11.2	99.2	72	47
5	16.8	26.7	32	0	11.3	98.3	72	46
6	23.3	29.2	35	0	12.7	99.2	72	47
7	22.8	63.3	48	28	8.3	97.5	72	46
8	17.9	34.2	21	20	8.3	88.3	60	46
9	19.1	45.8	39	16	11.3	90.8	69	40
10	19.8	16.7	20	0	4.2	95.8	68	47
11	23.8	27.5	29	4	12	71.7	54	32
12	20.7	47.5	39	18	15.5	92.5	69	42
13	10.4	72.5	51	36	4.9	90	62	46
14	19	55	52	14	11.9	90	70	38
15	13.7	48.3	33	25	9	90	67	41
16	27.8	39.2	31	16	13.2	75.8	43	48
17	14.3	43.3	30	22	10	71.7	68	18
18	25.3	68.3	62	20	11	90	60	48
19	16.2	47.5	33	24	11.1	81.7	66	32

控制班								
前测					后测			
序号	时间段	阅读理解力	表层理解 72	深层理解 48	时间段	阅读理解力	表层理解 72	深层理解 48
1	23.6	27.5	33	0	11.8	72.5	63	24
2	21.3	34.2	39	2	15.8	49.2	49	10
3	7.4	88.3	66	40	9.9	76.7	60	32
4	24.5	26.7	24	8	15.8	60.8	53	20
5	12.6	70.8	55	30	11.9	80.8	53	44
6	17.6	20.8	17	8	12.4	65	54	24
7	18.6	18.3	4	18	15	72.5	59	28
8	15.7	35	34	8	10.3	47.5	57	0
9	17.5	22.5	19	8	12.1	57.5	54	15
10	19.8	5	6	0	14.1	43.3	50	2
11	18.7	32.5	39	0	14.7	41.7	50	0
12	20.7	27.5	33	0	13	74.2	53	36
13	24.5	38.3	46	0	16.4	47.5	57	0
14	17.7	39.2	47	0	8.3	70.8	59	30
15	20.8	10	4	8	14.6	31.7	32	4
16	16.2	43.3	20	32	5.9	40.8	43	10
17	18.9	35.8	20	23	15.7	87.5	66	39

T=-1.9, p=0.2, f (1, 34)=0.01

初步分析表 8 显示，试验班前测理解力的最高分只有 72.5，后测有 13 位学生理解力的分数达到 90 分以上，分数明显地提高了；控制班前测理解力的最高分达 88.3，后测只有两位学生理解力的分数达到 80 分以上，分数提高不多。试验班前测表层理解的最高分只有 63，后测有 6 位学生理解力的分数达到 70 分以上，控制班前测表层理解的最高分是 66，后测只有 3 位学生理解力的分数达到 60 分以上，分数增加的幅度较小。试验班前测深层理解 40 分以上只有 4 位，后测有 14 位学生的分数达到 40 分以上，分数显著增高，而控制班的分数增加幅度小，前后测同样只有一位学生得 40 分或以上。时间段上两班均减少，说明阅读速度均有加快，阅读速度具体的比较将在下一章节中进一步说明。

由上述的三角测量分析，可以看出在经过试验教学之后，无论是学生的主观看法，还是客观观察、问卷和初步的数据分析，试验班的学生均有不俗的表现。他们在各方面都有进步。数据初步显示，理解力有明显的进步，尤其是深层理解，滚动教学呈现显著的效果。

有关专家认为阅读理解率应该介于 70%到 80%之间。阅读率低于 70%表示学生读得太快了；如果高于 80%则表示还可以适当地提高阅读的速度（闫国利，2004）。

表 8 的数据显示，试验班前测的理解力表现不理想，得分均低于 70%，阅读力均待加强，而控制班也分别只有超过 70%和 80%，即有 2 人达标；而后测试验班学生的得分全在 70%以上，有 16 人得分超过 80%，表明还有潜力，加强理解力之后还可以适当提高阅读速度，提高阅读力，与其前测相比，滚动式阅读教学之后的阅读理解力达标人数增加了 19 人，即全班 19 人均已达标，相对照的控制班只有 7 人得分超过 70%，两人超过 80%，17 人中只有 9 人达标，达标人数只增加 7 位，可见试验的效果是明显的。

四　试验数据的双差图式分析

对上述的试验数据，我们再做进一步地深入分析研究。

阅读能力的测试不再是语言知识和非语言知识的测试，而是阅读速度和阅读理解力的考量。我们在考虑学生阅读力中的理解力因素之同时也要加入学生阅读速度的因素来综合评量。

从统计学双组参照可以推出，如果前后测试验班和控制班的数据两条平均值（M）曲线平行，则说明试验无增值作用，两者双差值相等，说明数据增幅一样，教学法毫无作用；如果曲线相交或趋于相交（或其延长线会相交），双差成正值，则说明试验教学的干预成功，有效作用于该组试验对象，如果双差呈现负值，则是反作用。因此，根据双差图式分析可以更明显地看出滚动式阅读教学的效果。

为了方便对比评量，我们将在上述原始试验数据的基础之上，评测其生成变量和再生成变量，再结合前后测平均值双差值的表式统计和图式分析，以进一步说明其效果。

（一）生成和再生成变量级及总体阅读率分析

根据原始变量时间段（t）和理解力（r），可推算出阅读速度（υ）和理解率（δ）两个生成变量，也可再推算出综合考虑阅读速度和理解因素，阅读力的评测参数阅读率（μ），详见下表 5 所示。之后，再对该组数据进行总分总结构的分析。

表 5　试验班和控制班前后测阅读速度、理解率和阅读率数据统计

试验班								
	前测				后测			
序号	阅读速度	理解率	阅读率	阅读率级别	阅读速度	理解率	阅读率	阅读率级别
1	161	2.1	3.3	1	427.1	3.1	13.4	6
2	133	1.7	2.2	0	332.2	3.5	11.6	5
3	169	2.0	3.3	1	192.2	3.3	6.4	2
4	172	1.7	2.9	1	240.3	3.7	8.9	4
5	160	1.0	1.6	0	238.1	3.7	8.7	3
6	115	1.1	1.3	0	211.9	3.7	7.8	3
7	118	2.4	2.8	1	324.2	3.6	11.7	5
8	150	1.3	1.9	0	324.2	3.3	10.6	4
9	140	1.7	2.4	0	238.1	3.4	8	3
10	135	0.6	0.8	0	640.7	3.6	22.8	11
11	113	1.0	1.2	0	224.3	2.7	6	2
12	130	1.8	2.3	0	173.6	3.4	6	2
13	258	2.7	7.0	3	549.2	3.3	18.4	8
14	141	2.1	2.9	1	226.1	3.3	7.6	3
15	196	1.8	3.5	1	299.0	3.3	10	4
16	96	1.5	1.4	0	203.9	2.8	5.7	2
17	187	1.6	3.0	1	269.1	2.7	7.2	3
18	106	2.5	2.7	1	244.6	3.3	8.2	3
19	165	1.8	2.9	1	242.4	3	7.4	3

控制班								
前测					后测			
序号	阅读速度	理解率	阅读率	阅读率级别	阅读速度	理解率	阅读率	阅读率级别
1	114	1.0	1.2	0	228.1	2.7	6.1	2
2	126	1.3	1.6	0	170.3	1.8	3.1	1
3	362	3.3	11.9	5	271.8	2.8	7.7	3
4	109	1.0	1.1	0	170.3	2.3	3.9	2
5	213	2.6	5.6	2	226.1	3	6.8	3
6	152	0.8	1.2	0	217.0	2.4	5.2	2
7	144	0.7	1.0	0	179.4	2.7	4.8	2
8	171	1.3	2.2	0	261.3	1.8	4.6	1
9	153	0.8	1.3	0	222.4	2.1	4.8	2
10	135	0.2	0.3	0	190.9	1.6	3.1	1
11	143	1.2	1.7	0	183.1	1.5	2.8	1
12	130	1.0	1.3	0	207.0	2.8	5.7	2
13	109	1.4	1.6	0	164.1	1.8	2.9	1
14	151	1.5	2.2	0	324.2	2.6	8.5	3
15	129	0.4	0.5	0	184.3	1.2	2.2	0
16	165	1.6	2.7	1	456.1	1.5	6.9	3
17	142	1.3	1.9	0	171.4	3.3	5.6	2

T=-1.2, p=0.3, f (1, 34) =0.01

如果中学生正常的阅读速度 υ 范围为 100～300 字／分钟，则可计算出中学生阅读力分级范围，理解率 δ 的范围为 2.6～2.9 之间，阅读率 μ 应该为 2.6～8.7 之间，如低于 2.6，表示阅读力需加强；如果高于

8.7，则表明还有潜能，可以适当提高阅读力。依此分级，阅读率 μ 在 2.6～4.6 之间为第一级，在 4.7～6.6 之间为第二级，在 6.7～8.7 之间为第三级，依此类推四级（8.8，10.7），五级（10.8，12.7），六级（12.8，14.7）等等。详见分级范围参考表。

表 6　分级参考范围

理解率级别	未达标	一级	二级	三级	四级	五级	六级	七级	八级	九级	十级
范围	<2.6	2.6, 4.6	4.7, 6.6	6.7, 8.7	8.8, 10.7	10.8, 12.7	12.8, 14.7	14.8, 16.7	16.8, 18.7	18.8, 20.7	20.8, 22.7

从表 5 和表 6 的阅读综合指标阅读力的参数阅读率，可以看出前测阅读率试验班未达标人数（9）、一级（9）、二级（0）、三级（1），控制班未达标人数（14）、一级（1）、二级（1）、三级（0）、四级（0）、五级（1）；后测试验班阅读率全部达标，级别分布均在二级以上，二级（4）、三级（7）、四级（3）、五级（2）、六级（1）、十一级（1），控制班未达标人数（1）、一级（5）、二级（7）、三级（4）。详见表 9。

表 7　试验班和控制班前后测阅读速度、理解率和阅读率数据统计

理解率级别／人数	未达标	一级	二级	三级	四级	五级	六级	七级	八级	九级	十一级
试验班前测	9	9	0	1	0	0	0	0	0	0	0
控制班前测	14	1	1	0	0	1	0	0	0	0	0
试验班后测	0	0	4	7	3	2	1	0	0	0	1
控制班后测	1	5	7	4	0	0	0	0	0	0	0

从表 7 中可以看出，试验班学生在滚动式阅读教学之后，分别跳了 2-11 级，跳跃幅度大；控制班的学生这段时间在正常的教学中，也有不错的表现，也分别跳了 1-3 级，也有稳步增长。

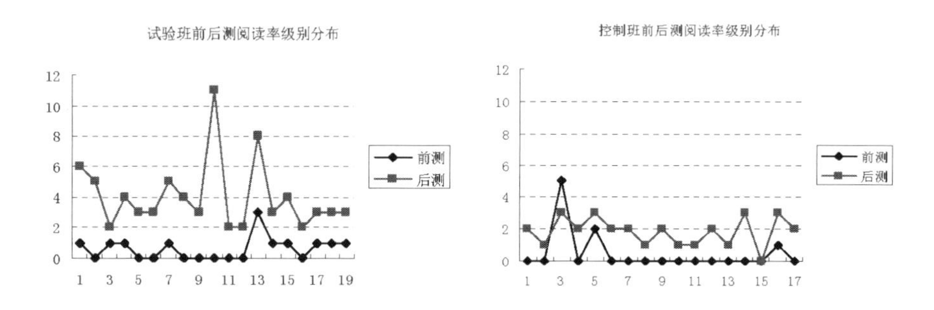

图 4　试验班和控制班前后测阅读率级别分布比较

图 4 显示，控制班阅读力稳步提高，试验班的进步幅度较大，曲线位置高于控制班，说明阅读力的提高更为明显。

接下来，对其它指标的测试结果，分别进行双差图式分析。

（二）阅读速度的双差图式分析

提高和评量阅读力时，阅读速度也是一个重要的参考因素，试验教学的阅读速度两班平均值数据统计如下表 8 所示。

表 8　试验班和控制班前后测阅读速度 υ 平均值及双差值数据统计

阅读速度平均值 Mυ	前测	后测	水平差	
试验班	150	295	145	
控制班	156	225	69	
垂直差	-6	70	76	双差值

从表 8 中可以看出，试验班前测的阅读速度平均值为 150 字／分钟，控制班前测的阅读速度平均值为 156 字／分钟，前测控制班的阅读速度比试验班高；试验班后测阅读速度平均值是 295 字／分钟，控制班后测阅读速度平均值是 225 字／分钟，后测试验班的阅读速度比控制班高，平均速度上每分钟增加了 76 个字。

表 8 也显示，试验班和控制班前测的平均阅读速度的垂直差为－6，即前测中试验的平均阅读速度略低于控制班，而后测垂直差为 70，差距增大，教学试验后试验班的平均阅读速度反而超过了控制班。试验班前后测的平均阅读速度的水平差为 145，而控制班前后测的平均阅读速度的水平差为 69，其双差值为 76，即经过滚动式阅读试验教学后，试验班的平均阅读速度增加的幅度大于控制班 76，从先前的平均阅读速度低于控制班，到后来高于控制班。

双差值为 76，呈正值，说明试验教学有效作用于提高学生的阅读速度。

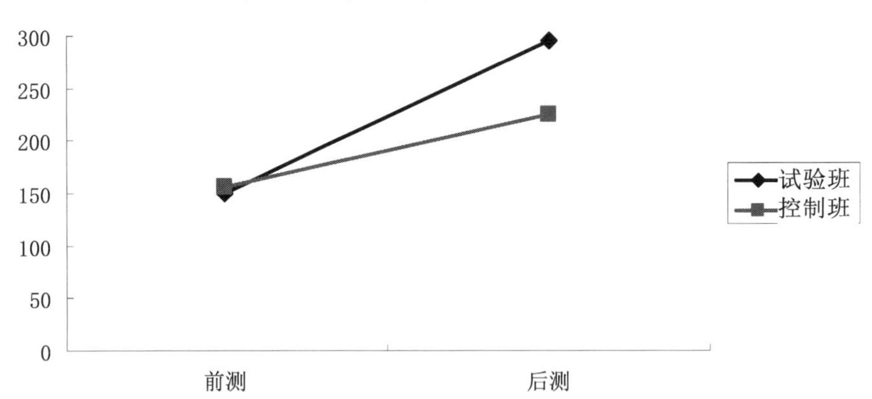

图 5　试验班和控制班前后测阅读速度平均值双差图式

从图 5 中也可以看出，两条曲线相交，说明滚动式阅读在提升中学生的阅读速度方面有明显的效果，从而也进一步图式验证了滚动式阅读试验教学有效作用于阅读速度。

（三）理解率的双差图式分析

在提高和评量阅读力方面，理解率也是另一个重要的考虑因素，两班试验教学的理解率平均值数据统计如下表 9 所示。

表 9　试验班和控制班前后测理解率 δ 平均值及双差值数据统计

理解率平均值 Mδ	前测	后测	水平差	
试验班	1.7	3.3	1.6	
控制班	1.3	2.2	0.9	
垂直差	0.4	1.1	0.7	双差值

表 9 显示，前测试验班阅读理解率平均值为 1.7，控制班理解率平均值为 1.3；后测试验班理解率平均值是 3.3，控制班阅读理解率平均值是 2.2。

试验班和控制班前测的平均理解率的垂直差为 1.6，而后测垂直差为 1.1 差距拉大；试验班前后测的平均理解率的水平差为 1.6，而控制班前后测的平均理解率的水平差为 0.9，其双差值为 0.7，即经过滚动式阅读试验教学后，试验班的平均理解率增加的幅度大于控制班 0.7。

双差值为 0.7，呈正值，说明试验教学有效作用于提高学生的阅读理解。

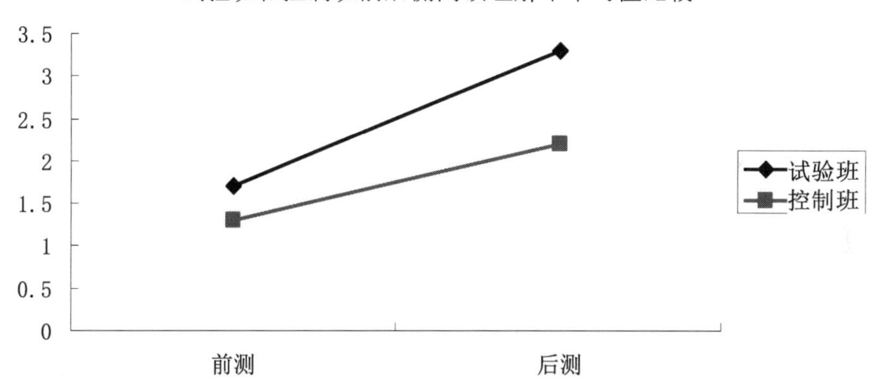

图 6　试验班和控制班前后测理解率平均值双差图式

从图 6 中也可以看出，两条曲线趋于相交，说明滚动式阅读在提升中学生的阅读理解方面有一定的效果，也验证了滚动式阅读试验教学有效作用于阅读理解。

理解力又包括表层理解和深层理解，在阅读活动中，两个因素共同作用于读者的思维活动，表层思维是基础，而深层思维更能激发思考力。滚动式阅读教学分别通过语篇个体滚动和同侪小组滚动这两个循环的滚动来深化学生对语篇表层语义与深层语义的理解。试验教学对两者的作用分别有多大的问题，值得探讨。

1 表层理解

试验教学的表层理解的两班平均值数据统计，详见表 10 所示。

表 10　试验班和控制班前后测表层理解平均值及双差值数据统计

表层理解平均值 Mrs	前测	后测	水平差	（72%）
试验班	38.4	65.9	27.5	
控制班	29.8	53.6	23.8	
垂直差	8.6	12.3	3.7	双差值

从表 10 中可以看出，前测试验班表层理解平均值为 38.4，控制班表层理解平均值为 29.8,分数均未及格；后测试验班表层理解平均值是 65.9，控制班表层理解平均值是 53.6，均在及格线以上。

试验班和控制班前测的平均表层理解的垂直差为 8.6，而后测垂直差为 12.3，差距加大；试验班前后测的平均表层理解的水平差为 27.5，而控制班前后测的表层理解的水平差为 23.8，其双差值为 3.7，即经过滚动式阅读试验教学后，试验班的平均表层理解增加的幅度大于控制班 3.7，变化幅度不大。

双差值为 3.7，呈正值，说明试验教学有效作用于提高学生的表层理解，有一定的作用。

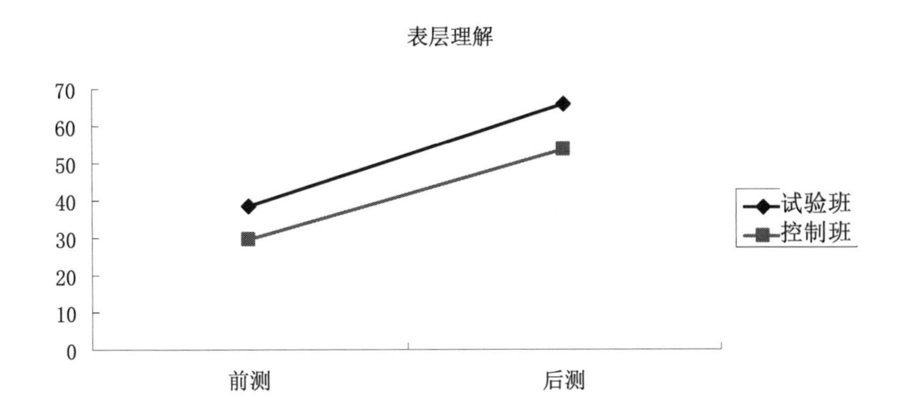

图 7　试验班和控制班前后测表层理解平均值双差图式

从图 7 中也可以看出，两条曲线几乎平行，可见试验教学和传统讲授式教学对学生的表层理解作用几乎一样，说明两种教学在提升中学生的表层理解方面均有一定的效果，试验教学的作用略高，但没有明显的差别。

2 深层理解

试验教学的深层理解的两班平均值数据统计，详见表 14 所示。

表 11　试验班和控制班前后测深层理解平均值及双差值数据统计

深层理解平均值 Mrd	前测	后测	水平差	（48%）
试验班	16.1	40.8	24.7	
控制班	10.9	18.7	7.8	
垂直差	5.2	22.1	16.9	双差值

从表 11 中可以看出，前测试验班深层理解平均值为 16.1，控制班

深层理解平均值为 10.9，也均未及格；后测试验班深层理解平均值是 40.8，大幅度超过及格线，控制班深层理解平均值是 18.7，有进步但仍未超过及格线，两班后测得分有显著的差距。

试验班和控制班前测的平均深层理解的垂直差为 5.2，两班差距甚微，而后测垂直差为 22.2，有 4.3 倍之差，差距显著；试验班前后测的平均深层理解的水平差为 24.7，而控制班前后测的深层理解的水平差为 7.8，其双差值为 16.9，即经过滚动式阅读试验教学后，试验班的深层理解增加的幅度远大于控制班 16.9，上升的幅度很大。

从双差值为 16.9，呈正值，可以说明试验教学有效作用于提高学生的深层理解，比在表层理解上的作用更大。试验教学调动学生深层理解思维，对理解层的作用主要表现作用在深层理解方面。

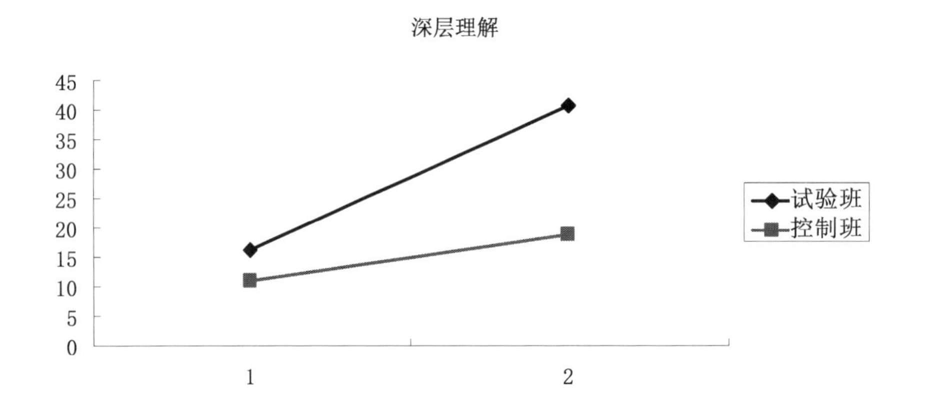

图 8　试验班和控制班前后测深层理解平均值双差图式

从图 8 中也可以看出，两条曲线趋于相交，曲线始端靠拢，曲线尾端拉开幅度很大，可见试验教学相对于传统讲授式教学对学生的深层理解的作用要大很多，说明两种教学在提升中学生的表层理解方面的效果是不一样的，试验教学的作用较大，效果显著。

3 表层理解和深层理解的比较

我们再比较试验教学对表层理解和深层理解的双差值和作用，数据统计见下表。

表 12　试验班和控制班表层和深层理解双差比较

比较参数	双差值
表层理解	3.7
深层理解	16.9
递差值	13.2

表 12 显示，表层理解的双差值是 3.7，深层理解的双差值是 16.9，说明试验班相对于控制班深层理解的增幅是表层理解增幅的 4.6 倍，两者差值为 13.2，深层理解的增幅度大于表层理解的 3.6 倍。

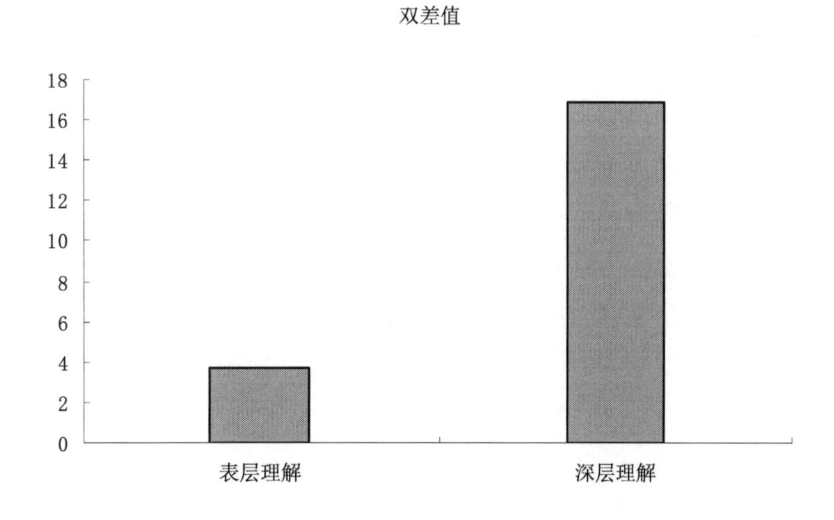

图 9　试验班和控制班前后测表层和深层理解双差图式比较

从图 9 中的矩形图中也可以看出，深层理解的双差值远远高于表层理解，两条矩形差距很大，进一步验证了试验教学相对于传统讲授式教学对学生的深层理解的作用要比表层理解效果更为显著。

（四）阅读率的双差图式分析

综合考虑阅读速度和阅读理解力的因素，代表和评量阅读力的综合指标，两班阅读率平均值的数据统计，见下表。

表 13　试验班和控制班前后测阅读率 μ 平均值及双差值数据统计

阅读率平均值 Mμ	前测	后测	水平差	
试验班	2.6	9.81	7.21	
控制班	2.3	4.99	2.69	
垂直差	0.3	4.82	4.52	双差值

从表 13 中可以清楚地看出，前测试验班阅读率平均值为 2.6，控制班阅读率平均值为 2.3，垂直差为 0.3，差距甚微；后测试验班阅读率平均值是 9.81，控制班平均值是 4.99，垂直差为 4.82，几乎比控制班增加了一倍，两班后测阅读率值有显著的差距。

试验班前后测的平均阅读率的水平差为 7.21，而控制班前后测的阅读率的水平差为 2.69，试验班进步明显，其双差值为 4.52，试验班比控制班增幅大 1.7 倍，试验班的增幅是控制班的 2.7 倍，即经过滚动式阅读试验教学后，试验班的阅读率增加的幅度远大于控制班 4.52，上升的幅度较大。

从双差值为 4.52，呈正值，可以说明试验教学有效作用于提高学生的阅读率。

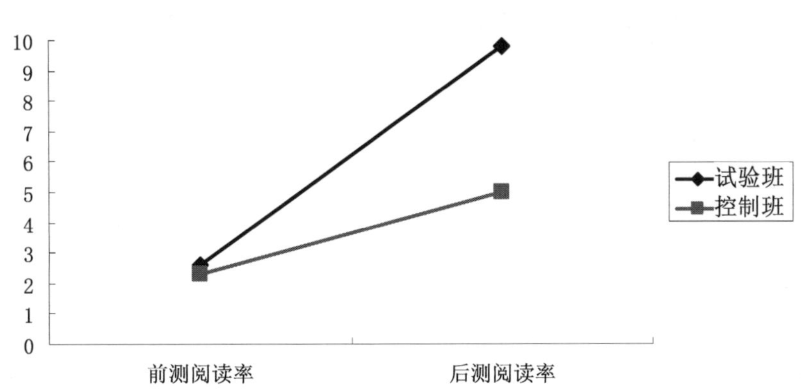

图 10　试验班和控制班前后测阅读率平均值双差图式

从图 10 中也可以很清楚地看出，两条平均值曲线相交，曲线起点相合，尾端口张得很大，说明滚动式阅读教学在提升中学生的阅读力方面有明显的效果，从而也更进一步图式验证了滚动式阅读试验教学有效作用于阅读力。

（五）各类参数和指标的总体分析

阅读指标的各类参数的数据统计，见下表。

表 14　试验班和控制班前后测参数的平均值和双差值比较

班级	前测			后测		
	阅读速度	理解率	阅读率	阅读速度	理解率	阅读率
试验班	150	1.7	2.6	295	3.3	9.8
控制班	156	1.3	2.3	225	2.2	5
参数	阅读速度	理解率	阅读率	理解力	表层理解	深层理解
双差值	76	0.7	4.52	17.5	3.7	16.9

表 14，两班的各项参数指标平均值，试验班的数据普遍明显升高，而控制班的阅读速度和阅读力也有进步，说明普通传统传授式教学对学生阅读力的提高虽也有一定的效果和作用，但变化幅度不大，不如滚动式阅读教学明显。

从以上各参数的数据统计和平均值双差图式的分析可以明显看出，滚动式阅读教学能充分利用阅读的滚动效应，从语篇个体滚动和同侪小组滚动的两个循环中，提高学生的阅读速度和阅读理解力，从而全地面加强学生的阅读力，其效果显著。它与传统传授式教学相比，在表层理解的提高上，作用相差不大，而在提高阅读速度、强化深层理解和提升阅读率上的作用更大，效果更为明显。

因此，试验可以验证本研究的两个假设，即滚动式阅读试验研究教学能提高中学生的阅读速度和阅读理解力，从而全面提升学生的阅读力。

五 结语

现代阅读教学将逐渐从以“教师为中心”传授型逐渐向以“学生为中心”互动型的教学迁移。

学校课堂教学中的阅读技能的训练是非常重要的。我们有系统、有计划地训练和教导学生掌握一些阅读的方法，即使学生毕业后也终生受用。这样的阅读教学比较符合当今 e 时代的生活方式，对阅读教学的发展有着非凡的意义。目前新加坡的中学课程缺少教授学生阅读方法，因此，急需有计划、有步骤地设计一系列符合新加坡语境的阅读教学、教材和课程。

阅读能力的测试已不再是语言知识和非语言知识的测试，而是阅读速度、阅读理解和阅读广度的整体考量。研究如何扩大学生阅读量以及有计划、有步骤地训练学生提高阅读速度、加强阅读理解力，以达到提高学生阅读力和阅读素质的目的。另外，有计划地进行阅读教学、策略、教材和课程的研发，也是十分必要的。

同样的阅读具有滚动效应，阅读力是随着读者阅读质量的积累而不断滚动螺旋式前进的，即有量的静态滚动积累（知识），又有质的动态滚动积累（理解）。在此过程中，读者运用元认知（监控自我潜存知识）来建构自己的思维、阅读技能和阅读方法或策略。以 0 状态为起点，通过不断阅读滚动，提高速度层、效度层和广度层来达到某个阅读能级状态。本文提出的泛读与速读的课堂模式：滚动式阅读教学分为两个循环：语篇个体滚动与同侪小组滚动。研究通过这两个循环的滚动来深化学生对语篇表层语义与深层语义的理解。

本研究对阅读评估方式做了相应的讨论，并且对试验班和控制班进行前后测的数据统计和分析，不仅从理论上做了分析验证，还进一步从教学实践上验证了两个假设，即滚动式阅读试验教学有效，其作用较大，对中一学生的阅读力有加强，滚动式阅读中的关键词快速泛读训练可加快并增强中学生的阅读力，滚动心形图阅读教学不仅能提高阅读速度也对阅读理解力有着快速加强的作用。研究发现滚动式阅读教学在深层理解方面其强化和深化作用更大，效果更为明显。通过三角测量分析，也说明了阅读具有滚动效应及滚动式阅读能全面提高学生的阅读力。同时也通过数据统计和图式分析，从曲线交叉幅度，进一步证明了滚动式阅读教学试验有效作用于中一学生，效度高，效果显著。

总之，无论从理论上还是实践中都可以看出，滚动式阅读的效果。阅读具有滚动效应，随着读者在阅读实践中不断地反复滚动建构新认知，从而使阅读力度和效度以螺旋式前进，并且滚动跳跃升入阅读的更高状态和更高级。教学研究结果显示，滚动式教学是培养学生泛读与速读能力的有效教学模式。

完形默读法
——汉语第二语言阅读理解监控试验教学研究*

一 引言

目前，新加坡学生不阅读问题颇严重。[1] 华语文教学投注大量精力尝试解决，焦点主要摆在激发阅读兴趣、培养阅读风气。但是，要能有效地解决阅读问题，不能单靠激发阅读兴趣，更需要有效地培养阅读力。阅读乃一个“过程”，包括了前、中、后三个阶段。李泉（2006）曾按此三个阶段来整理第二语言阅读六难点，其分析为解决第二语言阅读提供了清楚的脉络：要能解决第二语言阅读问题，须重视“阅读过程”。于是，笔者以培养建构性的阅读能力为目标，将研究重点摆在阅读过程，焦距在阅读过程中是否能产生有效的阅读，设计了“完形默读法”，以初中二年级学生为对象，展开了为期一年，两个阶段的课堂阅读教学试验研究。

---

* 与林季华、黄慧真和周文娟合著。

1 “学生不愿意阅读华文书籍，特别是课外读物”是新加坡 2004 年华文课程与教学法检讨委员会报告书所提出的有待解决的问题之一。《华文课程与教学法检讨委员会报告书》（新加坡：教育部，2004 年），页 7。

二 研究背景：新加坡第二语言学习者阅读能力有待提升

（一）控制班阅读理解力调查推断结果

表 1 的控制班前测成绩可作为目前新加坡第二语言学习者理解力水平的参考：

- 不管是华校背景或英校背景，两班平均值都不及格
- 相较字面性理解力，推论性理解力的表现更差

表 1 控制班阅读理解力前测调查：[2]

理解力	华校背景 平均值 Mean（SD）	英校背景 平均值 Mean（SD）
总体性理解力（满分为 8 分）	3.50（2.19）	3.15（1.80）
字面性理解力（满分为 4 分）	2.25（1.17）	2.08（1.06）
推论性理解力（满分为 4 分）	1.03（1.56）	1.08（1.52）

（二）试验班阅读理解力调查

表 2 的数据显示了试验班前测完形填空中的成绩：仅 71.4% 华校背景和 50% 英校背景的学生能独立阅读：

2 以控制班成绩为依据的理由是，控制班的前测篇章是原始、完整的语篇形式，测试结果能作为一般阅读理解的推论依据；而试验班前测篇章已处理为完形形式，测试结果不能作为推论依据。

表 2　试验班学生的阅读能力评级[3]

阅读力	华校背景（人数 / %）	英校背景（人数 / %）
能独立阅读（填对 60%以上）	（25）71.4%	（13）50%
不能独立阅读（填对 45%－60%）	（3）8.6%	（9）34.6%
受挫性阅读（填对 45%以下）	（7）20%	（4）15.4%

综上所述，新加坡学生第二语言阅读能力差强人意，有待提升。

三　理论依据：建构主义阅读观

本研究主要依据建构主义阅读观。古德曼（Goodman, 2001）主张"为语义而阅读"："阅读时使用语言，而且透过和语言的交易才能把意义带进语言。可是意义从来不曾存在语言里面。读者和作者必须把意义带进语言，才可以从语言建构意义。"他认为："有效阅读并非精确地辨认单字，而是理解意义，而高效阅读是依据读者现有的知识，使用刚好足够的可用线索去读懂文章。"（Goodman, 2001:3）有效、高效阅读所指的即是建构性阅读，建构性阅读的成果是"学习者先备知识、经验和教材内容的相加"。简言之，建构性阅读是从篇章中提取意义的过程（Gibson & Levin, 2002）[4]，意义是否能顺利提取有赖于读者的先备经验和语言知识：

3　此标准来自 Christine Nuttall 一书，2005 年，页 175。
4　详见张必隐：《阅读心理学》，2002 年，页 2。

（一）先备经验

古德曼所提出的阅读结果就是“文本意义在读者储存在头脑中的先备经验之上相加的结果”：

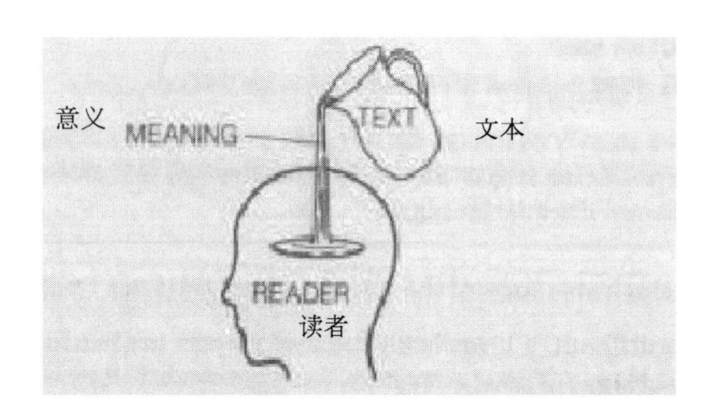

此图所展示的也就是著名的图式理论，（Nutall, 2005:175; 张必隐, 2002:243-312）它说明了读者所具备的先备经验在阅读过程中的重要性。

（二）先备语言知识

阅读认知过程提出“每一次眼停，到底多少视觉信息被吸收，完全看大脑对信息的辨认程度而定。一般而言，大脑对它所熟悉的文字的辨认，远比它所不熟悉的来得高”。（梁荣源, 1992:11）所谓对文字的熟悉就是读者对词的认知，是在自己头脑中的“心理词典中找到了与这个词相对应的词条，并使它的激活达到一定水平”。（张必隐, 2002:66）心理词典所指的“词的意义在人心理中的表征”，（张必隐, 2002:243-312）就是读者所积累下来的语言知识。换言之，读者在阅读时的先备语言知识是决定理解成败的条件。

四　研究假设与研究课题

笔者假设，让读者有意识地监控阅读过程有助于培养第二语言阅读力；而有效阅读则必须是读者主动建构的过程。本研究欲探讨的课题是：

（1）在阅读过程中调动读者的阅读监控意识，能否培养建构性阅读能力？

（2）在阅读过程中调动读者的阅读监控意识，能否有效地提升第二语言阅读理解的效度？

（3）此法适用于何种程度的第二语言学习者？

五　教学试验设计：研究对象、时间、方法和过程

本研究选择一班华校背景和一班英校背景的初中二第二语言学习者为实验对象、采取定量和定性研究方法：

（一）定量研究

以完形默读法为工具、采取包括试验与控制班的准试验法（Quasi-Experimental Design）：试验班采取完形默读法来监控阅读过程，而控制班则采用一般的课堂阅读教学。[5] 笔者之所以采用完形默读法是因为在比较了一些理解监控工具后，笔者发现，“为了填补缺失的字汇，需要整合整篇的文章，思考前后语境脉络，应用相关的语言知识”（梁荣

5　新加坡中学华文课堂上的阅读方式是教师要求学生自行将课文默读一遍，然后直接提问理解性问题，考查阅读结果。

源，1992 : 149）的完形填空测试法除了可以作为阅读能力的测试和教材可读性的工具之外（Douglas, Brown & Gonzo, 2006），也具有成为阅读历程中用作理解监控工具的潜能。于是，笔者以完形填空为监控工具，将阅读教材加工设计为完形填空的形式，以此取代原来的语篇，作为 15-20 分钟时长的完形默读法，并展开教学试验。主要的完形填空有四种（Chapelle & Abraham, 1990），[6] 在第一阶段里，笔者采用的是最简便的固定填空法（Fixed Ratio Cloze），主要以每 7 个字空一次的形式为主。

以下是完形阅读教学的简单说明：两班都是个人形式的默读。试验的前、后测设计基本相同，以完形填空语篇和阅读后两个层级的理解问答进行：

- 字面性理解的第一个问题：

在不能回视的情况下，用自己的话复述文章要点，学习者可自由选择用华语或英语作答；

- 推论性理解的第二个问题：

在不能回视的情况下用自己的话总括文章的中心思想，学习者可自由选择用华语或英语作答。

试验班的阅读教学采主题单元设计，由三篇构成一个单元，由基本教材（课文）和生活语料组成，按文学类阅读和信息类阅读分成两类。阅读单元中的首二个语篇加工为完形填空式，供作课堂阅读教学语篇，第三篇改为一般语篇，供作课后延伸阅读。试验班经过为期六周、每两

6 四种完形填空分别是：Fixed-Ratio Cloze、Rational Cloze、Multiple-Choice、C-Test。详见：Carol A. Chapelle & Roberta G. Abraham. 1990. *Cloze Method: What Difference Does It Make*. In H. Douglas, Brown, Susan T. Gonzo (2006), *Reading on Second Language Acquisition*, pp 389-414.

周一次、三个单元（九个语篇）的完形默读历程。阅读实验过程如下：教师将阅读教材加工设计成完形填空语篇；把加工语篇带到课堂上分发给学生，给予简单的指示；学生先扫读语篇一次，接着再一边默读，一边根据自己的理解来填字，不会写的汉字可以通过汉语拼音取代。默读时间以 15 分钟为限。完成后，教师让学生以小组形式订正答案，答案以开放式的形式进行，只要合理即可。然后，再通过提问来考查阅读理解的效度。完形阅读法的设计主要针对第二语言阅读难点：

表 3　完形阅读法与第二语言阅读难点之关系（李泉，2006:80）

第二语阅读难点	完形阅读法
阅读前 1. 缺乏背景知识 2. 很难对读物做出正确的预测，阅读带有一定的盲目性	阅读前 1. 选择扣紧学生背景经验的语篇 2. 通过完形阅读法来调动学生的先备经验和知识来阅读
阅读中 3. 视觉感知以字词为单位，常逐字逐词理解课文，速度慢，理解常中断 4. 由于对目的语知识的储存太少，缺乏验证观点、修正判断、否定结论的能力，犯错误常是不自觉的	阅读中 3. 在完形阅读中监控词、句、篇义的理解 4. 在完形阅读中鼓励学生通过反复阅读来修正答案，并通过同侪讨论、修订阅读结果
阅读后 5. 常停留在字面理解层，信息零乱，练习时常有错误 6. 缺乏推断能力，理解准确率不高	阅读后 5. 在不看篇章的情况复述语篇要点 6. 在不看语篇的情况下应用语篇知识、推论主题

此外，试验前、后测设计基本相同，包括完形填空语篇和阅读后二层级理解问答：字面性理解（在不能回视情况下，用自己的话复述文章要点，受试者可自由选择用华语或英语作答）和推论性理解（在不回视

的情况下用自己的话总括文章的中心思想，可选择用华或英语作答。）

（二）定性研究：问卷调查与研究日记

在为期三个月的研究过程中，通过 2 次问卷调查、4 次日记写作来收集受试学生的反应。

六　研究发现

完形填空填对率分数评级表将阅读能力分为独立阅读、无法独立阅读和受挫性阅读三个层级：

表 4　完形填空答对率与阅读能力评级表：[7]

填对率	阅读能力
40%以下	受挫性阅读
40-60%	无法独立阅读
60%以上	独立阅读

表 5 的数据显示，在两次完形阅读过程中，受试者的答对平均值都在 60%以上，意味着受试者能独立阅读语篇，并在语篇阅读中进行不同思维层级的交际性学习活动：

7　此乃 *Cloze Procedure*（http://English.byu.edu/novellinks/reading%20strategies/Anthem/cloze%20general.htm）的标准。梁荣源：《阅读教学：理论与实践》（新加坡：仙人掌出版社，1992 年），页 149 引述之；另外，Christine Nuttall 在 *Teaching Reading Skills in a Foreign language*，《外语阅读技巧教学》（见页 175）中所用的标准则是 45%以下乃受挫性阅读、45%-60%为无法独立阅读、60%以上为独立阅读。

表 5 试验班完形填空成绩

完形填空 1 平均值 / Mean (%) (SD)	完形填空 2 平均值 / Mean (%) (SD)	Differences in Mean	Confidence Interval (95%)	Confidence Interval (99%)
65.57 (9.72)	74.66 (13.10)	9.09	3.186 (4.17)	4.28 (5.63)

（一）完形阅读法能有效培养阅读监控意识

表 6、表 7 记录了受试在完形阅读过程中所产生的阅读监控意识和对其作用的看法：

- 所有受试者之阅读监控意识都高达 90%；其中，华校背景受试的阅读意识急剧提升，幅度高达 62.8%；73.1%英校背景受试更在前测阶段就意识到监控阅读过程对理解有帮助
- 完形阅读对阅读过程的监控作用主要有四方面：促进理解、调动先备经验、深入思考和增加阅读挑战性；其中，两班的共同反应是鼓励思考和促进理解；而差异则是能否调动先备经验和知识上：华校背景学生因意识到在阅读中需要调动先备知识而感到比较具有挑战性

表 6　受试学生之阅读意识调查

阅读监控意识	华校背景			英校背景		
	前测（人数/%）	后测（人数/%）	对比	前测	后测	对比
对理解有帮助	（10）28.6%	（32）91.4%	（+22）+62.8%	（19）73.1%	（24）92.3%	+19.2%
对理解没帮助	（25）71.4%	（3）8.6%	（-22）-62.8%	（7）26.9%	（2）7.70%	-19.2%

表 7　阅读监控意识之作用调查

阅读监控意识的作用	华校背景	英校背景
促进理解	69.0	69.2
调动先备经验来变化句子、字词	40.0	15.4
深入思考	60.0	73.0
富有挑战性	25.7	11.5

综上所述，完形阅读法能有效监控第二语言阅读过程，培养建构性阅读监控意识。

（二）监控阅读过程能有效提升建构性阅读力

表 8 记录了受试的完形阅读成绩，总体而言：

- 不同背景的受试之建构性阅读力均有所提升，分别有 9.09（华）和 11.42（英）之别
- 两试验班之完形阅读力平均值都在 70%以上，成功突破“独立阅读（60%）”的底线。可见监控阅读过程的重要作用

表 8　完形阅读成绩（平均值）对比

传统华校			传统英校		
前测	后测	对比	前测	后测	对比
65.57	74.66	9.09	58.73	70.15	11.42

表 9 记录了受试的阅读能力层级：

- 试验班的完形阅读力有显著提升，显示受试阅读过程中的自我监控意识能有效地培养第二语言建构性阅读。首先，85%学生都拥有独立阅读的能力；其次，两班的受挫性阅读情况有显著的改善，不仅总百分比明显下降，而且最低分数也所有提升
- 阅读过程的监控行为对不同背景学生的作用不同。对英校背景受试者而言，主要是从“不能独立阅读”提升为“能独立阅读”；百分比的大幅度提升了 34.6%；对华校背景受试者而言，阅读过程中的监控不仅提升“独立性阅读”力（+14.3%），还改善了“受挫性阅读”情况，从 20%下降为 2.8%

表 9　不同背景学生的阅读能力对比

	传统华校			传统英校（平均数）		
阅读力	前测（人数/%）	后测（人数/%）	对比	前测	后测	对比
能独立阅读（填对 60%以上）	(25) 71.4%	(30) 85.7%	(+5) +14.3%	(13) 50%	(22) 84.6%	(+9) +34.6%
不能独立阅读（填对 45%-60%）	(3) 8.6%	(4) 11.4%	(-1) -2.8%	(9) 34.6%	(2) 7.7%	(-7) -26.9%
受挫性阅读（填对 45%以下）	(7) 20% 最低分：12.5	(1) 2.8% 最低分：42	(-6) -17.2%	(4) 15.4% 最低分：28	(2) 7.7% 最低分：35	(-2) -7.7%

（三）监控阅读过程能有效提升阅读理解力

根据表 10 的数据：

- 受试的字面性和推论性理解力平均数都稳健地提升到及格水平
- 华校背景受试之理解力进步较稳定；英校背景受试的则不稳定，后测比前测稍差

表 10　受试学生理解力成绩（平均值）

阅读理解力	华校背景			英校背景		
	前测	后测	对比	前测	后测	对比
整体理解力（满分：8 分）						
试验班	4.31	5.14	+0.83	4.35	4.92	+0.57
控制班	3.50	4.09	+0.59	3.15	3.23	+0.08
字面理解力（满分：4 分）						
试验班	2.60	2.94	+0.34	2.04	2.81	+0.77
控制班	2.25	1.86	-0.39	2.08	1.73	-0.35
推论理解力（满分：4 分）						
试验班	1.71	2.20	+0.49	2.31	2.12	-0.19
控制班	1.03	2.23	+1.2	1.71	1.50	-0.21

表 11 数据显示：

- 受试的完形阅读力和理解力之间呈正比关系：完形阅读力强，理解力也强
- 两班的进步增减趋势一致，都是从中等完形力--中、高理解力朝向高形阅读与高理解力发展：英校背景受试的双高能力从零提升到 30.8%；华校背景受试则增加一倍，达 8.6%。语言能力强中等和较强的受试进步较明显，证实了先备语言知识强弱是影响第二语言阅读理解之关键因素

表 11　完形阅读力与理解力的关系

完形阅读力–理解力	华校背景			英校背景		
	前测	后测	对比	前测	后测	对比
高完形力	(14) 40%	(28) 80%	(+14) +40%	(4) 15.4%	(16) 1.5%	(+10) +46.1%
H-H[8]	(7) 20%	(17) 48.6%	(+10) +28.6%	(0) 0	(8) 30.8%	(+8) +30.8%
H-M	(3) 8.6%	(8) 22.9%	(+5) +14.3%	(4) 15.4%	(7) 26.9%	(+3) +11.5%
H-L	(4) 11.4%	(3) 8.6%	(-1) -2.9%	(0) 0	(1) 3.8%	(-1) -3.8%
中等完形力	(20) 57.1%	(6) 17.1%	(-14) -40%	(21) 80.7%	(9) 34.6%	(-13) -46.1%
M-H	(2) 5.7%	(0) 0	(-2) -5.7%	(11) 2.3%	(4) 15.4%	(-7) -26.9%
M-M	(6) 17.1%	(3) 8.6%	(-3) -8.5%	(3) 11.5%	(2) 7.7%	(-1) -3.8%
M-L	(12) 34.3%	(3) 8.6%	(-9) -25.7%	(7) 26.9%	(3) 11.5%	(-4) -15.4%
低完形力	(1) 2.9%	(1) 2.9%	(0) 0	(1) 2.9%	(1) 2.9%	0
L-H	(0) 0	(0) 0	(0) 0	(0) 0	(0) 0	(0) 0
L-M	(1) 2.9%	(0) 0	(-1) -2.9%	(0) 0	(0) 0	(0) 0
L-L	(0) 0	(1) 2.9%	(+1) +2.9%	(1) 3.8%	(1) 3.8%	(0) 0

8 H：高能力、M：中等能力、L：低能力。

七　结语

本研究提出：要培养阅读力是必须让学习者有意识地监控阅读过程；有效阅读乃读者主动建构的过程。笔者以“完形填空”（cloze）为基本工具，设计成“完形阅读法”，展开为期一年的试验性教学。第一阶段试验研究证实：

1. 在阅读过程中调动读者的阅读监控意识能培养第二语言建构性阅读能力
2. 在阅读过程中调动读者的阅读监控意识，能提升第二语言阅读理解的效度
3. 先备语言知识中等以上的受试者对建构性阅读理解监控行为有正面反应：其理解监控意识加强后、理解力显著地提升、推论性理解力进步幅度的也较稳健。但，阅读过程中监控行为尚无法促进先备语言知识很弱的第二语言受试之理解力

基于显性教学法的阅读理解力教学
——新加坡小学自主性高层级阅读理解力教学设计

一　研究背景

二十一世纪是一个极速变化，充满着许多未知挑战的世纪。根据美国“21 世纪技能伙伴”[1]所提出的 21 世纪技能教育框架，21 世纪急需的技能教育包括，“21 世纪语境、21 世纪内容、核心学科、21 世纪评估、学习技能、资讯科技技能与 21 世纪学习工具。”新加坡政府也意识到了这一点，着重推行二十一世纪技能教育，其中一个便是批判性思维（Critical Thinking)。为此，教育部也做出了相应的的调整，如在小六会考阅读理解的考试项目中，加入了更多高层级的思维题目（如分析与推论能力、评价能力以及创意表达能力），以此训练并考查学生的评判性思维。虽然，考试的考查形式改变了，但教师的教学方法却没能及时跟进，有些教师甚至还是采用传统的填鸭式教学法，把题目的答案“灌输”给学生。而尝试在教学法上做出改变的教师，在解剖、分析了会考的题型后，归纳出了一些有针对性的作答技巧，然后传授给应考的学生，以应付会考。种种努力却收效不大，学生的阅读理解问答成绩还

1　21 世纪技能伙伴乃 The Partnership for 21st Century Skills 的翻译，是美国的一个国家机构，主要倡导 21 世纪技能教育。详见 http://www.p21.org/。

是差强人意，就以笔者所在学校的情况来看，二〇〇九年与二〇一〇年，小六生在阅读理解问答项目的表现不佳，及格率分别仅为百分之五八与百分之五九點八。

研究者分析后发现，教师所用的方法忽略了阅读理解能力的培养与学生自主学习的需要。阅读理解的思维过程是抽象的，这也是教学的难点所在，关键就在于如何把整个思维过程外显化，让学生有迹可循。同时，学生的阅读元认知应该要培养起来，让他们掌握有效的阅读策略，利用阅读监控工具来监控自己的阅读，调动他们的自主性学习能力。在本研究中，研究者以高年级高层级阅读能力为例子，积极提炼能培养自主性阅读理解力的课堂教学配套。

二　理论基础与文献综述

（一）“看、想、问”自主阅读策略

二十一世纪教育迈向技能生存，鼓励自主学习。Flavel 于一九七六年提出的元认知强调学习者监控自己的学习策略（Flavell, 1976），与本世纪教育导向为生存技能与自主学习的理念不谋而合。然而，元认知在华语第二语言教学中仍是一个有待探讨的新领域，尤其是以儿童为对象的华语第二语言学习。本研究团队于二〇〇八年起，将元认知理论引入新加坡中小学阅读教学中并展开一系列的课堂试验教学研究，旨在培养学生的独立阅读能力，为迎接二十一世纪教育做好准备。有鉴于此，研究者以 Taffy Raphael（1982）的 Question and Answer Relation，简称 QAR，翻译为阅读理解寻答策略为基础，结合外显性元认知监控策略（Explicit learning of metacognitive strategy），针对新加坡小学低年级第

二语言阅读需要，设计“以学生为中心”的简易学习策略与课堂教学模式，并展开了两轮先导性试验研究。第一轮是以培养小二学生的字、词辨认意识与能力为目标，协助小学低年级学生独立解决生字、词问题。笔者尝试将原来应用在语篇阅读理解上、帮助读者监控理解方向的QAR 阅读理解策略“书上找”、“脑中找”寻答策略初次使用在“一秒钟”阅读中的字词辨识能力上，并将之改良为更易于低年级学生掌握的“看”、“想”、“问”三步走阅读策略。研究采取准试验法和行动研究法，为期半年。初步的研究成果显示，QAR 外显性字词辨认监控策略教学能有效调动小二学生监控辨识字义词义的自主意识，促进字词辨识能力，并帮助阅读理解（胡月宝，林季华，徐玉梅、龚成，2011）。具体如下：

首先，笔者结合多年的执教经验以及深入的理论思考，在美国阅读专家 Raphael Taffy 的 *Question and Answer Relation* 的阅读元认知寻答策略理论基础上，将阅读策略分为两层：字词句理解策略与段篇理解策略。其中，字词句理解策略存在着三种模式：

（1）由下而上阅读模式（bottom- Up Approach），包括：从部件辨认到整体字词的理解、从词形辨认到语义的理解、从词义理解到句子、段落、语篇的理解、从工具书查询理解词义到句义的理解。

（2）由上而下阅读模式，包括从记忆中直接提取相关的知识来辨认、从图画联结记忆中的概念来辨认、从记忆中联结相关的经验来辨认、从记忆中联结相关的元语言知识来辨认。

（3）互动模式：将两者结合，则可形成第三种字词辨认互动模式。

再者，QAR 寻答策略作为外显式的元认知工具，确立了学习者在阅读理解上寻找答案的方向，笔者以为它也可以进一步应用在字词辨识上，通过“答案在哪里”的寻答策略来积极调动儿童的思维，独立解决字词障碍的问题。于是，笔者以培养自主阅读能力为目标、以儿童的主动建构学习为原则、以互动阅读模式为基础、以 Raphael Taffy 之 QAR 元认知寻答策略为基模，配合儿童的认知能力与字词辨认思维过程，结合元认知策略中的社交策略，将 QAR 寻答策略加以改良为：“看”、“想”、“问”三种，暂命名为“QAR 外显式字词辨认元认知监控策略：一秒钟字词阅读监控模式”。具体如下：

(1) “看”：“书上找”策略；具体方法为：

- 看字形猜词义
- 看图画猜词义
- 看上下文猜词义

(2) “想”：“脑中找”策略；具体方法是“我在哪里见过、听过这个词？”

(3) “问”：“生活中”策略；具体方法包括问字典，问人（教师、同侪）

QAR 段篇理解策略则是以高层级自主阅读理解能力为目标，协助学生培养阅读理解能力。在此基础上，将“看、想、问”策略调整为：一、“找线索－联生活－猜可能”以适合高年级阅读分析、推论性阅读理解力；二、“找线索－联生活－下判断”以发展评价性理解力；三、“找原有－想其他－创更好”以培养创造性阅读理解力。研究采取准试验法和行动研究法，为期一年。初步的研究成果显示，QAR 外显性高层级阅读理解力能有效培养小六学生的自主阅读能力。

（二）鹰架法与教材设计

自主学习能力的培养有赖于教师是否能提供足够的学习鹰架。鹰架法是在建构主义（constructivism）教学观所提出的“最近发展区”（Zone of Proximal Development）的基础上提出的。维果斯基主张调动儿童内在的经验和能力促进语言学习的效果，受到了语言学术界的重视。在他提出“最近发展区”的论点后，语言学习便开始重视语言学习的主体因素，即学习者既有的认知水平和能力。课堂语言学习不应只是单向的教授，而是双向的“教”与“学”，并且逐渐转为“以学习者为主，教师为辅”的学习过程。“最近发展区”理念下的理想课堂教学过程如下（Soderman, Gregory & Mccarty, 2005[2]）：

（1）确认学习者在某项学习技能中既有的能力和水平
（2）协助学习者选择合适的学习活动，以提升其能力和水平
（3）将学习难易度调整至适合学习者的水平线上
（4）与学习者一起开展学习活动，并展示学习步骤
（5）逐步减少学习活动过程中的教师或同侪协助。教师提供充分的练习机会，让学习者主导学习，以巩固相关技能
（6）评价学习者是否已掌握该项技能
（7）在已获取的技能水平或知识水平上与学习者一起设定更高一层的学习目标

语言教育学界从学习者“最近发展区”出发，逐渐发展出语言学习初阶段的鹰架理论（Scaffolding Emergent Literacy）（Soderman, Gregory

2 Anne Keil Soderman, Kara M. Gregory, Louise T. McCarty(2005). *Scaffolding Emergent Literacy: A Child-Centered Approach for Preschool Through Grade* Pearson/Allyn and Bacon, 2005 - Education

& Mccarty, 2005）：鹰架学习让学童在第二者（教师或同侪）的协助下，独立解决自己在学习上的困难。教师或同侪主要的协助是联结该学童已然掌握的知识和技能与所要学习的新概念或技能。在教师或同侪的协助下，学童顺利理解新知识、掌握新技能。按照“最近发展区”的要求，教师围绕当前的学习主题为学生搭建脚手架，学生借助脚手架一步一步向上攀爬，达到新的高度。当学生的能力水平达到一定的程度时，教师逐渐将脚手架拆除，把学习的责任转移到学生身上。支架式教学突出学生中心，学生是知识意义的主动建构者，教师是意义建构的帮助者和促进者，在教学过程中发挥着组织者和指导者的作用。

在阅读理解过程中，学习鹰架包括两方面：一、思维鹰架；二、教材鹰架。（详见下文）

（三）显性教学法

根据 Brown（2007，p.291），显性学习是“注意力与显著意识”的学习，包括“在信息的输入过程中发现信息是否具有规律，如有，找出相关规律的概念和方法所在。”，是学习者积极发现、探索的过程。显性教学的功能有三：一、引领思维；二、聚焦学习点；三、监控学习过程。在整个学习过程中，显性教学提供了系统的步骤、积极鼓励学习者在思维和练习上的大量参与。（Archer, A.& Hughes, C.，2011）具体做法有两种：一、在教材中外显教学重点与教学步骤的足够鹰架；二、在学习过程中提供足够的思考鹰架，例如引导提问与讨论。

显性教学法的重点包括：

1 内容

（1）知识与技能应用的规律与方法

(2) 可理解、有步骤的思维过程

2 教学重点

(1) 设定明确的学习目标

(2) 逻辑强、条理清楚的示范、解释和练习

(3) 渐进的学习责任转移

3 教学步骤

(1) 设定学习阶段，明确学习目的

(2) 讲解学习内容

(3) 示范学习方法与过程

(4) 通过提供适当鹰架的加工教材来“做中学”

(5) 让学生自我检查学习情况[3]

三　研究设计

(一) 研究假设与研究对象

本研究选取六年级 (1) 班、(2) 班、(3) 班三个班级的学生，对他们进行了前后测。前测与后测所用的篇章不同，但难易度相等，各有与布鲁姆六个思维层级相应的六个题目。进行前测与后测的步骤如下：

(1) 先把篇章发给学生让他们阅读。(5 分钟)

(2) 之后再发开放式理解问答题让学生在第一次作答的横线上作答。(25 分钟)

3　第五步骤是本文作者（胡月宝）根据促进学习的评量法来改良加工的，目的在于培养学习者的自主学习意识、策略与习惯。

(3) 做自我检查清单（AfL）(10 分钟)

(4) 把（MCQ）选择式问答题发给学生作答。(10 分钟)

(5) 不必跟学生订正选择式问答题的答案，之后把选择式问答题收回。

(6) 接着学生在开方式理解问答题的第二次作答的横线上作答（修改答案）。(15 分钟)

(7) 做自我检查清单（AfL）(5 分钟)

(8) 把开方式理解问答题收回来。

研究者对前测进行了分析，发现学生的低层级阅读理解力比高层级阅读理解力高，因此加强培养高层级阅读理解力才是当务之急。下面三个表列出了小六三个班级的前测数据分析：

表 1　C61 前测分析数据

六年级（1）班	内容	%	表达	%
整体有进步的学生	20	100%	15	75%
低层次思维题有进步的学生	11	55%	9	45%
高层次思维题有进步的学生	18	90%	13	65%

表 2　C62 前测分析数据

六年级（2）班	内容	%	表达	%
整体有进步的学生	29	81%	12	33%
低层次思维题有进步的学生	16	44%	11	31%
高层次思维题有进步的学生	27	75%	4	11%

表 3　C63 前测分析数据

六年级（3）班	内容	%	表达	%
整体有进步的学生	28	78%	14	39%
低层次思维题有进步的学生	19	53%	11	31%
高层次思维题有进步的学生	23	64%	9	25%

经过前测分析，本研究以“显性教学能促进小六学生自主性高级阅读理解力”为假设并以六年级三个班的学生为研究对象[4]。

（二）研究方法

1 试验研究方法

本研究以行动研究为基础，由任课教师直接参与研究的整个过程：探讨学生需要、研究设计、课堂教学、测试批改、数据证据、分享研究报告等。基于学校实际教学环境的局限，研究方法主要采用前试验研究，通过直接证据（前测与后测数据对比）和间接证据（2010 年全国会考成绩）来验证研究成效。

2 “看、想、问”高层级阅读理解力教学法

（1）阅读理解力问题设计

在拟定高层级阅读提问时，本研究采取以下问题设计框架：

4　遴选原则是基于参与研究的老师所负责的班级来决定的。

表 4　问题设计框架

题目序列	设问语言点	Blooms 认知层	QAR 设题方法（Tafffy Rapheal，告诉学生答案位置）	QAR 教学策略（笔者改良）（引导学生寻找答案的过程）	阅读微技（梁荣源，笔者改良）
	1 字 2 词 3 句 4 段 5 篇	1 识记 2 理解 3 应用 4 分析／推论 5 评价 6 创造	1 在书上，集中找 2 在书上，需整合 3 脑中找，猜作者的想法 4 脑中找，我自己的想法	1 看－照抄（词句） 2 看＋想－拼凑（句／段） 3 看+想（看出两件事情／人／物／地之间的关系，推论出新的可能） 4 看+想+问（从故事里的线索／信息来猜出作者的真正想法，再结合自己的经验，加以判断）	1 掠读 2 寻读 3 细读－分析 4 细读－推论 5 细读－批判 6 细读－创造

（2）阅读理解思维鹰架

本研究的自主思维工具是在“看、想、问”外显式元认知监控策略的基础上加工改良的。针对高层级思维（分析／评价／创造）题目，阅读思维策略有以下三个：

1. 找线索－联生活－猜可能　　（分析／推论）
2. 找线索－联生活－下判断　　（评价）
3. 找原有－想其他－创更好　　（创造）

为了让这些阅读理解策略更具象，更外显化，更容易让学生接受，本研究还分别以一个历史人物来各代表一个阅读理解策略（分析推论题以诸葛孔明为代言人物、评价题代言人物为包公、创造题代言人物为李白）。

3 课堂干预性教学配套

课堂教学配套是研究者在认知心理学基础上，根据实际课堂教学需要来调配的；教学方法主要是结合了陈述性与程序性知识教学三阶段、责任渐进转移模式和促进学习的评量法（详情参见图 1)。整个干预性教学配套遵守了“扶、放、收”三循环教学的原则，环环相扣，自成一个系统，其中的步骤可参考表 5。

三阶段程序性知识教学与基本教学法的搭配

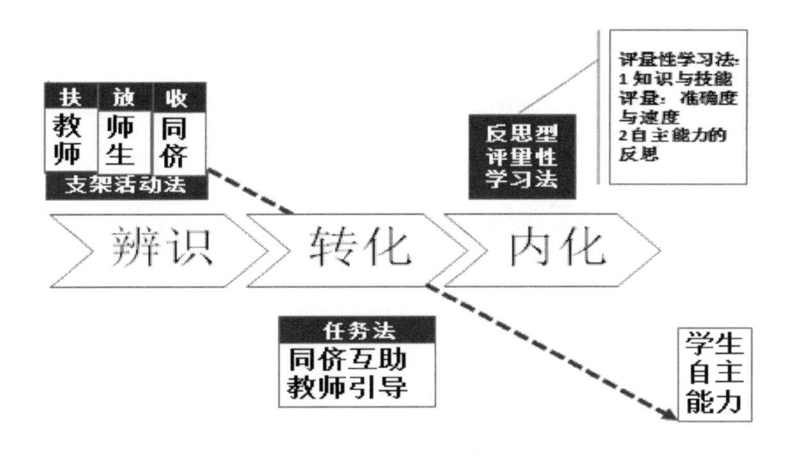

图 1 “扶、放、收”责任转移模式

表 5　干预性教学配套之“扶”

阶段	步骤
扶	教师以歇后语进行引起动机
	教师介绍高层级思维题目题型
	教师介绍思维方程式
	教师示例
	学生阅读短篇（一）
	教师讲解思维导图
	学生利用思维导图进行理解问答题的第一次作答（开放式）
	学生作答多项选择版本的同一个题目
	学生进行同一个题目的第二次作答（开放式）
	学生以自我评估题目进行反思
	学生与同侪进行答案的讨论

在“扶”这个阶段的步骤较多，教师的引导也较多，主要在于介绍高层级思维题目的题型、思维方程式，还有讲解思维导图的用法。每个阅读理解策略都有其相对应的思维导图，让整个思维过程更加外显化。以下是评价题的思维导图示例：

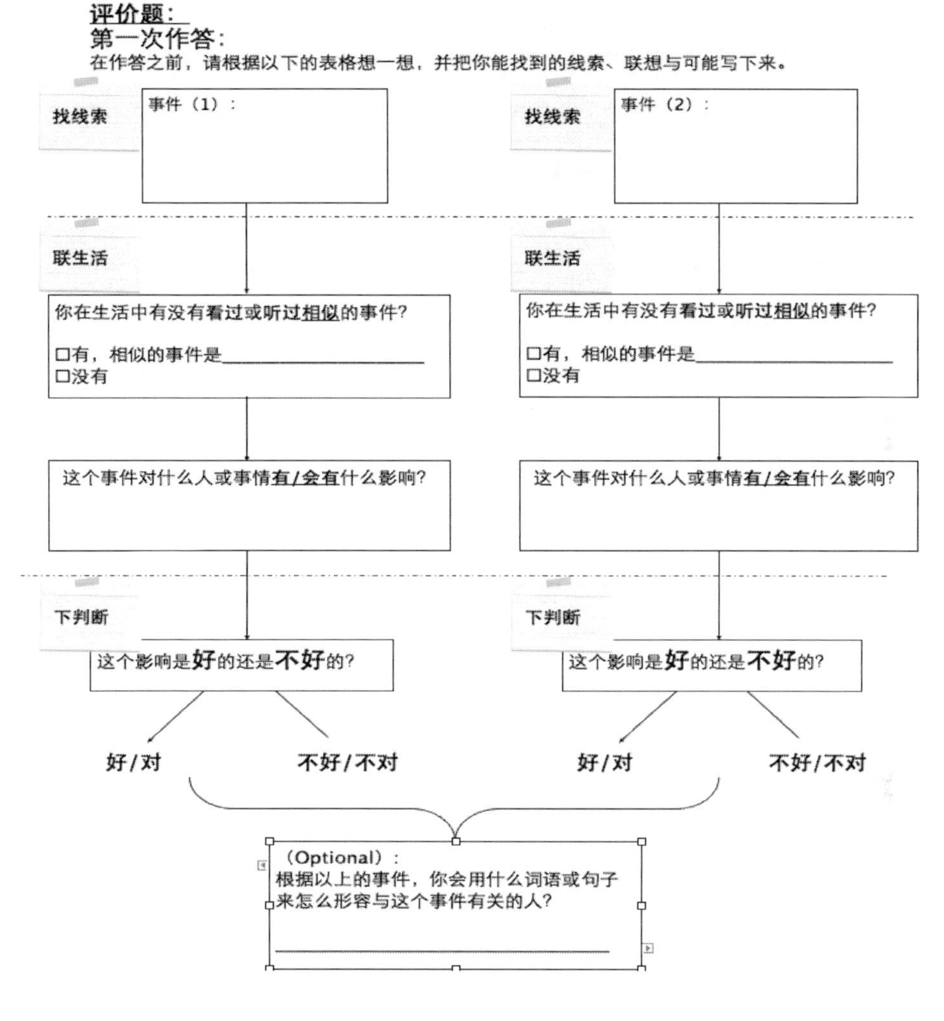

图2　评价题思维导图示例

思维导图的作用在于引导学生在解答所提供的理解问答题目时，回到理解篇章里细读，寻找跟题目有关的线索，并尝试把它们与自己的生活联系起来，最后把相应的讯息填进去。通过这样的一个步骤，学生能更进一步体会所提出的三个高层级思维层次的阅读策略的具体操作。

本研究的干预性教学配套的理解问答的作答方式也有异于一般的理解问答。在训练理解问答时，安排学生分两次作答同一题理解问答题，在第一次与第二次作答之间，研究者设计了同一题目的多项选择题让学生作答。多项选择题的选项具有相当的干扰性，因为它们是按照学生常犯错误的思维模式去设计的。多项选择题在这里作为寻答鹰架，有助于学生去反思并检查自己在第一次作答时所写下的答案，并在第二次作答时修改自己的答案。

在完成这个阶段的训练后，教学配套也提供了五个具有自我评估作用的问题，让学生去检验与反思自己作答理解问答题目的过程：

请你好好想一想：

1. 我在第一次和第二次作答的时候，仔细地把篇章（或相应的段落）看了至少两遍。

   有　　　　没有

2. 我把篇章里的线索划出来。

   有　　　　没有

3. 我尝试把篇章里的线索跟我的生活经验联起来。

   有　　　　没有

4. 我的答案是根据篇章里的线索还有我的生活经验想出来的，并不是乱猜的。

   有　　　　没有

5. 我做了 MCQ 能帮助我在第二次作答时，写出正确的答案。

   有　　　　没有

在完成了这五个自我评估性的题目后，学生针对自己的第二次作答跟同侪进行讨论，以此获取另一个反思的机会。

下表所展示的“放”的阶段基本上跟“扶”的阶段相似，主要的不同在于少了教师在前阶段那些引导，教师只是在学生碰到问题时给一些提示，确保学生能在限定的时间内完成。在这里，教师必须放心地把学习的责任交还给学生。

表 6　干预性教学配套之“放”、“收”

阶段	步骤
放	学生阅读短篇（二）
	学生独立利用思维导图进行理解问答题的第一次作答（开放式）
	学生作答多项选择版本的同一个题目
	学生进行同一个题目的第二次作答（开放式）
	学生以自我评估题目进行反思
	学生与同侪进行答案的讨论
再放	学生阅读短篇（三）
	学生独立利用思维导图进行理解问答题的第一次作答（开放式）
	学生作答多项选择版本的同一个题目
	学生以自我评估题目进行反思
	学生与同侪进行答案的讨论
收	后测

本研究针对一个高层级思维题目进行一轮“扶”、“放”、“收”的教学，因高层级思维题有三个，所以总共为学生进行了三轮的教学。最后在“收”的阶段进行后测来勘验教学成果。

4 研究阶段与研究进度表

表 7　研究进度表

研究阶段	学期 / 周次 / 日期 / 时间	重点工作	备注 / 负责老师
前阶段	T1W6	集体计划并讨论／设计前测	所有小六老师
	T1W7	前测设计	所有小六老师
	T2W2 31/3　90 分钟	进行前测／批改前测	各班老师
	T2W4 13/4　3-5pm	进行培训	试验班老师
中阶段	T2W8	输入数据	所有小六老师
	T2W9	分析数据	所有小六老师
	T2W4-T2W10	设计教学配套 (MCQ 的鹰架配套)	所有小六老师
	T3W2	进行教学 1	试验班老师
		(推论题)	
	T3W4	进行教学 2	试验班老师
		(评价题)	
	T3W6	进行教学 3	试验班老师
		(创意题)	
后阶段	T3W8/9	进行后测	各班老师
	T3W10	输入数据／分析数据	所有小六老师
	T3W10	反思／修正／报告	所有小六老师

四　试验数据分析

（一）直接数据：前后测成绩对比

本研究将三班的前测与后测的成绩进行了对比，数据分析如下：

表 8　C61 前测与后测内容的对比

	前测	后测				
Mean	3.8	3.8				
Mode	4	4				
Median	4	4				
Std Dev	1.0195	1.3717				
	p					**Significance**
T-test	1	Same group		Sig		> 0.05

C61 是三班中唯一的高华班，后测的平均分与前测不分上下，其 p 值大于 0.05，没有统计学意义。

表 9　C61 前测与后测表达的对比

	前测	后测			
Mean	4.9	5.5			
Mode	5	6			
Median	5	6			
Std Dev	0.8522	0.6882			
	p				**Significance**
T-test	0.0552	Same group		Sig	<= 0.05

在表达方面，C61 学生的后测比前测好，其 p 值具有统计学意义。

表 10　C62 前测与后测内容的对比

	前测	后测			
Mean	1.8	3.5			
Mode	1	3			
Median	2	3			
Std Dev	0.8896	1.1078			
	p				**Significan ce**
T-test	0.0000000067	Same group		Sig	<= 0.05

C62 学生的后测比前测好，其 p 值具有统计学意义。

表 11　C62 前测与后测表达的对比

	前测	后测				
Mean	5.4	5.9				
Mode	6	6				
Median	5	6				
Std Dev	0.6089	0.3594				
	p					**Significance**
T-test	0.00019028	Same group		Sig		<= 0.05

C62 学生的后测也比前测好，其 p 值具有统计学意义。

表 12　C63 前测与后测内容的对比

	前测	后测				
Mean	1.6	2.4				
Mode	1	2				
Median	2	2				
Std Dev	0.9623	1.1129				
	p					**Significance**
T-test	0.00223127	Same group		Sig		<= 0.05

C63 学生的后测比前测好，其 p 值具有统计学意义。

表 13　C63 前测与后测表达的对比

	前测	后测				
Mean	5.0	5.3				
Mode	5	6				
Median	5	6				
Std Dev	0.8833	0.8897				
	p					**Significance**
T-test	0.1337	Same group		Sig		> 0.05

C63 学生的后测与前测相比，有一些进步，但其 p 值却大于 0.05，统计学意义不大。

以三个高层级题目的作答而论，不论是在内容方面或表达方面，经过干预教学的班级都有进步，除了高华班在内容方面的作答。笔者分析高华班在内容方面的作答前后两次均衡，并没显示出明显的进步，原因可能在于：首先，该班的学生本身已经具备较高的华文水平；其次，学生的元认知学习能力较强，已经掌握了一些基本的答题策略。在得到的六组 T Test 的指数中，其中的四组显示测试具有统计学意义。

因此，直接数据显示，首次进行的以 QAR 阅读理解寻答策略为基础，结合显性教学策略，针对高层级阅读理解能力的教学，能帮助水平一般学生提高阅读能力，并有效地作答高层级思维题目。

（二）间接证据

1. 在 2010 年小六会考中，试验学校的小六学生在华文考试中取得佳绩，取得 A/A* 的小六生有 85.7%，比 2009 的会考成绩（72.2%）高了 13.5%。研究者有理由相信试验学校的阅读理解干预教学的成效是形成如此显著进步的主要因素之一。
2. 研究者的行动研究中的阅读思维策略也被试验学校的马来文部门的教师采用，作为训练批判性思维的主要策略之一。

五　研究结果与教学建议

从研究数据来看，本研究初步证明了显性教学能有效培养学生的高层级自主阅读理解能力。因此，研究者建议，未来的阅读理解教学必须：

1. 从教师中心的讲解、提供答案转向学生中心的阅读、寻找答案
2. 教师必须通过显性教学来明确学习目标、示范学习过程，特别是思维过程，培养学生的自主阅读能力
3. 教师必须重视为学生提供足够的教材鹰架，包括认知层的阅读理解作业单和自主学习的评量性作业单

"i+1"输入假设于华语第二语言习得的实践
——以新加坡小学低年级阅读识字试验研究为例

一 前言：儿童第二语言学习与学生背景差异：新加坡华文教学当前的挑战

克拉申第二语五大监控假设（Krashen,1987）自上世纪八〇年代提出迄今近三十年，成为第二语习得理论上一个最普遍的概念之一；十余年后，汤林森（Tomlinson, 2001）提出优化教学的差异教学法（Differentiated Instructions），希望在课堂教学中通过课程设计、教学过程和教学成果来照顾不同学习者的学习需要。与同此时，新加坡华文教学也于 2004 年提出了改变的呼声，要求"正视并照顾学生不同的学习起点"（华文课程与教学检讨委员会，2004）。华文教学的改革与新加坡华族学生的家庭背景逐渐转向以讲英语为主有关：

新加坡小一学生的家庭用语（1980 年至 09 年）

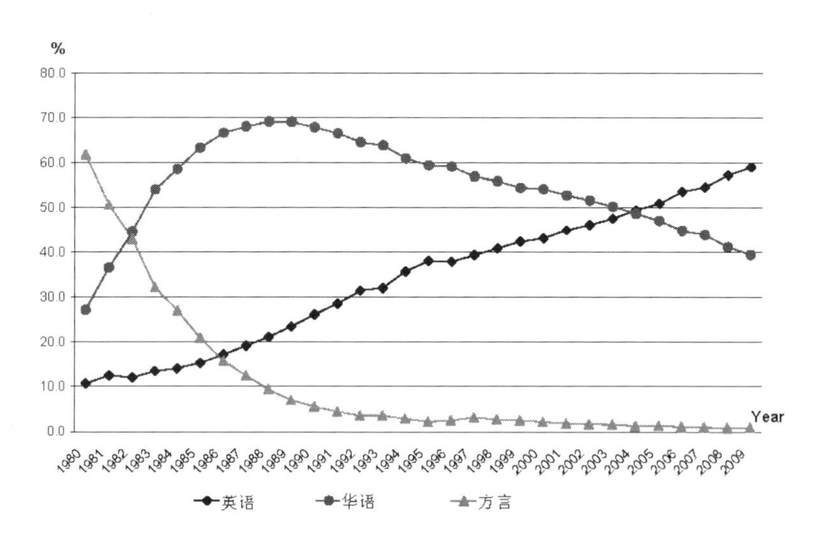

图 1　新加坡小学生的家庭语言*

根据二〇〇九年的数据（SG Press Centre, 2009），来自英语背景的小一学生已突破百分之六十。此数据显示新加坡华语教学里至少有两类不同背景的学习者：

1.有母语习得背景的华族第二语言学习者

2.无母语习得背景的华族第二语言学习者

此数据标志着新加坡华语文教学所遇到的两个新变数：一、华语文教学必须转向第二语言教学的方向；二、华文学习者的差异性日渐明显，主要有母语习得背景和无母语习得背景两类。再加上新加坡华语文教学的对象并非成人，而是 7-16 岁学龄儿童，形成了“儿童学习华语第二语言”这一独特问题。笔者以为，第二语言学习、学生背景的差

* Source: MOE Survey at Primary-1 registratiom

异、儿童语言习得特征这三方因素环环相扣。新加坡语文教学界就此问题展开热烈讨论，主要焦点摆在第二语言学习的问题上。在新加坡，如何将第二语言教学法有效地融入儿童第二语言教学中至今仍是一个有待开发的新课题，而且可以借鉴的经验不多。原因有二：一、在中国，汉语作为第二语言习得仍是一个很新的概念，近十年来才开始受到重视；相关的西方理论刚开始引入，汉语第二语言习得的理论尚在发展中；二、中国对外汉语课程的对象是成人而非儿童。因此，中国第二语言习得的经验无法解决新加坡华语文教学中儿童第二语言习得以及以儿童为主要教学对象的问题。如果说新加坡华文教学目前所面对的挑战是空前的，这样的说法一点也不为过。

笔者以为，新加坡语言教学的当务之急是能尽快寻找出儿童第二语言学习的规律，并遵照之来拟定适当的语言目标以及从宏观的课程制定到微观的课堂差异教学法双管齐下。万里之行，始于足下；笔者于 2005 年起，以建构主义教育观为儿童学习的理论基础，再结合西方第二语言教学法，通过校本行动研究来探讨适合于新加坡儿童的第二语言学习的课堂教学法。笔者必须坦言，目前的研究仍属于初阶段讨论。此报告便是在这样的一个时空背景下所展开的。

二　研究背景：儿童第二语阅读能力有待培养

新加坡儿童学习华语的问题很多，其中之一是普遍不阅读华文书。过去几年来，关注焦点始终摆在问题的表象上：例如阅读风气低迷、阅读兴趣低落，阅读材料沉闷枯燥等；（华文课程与教学检讨委员会，2004）各校并因此积极展开了大规模的校本阅读计划、带入大量的儿童绘本、举办趣味性阅读活动、推动阅读风气。笔者以为，学生不阅读的关键是阅读能力弱，无法阅读。而阅读能力弱正与语言学习转向第二语言学习密切相关。在过去，语文教学主要采取母语教学方法，以语言知识，尤其是字词知识为重点，视语言技能，包括阅读技能为“自然形成”的方法，只要“多听、多读、多写”即可。实际上，新加坡中小学生正面对着因“视觉感知以字词为单位，常逐字逐句理解课文，速度慢，理解常中断；由于对目的语储存太少，缺乏验证观点，修正、否定结论的能力”（李泉，2006：80）的第二语言阅读瓶颈，并因此形成一个“阅读能力差，书面语能力弱”的恶性循环：(Nutall, 2000)

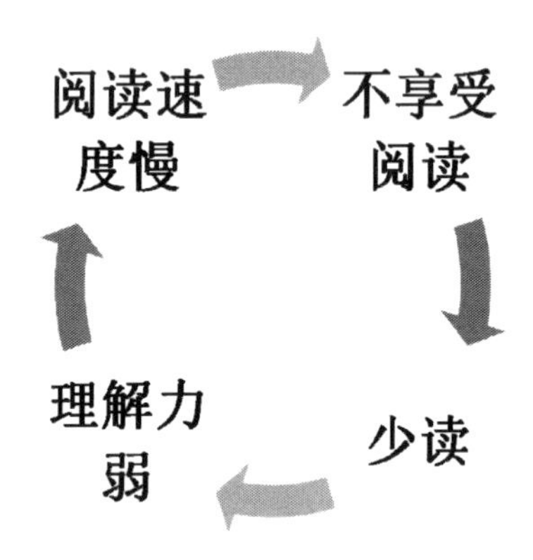

新加坡小学生不能阅读的问题其实正是笔者所谓的“儿童第二语言习得”问题的主要表现之一。要解决兹，必须刨根究底，从儿童第二语言习得的根本开始讨论。

三　文献综述与理论基础

（一）“输入”为第二语言阅读的起点

第二语言阅读必须在语言学习初阶段为初学者进行大量“语言输入”，这点早已普遍获得共识。例如，周小兵等（2008：22）认为“词汇缺乏是外语阅读中的主要拦路虎”，提出“巩固目标语，形成语感；拓展词汇量；培养阅读技能；”是第二语言阅读初阶段的主要目的；李泉（2006：81-82）认为：“阅读课教学内容以扩大语言知识和培养阅读能力为主，知识积累则包括语言知识、社会文化背景知识；熟练程度和阅读技巧”。为有效开展第二语言阅读教学，笔者纵观第二语言教学理论，并结合新加坡教学情况，设计了一个第二语言阅读教学框架：

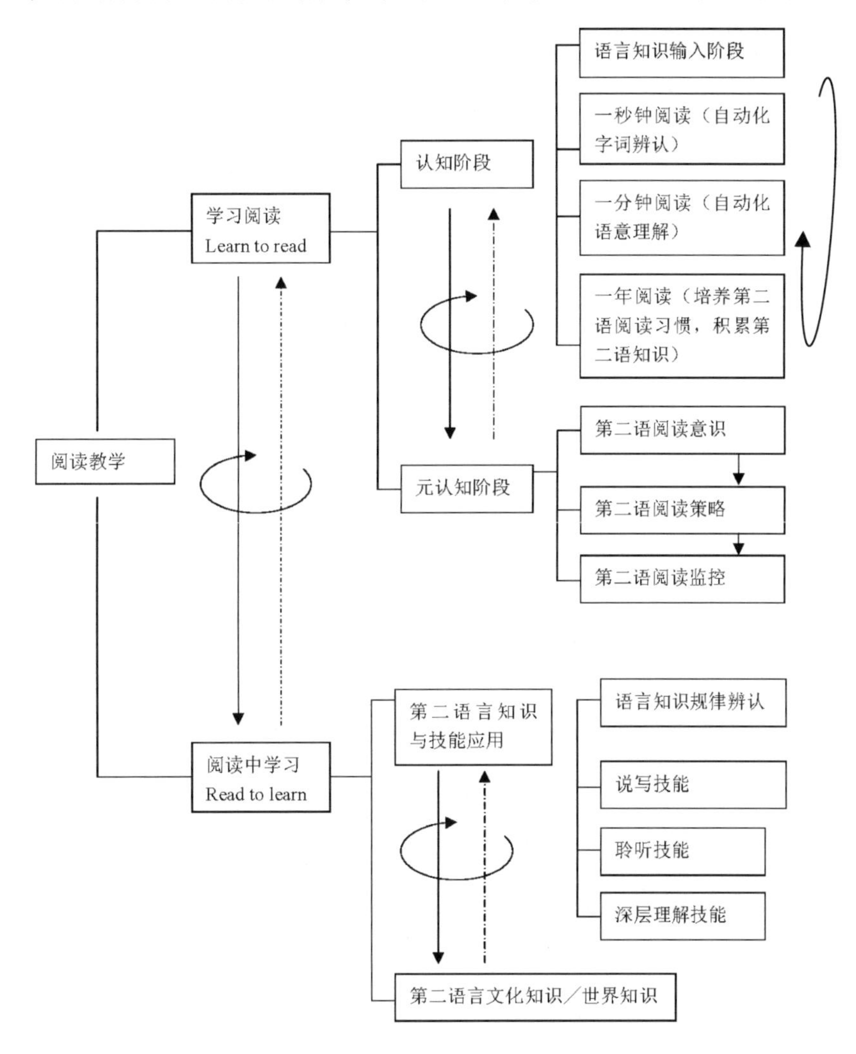

在此框架中，“输入”乃学习阅读阶段中的首个任务，作为第二语言阅读的起点。

（二）克拉申“i＋1”可理解输入假设与阅读教学

Krashen（1987：15）认为，成人学习第二语言的方法有两种：一、潜意识的习得，二、有意识的学习；习得是影响第二语言能否达到流利的主要因素，学习则只能扮演监控、纠正，让语言表达更准确的角色。“i＋1”第二语言习得假设立论于此，进一步针对课堂教学法（pedagogy）来发挥。“学习者如何从一个阶段迈向另一个阶段？”克拉申以“i”（input）来代表学习者现阶段的已有能力（包括第二语语言能力以及第二语语言能力之外的生活、世界知识等）；以“1”来代表下一个语言学习点。克拉申强调：“1”必须是一个“可理解”的学习点，所谓的“可理解”是“语义”（meaning）上的，而非“语形／言语结构”（form）；按克拉申（1987：21）解释：“1”的输入内容含义由两部分组成：可理解的语义和学习者将要学习的第二语言“语形／语言结构”，“i＋1”输入假设的操作必须充分调动习得者第二语语言能力之外的语境与世界知识（extra linguistics knowledge）为立论，换言之，也就是第二语言的习得必须建立在学习者原来的认知基础（cognitive level）上。克拉申（1987:2）进一步阐述“i＋1”假设时提出：

- “i＋1”输入假设针对“习得”而言；不针对“学习”来说
- “i＋1”输入假设必须是建构于第二语言能力之外的语境知识（习得者现有的认知能力）之上的
- 只要习得者能理解“1”，即能成功完成言语交际，“i＋1”的过程将会是自动化的，是自动生成的（不需要经由教学来刻意促成）

- 流利的第二语言表达能力不是教出来，而是通过输入适时和适量的“i+1”可理解语料来间接形成的

总结以上所述，“i+1”可理解输入假设是第二语言教学上必须遵循的理论，其方法主要是在第二语言习得的各个阶段起点，提供适量、适时、适合程度的可理解语料，让习得者自动地调动自己原来的第二语言知识以及第二语言知识以外的社会、生活、世界知识来理解未知的第二语言语形／语言结构。理解一旦成功，语言习得就会自然产生。经过一段时日之后，表达能力也就自然形成，然后再经过课堂上的语言规律学习来纠正、监控经过“i+1”输入而来的第二语言能力。

笔者以为，“i+1”输入假设既然直接针对第二语言教学法而提出，不应止步于第二语言教学时的一个笼统概念，而应该具体落实到实际教学法上。新加坡华语教学从第一语言习得逐渐转为第二语言学习的当儿，笔者愿意通过克拉申第二语言教学的理论基础进行试验研究，希望能提炼出适合儿童习得华语第二语言的具体方法。以输入作为语言学习起点上的首要任务，主要通过二种途径：聆听和阅读。于此，笔者采取以阅读为主要的输入过程，聆听则为辅助输入的技能。理由有四：

- 第二语言习得缺乏天然的口语环境
- 基于聆听技能“速度快、稍纵即逝；不可回‘听’”的先天特征，学习者聆听过程中解码能力比阅读过程来得更高
- 形象思维是儿童学习的主要特征，视觉是儿童形象思维中的主要感官知能（朱智贤：2003）
- 适合儿童的、课堂教学的、现成的聆听教材太少、不容易取得

（三）“i+1”阶梯任务阅读教学法

以下，笔者综合了克拉申“i+1”第二语言输入假设，设计了“i

＋1 阶梯任务法”（i＋1 Tiered Tasks）：

1 设计理念

在“i＋1”第二语言输入假设理论基础上模拟儿童“听故事、读故事”自然习得语言的方法，通过以阅读为输入语言的过程，借由听力输入、汉语拼音辨认、使用两种辅助工具，最后进入汉字辨认三大步骤，为小一刚入学的新生输入真实、可理解性、趣味性、非语法程序安排和足够的输入量的书面语码；并以此作为儿童第二语言阅读能力的第一阶段。

2 设计原则

主要基于“i＋1”的第二语言输入理论，以能力起点为设计原则：

- 学习者所学习的内容、理解性技能、表达性技能是共同的
- 任务的难度较高：“i＋1”（已知＋1 个未知）
- 学习者投入参与的程度一样

3 教学编制

- 教材：编制在思维、内容上适合儿童但书面知识（字词句）较难的阅读教材
- 阅读教学：在儿童已有技能（聆听、汉语拼音辨认或基本汉字识读）的基础上进行阅读教学
- 课堂教学法：课堂教学同步采取鹰架法（教师、同侪互助）来协助学习

4 教学设计图

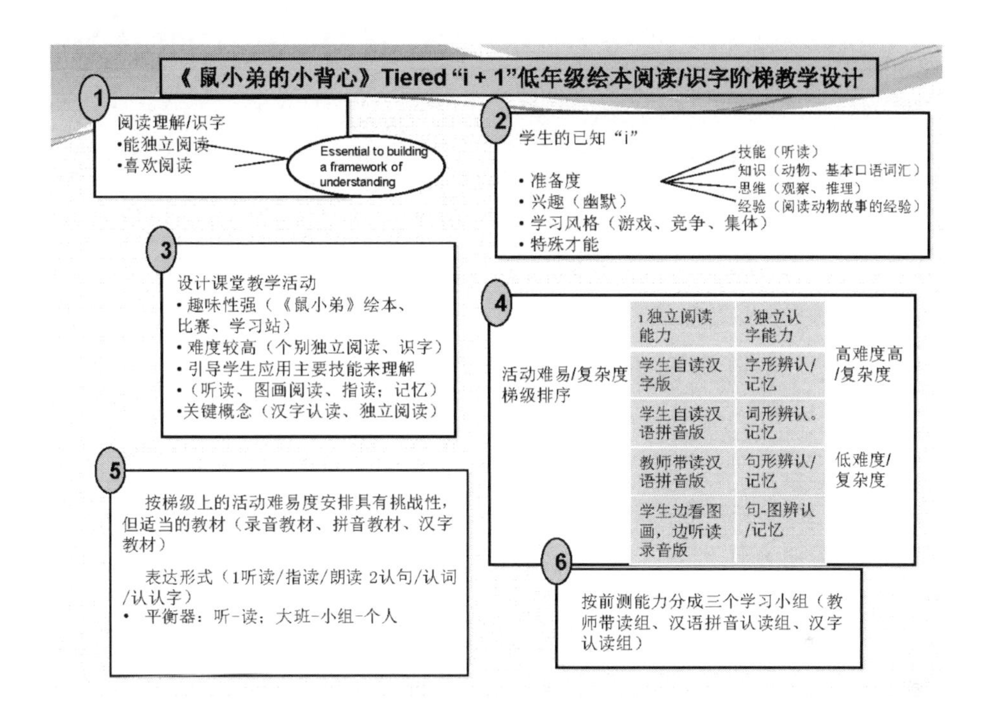

四　试验研究

（一）研究团队

本研究是在新加坡南洋小学进行，于二〇〇九年二月至五月间展开一次为期三个月的行动研究计划。此研究是一个三方合作的计划，由南洋理工大学国立教育学院负责策划指导、并提供研究方法与阅读理论、教学策略，新加坡教研中心提供研究支援、教育部特级教师协同指导、新加坡南洋小学研究团队进行教材设计与试验教学。

（二）研究对象

本研究将以第二语言阅读框架为基础，将“输入”列为学习阅读阶段的第一阶段，按实际学龄来划分，应是小学一年级至二年级学生，本研究因此以一年级学生为对象。

（三）研究假设

本研究的研究假设为：

- “i+1”阶梯任务阅读教学法能帮助小一学生提升阅读能力
- “i+1”阶梯任务阅读教学法能帮助小一学生提高辨认字词能力

（四）研究方法

本研究采用准试验研究模式；采取试验班与控制班对比教学、前后测双差对比。研究分三轮九次课进行，每一轮均根据鹰架教学法安排“扶”、“放”、“收”三次课，每次课中教师的参与程度递减。每次课中根据“i+1”理论设计 4 个难度递增的语言输入活动以及 3-4 个难度递增的能力考察活动，在确保足够量的语言输入的同时确保学生掌握独立阅读的能力并使不同语文水平的学生皆能受益。每次课时一个小时。

（五）课堂阅读教学法

1 教材编制

1-1 基本阅读教材

“鼠小弟”系列绘本，（中江嘉男，上野纪子,2006）此套儿童绘本可作为本次试验教材的理由：

- 可理解的内容"i"：故事内容贴近学生真实的生活经验，书中各种动物外形可爱、极具趣味性
- 较高程度的"1"：基础阶段的对话体（字、词、句）
- 故事情节发展遵循语言初学阶段输入的原理：复现率高

1-2 阶梯性阅读教材

为照顾到不同学生的阅读需要，设计并制作出

- 视听教材：附汉语拼音的"拼音版图画书"视听教材、汉字版"拼音版图画书"视听教材和无字版"图画书"阅读与视听教材，以电脑简报形式制作
- 阅读教材："汉语拼音图画书"阅读教材；汉字版"拼音版图画书"阅读教材（部分生词注音），每位学生一份

1-3 课堂阅读教学

- 阅读教学模式："i+1"8 步骤 3 循环阅读识字模式：
  1. 由上而下阅读模式：篇、段、句、词、字再循环到篇
  2. 阅读、识字再循环到阅读
  3. 听读、指读、拼音认读、汉字认读、朗读，反复循环进行
- "课堂阅读教学活动：
  根据前测的结果把学生分成三组：

能力差异小组	阅读步骤	阅读教材	阅读（语言输入）活动	考查活动
教师带读组 （0-1 级）	1 听读 2 跟读 3 自读 4 理解力检查 5 自读 6 字词句辨认能力检查 7 字词辨认能力自我检查 8 朗读	视听教材 阅读教材	学习站一： 1 教师播放视听教材；学生输入故事； 2 教师带领学生阅读拼音版教材； 3 学生在视听教材的帮助下，自读故事； 4 学生互读； 5 学生回到大班，和全班同学一起进行阅读和考查活动	1 句-图辨认／记忆（最容易） 2 句形辨认／记忆 3 词形辨认／记忆
汉语拼音认读组 （部分第 2 级）		汉语拼音版阅读教材	学习站二： 1 学生自读； 2 学生互读； 3 学生回到大班，和全班同学一起进行阅读和考查活动	
汉字认读组（第 3-4 级与部分第 2 级）		汉字版阅读教材	学习站三： 1 学生自读； 2 学生互读； 3 学生回到大班，和全班同学一起进行阅读和考查活动	

五 初步试验研究数据分析

（一）阅读能力分级

本研究首先采取等级制（Grading system），在前次的测试中通过朗读测试将学生分为五种：

表 1 阅读能力分级表

阅读能力等级	阅读能力
0	能辨认的字词太少，无法阅读
1	能辨认一些基本的字词、句子，能阅读常用口语短句
2	能辨认一些常用字词，能阅读 1A 课文（核心）
3	能辨认较多常用字词，能阅读 2A 课文（核心）
4	能辨更多常用字词，能阅读 2B 课文（核心）
5	能辨认、阅读 3A 课文（核心）
6	能辨认、阅读 3B 课文（核心）

（二）前后测阅读能力比较

表 2 试验班与控制班前后测阅读能力分级情况对比表

能力分级	试验班			控制班		
	前测	后测	差距	前测	后测	差距
0 级	2	1	-1	3	5	+2
第一级 1	12	9	-3	18	15	-3
第二级 2	7	6	-1	5	0	-5
第三级 3	6	1	-5	2	0	-2

能力分级	试验班			控制班		
	前测	后测	差距	前测	后测	差距
第四级 4	1	4	+4	2	7	+5
第五级 5	0	5	+5	0	1	+1
第六级 6	0	2	+2	0	2	+2
	Total:28			Total:30		

数据显示，三个月的试验教学之后：

- 试验班不能阅读的学生（0 级）到第三级的人数都有所减少，以第三级的学生人数减少最为明显；相反地，在控制班方面（见图 3），不能阅读的学生人数反而上升了[1]
- 试验班程度较高的第三级学生能力提升最显著（见图 2）
- 阅读能力达到第四、第五和第六级的学生人数则大幅度增加了，以第五级的人数变化最多；至于控制班，虽然阅读能力达到第四、第五和第六级的学生人数增加幅度与试验班相近（同为 10 人左右），但是很明显可以看出，控制班学生阅读能力大多只提升至第四级（5 人），而试验班学生则有 5 人提升至第五级。可见试验班学生的阅读能力提高得更快，进步更大

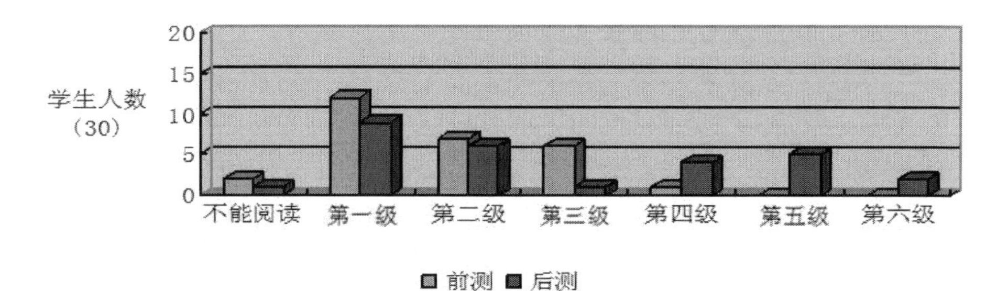

图 2　试验班前后测阅读能力分级情况对比

1　试验期间为小一汉语拼音集中教学阶段

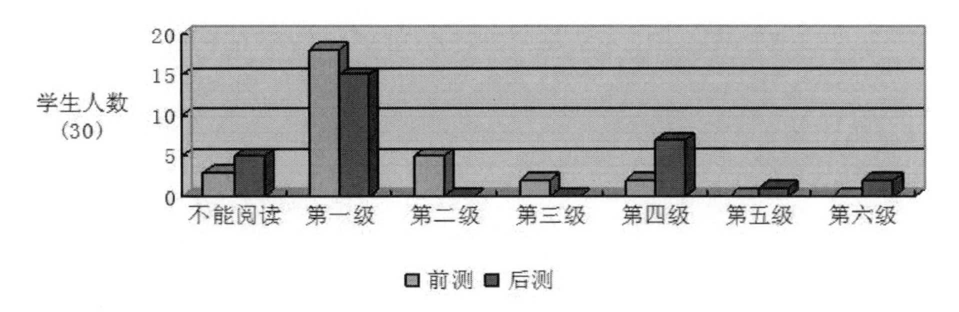

图 3 控制班前后测阅读能力分级情况对比

- 据图 4 和图 5 所示，控制班阅读能力在第二级以上的学生人数与前测相比基本上没有变化，说明控制班程度较弱的学生并没有明显的进步。然而在试验班，后测时阅读能力在第二级以上的学生人数则从原来的 45%增加到 62%（见图 6 和图 7)。这说明试验班学生的阅读能力在总体上得到了大幅度的提高。由此可见，以克拉申的理论所设计的阅读策略已经在试验班学生身上产生作用，并有效地提高了学生们的阅读能力。

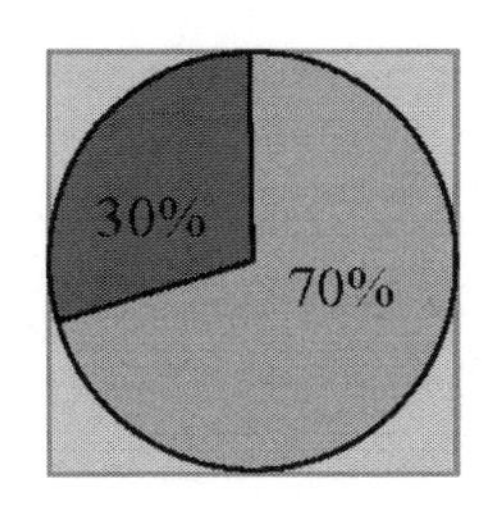

图 4　前测（控制班）

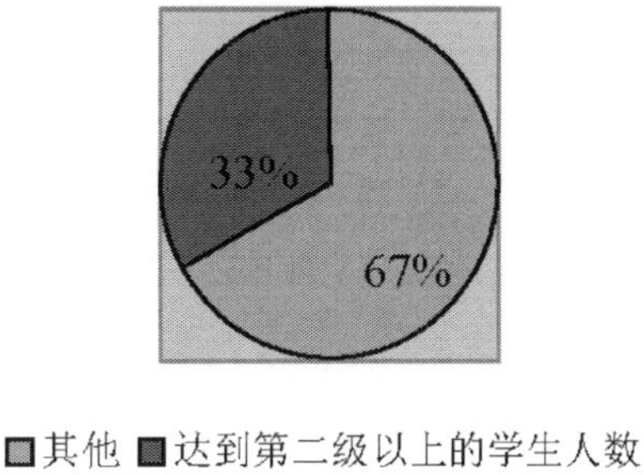

33%
67%
其他 达到第二级以上的学生人数

图 5　后测（控制班）

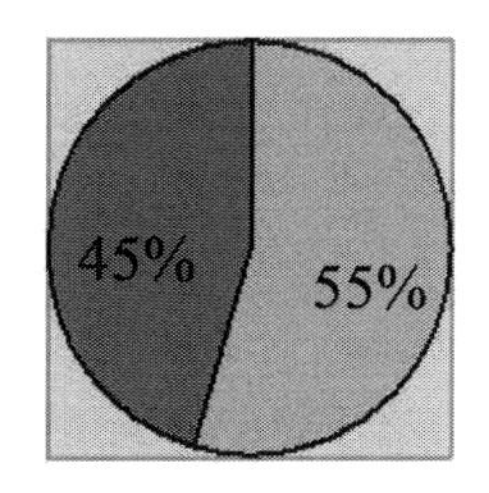

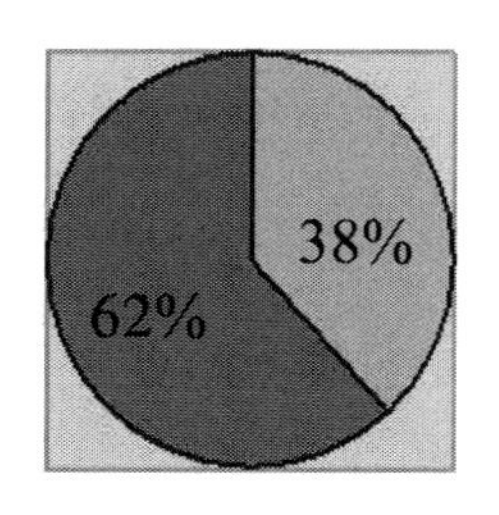

图 6 前测（试验班）

图 7 后测（试验班）

- 试验班与控制班前后测阅读能力平均等级比对（见图 8）显示了试验班前测阅读能力平均等级是 1.71，而后测时阅读能力平均等级提高到了 2.75，也就是说试验班学生的阅读能力平均提高了 1 级左右。而在控制班方面，其前测与后测阅读能力平均等级分别是 1.4 和 2，显示控制班学生的平均阅读能力只提高了 0.6。这与之前所得到的结论相吻合，即试验班学生的阅读能力得到了更快、更有效的提高。

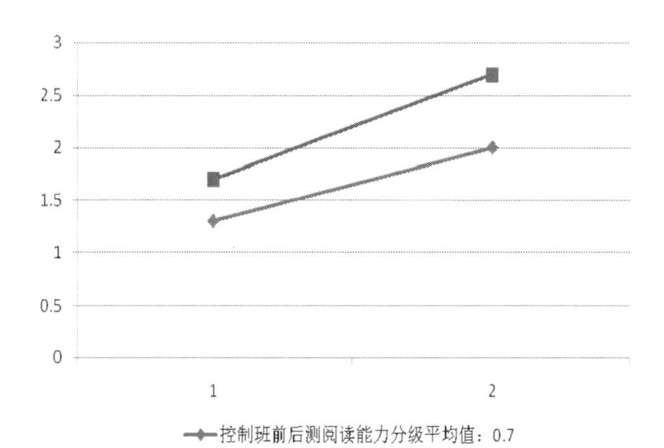

图 8　试验与控制班前后测阅读能力平均值对比

（三）识字能力分级情况

在本次试验过程中，试验班和控制班的学生都学习了同样的九本《鼠小弟》系列的绘本，学生学习华文的总时间也一样。唯一的差别在于控制班的教师采用了一般的教学法，而试验班的教师则采用了根据克拉申的理论所设计的阅读策略。

为了进一步了解学生的学习成效，我们让两个班的学生做了一项识字能力后测。这项活动在于考察学生对所阅读过的鼠小弟绘本中出现的句、词和字的识别能力。

数据显示：

从图 9 可以看出，试验班识字能力的平均等级比控制班高出了一倍：

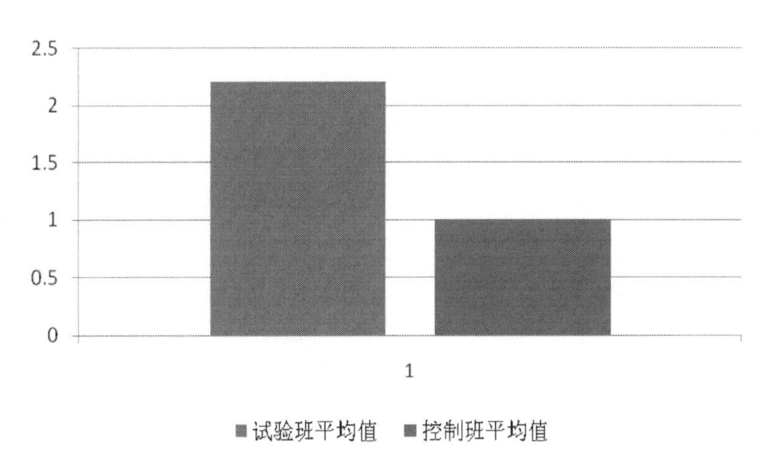

图 9　试验班与控制班识字能力分级平均值对比

试验与控制班识字能力分级情况的对比，也显示了大部分控制班的学生在学习过九本《鼠小弟》后只能达到第一级的水平，而大约四分之一的学生甚至连第一级也无法达到。在试验班方面，识字能力达到第二，第三和第四级的学生人数显著地超过控制班，无法达到第一级的学生也只占了大约 7%。由此可见，试验班所采用的教材与教学法能够更加有效地让学生将所习得的语料输入到他们的脑海中。（见图 10）

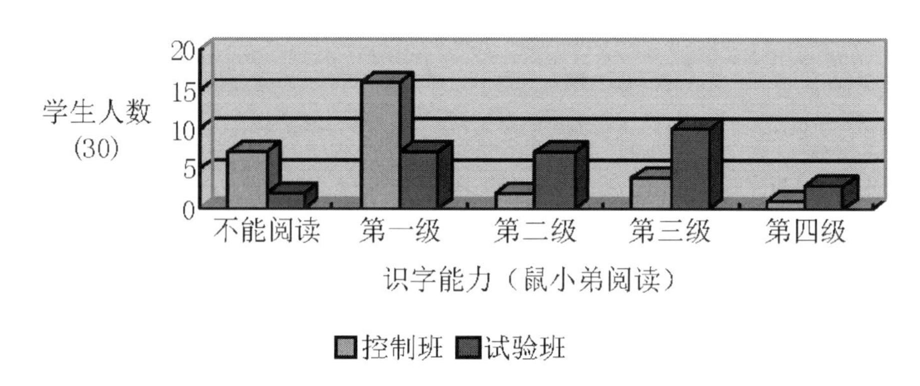

图 10　控制班与试验班识字能力分级情况比较

六　研究结果与结论

初步研究显示：

- “i＋1”阶梯任务阅读教学法能帮助小一学生提升阅读能力
- “i＋1”阶梯任务阅读教学法能帮助小一学生提高辨认字词能力

笔者愿以此抛砖引玉，希望未来的儿童第二语言阅读教学能以遵循第二语言习得原理、尊重阅读主体特征，以及儿童不同的学习需要为原则，从教材、阅读教学、课堂教学三大方面来进行有效的输入。

参考文献

李泉主编 《对外汉语课程、大纲与教学模式研究》 北京市 商务出版社 2006 年

周小兵、张世涛、干红梅 《汉语阅读教学理论与方法》 北京市 大学出版社 2008 年

朱智贤 《儿童心理学》 北京市 人民教育出版社 2003 年

Krashen, Stephen D. (1987) Principles and Practice in Second Language Acquisition. New York: Prentice-Hall International.

Nutall, Christine (2000) Teaching Reading Skills in a Foreign Language. Oxford: Macmillan Publishers Limited.

SG Press Centre, (2009)
http://www.news.gov.sg/public/sgpc/en/media_releases/agencies/mica/speech/S-20090317-1

Tomlinson, C. A. (2001) How to differentiate instruction in mixed-ability classrooms. 2nd ed. Alexandria, VA: ASCD.

作文评量表与课堂实践中的初步尝试报告
——以德乐小学作文教学为例

一　引言

在二○○四年国庆群众大会上，李显龙总理提出“教少一点，让孩子多学一点”（李显龙，2008）。前教育部长尚达曼先生明确指出：“少教多学”并非不教，而是要求老师们让学生投入学习之中（尚达曼，2005）。紧接着，教育部于二○○六年开发了 PETAL™[1]的理论框架，作为“少教多学”的指导原则。PETAL™以学习者全面投入学习为目标，通过教学法、学习体验、学习氛围、教学内容和评价五方面来促进学生的投入学习。

在 PETAL™框架下的五个维度中，评价乃一个重要的维度：教学过程中的形成性评价（Formative assessment）要求通过定期的、建设性的反馈有效地促进学生的学习，培养自主学习的元认知意识与监控能力。以作文教学为例，教师投注在作文教学和批改上的精力和时间是众所皆知的；但是，老师的付出与学生的学习成果却往往不成正比：学生在拿回作文后，往往只关心分数，无视于教师“精心批改”后的作文；与此同时，被动学习的态度也让学生对作文改正敷衍了事。

为了改变学生在学习写作上的被动态度，化消极为积极“投入”的

1　五个维度：教学法、学习体验、学习氛围、评价、教学内容。

学习，培养自主学习的意识与监控能力，德乐小学老师、教育部特级教师与国立教育学院组成一支三角合作的研究团队，展开三个月的研究计划，以评量表为工具，落实促进学习的评价，让教学与评价紧密结合。本文所报告的是第一阶段的研究成果：通过渐进式评量表提供及时的反馈，促进小四学生的写作表现，培养学生的监控意识，改变学生的态度及作文的表现。

二　理论基础与文献综述

1 学习性评价与评量

祝新华（2005）在《发展“赞赏”——建议的评估方式——华文课写作评估为例》中指出：在作文评估中，教师辛苦批改后，很多学生并不会从中学习如何改进，使评估成了低效或无效的活动。语文教师必须改革传统的“重教轻学”、“重结果轻过程”的教学弊端，使学生主动地参与学习，有效地调控学习过程。英国学者布莱克与威廉姆指出评价指的是教师和学生通过某些活动评估自己，并提供信息反馈以改进教与学的活动（Black & William, 1998）。在《暗箱内探－透过课堂评价提高学习水平》中，确定评价中用以提高学生学习水平的五个关键因素，主要有：给予学生有效的反馈、学生本身的积极参与、根据评价本身来调整教学工作、认识评价对学生的动机和自尊有重大的影响、学生需要具备评价自己表现的能力及掌握如何改进的方法（Black & William,1998）。在学习性评价中，反馈极为重要。教师给予反馈，帮助学生明确自己的学习成果以及如何取得进步。清楚、具体、明了的反馈形式和标准对学习者而言是至关重要的，这将使他们能采取适当的行动来改善学习（Wiggins, 1988）; 学生也因此更能投入学习中。符传丰（2006）在《作文批改与讲评——批什么？改什么？》一文中指出“教师写评语要有针对性，要因人而异，因篇而异，这样学生才能从中学习。”

在评价学生们的课业表现时，最能让学生清楚了解各项准则和标准的方法便是使用评分量表（scoring rubric）（Wiggins & McTighe, 2005）。当学生清楚了解评价的标准时，他们将能监控自己的学习进度。此外，当评价实践与课程目的、教学目标一致时，它将能改善学生的学习。这是因为学生了解他们如何被评价，以及为什么评价标准设置的目的。学生因此能为达到预期目标做好学习准备（Black & William,1998）。因此，在“学习性的评价”中我们可以看到学生学习行为的改变，同时也能改变学习成果。

香港大学的岑绍基、谢锡金（2002）在《量表诊断写作教学法》中指出，教师采用量表诊断教学法，可以刺激学生的写作动机以及提高写作质量。量表也可以帮助学生了解自己的写作困难和诊断自己的写作毛病。利用量表批改作文，让学生参与评改过程，能培养学生自我学习与评估的能力，并拥有自我监控的能力。岑绍基（2005）在《作文量表互改研究与实践》的研究结论，肯定了学生量表自改法能调动学生主动性，有利于培养学生的写作自信心、激活学生的创造性、孕育学生的写作快乐感。

2 写作过程

写作是一个发现的过程，让学生知道“如何写”（Knowing how），比知道“写什么”（Knowing what）更重要。语文教学的视野已从重视写作的成果（product）拓展到写作的过程（process）中。由于重视学习的过程，评估成为学习过程的一部分，目的是促进学习，而非单纯地考查学习成果。过程法的教学理论依据为建构主义，其特点为体验中学习（Experiential learning）与反思学习（Learning by reflection）。在体验中学习与反思学习的过程中，作文评量的形式多样化，这包括学生自评、同侪互评、教师监控与检查；通过不断地自我调节、自我监控，自我反思，使学生培养良好的、独立的写作行为与习惯，调动写作意识来管理写作行为，提高作文的能力，学生的元认知知识与能力也能进一步地开发并内化，成为一个自主学习者。过程写作法分为写作前、写作中和写作后三个历程，本研究主要着重于写作后的评量，进行写作修正：

写作过程与写作策略的关系

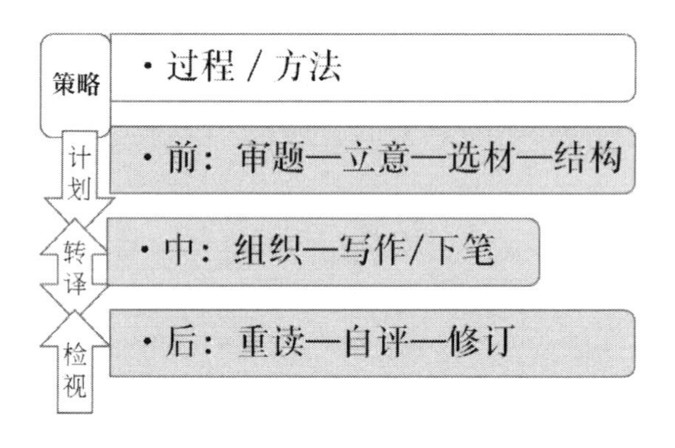

（胡月宝，2009a）

图 1　写作过程与写作策略的关系

综合以上所述，如何通过作文评量这一环节活动来调动学习者的元认知意识以监控写作过程乃本论文的讨论重点。

三　研究方法

本研究是校本研究，主要采取行动研究的方法（胡月宝，2009b）：

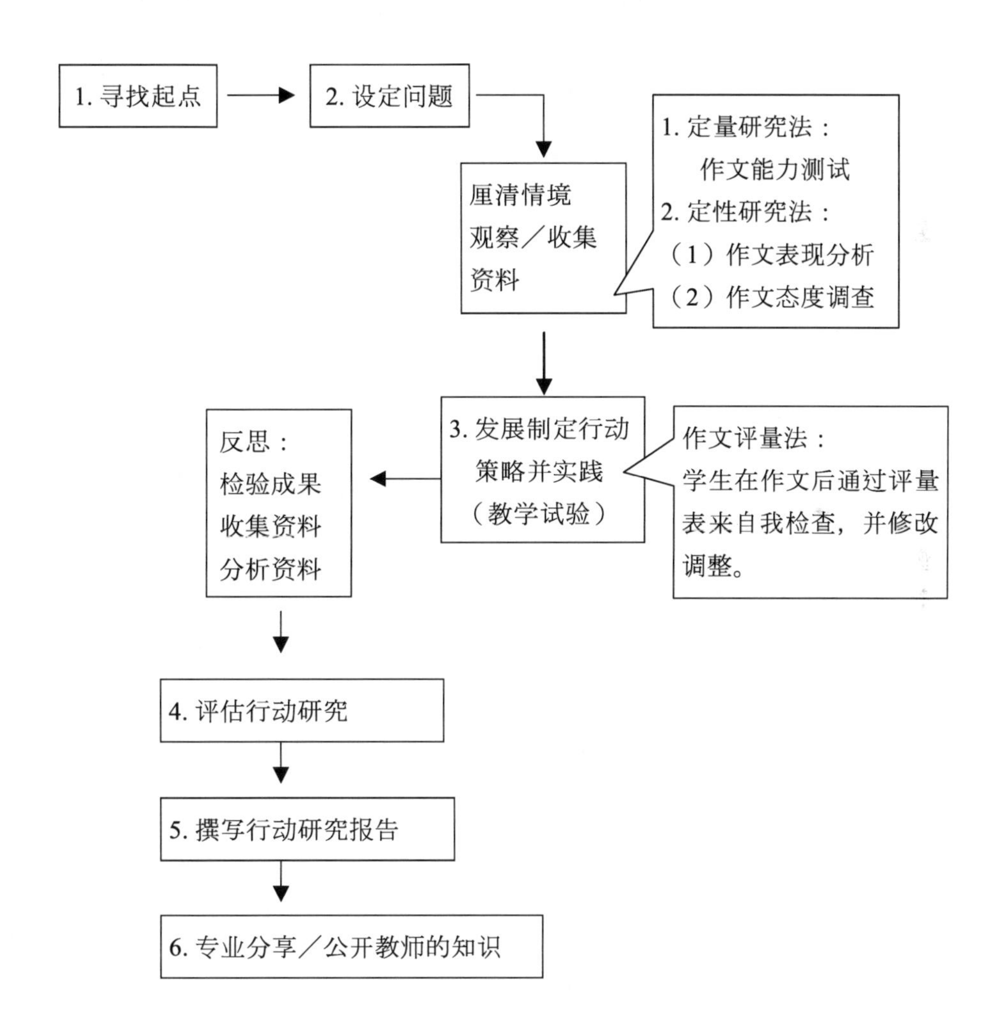

（一）寻找起点与设定问题

1 寻找起点

本研究首先重视“寻找起点”这一环节，教师主要通过写作表现的分析和问卷调查来探寻问题的根源。

- 写作表现分析：

  本研究根据二〇〇八年小三至小六学生年终考试的作文进行资料搜集，分析学生的弱点，进行反思与分析。两项分析结果显示:学生被动看待教师批改后的作文，不清楚教师批改的目的、对作文评改要求不理解，也不知如何改进，缺乏通过阅读教师评改来深入了解自己的写作能力之监控意识，更谈不上反思、调整和改进。因此，教师反馈的结果是：教师在批改过程中，需要通过学习中的评价来调动学生的监控意识，这是目前作文教学过程中最弱的一个环节。

- 问卷调查：

  学生问卷调查结果显示：有 48.6%的学生不喜欢写作；不知道老师要求的约占 44.4%；拿到批改后只看分数的占 51.5%，证实了培养学习写作监控意识的必要。

表 1　学生写作意识调查

问题	（1）你喜欢写作吗？			
学习态度	很喜欢	喜欢	不喜欢	很不喜欢
试验班	2 (9%)	7 (31.8%)	4 (18.2%)	9 (41%)
控制班	2 (9.6%)	11 (52.4)	4 (19%)	4 (19%)
总数	(4) 9.3%	(18) 42.1%	(8) 18.6%	(13) 30%
（2）你知道老师对你的作文要求吗？				
写作意识	知道		不知道	
试验班	14 (63.6%)		8 (36.4%)	
控制班	10 (47.6%)		11 (52.4%)	
总数	24 (55.6%)		19 (44.4%)	
（3）拿到老师批改的作文后，我会这么做：				
学习意识	只看分数	看老师改什么？	不看就收起来	
试验班	8 (36.3%)	14 (63.7%)	0	
控制班	14 (66.7%)	6 (28.5%)	1 (4.8%)	
总数	22 (51.5%)	20 (46.1%)	1 (2.4%)	

2 设定问题

本研究以小学四年级学生看图作文为范围，假设通过学习性评价能让学生参与评价的过程，以作文评量表与自我检查表为工具，进行自我检查与调整，来培养写作的监控意识。研究所欲探讨的问题有二：

（1）在利用评量表与自我检查表的过程中，学习者的学习态度能否改变？

（2）在了解了评量的要求与参与学习的评价后，学习者的作文成绩是否能有所提升？

（二）行动策略："作文后评量检查法"

1 教学资源

利用看图作文（四幅图）进行作文教学，选择配合作文主题的阅读材料作为引导性教学资源，其中包括绘本、故事短文、卡通片光碟。设计作文评量表和学生自我检查表。评量表与学生自我检查表的项目，除了固定的项目外，还根据每次教学内容的重点来设计，以做到教学与评价紧密结合。教师也在每篇作文批改中给予学生不同的评语，以做到写评语要有针对性，要因人而异，因篇而异，学生才能从中学习（符传丰，2006）。为了让教师能为学生提供建设性的评语，研究团队设计并特印了旁边加宽，下有评语栏稿的稿纸。

2 行动策略与课堂干预教学[2]

课堂教学步骤以外显式程序性教学模式为依据（胡月宝、林季华、胡向青、徐玉梅），让学生从初步的认识、理解到应用：

（1）教师讲解（评量表、自我检查表项目、等级）

（2）教师示范（应用短文、绘本输入句型、关键词）

（3）渐进式责任转移（教师引导、学生写作、个人检查）

（4）教师评价与学生修订

（5）学生自我检查、监控意识的形成

---

2 控制班的教学模式保留为教师讲授写作方法、学生写作、教师批改，将作文发还给学生的传统模式。

3 教学步骤

（1）认识评量表：第一堂作文教学前，老师教导学生认识评量表，包括了解量表内容各等级的不同，以及解读项目的要求

（2）认识自我检查表：第一堂作文教学前，老师教导学生认识自我检查表，告诉学生在写完每篇作文后都要做自我检查，如何填写所运用到的词汇、开头、结尾、形容词等，并记得检查错别字、分段是否合理

（3）作文前阅读活动：在写作文的前一节课，选读故事短文、观看卡通片光碟或导读绘本，然后通过故事语境教导句式和形容词等

（4）解题与引导：看图审题，引导学生进行片段或全篇作文写作，教导学生如何以何人称、开头、结尾进行写作。复习前一节课所学到的句式和形容词，引导学生在文章中运用

（5）学生习作：规定全篇作文班上完成，不能带回家完成。偶有学生有字不会写，老师从旁协助

（6）评价活动：学生自我检查。规定学生在完成作文，交上给老师之前利用自我检查表进行核查，并填写项目或在做到的项目旁打勾。检查的项目依照教学内容不同而改变，要求学生在作文中应用通过阅读活动输入两连词或形容词。例如下表是其中一次作文课的学生检查表：

作文三：学生自我检查
□我有用__________开头法。 □我有用连词（因为…所以…）。 □我有用连词（虽然…但是…）。 □我有用其他连词____________。 □我有用形容词（惭愧得无地自容）。 □我有用形容词（羞愧）。 □我有用俗语（早知今日，悔不当初）。 □我有用__________的结尾。 □我有分段。 □我有检查错别字。

- 教师评价：教师利用评量表进行评价与反馈。评量表分为四个等级。在进行反馈与提供评语时，教师选择用学生能浅白易懂，适合学生程度的语言
- 教师点评：在发回作文后，老师进行总评，分享好作品，并举例说明学生群中所写出的一些运用贴切的句式
- 学生检查：提醒每位学生别只看分数，腾出课时允许学生细读老师的旁批，总评语以及评量表的等级说明，允许学生看不懂时提问
- 巩固学习：学生进行改正、修订，提供再学习的机会

四 评估行动研究

本研究采取写作表现前后检查与试验控制班双差对比分析和态度问卷调查两种方法来进行三角验证：

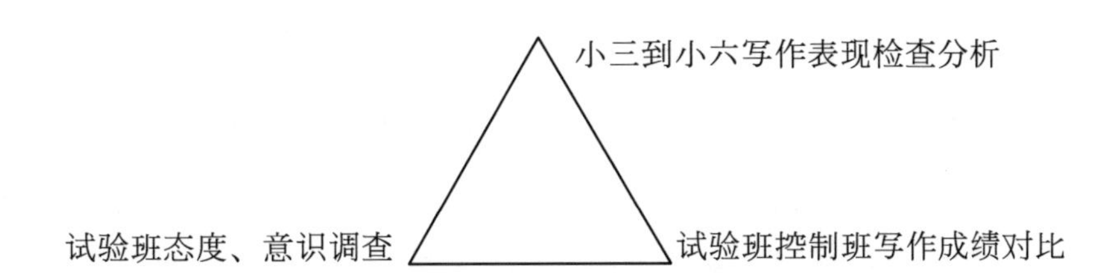

本研究结合定性与定量研究所得，通过三角测量法（Triangulation）来测量研究成果：

（1）在利用评量表与自我检查表的过程中，学习者监控意识的形成与态度的改变

（2）学习者的作文成绩在试验后的表现

（一）定性研究

在研究的过程过程中，研究团队通过两次调查问卷，学生访谈与教师反思来收集资料。以下是试验前后学生态度和学习意识的转变：

1 学习态度

表 2 显示了学生在试验前后对写作的喜欢程度：

表 2　你喜欢写作文吗？

班级	试验前后	态度			
		非常喜欢	喜欢	不喜欢	非常不喜欢
试验班	前	2 (9%)	7 (31.8%)	4 (18.2%)	9 (41%)
	后	6 (27%)	14 (64%)	2 (9%)	0 (0%)
控制班	前	2 (9.6%)	11 (52.4)	4 (19%)	4 (19%)
	后	1 (4.8%)	10 (47.6%)	5 (23.8%)	5 (23.8%)

试验班学生喜欢写作文的百分比从 40.8%提高到 91%，提高幅度为 50.2%。不喜欢写作文的学生则从试验前的 59.2%，减低至 9%，减低的幅度为 43.2%；控制班学生喜欢写作文的百分比为 62%，经过了三个月的时间，学生喜欢写作文的百分比为 52.4%，倒退了 9.6%。不喜欢写作文的学生则从 38%提高到 47.6%。

从以上的数据可以看出试验班学生态度的正面转变，喜欢写的学生比例大量地提高，而不喜欢写作文的学生则减低了。反观控制班则呈现完全相反的现象。

2 学习意识

在学习意识上，本研究通过表 3 中的两道问题来反映。问题分别是“知道老师对你的要求”和“拿到老师批改的作文后，我会这么做”：

（1）你知道老师对你的作文要求吗？

表 3 显示了试验班与控制班的学习意识：“你知道老师对你的作文要求吗？”：试验班学生在“知道老师对我的作文要求”上增至 86.4%，增加幅度为 22.8%。表示不知道作文要求的学生在试验后减至 13.6%，减低幅度为 22.8%；控制班学生的学习意识虽也有所提升，增加幅度却远在试验班之后。

表 3 “你知道老师对你的作文要求吗？”

班级	试验前后	意识	
试验班		知道	不知道
	前	14 (63.6%)	8 (36.4%)
	后	19 (86.4%)	3 (13.6%)
控制班	前	10 (47.6%)	11 (52.4%)
	后	12 (57%)	9 (43%)

(2) 写作意识（二）“拿到老师批改的作文后，我会这么做”

表 4 显示在试验前，学生只看分数的占 36.3%，在试验后减至 9%，减幅为 27.3%；会看老师改什么的学生为 63.7%，试验后增至 90.9%，增幅为 27.2%；控制班只看分数的学生在试验前为 66.7%，试验后减至 38.1%，减幅为 28.6%。看老师改什么的学生为 28.5%，增至 57.1%，增幅为 18.9%；不看就收起来的学生则维持为 4.8%。此一数据显示了试验后的效果并不显著，原因有待分析。

表 4 “拿到老师批改的作文后，我会这么做”

班级	试验前后	只看分数	看老师改什么？	不看就收起来
试验班	前	8 (36.3%)	14 (63.7%)	0
	后	2 (9%)	20 (90.9%)	0
控制班	前	14 (66.7%)	6 (28.5%)	1 (4.8%)
	后	8 (38.1%)	12 (57.1%)	1 (4.8%)

（二）定量研究

为了验证研究的效度，本研究也通过定量研究法来测量学生作文成绩的改变。研究数据显示，试验班学生的写作表现均比控制班好，现分析如下：

1 个别学生前后测表现

以下，本研究团队将从个别学生前后测表现来验证试验的效度。从表 5 和表 7 中，可以看到试验班的学生作文表现呈现稳定上升的趋势；表 6、表 7 可以看到控制班的学生作文表现出现不平稳的的现象：试验班 73%的学生作文能力获得提升，18%的学生停留在原地，9%的学生则退步。控制班 48%的学生表现有进步，19%的同学没有进步，原地踏步，33%的学生出现后退的现象。

表 5　试验班个别学生前后测作文对比

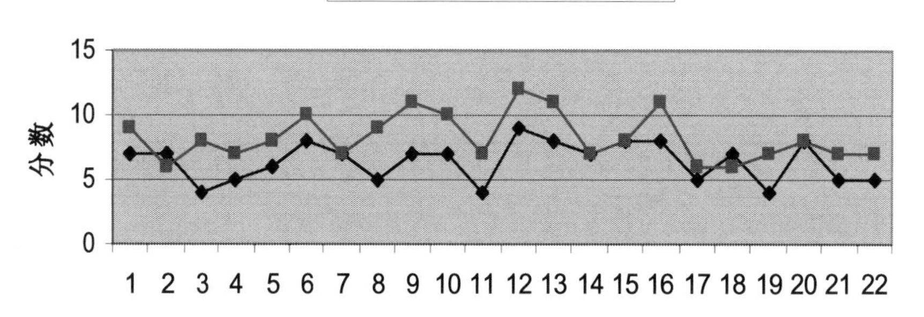

表 6　控制班前后测作文对比

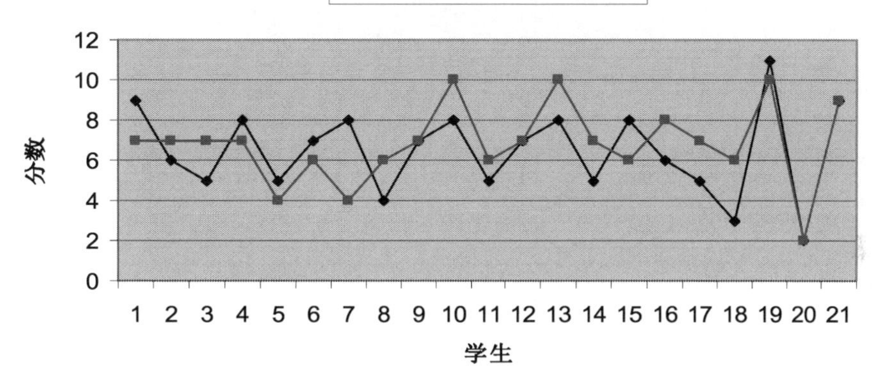

表 7　试验班与控制班前后测作文表现对比

	成绩倒退	没有进步	进步
试验班　**(22)**	2 (9%)	4 (18%)	16 (73%)
控制班　**(21)**	7 (33%)	4 (19%)	10 (48%)

数据显示，试验班的作文成绩比控制班来得好。这意味着让试验班学生在写作过程中进行自我检查，养成自我检查的习惯，让学生调动自我检查与监控意识的这一学习性评量教学能改变学生的作文成绩。

2 试验与控制班平均值对比

从成绩平均来看，试验班的成绩从前测 6.4 提高到 8.2；相较于控制班的 0.33，数据的差距相当显著：

表 8　试验班前后测平均值对比

				差距
试验班		前测	后测	
	平均值	6.409091	8.272727	1.86
	SD	1.532477	1.830478	0.3
	CI (95%)	0.640369	0.764894	--
	CI (99%)	0.841588	1.005241	--
控制班	平均值	6.47619	6.809524	0.33
	SD	2.182179	1.990453	-0.19
	CI (95%)	0.933316	0.851315	--
	CI (99%)	1.226585	1.118818	--

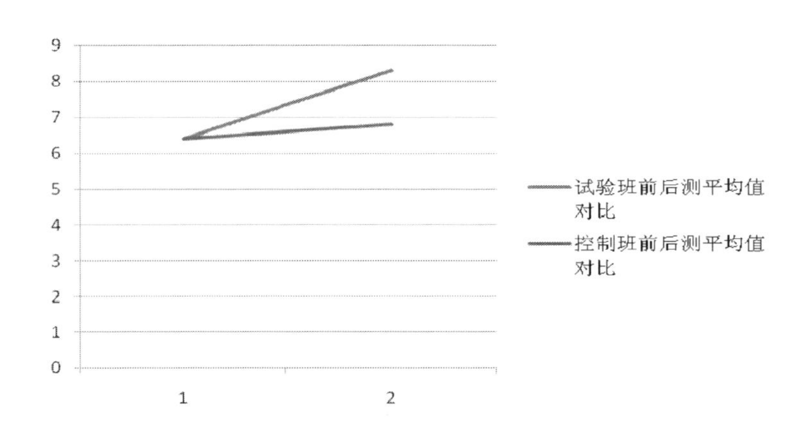

图 2　试验与控制班平均值差异

本研究通过三角检测法来检查研究的效度，各项数据分析中，仅有“拿到评改后的作文时，我会看老师改了什么”这一项数据不显著之外，其他都证实了试验是有效的。

五　小结

此行动研究以作文评量表在课堂中进行初步尝试，经过三个月的实践后，数据显示了：

1. 作文后的评量与自我检查教学能够培养学习者的监控意识与正面的态度
2. 在了解评量的要求与参与学习的评价后，学习者的写作成绩能有所提升

本研究乃本地首次以行动研究为方法、以评价性学习概念为理论依据，以写作监控意识为目标所进行的初步研究，希望能以此抛砖引玉。

第二语言写作中的元认知监控策略教学

——以新加坡小学写作策略先验教学为例*

一　前言

在新加坡，华文教学一直都过于偏重依赖教师讲授知识与学生机械操练技能的方法，甚少从学习者角度来思考如何通过培养学习自主性以提高学习效率。随着美国二十一世纪技能教育将培养自主解决问题的能力列入七大技能教育内容，二十一世纪教育的新方向也从被动吸收转向主动学习。为此，新加坡教育部亦于二〇〇五年推出了“投入型学习”教学框架（Engage Learning: PETALS™）。“投入型学习”教学框架是以“思考型学校、学习型国家”[1]为教育愿景和“少教多学”（Teach Less, Learn more）[2]为教育指导方针的课堂教学框架。PETAL™以学习者全面投入学习为目标，通过教学法、学习体验、学习氛围、教学内容和评价五方面来培养学习自主性，促进投入度。于是，新加坡华文教学开始了如何培养学习自主性的讨论。笔者以为，培养学习自主性的要素之一便是积极培养、调动元认知能力。

---

* 本论文与张琮合著。

1 吴作栋总理 1997 年国庆献辞，详见 http://www.moe.sg。

2 李显龙总理 2004 年国庆献辞，详见 http://www.moe.sg。

二　理论基础与文献综述

（一）元认知与写作元认知

1 元认知与元认知教学

元认知是 Flavell(1976)提出的概念。Flavell 认为，“元认知”是指“认知主体关于自己认知过程、认知结果及其相关活动的知识，其中包括对当前正在发生的认知过程（动态）和自我认知能力（静态）以及两者相互作用的认知，也包括对这些过程的积极监测和调控。”[3]他指出，所谓元认知知识，是指个体所储存的即和认知主体有关又和各种任务、目标、活动及经验有关的知识片断。Flavell 认为元认知知识主要有三类：一、认知个体的知识，即个体关于自己及他人作为认知加工者在认知方面的某些特征的知识；二、认知任务的知识，即关于认知任务已提供信息的性质、任务的要求及目的等知识；三、认知策略的知识，即关于策略（认知策略和元认知策略）及其有效运用的知识。

2 写作元认知与写作元认知教学

写作元认知，也称为“元写作”，包括意识、监控与策略。它是对写作过程的理解和监控，是“对写作过程的思考，是作者利用背景知识和写作模式创作出新的作品”。[4]写作通常被看作一项困难和要求甚高的任务，它需要广泛的元认知控制。写作很少是持续的顺序加工过程，而

3　Flavell, J. H. (1976) Metacognitive aspects of problem solving. In L. B. Resnick (Ed.), The nature of intelligence (pp. 231–236). Hillsdale, NJ: Erlbaum.

4　Catey ,A.(2001) *Metawriting*..CTER Master's Program.University Illinois.Fall. http://students.ed.uiuc.edu/catey/Metawriting.html

是使构思和修改频繁的交替出现来进行的。写作中的元认知能力一般是在写作过程中调动的，它因此被分成三个基本的组成部分：计划（Planning 也作构思）、转译（translation，也作转换）和修改（Reviewing）。[5]计划涉及三个认知子成分：文章内容信息的生成、作文目标的设定以及对从长时记忆中提取的信息的组织。转译即指从记忆系统中获取素材，把观念或构思转换成可接受的书面文字的过程。修改则包括评价和校正两个子成分，其目的在于提高经过转换过程所生成的文章的质量。写作的这三个基本过程互相之间是紧密联系在一起的，它们都需要认知监控（cognitive monitoring）来加以调节，认知监控在整个写作过程中起着一种执行性控制的作用。

（二）写作元认知的构成成份与第二语言教学

Joanne Devine 在"元认知在第二语言阅读和写作中的作用"中指出，元认知方面的变量比语言学方面的能力对第二语言写作更重要。[6] Carrell（1989）进行的调查研究显示，母语及二语阅读中若干个元认知策略与阅读能力成正相关。[7] Devine 等（1993）的研究表明，学生的元认知模型与实际写作成绩有潜在联系，这种联系对 ESL 学生的写作教学意义重大[8]。Loretta F.Kaspar（1997）的研究也表明，英文写作认知的三成份和写作成绩有潜在联系，但相关程度存在差别。他将英语精通水平对元认知三变量发展的作用进行了比较，结果发现，高级英语精通

5 Hayes J,Flower LS.(1980)*Identifying the organization of writing process*. In:L.Gregg & Steinberg eds. Cognitive processes in writing. Hillsdale, NJ:Erlbaum,p:3-30.

6 Devin,J.,Railey,K.,&Boshoff,P.(1993)*The implications of cognitive models in L1 & L2 Writing*. Journal of Second Language Writing 2,pp 203-225.

7 Carrel,P.L.(1989).*Metacogitive Awareness and Second Language Reading* [J].Modern Language Journal, pp 121-134.

8 同注 6，页 23。

水平的学生之元认知等级普遍比中等英语精通水平的学生高。但研究结果也显示，仅在策略变量水平差异显著，在个人和任务变量上，中级和高级水平的学生无显著意义。Loretta F. Kaspar 也对从中级升到高级的被试做出分析；被试在提高英文水平过程中，元认知的三个成分也都提高了，但只有策略变量达到了显著性水平。[9]究其原因，可能是因为学习者写作水平达到一定高度后，个人和任务变量已基本上饱和，策略变量因此成为尚有发展空间的最活跃因素，而策略的有效、实用性发展是无止境的。

三　研究目的、研究对象与研究范围

本研究因此立论于“通过调动学习者的元认知监控能力有助于促进学习表现”的假设，展开小规模先导研究，以三十名[10]学习能力较强、以华文为第二语言[11]的小学五年级女生为研究对象[12]。为深入了解学习者的起点，本研究进行了前测，结果发现：

---

9 Karsper,L.F (1997). Assessing *themetacognitive Growth of ESL Student Writers*. Availabel: Http://ericps.ed.uiuc.edu/npin/respar/texts/home/metacog.html.

10 受试本为 14 人，但有一人在后测中忘了填监控行为清单，而必须作废。验本的适用率为 92.9%.

11 在开始实验前，笔者先对实验班 13 名受试进行了一次语言使用习惯问卷调查，以确定受试属于第二语言学习者，调查显示：79%的学生在日常生活中更习惯使用英语，只有 21%的学生在生活中共同使用华语和英语两种语言。43%的学生在华语写作时完全选择用英文思考，36%的学生在华文写作时靠英文和华文两种语言思考，只有 21%的学生选择在华文写作时靠华文思考。这意味着大部分学生在华文写作的过程中需要先完全或部分利用英语思考，再翻译成华语。这种第一语（英文）与第二语（华文）的转码过程，正是第二语言学习者的基本特征。

12 新加坡高才教育的甄选要求不包括华文，所以高才班学生的认知能力较强，但华文能力并不一定相等，在学习积极性和成绩上都落后于其它科目。

1. 受试在写作策略应用上的元认知意识最高（79%）、监控表现[13]和策略实际表现均弱，平均值分别仅占55%和53.6%（表1.1）
2. 受试的写作策略实际表现平均值仅 53.6%；其中，选材、顺序、段落、过渡四项表现不错，但开头、词语、中心、结尾、详略、句子这六项则相对薄弱（表1.2）
3. 对比监控意识与行为项目（单项与平均值）的数据，意识远高于行为表现（平均差值：28%）（表 1.3）；对比个别受试的数据，监控意识也均高于监控表现（平均差值：26%）（表1.4）

因此，本研究将研究重点摆在培养写作监控行为上，以“元认知监控策略教学有助于促进高学习能力者的写作表现”为题，展开为期3个月的写作元认知监控策略辨识阶段[14]实验教学研究，研究将侧重于一、写作前的计划阶段：文章内容信息的生成、作文目标的设定；二、转译阶段：从记忆系统中获取素材，把观念或构思转换成可接受的书面文字的过程。

表1　写作监控意识、行为与实际策略应用表现对比

监控项目	平均值
意识	79%
监控行为	55%
策略	53.6%

13 监控意识与行为数据统计自受试自评清单；策略应用数据则统计自教师评量清单。

14 笔者于 JR .Anderson 的程序性知识教学理论的基础上，提出了“语言技能教学”三阶段的概念：辨识、转化与内化阶段。（详见胡月宝，林季华和胡向青：〈程序性知识教学于第二语课堂中的实践——以滚动阅读策略教学为例〉，见方丽娜等编：《第九届台湾华语文教学研讨会论文集》（台北市：台湾华语教学学会，2009年），页15-170。

表 1.2　写作策略表现（教师评价清单）

编号	阶段	评量项目	评量细目	百分比
1	前	选材	真实、新颖有特色、切合题目、有积极意义、中心突出、生动形象	71%
2	前	中心	明确、集中、有新意	43%
3	前	开头	有一定的开头法，富有吸引力，点出中心	57%
4	前	结尾	简洁有力，点出中心	21%
5	前	详略	得当、突出中心的详写	29%
6	中	顺序	事件顺序合理，段落、句子顺序有逻辑	79%
7	中	段落	意思完整，分段合理，每段中句子连贯流畅	71%
8	中	过渡	段落、句子之间衔接连贯	86%
9	中	句子	句子通顺，连贯并且有丰富的好词佳句	29%
10	中	词语	错别字非常少，词语用得准确、优美	50%
平均值				**53.6%**

表 1.3　受试在写作元认知策略应用上的意识与监控行为表现对比

受试编号		意识	监控	差值
	在写作时，我知道应该／我会注意			
1	借助字典看懂题目，联系生活经验选材	64%	43%	21%
2	找出题目里的重点词	79%	50%	29%
3	根据题目确定人物、时间、地点	100%	86%	24%
4	根据题目想清文章的中心思想主题	79%	50%	29%
5	确定写作的人称	79%	43%	26%

受试编号		意识	监控	差值
	在写作时，我知道应该／我会注意			
6	确定事情的起因、发展、高潮、结果	93%	71%	22%
7	确定文章开头、结尾方式	79%	50%	29%
8	把事情的起因、发展、高潮、结果各用一句话总结出来	64%	43%	21%
9	列出简单的提纲	71%	14%	57%
10	是否紧紧跟住提纲写作	86%	36%	50%
11	人称是否正确	86%	43%	43%
12	文章中的人物关系是否清楚、明白	86%	71%	15%
13	是否有错字，借助字典及时改正	100%	93%	7%
14	在心里默读写过的句子看是否通顺	86%	57%	29%
15	文中的好词好句是否充足	79%	57%	22%
16	文中是否加入了人物的动作、神态、语言、心理活动	79%	64%	15%
17	默读写完的段落，检查事情的发展是否合理	79%	57%	24%
18	检查文章详略安排是否适当	57%	14%	43%
19	新的段落是否与前面的段落自然连贯	57%	29%	28%
20	开头、结尾是否相呼应	79%	71%	8%
21	是否点出文章的主题	86%	50%	36%
平均值		**79%**	**52%**	**28%**
T 值检定：0.001<0.05，显著				

表 1.4　写作元认知意识与监控行为表现对比

学生编号	意识表现评分	监控表现评分	差值
1	92%	68%	24%
2	100%	67%	33%
3	56%	61%	5%
4	100%	65%	35%
5	75%	52%	23%
6	55%	33%	22%
7	96%	29%	67%
8	68%	56%	12%
9	85%	55%	33%
10	97%	51%	46%
11	79%	61%	18
12	62%	37%	25%
13	100%	77%	23%
平均值	**82%**	**55%**	**28.2%**
T 值检定：0.001<0.05 显著			
相关系数：0.809484（大）			

四　研究方法、研究设计与研究局限

（一）研究方法

此研究以元认知监控策略为自变量，以写作表现为因变量：受试在试验期间只接受元认知监控策略的写作训练，进行前、后两次的命题写作。研究主要采取单组前后测研究形式，采取三角测量方法：

1. 以构思表为写作前监控工具，进行写作前阶段元认知监控能力检测
2. 以写作元认知监控自评清单为工具，进行写作中阶段元认知监控能力检测
3. 以写作策略评量表为工具，由教师进行写作策略检测（写作前：选材、中心、开头、详略、结尾；写作中：顺序、段落、过渡、句子、词语。）
4. 以教育部作文评分标准为依据，进行写作表现检测，写作表现检测方法分为分数制与等级制双向评量法

（二）研究设计

1 实验计划

时间	项目	内容
第 1 周	调查问卷	根据调查收集学生的写作问题，寻找研究起点。
第 2-4 周	前测 1 命题写作《努力使我成功》 2 写作监控意识清单 3 写作（前、中、后）监控清单（学生） 4 写作策略评量表（教师）	进行数据分析，并根据前测结果制定干预教学计划。
第 5-6 周	干预教学 一	元认知教学（意识与清单练习）。
第 7 周	干预教学 二	写作监控练习（独立完成构思表和写作前元认知监控清单。
第 8 周	干预教学 三	元认知监控练习：在习作中独立完成构思表与写作中认知监控清单。

时间	项目	内容
第 9-10 周	后测 1 写作《懒惰使我后悔》 2 写作前、中监控清单（学生） 3 写作策略评量表（教师）	进行前后测数据比较分析，总结研究成果。

2 干预教学

干预实验教学包括三次写作课，主要以培养学生的元认知学习策略为目的。在干预教学中，教师会通过教学活动让学生们先理解元认知的概念以及元认知对学习的影响，然后让学生们明白在写作过程中使用元认知策略的重要性和方法，最后通过实践写作活动，让学生们学会在写作过程中使用元认知策略去监督自己的写作过程。整个干预教学的活动都是结合 Winograd&Hare (1988) 提出的元认知学习策略培养的“六步曲”[15]进行的。

受试在完成三次干预教学后的反馈基本良好[16]：

（三）研究局限

本次研究乃先验性研究，研究规模小，研究周期短、受试都是单一性别（女），所提取的数据可能不客观，也不具普遍意义（T 值检定表现出现不稳定的情况）。

15 Winogad, P.& V.C.Hare（1988） *Direct instruction of reading comprehension strategies: the nature of teacher explanation*[A].In C. Weinstein,E.Goetz&P.Alexander(eds.).Learning and study strategies: Issue in Assessment. Instruction and Evaluation[C].San Diego,CA: Academic Press, pp121-139.

16 张琮：《利用元认知理论提高高才班学生的写作表现》（新加坡：新加坡南洋理工大学国立教育学院硕士论文，2010 年未出版。）

五　数据分析

以下，笔者将首先检查受试的监控行为表现，然后通过前、后测的写作表现对比（策略应用表现与写作成绩）来检测受试的写作表现：

（一）监控行为表现

试验结果显示写作监控教学试验是有效果的。

1 写作策略

（1）受试对写作策略的监控表现有所提升，进步幅度为 28.5%；标准差也缩小了 5 分（表 5.1）

（2）写作前阶段策略监控表现比写作中阶段策略监控表现好，差值为 26.9（表 5.2）

表 5.1　写作策略的监控表现（前后测对比）

项目	平均值	标准差	T 值检定
前测	51.5	14	1.78 > 0.05 不显著
后测	80	9	
差值	28.5	5	

表 5.2　写作前阶段策略与写作后阶段策略监控表现对比

写作前阶段监控表现对比	平均值	标准差	T 值检定
前测	50.4	15.7	1.09 > 0.05 不显著
后测	91.3	6.5	
差值	40.9	9.2	
写作中阶段监控表现对比			0.02 < 0.05 显著
前测	54.6	19.4	
后测	68.0	13.5	
差值	14	6.1	
总差值	26.9	3.1	--

2　受试的监控行为表现

数据显示：

(1) 全体受试的监控表现平均进步了 11 分；标准差缩小了 5.3 分（表 5.3）

(2) 92.3%的受试平均进步 20.4 分；61.5%的受试进步至少一个等级（表 5.4）

表 5.3　监控表现前后测对比

项目	平均值	标准差	T 值检定
前测	52.6	14.8	0.01 < 0.05 显著
后测	73	20.1	
差值	11	5.3	

表 5.4　监控表现前后测对比

学生编号	前测（%）	后测（%）	差值（%）	前测	后测	差距
	分数			等级		
1	68	91	23	2	1	1
2	67	79	12	2	2	0
3	61	82	21	2	1	1
4	65	84	19	2	1	1
5	52	59	7	3	3	0
6	33	61	28	4	2	2
7	29	100	71	4	1	3
8	56	62	6	3	2	1
9	55	71	16	3	2	1
10	51	80	29	3	2	1
11	61	62	0	2	2	0
12	37	73	36	4	2	2
13	77	78	1	2	2	0
平均值	52.6	73	20.7	2.6	1.7	1
进步	20.4			1.07		

（二）写作表现

1 写作策略评量

受试的写作策略表现均有提升：

（1）整体策略表现进步平均值为 30.8%（表 5.5）

（2）写作前阶段监控策略表现比写作中阶段策略表现好，差值为

27.2%；写作前策略表现在前测里逊于写作中策略（44.2：63）在后测写作前已提升到相等水平：88.6%（表 5.6）

此处数据与前述写作策略监控表现数据形成正比：加强对写作策略的监控，相关策略运用表现也会提升。其二，写作前阶段的监控行为与策略表现更为显著，意味着写作前阶段的构思表所发挥的作用比写作中阶段的监控清单更大。

表 5.5　学生写作策略评量对比

策略	阶段	评量细目	前测%	后测%	差值%
选材	前	真实、新颖有特色、切合题目、有积极意义、中心突出、生动形象。	71	100	29
开头	前	有一定的开头法，富有吸引力，点出中心。	57	100	43
中心	前	明确、集中、有新意。	43	71	28
详略	前	得当、突出中心的详写。	29	86	57
结尾	前	简洁有力，点出中心。	21	86	64
		平均值	44.2	88.6	44.4
句子	中	句子通顺，连贯并且有丰富的好词佳句。	29	79	50
段落	中	意思完整，分段合理，每段中句子连贯流畅。	71	86	15
顺序	中	事件顺序合理，段落、句子顺序有逻辑。	79	86	7
过渡	中	段落、句子之间衔接连贯。	86	93	7
词语	中	错别字非常少，词语用得准确、优美。	50	57	7
		平均值	63	88.6	17.2
		总平均值	53.6	84.4	30.8
		T 值检定：0.08 > 0.05；稍不显著			

表 5.6 写作前阶段与写作中阶段的策略表现对比

写作前阶段策略对比	平均值	标准差	T 值检定
前测	44.2	20.3	0.08>0.05 稍不显著
后测	88.6	12	
差值	44.4	8.3	
写作中阶段策略对比	平均值	标准差	0.05=0.05 显著
前测	63	23.3	
后测	82	5.7	
差值	10	17.6	

2 写作成绩

数据显示，受试的写作成绩获得提升：

(1) 总体平均值提升了 14.14%，标准差也缩小了 8.1 分（表 5.7）

(2) 69.2% 取得至少一个等级的进步、30.8% 持平、无人退步（表 5.8）

(3) 受试写作表现普遍提升约一级（0.9 级；表 5.8）

(4) 在写作上，写作表现（前测）属于第五和三级受试的进步幅度（100%）比第一、二级（25%）的幅度显著许多；意味着监控策略对写作表现较差者更有帮助（表 5.9）

表 5.7 作文表现前后测对比

项目	平均值	标准差	T 值检定
前测	59	15.6	0.01 < 0.05 显著
后测	73.4	7.5	
差值	14.4	8.1	

表 5.8　作文表现评级对比

编号	写作表现评级		
	前测	后测	进步
1	1	1	0
2	3	2	1
3	3	2	1
4	2	2	0
5	3	2	1
6	3	2	1
7	3	2	1
8	5	2	3
9	2	2	0
10	2	1	1
11	3	3	0
12	3	2	1
13	3	2	1
平均值	2.8	1.9	0.9
			进步率：69.2%；持平：30.8%；退步：0

分级标准：第一级：81-100；第二级：61-80；第三级：41-60；第四级：21-40；第五级：0-20

表 5.9　作文表现评级对比

作文成绩（前测）	人数 / %	进步表现（后测）（人数与百分比）	
		写作表现	监控表现
第一级	1	0	1
	7.7%	0	7.7
进步幅度%		0	100%
第二级	3	1	1
	23.1%	7.7%	7.7%
进步幅度		33.3%	33.3%
第三级	8	8	6
	61.5%	61.5%	46.2%
进步幅度		100%	75%
第四级	0	0	0
第五级	1	1	1
	7.7%	7.7%	7.7%
进步幅度	100%	100%	100%
总数	13	12	11
	100%	92.3%	83.7%

3 作文表现与监控行为表现之相关性

数据显示

(1) 写作表现进步与监控行为都有显著进步；写作表现：92.3%，稍高于监控行为：82.7%（表 5.9）

(2) 在写作表现与监控表现成正相关性的受试有 69.3%；30.7%呈负相

关（表 5.10）

（3）两者之间的相关性小，写作表现与监控表现之相关系数在前测为 0.3，后测却是 0.18（表 5.11），差值为 0.18（表 5.12）

表 5. 10　监控表现与写作表现之间的相关性

编号	监控	写作	相关性	
			正相关	负相关
1	1	0		-
2	1	1	+	
3	2	1	+	
4	1	0		-
5	1	1	+	
6	2	1	+	
7	2	1	+	
8	1	3	+++	
9	1	0		--
10	1	1	+	
11	0	0	+	
12	1	1		-
13	1	1	+	
			69.3%	30.7%

表 5.11　监控表现与写作表现之相关性

前测	平均值	标准差	T 值检定	相关系数
写作	59	15.6	0.11>0.05 不显著	0.3 一般
监控	53	14		
差值	6	5.4		
后测				
写作	73.4	7.5	0.02<0.05 显著	0.18 小
监控	80	9.1		
差值	6.6	2.4		
				差值：0.12

表 5.12　前后测作文表现差值与元认知表现差值对比

项目	差值（平均数）	T 值检定	相关系数
写作表现	14.9	0.04<0.05 显著	0.18 小
监控表现	27		
差值	12.1		

六　结论与建议

此次先验性研究反应基本良好，可提炼出的研究成果有：

1. 受试的写作表现与监控表现呈正相关；虽然相关系数不显著，原因在于研究仅限于辨识阶段，而元认知监控策略尚需经过转化与内化二阶段才能真正完成
2. 写作监控能力加强，相关策略的运用能力也加强

3. 写作前监控策略比写作中监控策略对写作表现的影响更直接而迅速
4. 本研究印证了 Joanne Devine 的说法：对能力较高，水平中等的学习者而言，策略变量有发展的空间，能促进写作表现

本研究总结：在第二语言写作上，元认知策略监控能促进高学习能力者的写作表现。这对新加坡儿童第二语言教学是深具意义的，未来教学应可考虑在华文教学中通过调动元认知意识、培养元认知策略来提升学习效率。

参考文献

胡月宝、林季华、胡向青　《程序性知识于第二语课堂中的实践——以滚动阅读策略教学为例》　见方丽娜等主编　《第九届台湾华语文教学研讨会论文集》　台北市　台湾华语教学学会　2009年　页155-177

新加坡高才教育组　《GEP Chinese Language Learning Attitude and Interest Survey 2008》　新加坡　新加坡高才教育组　2008年

张　琮　《利用元认知理论提高高才班学生的写作表现》（新加坡南洋理工大学国立教育学院硕士论文　2010年

Bereiter C, Scardamadia M. (1987): The *psychology of Written composition.* Hillsdale, NJ: Erlbaum, pp191-214.

Brown, A.(1987) Metacognition,executive control,self-regulation,and other more mysterious mechanisms [A].In Weinert, F.E. & R.H.Kluwe(eds.).

Carrel,P.L.(1989) *Metacogitive awareness and second language reading* [J].Modern Language Journal,pp121-134.

Catey, A.(2001) *Metawriting*. CTER Master's Program. University Illinois.

Devin,J.,Railey,K.,&Boshoff,P.(1993)*The Implications of Cognitive Models in L1 & L2 Writing*.Journal of Second Language Writing 2,pp 203-225.

Flavell, J. H. (1976) Metacognitive aspects of problem solving. In L. B. Resnick (Ed.), The nature of intelligence (pp. 231–236). Hillsdale,

NJ: Erlbaum.

Flavell, J. H. (1979). Metacognition and cognitive monitoring: A new area of cognitive-developmental inquiry. American Psychologist, v34 n10 p906-11 Oct 1979.

第二语言教学中的学习兴趣与学习投入度研究
——以新加坡小学课例教学实验为例

一　前言：学习兴趣与有效学习

自二十世纪七〇年代开始，不少第二语言研究者认为，除了社会环境、教学方法、教材等外部因素外，第二语言学习者的内部因素（个体差异）对成功习得一门来说，至关重要。学习者的内部因素一般包括智力因素和非智力因素两部分。智力因素在学习过程中发挥主要作用，而非智力因素则起着决定性的作用。非智力因素广泛定义为学习者除智力因素以外的一切心理因素；而狭义的非智力因素包括如动机、兴趣、情感、毅力和性格等。（燕国材；1998）传统第二语言教学关注过多的是学习者的“智力”或“能力”，而现代语言教学的研究表明，以“学习者为中心”（learner-centered learning）的教学原则要求我们关注学生的“情感态度”，“分析情感的内涵和结构成分，有效促进学生情绪情感在语言学习中的积极作用以及情感在学生认知过程中的重要性。”（Jane Arnold，1999）研究表明，“学习者的情感因素如兴趣、动机、态度等与语言学习的关系最为密切，而意志、性格、期望、个性倾向等因素也是不容忽视的。”（Jane Arnold，1999）因此，在第二语言教学中，必须充分重视学习者的“非智力因素”作用，要在教学内容、教学方法、教学条件创造、学习氛围营造、学习材料选择、与学习者合作与交流等方面积极探寻适合学习者个性特点的指导方法和应用策略。在此大背景下，新加坡对“华文学习兴趣”投入了更多的关注，力求实现“寓教于乐”的教学目标，达到语言教学的最高境界。本研究的实验对象是小学生。调查研究表明：年级越低，学习动机越具体，学生的学习动机更多地与学习活动本身有直接联系，与学习兴趣发生联系，或更为学习兴趣左右。（朱志贤，1986）也就是说，处在这个年龄段的学生，其内部学习动机会为学习兴趣所左右。在本次研究中，新加坡国立教育学院亚洲语言文化学部专业文凭课程的一百三十名学员，以儿童文学教学法为基本教学法，紧密结合非智力因素中的“兴趣”因素，提出“乐学”活动概念，以此最大限度唤起学生的学习兴趣，激发其内在的学习动机，充分投入到华文学习活动中。本研究在一百多所小学各进行了两次实验教学，以“学习投入度调查法”为检查工具来验证实验结果。

二　研究背景：二〇一一年改革“乐学善用”

近年来，如何激发“学习兴趣”一直都是新加坡华文教学的聚焦点。这主要是为了解决学生缺乏学习动机而产生的特殊需要：“新加坡的华文教学已陷于一个瓶颈，那就是第一、教材枯燥，缺乏生动性，不能吸引学生乃至教师的学与教的兴趣；第二、教学法老套陈旧，以课文为本位，照本宣科，更削弱了华文课对学生的吸引力；第三、华文教学无论内容还是形式在很大程度上与现实脱节，尽管一线教师绞尽脑汁，花招用尽，但收效甚微，学生对华文好像越来越不感兴趣，成绩更是逐年下降。”[1]，于是，各种以激发学习兴趣为主要目的的创新设计有如雨后春笋，纷纷涌现，再加上报章媒体的渲染，例如："新加坡首创华文教育互动平台激发学子华文兴趣"[2]、"母语学习越来越 in，越来越好玩了。[3]"更成为世界语言教学界里的罕见现象。二〇〇四年的改革口号为："多听多说，快乐学习"。二〇一一年一月，教育部宣布华文教学第二次改革方向：Active Learner and Proficient Users"[4]：*A key insight was that learning of languages is most effective when learners are taught to use the language in an active and interactive manner for a variety of real-life settings, including using the language to learn about its associated culture*。在原来的英语说明中，对学习者的定位首先为 Active Learner，活跃、积极的学习者，并没有再度强调标榜学习兴趣。但是，教育部所提供的中文翻译还是做"乐学善用"，可见社会对学习者兴趣的高度关注。教育部课程规划与发展司副司长余立信比较两次教改时就明确点出"互动"[5]的意义，让学习者积极地在语言学习中通过互动：学生与教材之间、学生与学生之间、学生与老师之间、学生与社会之间的互动来有效学习，然后成为流利的语言应用者（Proficient Users）。因此，如何有效地调动"互动"元素，激发学生的学习兴趣，

---

1 王臻烨《翻译——新加坡华文教学的制高点》（http://www.zaobao.com.sg/special/forum/pages4/forum_lx061114a.html，5-7-2011）

2 （http://news.163.com/11/0705/10/786MLNDG00014JB6.html）

3 华文学习 iPad 化，《早报星期天·想法》2011.01.23）（http://blog.omy.sg/fungtasia/archives/869，6-7-2011）

4 (http://www.moe.gov.sg/media/press/2011/01/enhancing-the-teaching-and-testing-of-mtl.php，5-7-2011)
Enhancing the Teaching and Testing of Mother Tongue Languages (MTL) to Nurture Active Learners and Proficient Users - MTL Review Committee Releases Its Recommendations.

5 （http://www.zaobao.com.sg/edu/pages5/edunews110119c.shtml，5-7-2011）："两次教改都是因为社会语言环境改变而作出相应的变革。这次是 2004 年的延伸，目标也是使华文成为活的语文。只是这次找到了'互动'这个元素，让华文真的'活'起来了。"

唤醒内在学习动机进行有效学习，成为华文教学接下来的关键所在。

三 文献综述

（一）学习兴趣

1 学习兴趣与非智力因素

兴趣（interest）：兴趣是指人“对事物喜好的情绪”（刘振铎，2001:1175）；心理学认为，兴趣是个体对某人或某事物的选择性注意的倾向。根据实验研究发现，兴趣是一种带有情绪色彩的认识倾向，它以认识和探索某种事物的需要为基础，是推动人去认识事物、探求真理的一种重要动机，是学生语言学习过程中最为活跃的成分或因素。正如前文所述，“兴趣”是非智力因素中较为重要的一个，其它包括动机、意志、毅力、气质等。而非智力因素是决定学习者成功习得一门语言的决定性因素。

2 学习兴趣与克拉申“情感过滤”假设[6]

克拉申在其著名的第二语言习得五大假说中，早已明确指出情感过滤对第二语言习的影响。克拉申认为，学习动机弱、信心越差、焦虑越强的第二语言学习者在面对可理解输入时，语言输入较少，即使他能理解所输入的语言，这些输入也无法进入大脑里习得语言的深层机制里。反之，学习动机、信心越强、焦虑越弱的学习者在面对可理解输入时，

6 http://www.timothyjpmason.com/WebPages/LangTeach/Licence/CM/OldLectures/L11_Affective_Filter.htm，6-7-2011）

就更加容易吸收，也记得更深。[7]

3 学习兴趣与建构主义教学理念

学习兴趣，缘于以“学习者为中心”的学习概念；学习者中心的背后理念则主要是建构主义教学理论。建构主义教学认为，知识不是通过教师传授得到的，而是学习者在一定的情境即社会文化背景下，借助其他人（包括教师和学习伙伴）的帮助，利用必要的学习资料，通过意义的建构而获得。因此，建构主义高度重视学习者的认知主体作用，视学生是信息加工的主体、是意义的主动建构者，而不是外部刺激的被动接受者和被灌输的对象；在整个学习过程中，教师是学生建构意义的协助者。建构主义教学理论提出，教师要成为学生建构意义的协助者，首先就必须做到“激发学生的学习兴趣，帮助学生形成学习动机”[8]。

（二）儿童第二语言学习者

研究显示，儿童（7-13 岁）由于生理、心理尚未成熟，自主意识弱，学习兴趣不稳定且易受外界影响。学习动机则表现为直接的、外在的、附属的学习动机。（朱志贤，1986）儿童直接性的学习动机往往成为他们的主导动机，如课堂教学的新颖性、趣味性、多样性，以及老师的表扬，好的分数等等常常成为他们学习的动力。这是因为这个阶段儿童的认识水平只能理解环境中特定事物的关系，还不能形成形式的、抽象的假设，还难以设想那些现实中不存在的事件。（方富熹、方格，1989）而成人学习外语的动机一般可以分为两种：融合型动机和工具型

---

7 Stephen D. Krashen, Principles and Practice in Second Language Acquisition, Prentice Hall International, 1987, p. 31。

8 何克抗：《建构主义——革新传统教学的理论基础》，《电化教育研究》，1997 年第 3、4 期。

动机。融合型动机即了解和融入目的语文化；工具型动机即用语言达到某个实际目的，如找一份薪水高的工作。（Atkinson 等, 1953）简言之，儿童作为第二语言习得者，具有与成人不同的学习特征与学习需要。儿童的学习动机更多地是与学习活动有直接的联系，为学习兴趣所左右，而成人学习语言具有非常明确的学习动机，受自我意识支配。因此，成人学习第二语言的动机（工具型或者融合型）是儿童所欠缺的，儿童很难忍受长时间、机械式的操练过程。情感因素对儿童而言，比成人更重要，儿童在每一堂课上的情感与行为投入则直接影响认知投入，也就是最终的学习效果。因此，学习兴趣往往成为儿童语言教学中的关键因素。笔者以为，不管东西方，第二语言习得理论都以成人学习为主，所开发的方法在适应儿童第二语言教学都需要进一步的调整。例如，在语言教学中通过具有儿童经验、想象力丰富的儿童文学素材和相关趣味性学习活动来诱发学习兴趣。

（三）儿童文学教学法

笔者以为，把儿童文学带入语言课程的理论依据有四项：

1. 经验本位的课程观：经验本位的课程观是相对知识本位而言的，它不仅强调将人类已有的经验通过课程编制和设计成为学习内容，而且强调如何帮助学生将这些学习内容转化为学生的自身经验，它着眼于学习是否对学生产生意义。以经验为本位的课程特色基本也具有建构主义理论的支持：

   (1) 从学习者的角度出发

   (2) 课程是和学习者的经验密切联系的

(3) 学习者是学习的主体[9]

2. 认知心理学的理论根据：图式理论

“图式”主要指的过去的经验。心理学家的研究已提供了一个事实：就是儿童在阅读文本时的理解能力，与他们所具有的经验密切相关。在阅读过程中，儿童更习惯于运用他们过去已经积累形成的图式、自己的经验而不善于利用文本提供的一些有用的信息进行推理。图式理论的研究成果也说明了儿童文学作为课程资源的价值优势。

(1) 儿童对于作品的理解有赖于他们原有的图式。儿童文学作品往往既能与儿童既有的经验世界连接，又能在此基础上进行延伸。儿童可以从儿童文学中找到他们熟悉的图式，并且借助它们发展出更高一级的图式，从而不断提高阅读理解能力。

(2) 儿童文学作品往往有一些固定的模式，例如三次反复的情节模式、角色模式，这些图式因为在不同作品中反复出现而为儿童所熟悉，儿童可以很好地利用它们去发展新的经验。[10]

3. 儿童文学的制作是以“游戏”和“情趣”为特色，因此，教师可以深入了解其目的是为满足儿童“游戏的情趣”之追求和不违反教育为原则，善用儿童文学与相关的趣味活动。

4. 贴近儿童生活的真实语料：

儿童文学语料属于不管是内容、经验、呈现形式都具有普遍意义，因此，被认为是容易被第二语言学习者从母语经验中理解的经验。(Maley and Duff, 1989)

---

9 王泉根、赵静等著：《儿童文学与中小学语文教学》(广州市：广东省出版集团，2006 年)，页 55-60。

10 王泉根、赵静等著：《儿童文学与中小学语文教学》，页 61-66。

四　研究设计

（一）研究目的

本试验以体验学习理论为基础，通过能充分调动儿童的学习积极性的教材设计、互动性强的教学活动来激发其学习兴趣；通过“行为与情感”投入度双向检查调来检验儿童对相关课堂教学的直接反应。

（二）研究方法：学习投入度调查法

早期对学生投入度的定义主要是从课堂学生的行为角度出发，比如学生在课堂任务上的参与及参与时间。（Brophy 1983; Natriello 1984）随后，学者们在此基础上加入了情感投入的概念（Connell 1990; Finn 1989）当下，研究者融入了认知投入的概念，如学生在学习上的主动投入，面对挑战时的毅力以及深层策略的使用（Fred-ricks, Blumenfeld, and Paris 2004）普遍意义来说，学习投入度包括：行为投入度、情感投入度和认知投入度，其中行为投入是外在的表现形式，认知投入时深层次的思考与信息加工，而情感投入则是两者之间的纽带。

行为投入引用了参与的概念，包括学术、社交以及课外活动的参与；它被认为对提高学习成果以及降低辍学率起到了至关重要的作用。(Connell and Wellborn 1990; Finn 1989）行为投入的表现为：学生遵守课堂规范，操行良好，并且积极参与课堂活动以及课外活动。

情感投入的重点是学生对教师、同学、学业以及学校的积极（消极）的态度。积极的情感投入可以创设联系学生和机构的纽带，对学生的工作意愿产生影响。(Connell and Wellborn 1990; Finn1989)。情感投入的表现为：学生会表现出具有内在动机、归属感、自我意识、自主性，以及积极投入于某一项任务中。

认知投入一般定义为学生在学习上的投入度；包括在完成学校任务上认真思考、目标明确，愿意花费时间和精力去理解复杂的概念或者是掌握较难的技能 Fredricks, Blumenfeld, and Paris 2004)。同时，它也被认为是一种自我调节的方式（corno & mandinach, 1983)。它具体表现在学生为了掌握复杂的概念，愿意付出时间和精力。学生计划并掌控自己的学习，在这个过程中，他们表现出高度的自律性和学习自主性（Stoney & Oliver, 1999)。认知投入的表现为：学生能持续认真地参与某一项需要付出实质努力的活动。认知投入和动机之间的关系密切，学生投入于复杂的认知活动的程度，可以用来衡量他们的动机水平。

测量学习投入度的形式一般包括：学生自我报告（Student self-report questionnaires)、教师对学生的评估报告（Teacher reports on students)、观察测量法（Observational measures)。学生自我报告测量法采用的工具主要是问卷测量法。目前西方学者已经研发出比较正规的，已成系统的问卷。其中比较有代表性的有 AES (Academic Engagement Scale), HSSSE (High School Survey of Student Engagement), SSES (Student School Engagement Survey) 等等。教师问卷有 EvsD（Engagement versus Disaffection with Learning, 教师版），REI (Reading Engagement Index)。观察测量法一般包括对学生的观察（Student-level observations）和对课堂的观察（Classroom Observation)。前者问卷有 BOSS (Behavioral Observation of Students in Schools), 后者有 Classroom AIMS (Classroom Atmosphere Instruction Management)。

过去的二十多年，西方国家学者对学生投入度的分析研究成果较为丰富，其中最为著名的是全美学生投入调查（NSSE，National Survey of Student Engagement)，主要用来评价高校学生学习投入的状况和通过学习自我发展的程度。全美学生投入调查第一次先导试验是在一九九九年，随后二七六个高校参与了第一次全面的调查研究。近年来，中国亦开始采用 NCCE 的模式进行对中国高校的本科教育进行评估（朱红，2010；李宗领等 2011）。综观上述研究不难发现，目前对“学生投入度”的研究主要集中在高校的学生投入度调查，对中小学生投入度的却少有探讨，本文在此基础上进行了大胆的尝试，充分运用“投入度”测量法的多维度特点（行为、情感、认知）来对小学生在非智力因素（兴趣）的调动下，其情感、行为、认知方面的投入度前后变化。

（三）研究过程

研究自二〇一一年开始，二〇一二年结束，分两个阶段：

1 先导研究阶段（2011 年）：教学与研究方法初步验证

初步试验阶段为二〇一一年一月至五月，为期五个月；并于同年九月发表初步研究报告（注：第二届第二语言教学国际研讨会，新加坡华文教学研究中心主办）：

(1) 由六十二名教育学院专业文凭课程学员通过小组协作，设计了十二份以学生为中心、以学习语言为目标、以儿童文学为教材来设计相关的趣味性强的课堂语言教学配套

(2) 由六十二名学员在实习期间进行单次课堂教学实验，通过定性法（教师观察、学生问卷、观课人反馈），具来调查学生三方面的学习投入度（Student Engagement Rates）：认知投入度、行为投入度和情感投入度（cognitive，behavioural，and affective engagement）

研究数据证明了儿童对课堂教学产生了正面的积极反应，享受相关教材、教学法的体验学习过程，互动性强；让孩子们乐学善用，有效增加学生们的学习投入度，同时促进师生间的情感，使课堂充满快乐的学习气氛。其中，行为与情感投入度改变最大，较为明显，相关系数高（0.87）（见图 1）：

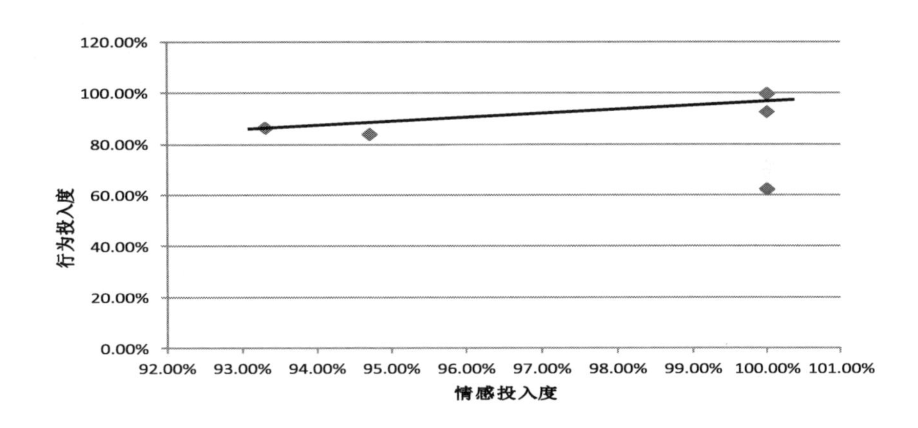

图 1　行为、情感投入趋势情况

然而，从另一方面来说，运用儿童文学教学法对教师的教学能力与课堂管理能力都极具挑战性。综合五十五份教学实验中教师们的反馈意见，在运用儿童文学教学法时，教师们应注意如下几方面：

- 教师应明确每一堂课的教学目标、知识点，以及语言技能与思维发展的培养，通过儿童文学的活动方式来学习隐藏着的语言学习目标
- 教师在设计活动时要充分了解学生们的能力水平与兴趣，做到因材施教，兼顾到不同水平的学生，充分激发他们的学习兴趣
- 教师应合理安排教学时间，妥善拿捏教学节奏。教师应对整个教学活动设计，包括活动规则、制作说明、学生活动以及突发

状况等进行合理的时间分配，力求推进课堂活动的顺利进行

- 教师应提高课室管理的能力，制定详细的活动规则，并且赏罚分明，以保证课堂活动在井然有序的氛围下进行

2 正式试验（2012 年）

笔者于二〇一一年先导试验的基础上，进行了进一步的调整、修正：

（1）研究工具：信度高的学习投入度检查表（附录一）

（2）教学配套设计

第二次试验由七十名教育学院专业文凭课程学员通过小组协作，以小学课文为基础教材，设计了十二份以“学生为中心、突出语言学习目标”的教学配套。七十名学员在实习期间进行一次课堂教学实验，通过“学习投入度检查表”来分析学生的课堂学习投入度，以验证相关的教学效果。

（四）研究局限

两次实验研究均有由尚未成为正式教师的实习学员来进行，学员的教学能力与研究水平都处于尚不成熟阶段，另外，各校教学环境不同，所能提供的支援也不一，学员需根据实际情况来调整教学，对研究信度与教学效度都存在一定的影响。

五　数据分析与讨论

我们采用统计分析中的“配对 T 检验”（Paired-Samples T Test），以检验运用“儿童文学教学法”对于提高学习投入度：情感与行为投入

度的显著性。第二次研究不包括认知投入检查，原因是单堂课试验无法有效验证需要较长时间体现的认知投入度。实验的有效数据为六十三组，每一组数据都包括针对同一组被测对象的一个前测值和一个后测值。前测值：即运用常规教学法时的学习投入度；后测值：即运用儿童文学教学法时的学习投入度。T 检验的置信区间采用百分之九五。

（一）行为投入度分析

本设计主要从四个层面来检测学生的行为投入：1.学生的精神面貌表现；2.学习态度表现；3.学习自主性；4.课室纪律。

表 1 学生的精神面貌表现情况

学生的精神面貌表现	前测值	后测值	提高值	显著性(Sig)
学生积极参与学习程度	2.95	4.46	1.508	0.000
学生踊跃发言程度	3.11	4.35	1.238	0.000
学生好奇心程度	2.73	4.56	1.825	0.000
学生兴奋程度	2.43	4.56	2.127	0.000

学习行为投入度的第一组因素为学生的精神面貌表现，其中有四个影响因素：学生积极参与学习程度、学生踊跃发言程度、学生好奇心程度和学生兴奋程度，经过 T 检验，各项显著性（Sig）值均为 $0.000 < 0.05$，可信。我们发现运用儿童文学教学法前后，学生在这些因素上的投入度都发生了较为显著的变化。由表 1 可知，从学生在这四个方面的投入度的前后值来看，在运用了儿童教学法后，学生的精神面貌发生了很大的变化，其学习积极性、踊跃性、好奇心和兴奋性都显著提高，其中，学生兴奋程度的变化最大，充分表明儿童文学教学法的运用可以引起学生的兴趣，达到兴奋状态。

表 2　学习态度表现情况

学习态度表现情况	前测值	后测值	提高值	显著性(Sig)
学生的学习态度认真程度	2.9	4.22	1.317	0.000
学生动脑思考问题程度	2.76	4.22	1.46	0.000
功课呈交率提高程度	2.49	3.78	1.286	0.000
功课完成的质量提高程度	2.43	3.78	1.349	0.000

学习行为投入度的第二组因素为学生的学习态度情况，其中也有四个影响因素：学生的学习态度认真程度、学生动脑思考问题程度、功课呈交率提高程度和功课完成的质量提高程度，经过 T 检验，各项显著性（Sig）值均为 0.000 < 0.05，可信。同时，我们发现运用儿童文学教学法前后，学生在这些因素上的投入度都发生了较为显著的变化。表 2 的数据表明，从学生在这四个方面的投入度的前后值来看，在运用了儿童教学法后，学生更加专注于学习，首先他们的学习态度更加认真，能够更加愿意动脑思考问题，同时，对于一向被学生排斥的功课完成情况有所改善。学生不仅愿意去完成，而且功课完成的质量有所提高。

表 3　学习自主性情况

学习自主性	前测值	后测值	提高值	显著性(Sig)
学生的作品创意程度	2.19	4.11	1.921	0.000
学生的求知欲程度	2.7	4.19	1.492	0.000
学生的自主性程度	2.3	4.03	1.730	0.000
学生之间的互动学习程度	2.33	4.24	1.905	0.000

学习行为投入度的第三组因素为学生的学习的自主性，其中有四个影响因素：学生的作品创意程度、学生的求知欲程度、学生的自主性程度和学生之间的互动学习程度，经过 T 检验，各项显著性（Sig）值均为 0.000 < 0.05，可信。表 3 的数据显示，儿童文学教学法使用前后，学生的自主性因素方面的投入度都发生了较为显著的变化。从学生在这四个方面的投入度的前后值来看，在运用了儿童教学法后，学生自主学习意识增强，求知欲提高，并且愿意与同伴进行互动学习。

表 4　课堂纪律表现

课堂纪律	前测值	后测值	提高值	显著性(Sig)
学生的积极行为程度	2.6	3.94	1.333	0.000
课堂秩序改善程度	2.68	3.70	1.016	0.000
学生上厕所的人次减少程度	2.68	3.90	1.222	0.000

学习行为投入度的第四组因素为学生的可是纪律表现，有三个影响因素：学生的积极行为程度、课堂秩序改善程度和学生上厕所的人次减少程度，经过 T 检验，各项显著性（Sig）值均为 0.000 < 0.05，可信。表 4 的数据显示，儿童文学教学法的运用后，学生的课堂纪律表现令人满意。首先，学生在课堂上比较积极，比如说配合老师的教学活动、注意力集中等，因此，整个课堂秩序较好。其中，一个明显的例子就是，学生上厕所的次数减少，表明了学生对课堂学习内容不再是厌烦、逃避状态，而是一种积极投入的状态。

（二）学生情感投入度分析

学生学习投入度的三维度中的另一个重要因素便是情感投入度，它是学生行为投入和认知投入的基础。学生只有情感上受动激发，才会产生行为上的变现，进而进行认知层的深层次信息加工。本设计从两个方面来检测学生学习投入中的情感投入度：课室氛围和学习任务对学生的激发程度。

表 5　课室氛围情况

课室氛围	前测值	后测值	提高值	显著性(Sig)
学生喜欢学习内容程度	3.08	4.44	1.365	0.000
学生觉得学习内容容易程度	3.05	3.46	0.413	0.020
学生感到快乐程度	2.86	4.46	1.603	0.000
学生有继续尝试的意愿程度	2.71	4.32	1.603	0.000
学生享受学习过程程度	2.57	4.27	1.698	0.000

学习情感投入度的第一组因素为课室氛围情况，有五个影响因素：学生喜欢学习内容程度、学生觉得学习内容容易程度、学生感到快乐程度、学生有继续尝试的意愿程度和学生享受学习过程程度，经过 T 检验，各项显著性（Sig）值均＜0.05，可信。表 5 的数据显示，在儿童教学法的运用下，课堂的氛围较为活跃。学生更加喜欢学习内容，更加快乐，更加愿意学习，他们是比较享受整个学习过程。相比较而言，学生对学习内容的容易度态度前后涨幅并不是很大，仅为 0.413，笔者分析，在儿童文学教学法的带动下，学生的情绪容易被带动，兴趣度提高，但是就学习内容来说可能输入加工的程度不是很高，变化不是很大。

表 6　学习任务对学生的激发程度

学习任务对学生的激发程度	前测值	后测值	提高值	显著性(Sig)
学生感到满足程度	2.67	4.16	1.492	0.000
学生对这堂课感兴趣程度	2.75	4.6	1.857	0.000
学生对于呈现的激情程度	2.54	4.33	1.794	0.000
学生对自己的作品感到骄傲程度	2.48	4.46	1.984	0.000
学生喜欢做作业的程度	2.41	3.83	1.413	0.000

学习情感投入度的第二组因素为学习任务对学生的激发程度，有五个影响因素：学生感到满足程度、学生对这堂课感兴趣程度、学生对于呈现的激情程度、学生对自己的作品感到骄傲程度和学生喜欢做作业的程度，经过 T 检验，各项显著性（Sig）值为 0.000，均 < 0.05，可信。表 6 的数据显示，儿童文学教学法下的任务设置比较能够激发学生的学习热情和学习兴趣，学生喜欢投入到学习任务中，并且表现出极强的骄傲程度。

六　余论与建议

总体而言，研究数据证明了调动儿童学习兴趣的积极作用：儿童文学类教材与体验、互动教学活动可以调动学生的学习兴趣，学生的正面情绪高涨，学生能够在积极互动的课堂时间里愉快学习，高度投入到学习中，达到高效的学习目标。

笔者总结：鉴于小学生的年龄阶段，诱发学习动机至关重要，而儿童学习情感这一非智力因素又远胜于长期的生存动机，因此，在教学上应高度重视学习情感与行为的投入。儿童教材编制必须能充分考虑儿童性与儿童认知发展特征，例如愉悦、好奇、想象；而课堂活动更必须重视体验、互动、参与，促使其全身心投入到学习过程中，达到“乐学善用”的语言学习目标。

附录一　学生学习投入度检查表

一　情感投入度

A 课室的氛围	1 不同意	2 比较不同意	3 基本同意	4 比较同意	5 非常同意
1 学生喜欢这堂课					
2 学生觉得这堂课简单					
3 学生感到快乐					
4 教师觉得开心					
5 学生有继续尝试的意愿					
6 学生对学习过程感到享受					

B 学习任务对学生的激发					
1 学生感到满足					
2 学生对这堂课感兴趣					
3 学生对于呈现很有激情					
4 学生对自己的作品感到骄傲					
5 学生喜欢做作业					

二　行为投入度

A 学生精神面貌	1 不同意	2 比较不同意	3 基本同意	4 比较同意	5 非常同意
1 学生积极参与学习					
2 学生踊跃发言					
3 学生充满好奇心					
4 学生感到兴奋（状态）					

	1 不同意	2 比较不 同意	3 基本 同意	4 比较 同意	5 非常 同意
B 学生完成功课情况					
1 学生的学习态度认真					
2 学生动脑筋思考问题了					
3 功课呈交率有所提高					
4 功课完成的质量有所提高					

C 学生学习的自主性

1 学生的作品富于创意					
2*学生表现出强烈的求知欲					
3*学习的自主性提高了					
4 学生之间的互动学习增加了					

说明：

2*求知欲表现为向老师询问句式表达法、对不理解的问题提出问题。

3*例如：学生会主动查字典。

D 课室纪律

1 学生消极行为与平时的对比					
2 课堂秩序情况有改善					
3 学生上厕所的人次减少					

参考文献

燕国材　《非智力因素与学习 M》 上海市　上海教育出版社　2006 年

朱志贤　林崇德　《思维发展心理学[M]》　北京市　北京师范大学出版社　1986 年

朱　红　〈高校学生参与度及其成长的影响机制——十年首都大学生发展数据分析〉　《清华大学教育研究》　2010 年 6 期

李宗领等　〈基于 NSSE-China 的地方院校学生学习性投入调查研究——以咸阳师范学院为例〉　《咸阳师范学院学报》　2011 年 6 期

Atkinson, J. , Mcclelland, D. , Clark, R. AA. & Lowell, E. L. The Achievement Motive[M] . New York: Appleton, 1953

方富熹、方格　《儿童的心理世界——论儿童的心理发展与教育》　北京市　北京大学出版社　1989 年

后记

二〇〇六年底，从台北回来时，记忆的行囊中装了一份特别的礼物。这份礼物，很轻、好像不值钱；然而，却何其珍贵、极其温馨、也必将令我毕生难忘。

岁末的异乡，陌生的会场、冷飕飕的气流，让望着眼前黑压压的人群的我不由得倒抽一口气。一开口，颤抖的声音、打结的舌头、嗡嗡作响的耳朵……我开始紧张，在众目睽睽之下，连话都说不上来了。那次，我首度站在国际学术讲台上发表教学论文。

这时，台下传来了两道目光，恰似寒冬里的两股暖流，穿流过冰冷的海洋，裹紧了冷得不知所措、小鱼般上下乱窜的一颗心。就是两道目光，轻轻地把慌乱的心稳住、把打结的舌头解开、把颤抖的声音握住……在二十分钟的讲演之中，两双神奇的眼睛，前后三次缓缓向我轻轻送来力量，在这两道和煦目光的强力支援下，我终于完成了顺利完成讲演的任务。

目光的主人，与我素昧平生。他们二人，都是治学态度扎实、学有所成但亲切谦和的著名学者。会后，来自北京的他，以温暖厚实的嗓音地对我说："好好努力。"另一位来自西湖之滨，她还紧紧地拉着我的手，以娓娓的嗓音勉励着我。蚌以无私的眼泪把偶然落在肉上的砂砾，包裹成闪亮的珍珠；长者以仁厚的胸怀包容了我的粗糙与幼稚。

这两道眼神，让我顿悟，天堂与地狱原来就在同一个时空里，就在一念之间；而且，绝对是人为的。拥有一颗宽宏的心的主人所拥有的必定是一双仁厚的眼神；发散出来的，很自然地就是暖流一般的目光。只因为，他们看到的，传播的总是铜板的正面。

谁也不知道这两道目光的意义如此深重：它把人间的暖流重新注入干涸龟裂的心田，它唤住了准备弃守的农人，让她重新回眸，瞧见了在耕耘多时却光秃依旧的贫瘠土地上所绽开的一朵希望的小黄花，怯生生地在寒风中摇曳。隐约之间，我感觉到自己即将掀开的生命之页很可能因此改写……

从他们身上，我终于了解坚守岗位，薪火相传的道理；也知道回报目光的主人的唯一方法，便是接下他们的眼神，接下他们的教学信念，并在未来的人生道路上，把这道目光传给下一个需要它的人。谢谢你们，陆俭明教授，吴洁敏教授。

与此同时，必须感谢领我走上教学与教学研究道路的周清海老师、梁荣源老师、梁荣基先生、陈照明老师，不管是在做人、教学和学术方法上，你们都是我的榜样；感谢一路相挺的好友桂华、季华、定贞、之权、向青、守辉、志锐等；更感谢学校里的老师们，恕我无法一一具名，没有你们的支持，教学实证研究不能展开，这本书不可能出版。

最后，我把这本书献给进发。多少次，我累了哭了撑不住了……你依然坚定地告诉我："做下去，你可以的！"

华文教学丛书 1200001

华语文教学实证研究：新加坡中小学经验

作　　者　胡月宝
责任编辑　吴家嘉

发 行 人　陈满铭
总 经 理　梁锦兴
总 编 辑　陈满铭
副总编辑　张晏瑞
编 辑 所　万卷楼图书股份有限公司
排　　版　浩瀚电脑排版股份有限公司
印　　刷　维中科技股份有限公司
封面设计　斐类设计工作室

发　　行　万卷楼图书股份有限公司
　　台北市罗斯福路二段 41 号 6 楼之 3
　　电话 (02)23216565
　　传真 (02)23218698
　　电邮 SERVICE@WANJUAN.COM.TW
大陆经销　厦门外图台湾书店有限公司
　　电邮 JKB188@188.COM

ISBN 978-957-739-918-2
2019 年 1 月初版二刷
2015 年 1 月初版
定价：新台币 660 元

如何购买本书：
1. 划拨购书，请透过以下邮政划拨账号：
　账号：15624015
　户名：万卷楼图书股份有限公司
2. 转账购书，请透过以下账户
　合作金库银行　古亭分行
　户名：万卷楼图书股份有限公司
　账号：0877717092596
3. 网络购书，请透过万卷楼网站
　网址　WWW.WANJUAN.COM.TW
大量购书，请直接联系我们，将有专人为您服务。客服：(02)23216565 分机 610
如有缺页、破损或装订错误，请寄回更换

國家圖書館出版品預行編目資料

华语文教学实证研究：新加坡中小学经验 /胡月宝著. -- 初版. -- 台北市 : 万卷楼, 2015.01
　面 ;　公分. -- (华文教学丛书 ; 1200001)　简体字版
ISBN 978-957-739-918-2（平装）
1. 汉语教学 2. 实证研究 3. 新加坡
802.03　　103026814